大浪淘沙

DALANGTAOSHA

陈峰◎著

云南出版集团公司
云南人民出版社

图书在版编目（CIP）数据

大浪淘沙 / 陈峰著. —昆明：云南人民出版社，
2013.12
ISBN 978-7-222-11793-8

Ⅰ. ①大… Ⅱ. ①陈… Ⅲ. ①长篇小说－中国－当代
Ⅳ. ①I247.5

中国版本图书馆CIP数据核字(2014)第001483号

责任编辑：朱海涛
特约监制：李　强
特约策划：中文在线——郜宇辉　南　园
特约编辑：高红玉
装帧设计：棱　角

大浪淘沙

作　　者：陈　峰　著

出　　版：云南出版集团公司　云南人民出版社
发　　行：云南人民出版社
社　　址：昆明市环城西路609号
邮政编码：650034
网　　址：http://ynpress.yunshow.com
E－mail：rmszbs@public.km.yn.cn
开　　本：700mm×990mm　1/16
印　　张：18
字　　数：260千
版　　次：2014年4月第1版
2014年4月第1次印刷
印　　刷：北京慧美印刷有限公司

书　　号：ISBN 978-7-222-11793-8
定　　价：32.80元

本书若有质量问题，请与本公司图书销售中心联系调换。电话：010-82069336

目录

萧昊漫不经意地放下刀叉，眼神炯炯发亮，抛出最关键的问题："他们能服从于您的权威，但对空降兵，只怕问题不少，尤其是您刚才说的，希望我对东美进行改革，引上正轨，而改革肯定会带来阵痛，触动既得利益者，面对难以预估的阻力，要付出代价来换回成果！不知许董您怎么看？"

在雷鸣般的掌声中，萧昊致辞。在众人饱含各种心态的目光中，他整整西服，神情自若地站起身，信心十足地走到台上，虽然说的是面面俱到，滴水不漏的客套话，但他就是能把所有人的注意力吸引住。在读书时，他便是公认的天生演说家，越大的场面，别人越紧张害怕，他却是越兴奋越有状态。

"朱捷？"周钦勇皱着眉头，"不瞒你说，公司的申请上去后，郑总征求过我的意见，可我觉得他不太适合。连销售总监都不是，就一大区经理，从没负责过全国业务，一下就当销售副总，是不是步伐太快？到公司后，我和他聊过几次，能力是有，潜力也不错，但还没到一飞冲天的地步，在高手下面多锻炼几年，一步步来，有益无害。"

萧昊深深地盯着尤延庆，将资料推还给他："除了事先请假，以及工作原因之外，其他人不管是谁，不管什么职位，一律按公司制度，半小时以内算迟到，半小时至一小时算旷工半天，一小时以上按旷工一天处理。工作原因者，你们必须核实，如果虚报，加倍处理，我会安排抽查，如果发现人资没核实或作假，那该怎么处理，你自己打报告吧。"

目录

周钦勇抽着烟，不置可否。兴华日化毕竟是国企，百分之九十九点九九的员工都是中国人，要引进帕克这个香港人当营销副总，他已经费了九牛二虎之力，再弄个外籍销售总监，麻烦事大把。耗费很多精力办这事，赔上很多人脉成本，就为给帕克找个下属，搭个班子，代价未免太大了些。

借着将海鲜放进锅里的时候，郑瑜考虑一阵，才说："黎总，你的顾虑有一定道理，但不全面。以后是不是小周总接班，那是八字还没一撇的事情，我们不讨论，你考虑得太多，只会束手束脚。当初让你再连任总裁，我和江总可承担了很大的压力，对你的工作，我们能不全力支持吗？要按你这么说，干脆直接任命小周总当老总好了，何必再给你四年任期？"

她就像一首歌名，像雾像雨又像风，令人捉摸不透。可她越神秘，就越勾起萧昊的兴趣。萧昊甚至能感觉到，这女人的背后，潜藏着一段刻骨铭心，甚至是改变她人生轨迹的往事。这是有故事的女人，一夜情对她来说，只是意外的放纵，正因为她耿耿于怀，才更要对自己拒之千里。

只要上饭局，他便不敢有丝毫大意，又哪会不懂这菜怎么排也轮不到自己去点？这里市长最大，又是作为主人，有资格点菜的就他，就算他真不点，也有秘书代劳，这番谦让只是场面上的客套，表示对客人的尊重，能当真吗？越俎代庖的事，傻子才去干："我哪算得上什么美食家？第一次来，不知道有什么名菜佳肴，点菜是心有余而力不足，这次还是多多学习，长点见识。"

"放心吧，周总，会处理好的。"黎仕国从容不迫。看着这两人近乎针尖对麦芒的交锋，蔡雪儿隐隐觉得不对味，周钦勇那股不容否定的霸气不奇怪，可黎仕国不是这种风格，他对周钦勇不是向来忍让吗？怎么突然玩起拼刺刀的活了？

目录

目录

序

王者归来

随着国家提出西部大开发的战略，政策支持和资金扶持开始向中西部地区倾斜。平川市，这个西北大区重镇重新焕发了活力，凭着富饶的资源和充裕的劳动力，经济发展如坐上火箭般嗖嗖直往上蹿。政府的腰包鼓了，在城市建设上敢于投入，市容市貌一年一小变，五年一大变，整个平川的面貌焕然一新，毫不逊色于沿海发达城市，吸引了不少国内外大企业来此投资建厂，俨然成为西部经济版图上一颗闪亮的明星。

在平川市环山路上，有一家开业不久的西餐厅，它的法国老板资历显赫，在巴黎经营一家米其林三星餐厅，三年前在上海开了第一家分店，虽然收费极为高昂，但天天客似云来。他对中国人消费能力叹为观止，更对中国大陆餐饮业蕴藏的巨大商机信心十足，两个月前在平川投资，开设第二家分店，引起极大轰动，达官贵人和潮流人士趋之若骛，成为引领美食潮流的一大地标。

晚上六点多，餐厅如往常一般，早已满座，在三号包厢内，操着一口港式普通话的林英杰笑容满面，咂着有点干裂的嘴唇，说："萧先生，合同已按您的意见修改好，您再看看有没有其他问题。许老板是诚意十足啦，对您的要求，他都答应啦。"

萧昊没回话，认真地翻阅着合同，直到合上最后一页，他的目光才挪开，望着坐在对面的许铭轩，微微笑着，但笑容中不乏矜持："谢谢抬举。"

许铭轩不过五十六岁，相貌却明显要比实际年龄苍老，两鬓霜白，皱纹纵横。作为白手起家的创业者，他经历了太多的磨难和考验，大风大浪中走出来，才打拼出今天的辉煌。迎着萧昊的目光，许铭轩回以一笑：“萧先生客气，任何企业的发展，都离不开人才，我是求贤若渴。在日化行业内，谁不知道您是营销专家。您成功的业绩足以证明实力，能加盟东美，我是发自内心地高兴和欢迎。”

“是啊，是啊。”林英杰接口，“知道您从兴华日化离职，许老板就指示我们一定要将您请来啦！我们谈了两个多月，您对东美集团的情况了解很多啦，这的确是很好的平台啦，如果您能加盟，那就是珠联璧合，perfect！”

“很感谢东美提供给我的机会，不过对职业的选择，我向来很慎重，尤其是牵一发而动全身的重要岗位，这对双方都是负责，不至于折腾，损人害己。”萧昊的语气缓慢而坚定，“三思而后行，但只要决定，就义无反顾，全力以赴。”

“好。”许铭轩轻轻一拍手，爽快地说，“这才是职业经理人应有的态度，如果对总裁这样的岗位，毫无准备便仓促下决定，那我还真得在心里打个问号。萧先生您尽管考虑，做出最好的选择，我愿意学刘玄德，三顾茅庐。”

从萧昊离职开始接洽，到现在足足三个月时间，方方面面谈得很细，合同条款都协商好，原本以为今天就是一锤定音，只要萧昊把字一签，丰厚的猎头费就到手，没想到临门一脚，许铭轩不但不急着让萧昊签合同，还主动让他继续考虑，这不是徒添变数？林英杰清楚，萧昊是香饽饽儿，准备聘用他的公司至少有三家，其中就包括全球第一大日化公司YK，和他接触的猎头公司十个手指数不过来，今天不签字，谁知道明天会发生什么事？心里发急，脸色便变了，给许铭轩打眼色暗示，可许铭轩脸色平静，恍若未觉。萧昊只是笑笑，眼中有道光芒闪了闪，没有说话。

服务员开始上菜，法国鹅肝闻名遐迩，经大厨巧手烹制，入口即化，浓郁的香味在口腔内回荡，回味无穷，不愧人间美味。不过林英杰却没心情品尝，草草将巴掌大的鹅肝放入嘴里，考虑着该采取什么对策，让煮熟的鸭子不至于飞了。

“许老板，我这人比较直，喜欢打开天窗说亮话。东美集团创立至今，已八年时间，我看过主要管理人员的构成，非常稳定，这表面上是好事，其实却埋着不少隐患，而且，不少人还是许董您的亲戚。”萧昊漫不经意地放下刀叉，眼神炯炯发亮，抛出最关键的问题，“他们能服从于您的权威，但对空降兵，只怕问题不少。尤其是您刚才说的，希望我对东美进行改革，引上正轨，而改革肯定会带来阵痛，触动既得利益者，面对难以预估的阻力，要付出代价来换回成果！不知许董您怎么看？”

林英杰抬起头，望向许铭轩的眼神中有些担忧，如果他的回答不能解除萧昊的顾虑，这笔生意立马就得泡汤。许铭轩调整一下坐姿，脸色变得很坚毅：“我相信，东美的问题，绝大部分民营企业都会遇到，但那是过去，不代表未来。改革是大方向，这点绝不会变，该怎么变就怎么变，该付出多少代价就得付出多少代价，不管是谁，不管是什么关系，只要成为绊脚石，”拿起右手旁的水杯放到边上，斩钉截铁，“就毫不犹豫地搬掉它，我会毫无保留地支持和协助。但我能给的是权力和职位，而权威必须靠自己去树立，老人也好，新人也罢，只有做出成绩，才能让人心服口服，是沙子，到哪都变不了金子；而是金子，到哪都能发光。”

他的言语铿锵有力，面面俱到，林英杰忍不住就要鼓掌叫好。萧昊嘴角牵起发自内心的笑容，端起盛着拉菲的酒杯，站起身来，一字一顿：“合作愉快！”

许铭轩满意地笑着，同样站起来，举着酒杯：“为我们共同的美好愿景，干杯！”

两个酒杯轻轻一碰，发出清脆的回响，萧昊一口将酒干了。沉寂三个月，终于又要回到职场的险恶丛林中厮杀拼搏，一股壮志豪情在胸腔激扬回荡，他忽然想起电影《指环王 3》的名字，王者归来！

巧合的是，远在千里之外的南滨市，萧昊的老东家兴华日化，此时也进行着一场影响深远的饭局。晚餐的地点是海风大酒楼，而参与者则是刚到任不久的常务副总裁周钦勇和 YK 公司销售总监帕克。

周钦勇继承了父亲周博高大的身材和挺拔的鼻梁，还有一张方方正正的国字脸。皮肤保养得极好，白皙光滑，乍眼一看不过三十岁上下，谁也猜不出他已年近不惑。左手食指戴着一颗硕大的卡地亚戒指，还有百达翡丽的手表，限量版的VERTU手机，一套爱马仕服装，全身装配无一不是奢侈品牌，彰显着养尊处优的公子哥生活。

帕克是地道的香港人，脸上留着那撮密密麻麻的大胡子非常显眼。他是周钦勇在剑桥修读MBA时的同学，五年前加入YK，先在澳大利亚公司负责销售，业绩不俗，两年前调到上海，晋身为中华区销售总监。今天是应周钦勇之约，搭了两小时飞机，从上海奔赴南滨。

周钦勇知道帕克无肉不欢，特地带他来吃南风大酒楼独家名菜——烤黑猪。将名贵的黑猪肉，以二十多种酱料调制而成的秘制配方腌制十小时以上，再以木炭炉火烤制，中间还得按时刷料，确保独特的香味里外相合。成品后，香气四溢，外皮酥脆爽口，肉质甜美多汁，最难得的是不显油腻，帕克吃上第一口后便停不下来，竖起大拇指赞不绝口，对其他名贵的菜，如蟹粉炒鱼翅、清蒸老鼠斑等，反倒没怎么品尝。

“帕克，你看南滨多棒，气候好，美食多，而且城市不大，交通方便，最适合居住生活和发展事业。”周钦勇喝口XO，看着大快朵颐的同学，神情轻松。

帕克将最后一块野猪肉放进嘴巴，满足地笑笑，放下筷子，用半咸不淡的普通话说：“周，我理解你的意思，你说的事，我认真考虑过。”

“那给我一个令人开心的答复？”

“你知道，周，虽然我在YK负责大陆市场，但我周围的同事，大部分是美国人和欧洲人，只有中低阶层的销售人员，才是中国人，我和他们接触得并不多。让我一下子到一个全部是大陆同胞的环境下工作，这不是个容易的决定。”帕克耸耸肩膀。

“我理解，但你应该知道，21世纪，中国已成为全球最大的市场，这里有着难以想象的发展机会，而我们的集团，更是由国务院直接管理的超大型企业，它庞大的空间和机遇，远远超过你的想象。YK虽然不错，但它太成熟了，所有一切已经成型，没有你施展才能的空间，而这儿不同，能给你大展拳脚的舞台。”周钦勇曾专门学习过口才，言辞间充满煽动力，特别是遇到他要追的女孩时，更无往不利。

“这我知道，否则我不会考虑你的要求。”帕克说，“只是这个挑战对我来说很大，如果这样，我将面临完全不同的文化和环境。”

“现在是全球化时代，中国的企业也在走出去，我们需要你这样的人才，会给你最大的平台和最好的待遇，这是外企不可能给你的。”周钦勇口若悬河，“在YK，你上面还有总裁，还有亚太区销售总监、总裁，最上面还有全球总部，这楼梯够长的，而到我这儿，你就直接是主管全面销售的副总裁，而且有我和你配合，你根本不用担心适应的问题。”

帕克沉吟着，周钦勇皱皱眉头。为说服对方，他是做了充分准备：“据我所知，你们的老总，那个美国人罗伯特，他给你的工作制造了很多麻烦，甚至在去年的年终绩效上，还专门针对你，在这种人手底下工作，谁也不知道他啥时再找机会对付你，很麻烦吧？”

和罗伯特的不咬弦，的确是帕克最烦恼的问题。周钦勇说的没错，他在YK表面风光，其实过得并不如意，年初就和猎头公司联系，也秘密去过一家新加坡的公司面试，可惜各方面的条件并不令人满意。对周钦勇的邀约，他不心动才怪。只是香港虽然回归已久，但他向来在外企服务，若以后要和一大帮土生土长的中国人打交道，他心里还是没底。

看帕克不开口，周钦勇决定再加一把柴：“为了表示诚意，经过我争取，公司决定在上次开给你的条件上再加8%，你觉得可以吗？”

帕克的眼光亮起，这是非常有诱惑力的馅饼，比他在YK的待遇只高不低。不过在职场混久了，他知道不管对方开出的条件多好，自己多么满意，都不要马上答应，于是他拿起酒杯向周钦勇示意：“Thank you，周，我知道你是尽心尽力，让我再想想，尽快给你答复，OK？”

“OK！”周钦勇成竹在胸，他相信自己开出的条件，帕克没有拒绝的理由，对方要的只是个面子和架子。放下酒杯，帕克问：“周，如果我确定要加盟，那接下来还需要和其他人谈谈吗？比如你们的总裁，嗯，黎？”

“不用，我就代表公司。”周钦勇毫不迟疑，“只要你来，我们将是最佳拍档！”

第一章　就职

开着昨天刚落地的红色奥迪 TT，蔡雪儿心情愉悦之极。萧昊离职不到半个月，集团便通过了晋升她为媒介总监的任命。两个月前，一场突如其来的大暴雨，让南滨全市几乎沦为泽国，恍如东方威尼斯。蔡雪儿居住的小区地下车库由于海水倒灌，原来的座驾马自达 6 被泡在水里洗个通透，里里外外得大修一场，她便动了换车的心思，拿出全部现金，又向公司借了笔钱，凑齐首付款，终于把梦寐以求的奥迪 TT 开回家。

得到心仪已久的好车，那份儿满足感令人陶醉，要说美中不足的，便是由于中国股市高空跳水，自由落体，直插十八层地狱，把蔡雪儿套成长期股东。手上余款不够，当时黎仕国在北京，蔡雪儿在电话里提起首付不足时，他只是轻描淡写地建议其向公司借款，完全没有主动帮一把的意思，令蔡雪儿气结，赌气地在第二天就交借款申请，没两天便批下来了。跟了黎仕国两三年，除了职位提升和一些小礼物，黎仕国从未送给她什么名贵的奢侈品，吃饭开房，也是公司报销，黎仕国这身价殷实的铁公鸡，是越来越一毛不拔。要说收入，蔡雪儿至少也算金领级别，为几个钱出卖肉体的事，还犯不着干，她也没计划要从黎仕国腰包里掏出多少资产。但是，感情这回事，无论建立还是维护，都需要投资，从男人肯为女人花多少钱，足以看出女人在他心目中的分量。如果口口声声谈感情，暗地里却将口袋捂得紧紧，至少证明钱对他来说，比感情重要得多。想到这儿，蔡雪儿是既不愤，又心寒，恼火了好一阵。

还好，TT 一上路，就吸引了众多艳羡的目光，回头率极高。蔡雪儿故意把音响开得震耳欲聋，在众人的注目礼中一路狂奔到公司。把车停好，哼着小曲来到办公室，刚泡了杯咖啡，秘书拿着今天的日化用品报进来，指着封面的一张图片和标题说："蔡总，你看，萧总去东美了。"

蔡雪儿一怔，赶紧拿起报纸，标题极富震撼力，萧昊千万元年薪加盟东美，与老东家市场兵刃相见。内容则是东美集团昨天召开新闻发布会，宣布业界知名营销精英，兴华日化原营销副总萧昊加盟，担任集团总裁，原集团总裁许铭轩只担任董事长职务，不再负责具体运作事务。在会上，许铭轩对萧昊做出极高的评价，而萧昊也对在东美的发展表现出很强的信心。

"东美集团。"蔡雪儿喃喃地将这名字念了两次。这家公司目前在国内品牌中，市场份额排名第二，仅次于兴华日化，是最直接的竞争对手。在产品的覆盖范围、品牌知名度、价格定位、目标消费群方面完全重叠，前几年发展迅速，但这两三年来势头放缓，还赶不上兴华背靠国企的雄厚实力和品牌积淀优势。

不过日化行业就这么大，以萧昊的实力和身价，小的企业请不起他，他也不会去，而大的企业，包括外企在内，也就屈指可数的几家，总会和兴华日化在市场上碰撞。被黎仕国算计负气出走后，以萧昊的性格，出这口恶气最好的办法，就是投奔竞争对手，然后在市场上将兴华日化打个落花流水。他的选择不会太多，去数一数二的外企没意思，赢了是应该的，只有去既是老东家对手，又暂时不如老东家的企业，一战功成，他才能证明自身实力，理直气壮地扬眉吐气。

打开网络，略一搜寻，网站上果然已有很多萧昊加盟东美的报道。蔡雪儿直接登录东美官方网站，首页就是萧昊和许铭轩并排坐一起的大幅照片，并全文刊发许铭轩和萧昊的讲话以及答记者问，将企业创始人和职业经理人相提并论，足显重视。

蔡雪儿拿起报纸，走出办公室，眼神往卫菊的座位上瞟了瞟。卫菊正聚精会神地看着电脑，手指噼噼啪啪地在键盘上敲打一份文件。自从萧昊走后，卫菊明显消瘦了，刚开始那段时间虽然和平常般笑嘻嘻地若无其事，但眉宇间那股哀愁神伤却瞒不过蔡雪儿的眼睛。蔡雪儿幸灾乐祸过，自己得不到萧昊，卫菊这小屁孩最终也两手空空，只是让人玩玩罢了。后来换个角度想，毕竟萧昊曾经选过她，而对自己的旁敲侧击却视若无睹，比较而言失败的还是自己，这又让她极不舒服，甚至多多少少有了敌意。女人的心理，有时就是这么莫名其妙。

蔡雪儿来到总裁办公室，将报纸递上。黎仕国简单地扫一眼："昨晚我就知道了，业界已传开了，东美这次发布会规模办得挺大，再加上千万元年薪，够轰动的，给足了萧昊面子。"

"那事先没收到风声，是我工作没做到位啰？"蔡雪儿冷着脸，气鼓鼓地说。

"你呀，想太多了，我哪儿有这意思。"黎仕国笑着摆手，"你又不是掌管东厂，还能尽晓天下事？"

"当领导的，总是话里有话。古话都说，伴君如伴虎，我总得长个心眼，多揣摩揣摩，别哪天不小心摸了老虎屁股还不知道。"蔡雪儿不冷不热地说。

黎仕国打量着蔡雪儿，有点讶异："怎么，一大早谁惹你了？火气好猛，别说我不是老虎，就算真是，还不被你烤熟了？"

"我哪有这能耐。"蔡雪儿在椅子上坐下，"这不是向领导承认错误吗？"

"别发脾气了，我的大小姐，下星期我们包船出海吃海鲜，顺便庆祝你换新车，好不？"黎仕国笑眯眯地说。

"随便，不过我可不想载你，这车太惹眼，要让人看到，别害你不好交代。"蔡雪儿说得不冷不热。

"你呀……"黎仕国指指蔡雪儿，不再纠缠此话题，语锋一转，"萧昊这小子，虽然脾气不好，恃才傲物，但做营销倒真是一把好手。他去东美，以后兴华便多个强劲的对手。"

"是的，我就是想，他都走马上任了，怎么公司的营销副总还没定下来？你不是要提拔朱捷吗？现在还八字没一撇，这效率也太低了。"

"我正为这事儿头痛。"黎仕国的脸色有些沉重，"不是效率问题，而是任命到了总部人资中心被卡住，有人另有想法，正使绊呢。"

蔡雪儿诧异地问："谁和你过不去？"

"不是过不去的问题，而是急着安插自己的人马。"黎仕国点根烟，淡淡地说，"年轻人，总是沉不住气。"

蔡雪儿恍然明了，周钦勇自从上任后，便频频动作，不断插手公司内部管理。而刚开始四年任期的黎仕国又低调下来，这情形和当年徐伯春上位时一模一样，不同的是，周钦勇的后台比徐伯春硬得多。营销副总是极为关键的岗位，在公司中排名第三，他不肯让黎仕国有意提拔的朱捷上位，要把这位置留给自己人，到时两人联手，黎仕国的权力和空间将萎缩得几乎可忽略不计。谁都清楚，在兴华日化，他是名正言顺的太子，四年一到，肯定扶正，连个对手都没有，强势自负如萧昊，都自知无法和他竞争。只是这太子迫不及待要当朝立政，想让黎仕国当看似高高在上、其实有名无权的太上皇。

蔡雪儿问："位置总不能一直空着吧，他有人选了？"

"私底下在运作是毫无疑问的，只是还没提出来。"黎仕国缓缓说，"不过萧昊新官上任三把火，肯定会在市场有动作，只要冲击到我们的销量和市场份额，碰到上市在即，总部不会坐视不理，到时他再想拦也拦不住，前提是他一直没找到合适的。"

"那倒是。"蔡雪儿半真半假地说，"看来我得打个电话给萧昊，恭贺他上任，给自己留条后路，哪天在这儿混不下去了，也好跟着他到东美去。"

"平川的气候不好，你一个南方人，受得了才怪。"黎仕国笑笑，"东美是典型的家族企业，人际关系极为复杂，水可不浅。萧昊那儿把火烧不烧得起来可说不准。"

"人际关系复杂？这儿又能好到哪儿去？"蔡雪儿不以为然，"你不看好他？"

"不，重要的不是他，而是许铭轩，没他的支持，萧昊就算是孙悟空七十二变，也别想变出啥花样来。萧昊不傻，既然肯去，应该是得到许铭轩放权的支持和承诺。但承诺是一回事，实际行动又是另一回事，许铭轩能容忍萧昊到什么程度，决定着萧昊能干出多少事来。要知道，萧昊可不是那么好伺候的主。"黎仕国老谋深算，侃侃而谈，"今晚东美要给萧昊办隆重的欢迎宴会，呵呵，是打响头炮还是吃个下马威，一场鸿门宴哪。”

蔡雪儿这下着实吃惊：“你有千里眼还是顺风耳？东美有你的人？”

“日化行业有多大？人员流动很正常，那儿本来就有从兴华过去的员工，得到些信息，有什么奇怪的？”黎仕国将烟灰敲掉，悠悠地说，“21 世纪的社会，最重要的是两个资源：一是人脉，二是信息，你永远不知道它们会在什么时候发挥多大的作用。看看萧昊怎么演好这出戏吧。”

“像你们这么活着，累不累啊？”蔡雪儿摇头，“一点都不懂享受生活。”

“是累，但没办法，你以为想停就能停下？”黎仕国苦笑，摆动两下手臂，揉着肩膀，“明天一早周钦勇约打高尔夫，后天一早得飞上海，约了资产管理中心的石总吃饭，后天晚上还有个饭局，和一家投行谈上市的事，周一再赶回来，这么连轴转，真是吃不消。”

“少在我面前诉苦，你是乐在其中，有句话说得好，权力就是你们男人的春药，要不值得你那么拼？”蔡雪儿咬着嘴唇，不以为然。

黎仕国哈哈大笑，拉住蔡雪儿雪白的手腕：“那春药的效用，还不是你在享受？”

“享受个屁，就两字，折腾。”蔡雪儿把手抽出来，“周钦勇约你打球？是要谈营销副总的事吧？”

“我从不费心思去猜这些，明天不就知道了？”黎仕国眼光悠悠地盯着蔡雪儿，慢腾腾地说，“我听说周钦勇对你有意思？”

“对我有意思的人多着呢，你吃醋？吃得过来吗！”蔡雪儿不置可否地冷哼一声，起身便走，“你忙你的权力，我享受我的生活。”

“记得打电话给萧昊，顺便替我问好。”看蔡雪儿要迈出门槛，黎仕国补充一句。

欢迎宴会安排在平川市最豪华的扬帆大酒店，酒店的外观设计参考了迪拜闻名世界的帆船大酒店，就像一面迎风怒展的船帆，虽不能与原装正版的极致奢华相比，但依旧大气磅礴，气势恢宏，是山寨中的极品，自落成后便成为平川的地标建筑，吸引旅客游人无数。

东美在酒店最大的餐厅开宴五十八桌，除了三百多位集团行政员工悉数到场外，附近的供应商，经销商全部邀请，还有各机关单位领导，政要高层，连常务副市长也赏面出席，冠盖云集，声势浩大，足见东美集团和许铭轩在平川的人脉和地位，更凸显对萧昊的重视。

萧昊穿着合身的阿玛尼西装，神采飞扬，和许铭轩并肩站在一起，一边和重要的客人握手寒暄，一边用心将对方一一记下。在记忆力方面，萧昊极有自信，天生的过目不忘，每个人只要见过一次，下次他就能自然而然地叫出对方的名字和职称，令人惊叹不已，这本事对他在商海职场上搏杀有莫大帮助。

萧昊到平川赴任，许铭轩的礼遇堪称无可挑剔，规格之高，可说无出其右。入职之前，萧昊到非洲旅游半个月，彻底放松自己，为重回职场积蓄能量。而许铭轩到香港出差，特地多停留一天，等萧昊从南非飞抵后，两人再一起到平川，几乎有专门迎接的意思。而到平川后，安排全市最好的公寓住宿，上下班和萧昊一起到公司，午餐晚餐都一块儿吃，还把原先的座驾，车牌号为“平C66666”的奥迪A8L交给萧昊，自己另乘一辆沃尔沃S80。对他这样功成名就的大老板而言，那份礼贤下士的胸怀和气度，不管是衷心也好，作秀也罢，表面上的功夫，已足够令高傲自负的萧昊发自内心地感动折服。只是等到开席时，望着主桌的市领导和集团高层，萧昊的好心情就像和煦的阳光照不到的角落，阴影许许。

东美集团自创立以来，一直是由许铭轩担任董事长兼总裁，主要精力放在采购和生产，副总裁有四位，分别是许铭轩的大舅子、主管财务的宋明波，许铭轩的弟弟、主管人事行政的许铭德，许铭轩的妹夫、主管市场营销的赵昂，以及主管媒介传播和外联公关的钱兆霖。

五大高层，四个是许家成员，只剩钱兆霖孤家寡人，广告和公关较为专业，日化是典型的快速消费品，需要长期的广告投放去拉动销售。在广告资源的选择谈判、整合运用上，不懂行的人，往往砸下巨资还没个声响，必须业内专才领导驾驭，许氏家族里找不到类似人员，才有钱兆霖一席之地。只是不难想象，在开高层会议时，钱兆霖那微弱的声音会多么无足轻重。

再看中层，生产部经理是许铭轩的表弟姜达，采购部经理是许铭轩的小姨子宋明琪，至于像市场部、行政部、财务部等部门经理，都是跟着许铭轩打天下的老臣子，个个工龄至少在十年以上，许家的势力和元老派势力，至少占据东美集团管理力量的70%。

这个比例实在太高，也难怪许铭轩痛下决心要进行改革。要害部门全是自己人占据，外来人才找不到发展空间，自然会流失。长久以往，没有新鲜血液冲击，只靠老一派凭忠心和经验管理，貌似和谐稳定，实质却是企业的生命活力流失殆尽。这在市场上已充分反映出来，萧昊研究过数据，近四年来，东美一直在国内品牌前三的位置上徘徊不前，市场份额不但没有增长，这两年反而开始慢慢萎缩，已触碰到天花板，进入瓶颈期。市场是残酷的，这是个大鱼吞小鱼，赢家通吃的时代，在日化行业的高速发展中，如逆水行舟，不进则退。你抢占不到更多的份额，自然就落在竞争对手的碗里，此消彼长下，东美的前路将越走越窄。东美是许铭轩辛辛苦苦打拼出来的基业，他自然不想看到其慢性死亡，逐步被市场淘汰，不惜屈尊降贵请萧昊来，交出大部分权力，显然已意识到危机迫在眉睫。

来之前，萧昊是有充分心理准备的，这辈子他从不惧怕困难，相反，越是困难的局面，越能激发出斗志。他的人生座右铭是那句古话："志不求易，事不避难，不遇盘根错节，安得辨利器乎？"克服越大的困难，那份成就感越令人沉醉，他向来喜欢折腾，而不喜欢安逸而毫无变化的生活，也因此才能取得目前的成功。

只是现在看到许家人济济一堂的场面，虽然脸上保持着笑意，萧昊的感觉还是有些古怪。做好准备是一回事，真正面对又是一回事，自己这把利刃，要怎么劈开东美日积月累而成的铜墙铁壁？这恐怕是他至今为止面对的最大挑战。

许铭轩的太太宋明丽也来了。许铭轩的创业历程颇具传奇色彩。三十七岁前，他只是一普普通通的国企办公室主任，后来企业经营不善，面临倒闭，许铭轩被迫下岗，拿着赔付的那丁点儿工资，开始摆地摊，起早贪黑地到市场摆摊卖家用日化商品。由于他看货的眼光准，价格便宜，生意不错，虽然辛苦，但养家糊口之外，还攒了些钱，不久便开了家小店。一年后，当时的国内品牌飞歌到平川寻找独家代理商，省区经理刚好是宋明丽的老同学，只是要拿到代理权，许铭轩的资金还不够，宋明丽一咬牙，在事先没和许铭轩商量的情况下，擅自将单位分给自己的房子抵押给银行，冒着全家人以后睡大街的风险，总算将钱筹足。妻子破釜沉舟的决心和魄力，让许铭轩极为感动，全身心投入事业中，当时国外品牌的日化用品虽然广告打得多，但价格太高，并不适合经济落后的平川消费者。而飞歌有品牌，质量不错，价格又便宜，性价比极高，深得消费者的青睐，许铭轩做得风生水起，很快就建立起自己的渠道。凭着出色的业绩，不到三年，他已成为飞歌的省级代理商，赚得第一桶金。

市场唯一不变的，就是变化。风光一时的飞歌品牌，被成功冲昏头脑，步伐迈得太大太快，除洗发水和沐浴露外，还对洗洁精、洗衣粉、肥皂、牙膏、护肤霜等领域全面涉足，结果无一成功，投入的巨资打水漂，资金链顿时吃紧。而此时国内的日化品牌已后来居上，尤其是兴华日化，依托着兴华集团超强的资源优势和品牌实力，犹如巨无霸般横冲直撞，全面开花，在市场上将飞歌品牌打得毫无还手之力，成为压垮骆驼的最后一根稻草。

此时许铭轩已具备一定实力，是省内数得上号的大代理商，虽然还有其他品牌在手，但主心骨被抽掉，还是元气大伤，他开始寻找新的利润增长点。日化行业惊人的暴利让人眼馋，在召开家庭会议时，宋明丽提出一个极为大胆的建议，投资实业，做自己的品牌！

在许铭轩的人生中，这无疑是最关键，也是最艰难的决定。做代理商，虽比较被动，被厂商掌控着，赚不到大钱，但安稳，不至于伤筋动骨；办实业可不同，纵然利润多，有主动权和话语权，但投入多，风险大，一旦失败，会把前期所得赔个精光。尤其在取得一定的成就后，要下决心再赌一把大的，实在没那么容易。

人生其实就是一道道选择题，成功者之所以成功，往往不在于他比别人优秀多少，而在机会出现时，他能排除人性天生的诱惑和胆怯，以勇气和智慧，再加上运气的帮忙，在迷雾中找到正确的那条路。许铭轩也是如此，他将名下的三套房子，两辆汽车抵押给银行，拿着贷款创办东美，从此一步一步踏上人生的顶峰。

回顾许铭轩的创业历程，在几个转折点，都是宋明丽起到关键作用，把丈夫推到顶峰，成功男人的背后站着一个女人，这话对许铭轩来说恰如其分。虽然宋明丽一直没进入东美工作，但影响力却无可置疑。作为亿万身价的大老板，许铭轩从未闹过什么绯闻，对妻子既尊重，又爱护，堪称商界的模范夫妻。对这样一位貌不惊人，但举足轻重的女人，萧昊不敢有丝毫怠慢。前天许铭轩带萧昊到家里吃饭，宋明丽亲自下厨，做了一桌地道的平川菜，手艺不俗，与萧昊聊得挺投缘。不同于丈夫久居高位后养成的深藏不露，斟词酌句，宋明丽言辞爽朗，敢说敢作，洋溢着巾帼不让须眉的英气。

宴席开始，许铭轩首先致辞，他的语言平和稳重，先是感谢市领导和各兄弟单位的赏脸光临，又对东美集团在自己领导下的发展做了简单的回顾，然后开始介绍萧昊的情况，高度评价他以往的工作业绩和能力。萧昊能够加盟东美他深感高兴，并相信东美在萧昊的管理和带领下，一定会取得更快更好的发展。在发言的最后，他放下稿子，眼神慢慢地扫过四周，缓缓地说："作为企业的创始人和董事局主席，我深知没有诸位同人的共同努力，就没有东美集团的成绩。但是，我们要与时俱进，绝不能墨守成规，只有适应社会大潮的发展，才能百尺竿头，更进一步。萧总是难得的管理人才，他一定能带领公司跃上新的台阶，我会给他最大的支持，同时希望各位要调整好心态，像配合我一样配合萧总的工作，全力以赴，努力创造东美更辉煌的明天，谢谢大家！"

在雷鸣般的掌声中，萧昊致辞。在众人饱含各种心态的目光中，他整整西服，神情自若地站起身，信心十足地走到台上，虽然说的是面面俱到、滴水不漏的客套话，但他就是能把所有人的注意力吸引住。在读书时，他便是公认的天生演说家，越大的场面，别人越紧张害怕，他却是越兴奋越有状态。经过这么多年的社会锤炼，尤其随着职位的逐渐提升，大大小小的发言越来越多，发表演讲已是随时随地信手拈来。他的语言富有激情，层次分明，再加上到位的肢体语言配合，极富感染力和煽动性，如激情四溢的美酒，让人闻之热血沸腾，相形之下，刚才许铭轩的发言就如白开水，淡而无味。

许铭德转过头，捅捅身边的赵昂："这家伙，说的比唱的还好听。"

“不服气？你也上去说说。”赵昂笑着说。

“我是做事的，没他命好，靠张嘴混饭吃。”许铭德冷笑着说。

“别说我没提醒你，这家伙不是那么好对付的，你看，大哥对他已好得快比爹娘了，就差把他供起来。要没几把刷子，大哥能那么轻易交权，还一再嘱咐我们要支持他？”

“那又怎样，什么总裁，说穿了就是个打工仔，东美还不是姓许？能反了他不成！屁还没放半个，不知几斤几两，老大就对他这么好。你看这场面，这档次，咱们拼死拼活的，谁有这么风光过？更可气的是一下把总裁位子交出来，让他领导我们，没意见就有鬼了！”许铭德愤愤不平地吐着怨气，“一个外人，能有骨肉兄弟信得过？真不知老大发了什么疯，走这步臭棋。大嫂也不知怎么回事，也不阻止他！”

“大哥什么时候走过臭棋？他搞这么大，正因为萧昊是外人，才要花那么多心血收买，不然人家怎么会心甘情愿卖命？同时也告诉大家，他非常支持萧昊，给萧昊树大旗立威呢！我看呀，他的用意深着呢，没那么简单。”赵昂揉了揉脸颊，低声说，“只是他这步棋，我琢磨很久，还没弄明白真实的含义。”

掌声再度热烈地响起，萧昊已结束讲话。许铭轩稳步上台，满脸笑容地和萧昊一起，向大家举杯敬酒，众人纷纷起身干杯。许铭德说：“没什么好想的，兵来将挡，水来土掩，我倒是要看看这萧昊能变出朵什么花来！”

宴会的气氛很不错，足够热烈，敬酒者络绎不绝。人太多，萧昊虽然酒量很大，也不敢放开喝，除了和领导、嘉宾干杯，其他都点到即止。当然，职位摆在那儿，许铭轩又在场，谁也不敢硬逼他喝，意思到就行。饶是如此，一圈下来，萧昊也已感觉够呛，作为主角，敬酒的人在排队，整晚上他就没坐下来吃过两口菜，肚子没点存货，全是酒精，就是酒桶也有溢出来的时候。许铭轩酒量不行，只喝三杯，后面全换成橙汁，其他人也见怪不怪，倒是宋明丽酒量好，给嘉宾敬酒时，全是举杯就干，毫不含糊。

一餐饭吃了三个多小时，散场时已是十点半。萧昊回到公寓，抠着喉咙把酒吐出来，洗个热水澡后，只觉饥肠辘辘，饿得发慌，打开冰箱，煮了包速冻饺子，蘸着陈醋和辣椒酱，一口气扫个精光，精神大振，打开手提电脑，开始整理计划。

该有的风光，许铭轩都给足，接下来就是自己登场亮相的时候。作为老板，不管对你多好，看重的都是才干。刘备可以三顾茅庐，但若诸葛亮不能先用隆中对证明战略眼光，再火烧博望坡证明其战术运用，最终天下三分证明其算无遗策，一步步展现过人能力，早就被乱棍轰走，哪儿还有后面大展拳脚，名垂青史的机会？不过希望越大，失望就越大；捧得越高，摔下来就越重，这是千古铁律。

打开东美的人员花名册，萧昊在十几个人名上画了大大的圆圈，尤其是钱兆霖，东美总裁班子中唯一的外人。又点击邮箱，收取猎头公司发来的简历，萧昊需要一些鲇鱼，来打破、激活东美现有的格局。不能建立属于自己的班底，一切雄心壮志全是空中楼阁，这是入职前他和许铭轩再三探讨的问题，也获得了许铭轩的首肯。人事权由萧昊说了算，他绝不插手，握到这柄尚方宝剑，萧昊的底气至少足了三分。

将构思中的理想岗位人员配置整理好，再想想下一步要挖哪几个老部下过来，安排好工作计划，已是凌晨两点。萧昊毫无倦意，正想看看论坛上有什么新鲜事，卫菊的QQ头像不断闪烁："还没休息？"

"我是夜猫子，哪有这么早？倒是你呀，这时候还在，奇迹哦！"

"呵，可能是晚上喝太多浓茶，睡不着，便起来上网溜达。"卫菊说，"早上刚看到新闻，恭喜你啊！"

"有什么好恭喜的，又得开始拼命，我就是劳碌命。"

"注意保重身体，最近还好吧？"

"没什么好不好，就那样，哈哈！你呢？"

"我也是，没你带我吃那些好吃的，减肥有点成绩，轻了6斤。"

卫菊白白胖胖的可爱模样浮上心间，一股温暖随之而来。可萧昊想起她一下轻了6斤，又有股莫名的滋味在回荡，好像有点酸涩，又好像有点难受，顿了顿，把复杂心情扫开，戏谑地打上："这么说我还是你身材膨胀的罪魁祸首，多亏我溜得快，没再祸害你。"

停了两三分钟，卫菊回了句意味深长的话："其实我喜欢胖的，瘦下来不好看。"

萧昊装着不理解话里的意思，岔开话题：“兴华的营销副总任命了没？”

“没有，现在还空着。”

“不是说朱捷吗？怎么这么久还没任命？”萧昊眼光闪动，快速地问。

“前段时间是在说朱捷担任，听说他还请过客，可一直没看到任命，近期就没人说了，具体的情况我可不清楚。”

又是高层斗争，看来周钦勇去了，黎仕国的日子并不好过，连计划好的人事任命都被挡住，这老狐狸也有今天。萧昊对兴华日化太过了解，对那儿弥漫的硝烟更亲身战斗过，脑子一转，便猜出个七七八八。朱捷没能被任命，那可是萧昊最想见到的局面，不管换谁接管营销，下面肯定军心不稳，折腾起来，不但自己挖人方便，兴华日化市场政策的调整变化，也会给东美留下乘虚而入的机会。

“累了，休息吧。”萧昊说，“下次要有机会来平川，记得找我，我带你吃好的。”

“那好啊，君子一言，我有假期就到平川去。”卫菊有点兴奋地说，“到时可别嫌我烦。”

“呵呵，我是那种人吗？对朋友可从来是没二话的。”萧昊打上个拜拜的表情，把电脑合上，倒在床上时，不知为什么，以往和卫菊在一起的画面，竟如定格般，格外清晰地在眼前掠过。

怎么回事，以前那么多女朋友，哪个能在分手几个月后，还让自己挂念的？萧昊忽然觉得自己有点可笑，拉了拉被单，把身体裹紧，暗想，下一步得在平川发展几个美女，才算得上工作生活两不误。

第二章　总监人选

在南滨市郊外四十多公里处，有个占地一千五百亩的冠华高尔夫球场。独特的地理位置赋予了它得天独厚的气候和地貌，在这里丝毫感受不到南方的潮湿闷热以及北方的干燥寒冷。球场犹如一颗海上明珠，三面环海，精心设计，布局巧妙的球道中沟壑纵横、悬崖林立，天然的海峡、峭壁、峡谷错落有序地贯穿其中。球场每个球道都风格迥异、各具特色，无论在哪条球道上都能看到大海，碧蓝的海水为球场增添了美景，加上茂密的森林，星罗棋布的沙坑，使球场极具挑战性和欣赏性。

“啪”，白色的小球画出一道弧线，晃晃悠悠地落入洞中，周钦勇鼓起掌：“好球，黎总果然是高手。”

“我算哪门子高手，蒙的。”黎仕国笑着连连摇头，“要说打高尔夫，董事长才是真正的行家，我呀，就是周末有时间玩几杆，纯粹的业余爱好。”

“老爷子也少打，岁数大了，碰上夏天，在大太阳下晒几小时不是闹着玩的，医生不允许。他最近迷上了书法，还专门到书法家协会找了老师，一回家就去书房写字。”

“董事长的字写得好，原本有口皆碑，现在还精益求精，更上一层楼啊！”黎仕国饶有兴致，“看来我要找个机会，向他讨要几份墨宝赏鉴收藏。”

“还用什么机会，下次回去我就给你带几幅。他说是自娱自乐，从不给人题字，但家里多的是作品，快放不下了，我正准备给他找间大点的书画室专门存放。”周钦勇爽快地说。

“那就先谢了。”黎仕国握着球杆拱拱手。再打两个洞后，眼见已到中午，周钦勇便提议休息，两人坐着电瓶车来到会所餐厅，周钦勇要了间小包厢，点份烧鲍鱼套餐，叫瓶红酒，一切安排好后才敞开话题：“黎总，我看到新闻，萧昊去了东美，他熟悉公司的情况，以后在市场上就是竞争对手。敌人布好阵，就要兵刃相见，我们的营销副总却还没定下来，营销总监庄进的能力又很不咋地，群龙无首，这总不是个事吧。”

黎仕国不咸不淡地说：“人选当然要尽快定，当时你还没到位，郑总和我商量过，考虑华南大区经理朱捷担任，可公司的任命申请上去后，人力资源中心没批复。这段时间我忙着上市工作，就把这事给放下了。”

“朱捷？”周钦勇皱着眉头，“不瞒你说，公司的申请上去后，郑总征求过我的意见，可我觉得他不太适合。连销售总监都不是，就一大区经理，从没负责过全国业务，一下就当销售副总，是不是步伐太快？到公司后，我和他聊过几次，能力是有，潜力也不错，但还没到一飞冲天的地步，在高手下面多锻炼几年，一步步来，有益无害。”

黎仕国端起水杯喝着，等对方继续出招。周钦勇接着说：“我还有个顾虑，朱捷是萧昊带过来的，并一手提拔到大区经理的位置，两人关系匪浅，万一他们串联一气，泄露公司商业秘密，那仗还没打，我们已先输九成，不能不防啊！”

自己精心布局，用来牵制萧昊的绝妙一招让周钦勇批评得一文不值。黎仕国压制住心里的不快，脸上没有表现出半分异常，反而附和说：“周总，你的顾虑很有道理，可寻找更合适的人选，时间上来得及吗？”

“最近我通过各种渠道在寻找，总算有点眉目，这不向领导汇报来了？”周钦勇打开手机，点击出一份邮件后递给黎仕国，便端起红酒，悠闲地品尝着，只用眼角的余光留意着对方的表情。

黎仕国简单地浏览一遍，慢条斯理地说：“YK 是全球最大的日化用品龙头老大，世界五百强第十二，作为它中国区的销售负责人，这人的履历当然不错。只是要担任兴华日化的副总，也有一些问题得解决。”

“比如呢？”周钦勇迫不及待地问。

“我主要的疑虑有两条：第一，他是香港人，一直在外资工作，是否能适应我们的企业文化，是个未知数；第二，他的薪资要求太高，超过集团的标准。”

“这些问题好解决，YK是业界第一，不管在制度、管理，还是流程上，都是行业标杆，正好让我们学习借鉴，提高竞争实力；YK的销售总监跳槽到国企，这本身就有很大的轰动效应，只要稍加炒作，资本市场会对我们更加认可；集团的战略目标是要走出国门，到国际市场上竞争，那就要吸纳国际型的人才，自然得给予国际型的标准，这一步早晚得迈出去。既然把日化定为独立上市的试点，那在吸引人才上，也可以先行一步嘛。”为了让今天安排的球局饭局能如愿以偿，周钦勇早就做足功课，就算黎仕国提出帕克再多的缺陷，他也能说出朵花来。

一阵香味扑鼻而来，高尔夫在中国还属于贵族运动，玩得起的人大部分非富即贵，开在球场内的餐厅，自然要有相应的档次，才能吸引得住这班吃遍山珍海味的豪客。厨师是台湾人，烧鲍鱼是一绝，既弹性爽口，又香浓入味，不比大名鼎鼎的香港阿一鲍鱼逊色。周钦勇极喜欢这道菜，经常让司机来回跑上百里路，打包回去让他大快朵颐。

打了一上午球，黎仕国不像周钦勇那样慢悠悠地享受，三下五除二将鲍鱼干掉，向服务员要碗米饭，将剩下的鲍鱼汁淋在上面，搅拌在一块，不一会儿就吃个精光，心中的算盘也已经打好，喝口红酒，说：“这事你向郑总汇报过没？”

“还没，我这不是先和领导商量吗？”周钦勇说得客气，其实在帕克决定跳槽后，他已和郑瑜打过招呼，郑瑜没明确表态，只是让他和黎仕国商量，如果两人意见一致，再通过正常渠道打报告、走流程，人力资源中心尽量予以支持。毕竟黎仕国是一把手，销售副总这么重要的职位绕不开他，“黎总要觉得可以，我安排个时间，你和帕克见个面，再把把关？”

“周总，敞开来说，在我这届任期，主要任务是推动上市，实在没精力再处理公司的大小事务，而你是常务副总，你帮我管起来最合适。”黎仕国说得诚恳，就像慈祥的长者在和后辈交心，“我们都清楚，让我留在日化，就是为完成历史使命，以后这担子就由你来挑，我在兴华这么久，周董事长对我多有提携照顾，这份感情我记着，顺顺利利地交棒给你，是我最大的愿望。所以你要尽快接手，独当一面。既然人选你已看过，我就不必再看，你放手去做，我全力支持。”

黎仕国翻手为云，覆手为雨，击败萧昊和徐伯春，破例连任总裁一事，在兴华集团内早已成为津津乐道的谈资，对他的老到和隐忍，更是传得神乎其神。但在周钦勇看来，自己不是萧昊和徐伯春那两个蠢材，被人玩弄于股掌间还懵然不知。这老狐狸年龄已到，不可能再有奇迹出现，属于夕阳西沉，就剩最后一把火可燃烧，而加上父亲在集团无人可比的地位，自己接任是板上钉钉，就是四年时间问题。到任后，黎仕国对他礼数周全，工作上更是大放权，渐渐地周钦勇都有点忘了自己的副总身份。此时听到这番话，无论真心假意，周钦勇还是有点感动，举着红酒说：“谢谢黎总，我尽力而为。”

“咱还用客气这个？”黎仕国的笑容很开朗，“下次去北京拜会董事长，他要问起来，我才能理直气壮地说，幸不辱命！”

在扬起脖子喝酒的瞬间，一道阴霾在黎仕国眉宇间聚集，眼中闪过针尖般的利芒，锋利至极。但放下酒杯后，阴云散去，依旧如长者般宽厚慈祥，神态自若地和周钦勇聊着天。

信湖路是平川最著名的街道，地位犹如北京的王府井、广州的北京路、重庆的解放碑，是城市最繁华的商业中心，商铺鳞次栉比，游人如织。从信湖路往左走一百米，就是环湖街，一条白天安静的小路，但到了晚上，风格各异的酒吧相继亮起霓虹灯，琳琅满目，越到深夜越是热闹。法拉利、保时捷、玛莎拉蒂等豪华跑车，随随便便地往路边一停，竞相争辉，俊男美女举目皆是，音乐的节奏，美酒的味道，混合交融成独特的气息，散发出夜的精彩、夜的暧昧、夜的浪漫。

这是夜猫子盘踞的场所，是红男绿女们狂欢的圣地，是令男性荷尔蒙上升，女性诱惑高涨的天堂，是金钱魔力挥洒的领域。对萧昊来说，更是他最喜欢的乐园。

来平川的第二天，许铭轩就请他去平川最好的夜总会名荟，那儿虽然金碧辉煌，美女如云，但并没给萧昊留下多少印象。他更喜欢在酒吧，这个灯红酒绿的场所，凭借自己的魅力，去搞定有心动感觉的美女，那更刺激，更有挑战性，更有成就感。

许铭轩给他的五个6车牌实在太过显眼，而且奥迪A8L是典型的商务座驾，造型稳重大气，谈生意、展示老板身份可以，却不适合酒吧一条街这充满动感活力的地方。萧昊干脆打的，在车上问司机哪间夜店最热闹，司机推荐洛格，最新的酒吧，天天人满为患。进到里面，风格不错，人够多，养眼的美女举目皆是，萧昊挺满意，找了张靠中间的散台，掏出铂金卡，眼睛眨也不眨，叫上一瓶六斤的马爹利XO。

虽然是第一次来，但全中国的夜场基本一套路数，萧昊泡吧那么多年，早就轻车熟路。都说酒吧是风月之地，一夜情的高发源头，客人来玩，酒吧只是平台，喝酒只是手段，目的在于艳遇，在于下半夜能抱着新鲜火辣的美女，继续寻欢作乐。可有些人能天天在美女中予取予夺，有些人喝一辈子酒却从未有半点机会，其中的关键，就在于不懂内里潜藏的道道。在酒吧中游弋的，大部分是喜欢追逐潮流，乐于享受生活的前卫女子，这些人的眼光往往不低，来酒吧的男人同样分三六九等，越漂亮，越自负的女人，越会留意男人的档次和身份是不是配得起自己。比如叫酒，喝什么档次和分量的酒，体现你的身价地位，一个喝啤酒和一个喝洋酒的男人，对女人的吸引力肯定不一样。而当六斤的酒瓶往桌上一放时，萧昊纵然是天蓬元帅下凡，他的魅力已在无形中增加几分。

酒刚打开，酒吧的经理便过来，一个二十多岁的女子，虽然脸上抹浓妆，但五官还算漂亮，身材也不错，前凸后翘，往萧昊身边一站，笑容可掬："帅哥，你好，一个人来玩啊，好像以前没见过啊，第一次来？"

"别和我谈第一次，早没了。"萧昊嬉笑，"难道我来玩就一定要和你见过？"

"好坏啊，你要和我说第一次还在，我会信吗？"女子递上名片，"酒吧开业我便来了，天天在，不是我吹，只要是来玩过的客人，多多少少我都会有印象，特别是像你这么帅的，想忘也忘不掉啊！以后多关照，别的不敢说，在这里，想吃点什么，喝点什么，玩点什么，随便交代。”

萧昊接过名片把玩：“马玉？你这名字要加个金字旁，就成射雕里的老道啰。我哪关照得到你啊，你关照我还差不多。”

“帅哥就喜欢说笑，来，我先敬你一杯，晚上玩得开心啊！”马玉倒两杯酒说。

萧昊接过酒杯，眨眨眼睛，拖长声音说：“唉，我第一次来平川酒吧，第一次来洛格，第一杯酒就这么献给你了，这么多宝贵的第一，你可得负责到底！”

马玉笑得花枝招展:“你可够贫的，行！要怎么负责尽管说，包你满意。”

两人先干了三杯，便开始玩色盅，马玉连战连败，一杯酒一杯酒地接着灌，大呼小叫：“帅哥，你玩这个也太厉害了，简直就一诈骗公司，眼睛都不眨一下，我可玩不过你。”

“我是诈骗公司，你就是皮包公司，咱半斤八两，谁也不用笑谁。”萧昊的注意力开始转移，漫不经心地说。

作为夜场公关经理，马玉早就练就一副七巧玲珑心，顺着萧昊的视线望过去，笑着说：“嗯，对美女动心了？”

左边隔着两三桌，是一个漂亮的女子，年纪二十三四岁，身高足有一米七以上，简简单单地束着马尾辫，紧身的红色上衣配牛仔裤，展现出美好的身材曲线。在夜场，像她这种美丽的单身女子，是招蜂引蝶的诱饵，是最引人注意的目标。从刚才进来到现在，周围很多男人的目光齐刷刷往她身上汇集，还有人轻佻地吹起口哨，不过女子视若无睹，面前放着一瓶灰雁伏特加，慢悠悠地自斟自饮。

“喝伏特加的美女，有个性！要是我不动心，你觉得我还正不正常？”萧昊问，“你不是吹嘘对这儿的客人都过目不忘吗？那她你该认识吧？”

“你要是对帅哥动心，我也不会觉得不正常啊，这世界是菊花遍地盛开！”马玉嬉笑着，“不过你这问题还真考倒我了，人格保证，这美女和你一样，第一次来！要不我搭个桥，找她过来一起玩？”

“你还真会拿第一次当借口。”萧昊嗤之以鼻，拿起酒杯，“靠你搭桥就不用了，我的座右铭是自力更生，丰衣足食。”

“你好，能请你喝杯酒吗？”萧昊走到女子对面，露出开朗的笑容，风度翩翩。

女子抬起眼帘，扫了萧昊一眼，直接倒上一杯伏特加，不兑任何饮料，不冷不热地说：“想喝酒？请吧。”

萧昊笑笑，二话不说，直接杯子一口干掉，杯口对下不滴半点。女子毫无表情，自顾自倒上，扬起脖子干了，又再倒满：“继续。”

萧昊愣一下，女人会喝酒的见过不少，但第一次见面就拿起洋酒，还是伏特加这种烈性酒猛吹的，今儿真是破天荒的第一遭。看着女子毫不停顿地把第二杯酒喝掉，只能跟着喝完。眨眼间，两人已连喝五杯。

干了那么多年销售，经历过的酒局数不胜数，杯中来，碗里去，萧昊对自己的酒量有着足够的自信。但伏特加他很少喝，这种俄罗斯的国酒出了名的度数高，辛烈刚猛，适合在天寒地冻生活的民族，在中国大陆并不流行，不兑饮料直接喝的更少。灰雁是世界顶级伏特加品牌，口感醇厚，但不停地猛喝，还是感觉到肚子里有股炙热的火焰开始燃起。只是在想泡的美女面前，他从不示弱，拿出信用卡，故作轻松地问：“看来这酒不够，还要喝多少？”

女子一摆手，冷冷地说：“我没钱吗？这是我的台，为什么要你请？”

“这不是有钱没钱的问题，而是因为我不喜欢让女人请。”萧昊指着桌上的酒瓶，“刚才喝了你的酒，现在自然得我请，有来有往，喝得才痛快嘛！”

“看来你很有钱。”女子冷哼一声，拿着价格牌扬起，姿态挑衅，“那就喝这儿最贵的酒。”

萧昊挥手把马玉叫过来，眼睛眨也不眨，食指和中指伸出个V字，豪气冲云：“拿你们这儿最贵的酒，两瓶。”

马玉佩服地朝萧昊竖起大拇指，转身去拿酒。萧昊笑嘻嘻地对女子说：“就算你是这儿的酒托，我也认了。”

女子似乎也有点被萧昊的豪气震住，缓了一会才说：“看来你很喜欢用钱来追女人。”

“对了一半，钱的确是好东西，简单、直接、有效。”萧昊用手指指心房，“错的那一半，是还需要感觉，钱只是敲门砖，能不能进门，还要看我们有没有缘分。”

“缘分？”女子乌黑的双眸中升起一团浓雾，“你告诉我，什么叫缘分？”

“大的不说，就说这场吧。”萧昊往四周一指，“男男女女，至少有几百人，为什么我不是和别的女人喝酒，而你不是和其他男人喝酒，偏偏就是我们这两个陌生人在喝呢？冥冥中自有注定，至少在这一刻，我们就是有缘分，看不见，摸不着，但它就是发生了。”

“真能说！不过都他妈放屁！”女子嗤笑着，示意萧昊拿根烟给自己，长长地将烟圈吐出，在昏暗的灯光下，脸上的表情模糊不清，“直接点，你想泡我？”

“难道我的行动还不足以表白？”萧昊坏坏地笑着，有些可憎，却又带着令人难以拒绝的邪恶魅力，“我从不喜欢说，更喜欢做！”

“你果然是个坏蛋。”女子轻轻地骂，声音中毫无怒意，“我凭什么要和你做？”

只从对方的反应，萧昊就知道已经成功了八分，右手温柔地往女子腰间一搂，凑近她耳边用极低的声音沉沉说：“因为我寂寞，你也寂寞，我们需要拥抱着取暖，就算明天是世界末日，至少拥有不留遗憾的今晚。”

女子的表情急剧变化，哀伤、痛楚、迷茫、失落、期待，所有的情感，仿佛融入酒中，她举起杯一饮而尽，柔弱无力的头部往萧昊肩膀一靠，喃喃地说：“是啊！两个寂寞的人不依靠在一起，还能咋样呢？”

舞厅的音乐节奏猛然强烈起来，带动着顾客的情绪更加热烈，嗅着女子体香和香水糅合在一起的味道，萧昊感到久违的亢奋，激情喷薄而出，还有捕获猎物的成就感。他相信，今晚将又是一个难忘之夜。

周六狂欢的后遗症，就是令周日的早晨和中午合并在一起，萧昊被强烈的阳光晃动得睁开眼睛时，已是下午一点半。

女子已穿好衣服，拉开宾馆厚重的窗帘，静静地望着楼下车来车往。这是平川五星级大酒店，离酒吧很近，每天一到凌晨，开房率极高，当然相应配套也极为齐全。萧昊披上睡袍，下了床，从背后环抱住女子，咬了咬她小巧的耳垂：“不累吗，不多睡会？”

女子用力一挣扎，便从怀抱中脱出，转过头来眼光冰冷，她脸上的妆容已洗掉，少了份风情万种的艳光照人，多了份平和恬淡的从容气质，白天和黑夜，判若两人。

女子拿起手提袋，坐在椅子上穿高跟鞋："我先走了。"

"留个电话吧。"萧昊忽然说。

"我没听错吧？"女子抬起头，毫不留情地讥讽，"你第一次出来玩？这么弱智的话也说得出口。"

萧昊脸不红心不跳，说："谁说一夜情不能变成多夜情？天亮之后说分手，过时了！"

"哦，那你继续修炼吧，姐不奉陪了。"女子懒得理他，穿好鞋子后，打开房门，背对着萧昊扬扬手，算是道别。只剩下萧昊意犹未尽地呆站着，自言自语地吐出几个字："有趣，真他妈有趣！"

第三章　新官上任

周一上午，在东美办公室入口的打卡处，员工们赫然发现，第一天走马上任的总裁萧昊，背负着双手，笔直站在一边，虽然脸上带着淡淡的笑容，但眼光却冰冷而严肃，不怒自威。而在打卡台上，还放着钢笔和表格。

员工们大眼瞪小眼，先和萧昊打招呼再打卡，回到办公室后，手忙脚乱地开始打电话。钱兆霖八点二十六分到达，表情诧异地笑着点头："早啊，萧总。"

"早，钱总。"萧昊一语双关，"看来我们的习惯比较类似，都是早起一族。"

钱兆霖打个哈哈："早起的鸟儿有虫吃，这习惯好。您忙，我先去办公室，再聊。"

八点半一过，萧昊转头对前台小妹说："从现在开始，任何人都要先登记，再打卡。"

迟到的员工络绎不绝，看到萧昊站在那儿，个个噤若寒蝉，低着头在纸上记下资料，赶紧离开，谁也不敢像往常一般，卡也不打，大大咧咧地直接进办公室。八点五十分，接到消息的人力资源部经理尤延庆手忙脚乱地赶来，光秃秃的脑门上净是汗水，底气不足地叫声萧总。

萧昊皮笑肉不笑地开口："很早嘛，尤经理。早上是不是碰到什么事，塞车了？"

“是，是！在路口被堵住了。”尤延庆抹着冷汗，忙不迭声地答道。

“还真巧。”萧昊淡淡地说，“要没什么事，陪我在这儿站会，看下公司的考勤情况？”

尤延庆哪敢说个不字，乖乖陪萧昊站在一边，大气不敢出，二话不敢说。九点过后，迟到的员工少了，来的大部分是匆匆赶来的部门主管和经理，虽然事先已得到员工的通风报信，但对着门神一样矗立的萧昊和尤延庆，还是只能挤出尴尬的笑容，极不自在。

九点半过后，几个高层仍踪影未见，萧昊冷冰冰地说：“尤经理，你现在去将还没打卡的员工名单导出来，半小时后交到我办公室。”

看着萧昊转身走进电梯，尤延庆只觉小腿不住地颤抖，他强迫自己冷静下来，掏出手机拨出号码。响了好久，许铭德带着浓浓睡意的声音，不耐烦地吐出三个字：“什么事？”

“许总，早上萧总亲自来抓考勤了，现在要我把迟到人员的名单导给他。”在许铭德手下干久了，尤延庆清楚吵醒领导睡觉，不会有好果子吃，虽然壮着胆子，但还是带着颤音，尽量简洁明了地将事情说出。

“什么萧总？”许铭德还没清醒过来，弄了好一会儿才搞清怎么回事，对着话筒便发火，“屁大一点事，他要名单你就给他，用得着问我？”

“可没到的人不少，用不用把名单处理一下？”尤延庆硬着头皮问。

许铭德昨晚和朋友打通宵麻将，手气背得很，净当炮手，输了八万多元，心情恶劣得很。此时火气更是腾腾直冒，一股气全发到尤延庆身上:“做什么手脚？怕了他不成？是多少人就多少人，我倒要看看他想咋样！妈的，你他妈除了问废话，还会不会说别的？”

许铭德啪的一下便把电话挂掉，尤延庆一张脸比苦瓜还难看，愣怔好一会，长长地叹一口气。他有种强烈的预感，自己的悲惨日子，恐怕才刚刚开始。

前路再坎坷，可该做的事还得做，要不连前路都没了。尤延庆回到办公室，吩咐主管考勤的文员将数据导出，提心吊胆地拿着资料，来到总裁办公室。走到门前，心底突然有种物是人非的感觉。这是整个东美最大最豪华的办公室，原本是许铭轩所用，这老板是典型的儒商，涵养极佳，喜怒不形于色，而且待人宽厚，就算有再大的不满，也很少冲人发火，向他汇报工作，心理压力不大。现在顶楼重新装修一间董事长办公室，许铭轩搬到那边办公，这间给了新总裁萧昊。在没正式就职前，萧昊在人前的形象是开朗阳光，亲和力强，帅气的脸庞总带着笑意，充满魅力。但不知怎的，尽管还没正式接触，尤延庆就判定这是位极难应付的主，那气场自信而强势。他看不上的人，绝不会有好日子过，想在他手下偷懒，是不可能的事。

再怎么怀念以前，要面对的始终是现在。尤延庆打起精神，迈进办公室，才发现主人换了，这儿的格局也不一样了，以前的办公桌是在东边，进门后要先转身，现在已移到西面，直接对着门口，最显眼的是老板位后面的条幅，许铭轩挂的是“海纳百川”，萧昊挂的则是“虎跃龙腾”。两幅字的作者是同一人，省书法家协会主席，全国有名的书法大家，但他原本题给许铭轩的字，稳健厚重，端庄宏放，现在写给萧昊的，却是瘦硬坚挺，笔力洞达。

尤延庆恭恭敬敬地叫声萧总，双手将资料递上。萧昊示意他坐下，翻翻资料，便放在桌上，视线在尤延庆脸上移动，直盯得他心里发毛，才徐徐说：“看起来很多员工并不把考勤制度当回事。”

“是我们工作没做好，管理不到位。”尤延庆赶紧认错。

“人资部负责考勤管理，可今天你们部门就有三个员工迟到，连你这人资负责人也一样，自己都管不好，上梁不正，你让其他员工怎么想，怎么做？”萧昊的声音很平和，但每个字却像针般，扎得尤延庆耳膜隐隐发痛。

“是，的确是我的责任，一定整改，下次不会了。”尤延庆忙不迭声地说。

“下次？要有下次，那我对你这人资经理的管控能力，可要打个大问号。”萧昊说得很慢，在最后三个字上特别加重语气。

尤延庆只觉后背直冒冷气，咬紧牙关说：“不会了，肯定不会有下次，请萧总放心。”

萧昊深深地盯着尤延庆，将资料推还给他：“除了事先请假，以及工作原因之外，其他人不管是谁，不管什么职位，一律按公司制度，半小时以内算迟到，半小时至一小时算旷工半天，一小时以上按旷工一天处理。工作原因者，你们必须核实，如果虚报，加倍处理，我会安排抽查。如果发现人资没核实或作假，那该怎么处理，你自己打报告吧。”

“另外，成立一个整顿小组，由我当组长，你来负责，专门检查违规违纪行为，按制度从严处理。去草拟份文件，欢迎员工互相监督检举，查之确凿的一律重赏。”

尤延庆脑袋嗡的一下震响，只觉千斤之重，苦不堪言，这么处理下去，其他部门的人不把人资部骂翻才怪。可公司制度摆在那儿，萧昊只是按章办事，他能说什么？萧昊紧绷的脸色松弛下来，将万宝路抽出两根，向尤延庆示意：“抽烟吗？”

尤延庆忙摆手：“不会抽，谢谢萧总。”

萧昊点上烟，慢腾腾地说：“我知道，你内心一定觉得我在小题大做，故意为难你吧。只是东美这么大的企业，无规矩不成方圆，考勤是企业所有制度中最简单、最容易执行的。如果连这都没人遵守，公司的其他制度，还能有多少执行力？干脆全取消算了！”

“我明白，一定全力去做好。”在萧昊面前，尤延庆既没资格，也没能力去辩驳，只有唯唯诺诺不住表忠心的份儿。

萧昊继续语重心长地说，就像老师在给学生上课：“那就好，你来东美七年，是老员工了！但我这人的习惯是往前看，过去的已经是过去，只有把握住现在，才能开创未来。人资部又是重要部门，很多事情要交给你们做，要是老抱住过去不放，非给绊倒不可。”

“谢谢萧总教诲，我记住了。”

“记住没用，还要做到。”萧昊用食指在桌上敲了敲，说，“还有个事，你着手去联系几家国内顶级的人力资源咨询公司，准备给公司做一套岗位价值设定和岗位人员匹配度调查。筛选出三家资料给我，我来敲定。好了，你去忙吧。”

尤延庆如蒙大赦，就在要出门的一刹那，只听身后的萧昊又开口了：“对了，我的秘书什么时候能到位？”

“我们已在集团内部挑选了三位，她们都熟悉公司情况，形象、能力、素质很不错，许副总已同意，就等萧总您什么时候有空，再面试确定下来。”

听说是许铭德挑过的人，萧昊眉毛扬起，不动声色地说：“不急，你把这职位在网上公布，所有应聘者的资料都发给我，我从中选几个，和内部的一起面试，从中挑最合适的。”

回到办公室，尤延庆如释重负，感觉和萧昊谈二十分钟，比上一星期班还累，仿佛耗尽全部体力，连喝两杯咖啡，才缓过口气。把部门所有员工全叫过来，拿出部门老大的威风，板着脸大声说："从今天开始，谁都不许迟到，未打卡的单我不会再签，都打起十二分精神，谁再给我找不痛快，就别怪我让他更不痛快。”

将员工们训一顿，尤延庆又发起愁来，将情况向许铭德汇报，免不了一场劈头盖脸的痛骂。妈的，这日子啥时到头啊！

下午三点多，萧昊正在研究销售数据，许铭德连门也没敲，风风火火地大踏步进来，脸色阴沉得可怕，竭力压制住火气："萧总，刚刚人资部来向我汇报，一下子处罚那么多人，到底是怎么回事？”

萧昊抬头看了许铭德一眼，好整以暇："许总，既然人资部向你汇报了，难道没说清楚处罚的依据吗？”

“说了，不过为迟到这种鸡毛蒜皮的事，就罚得员工骂娘，没心工作，至于吗？”许铭德怒哼哼的，“公司向来讲究人性化管理，员工才把公司当成家，忠心耿耿，现在这算什么？”

萧昊的脸色拉下来，拿起桌上的员工手册，扔在桌上："许总，这手册每个员工都有一本，还是人资制定、你审核、许老板批准实施的，请你翻到第六页考勤制度，然后告诉我，里面有没有一条是允许员工迟到的？”

“不用和我讲这个，制度是制度，管理是管理，不是死板地执行，人是活的，不是死的！”许铭德毫不退让地和萧昊对视。

“你错了。”萧昊不再克制，厉声说，“别人说这句话，我还能理解为不在其位，不谋其政，而你作为负责公司内部管理的副总，说这些话根本就是渎职！制度既然制定出来就要执行，否则不如当擦屁股的废纸！作为公司员工，如果遵守不了制度，那还有什么资格留在公司？作为公司领导，如果不能以身作则，反而带坏风气，那就是不折不扣的害群之马！我把话放这儿，从今天开始，别说考勤了，东美的任何一条制度都是铁律，谁也别想凌驾在其之上，不管是谁，只要违反，我一定查，一定罚，绝不放过！”

许铭德双眼火花直冒，咬着牙关，一字一字地说：“萧总，别怪我没提醒你，要记得你在为谁打工，东美不是你说了算！”

萧昊不怒反笑，而且笑声洪亮：“谢谢许总提醒，那我也提醒你，可惜我不是在为你打工，所以轮不到你来命令我做任何事，甚至连指手画脚的资格都没有。相反，作为公司的总裁，我做的决定，正好在我的权力范围内，你只有遵守，如果你不能遵守，那该怎么处理我就怎么处理，到时可别怪萧某人不讲情面了。”

“那你试试！”作为许铭轩的亲弟弟，许铭德在公司横行霸道惯了，谁敢给他难堪？而萧昊不但寸步不让，还句句将他套住，气得他咬牙切齿，脸色发紫：“好，我许铭德不是吓大的，就睁大双眼看着你萧总的手段。”

“行，以后工作上有什么不清楚的，我们多交流。”萧昊的轻松，更衬托许铭德的气急败坏，“我这大门，随时为你打开。”

要换别人，许铭德早就两个巴掌甩过去，可他再冲动霸道，也知此时萧昊的地位特殊，打他就是打许铭轩，投鼠忌器，只能强自压着怒火，转身就走。目送着他离开，萧昊忍不住笑了，龙生九子，子子不同，许铭轩那么厉害的人，怎么会有如此愚不可及的弟弟？许铭德根本就没弄清楚许铭轩花那么多心思，请自己来做什么，还自以为是，头硬往墙上撞！不过他肯第一时间冒出头来，自己还求之不得，打老虎就要打大的，只要将他打趴下，其他小虾米哪还敢再叽叽喳喳！

许铭德连电梯也不搭，气冲冲地直奔楼上，可靠近董事长室门口时，脚步却越来越慢。他只是脾气暴躁，却还没真犯傻，萧昊正是最得许铭轩赏识和支持的时候，红透半边天，而且他是执行公司规章制度，自己凭什么说去？还不是纯粹找骂吗？想清其中关键厉害，许铭德扭头就走，来到营销副总赵昂的办公室，憋了许久的火气一进门便发泄：“姓萧的就是个王八蛋，他妈的，拿着鸡毛当令箭，真以为自己是哪根葱！”

正在和两个销售经理谈事的赵昂吓一跳，示意下属先出去，把办公室门带上，看着小舅子黑得发紫的脸色，心中已猜到八九分，明知故问：“为上午考勤的事，你去找他了？”

“当然，第一天上班就要立威，拿那么多员工来开刀，算什么东西？嘴里说得好听，什么执行公司制度，我呸！我为公司颁布这些制度时，他还不知在哪儿待着呢！”

做了十年亲戚，对小舅子的脾性，赵昂再清楚不过。许铭轩是老大，下面两个妹妹，许铭德是老幺，比大哥小十三岁。作为幼子，他在家里最得宠，上有父母罩着，哥哥姐姐年龄大他较多，凡事总让着他，久而久之，便养成火暴骄纵的脾气，和许铭轩的谦让内敛判若两人。许铭轩创业时，许铭德在社会上已混了几年，混不出什么名堂，整天吊儿郎当地没正事，干脆便来帮忙，没想到随着大哥一人得道，他也跟着鸡犬升天。而仗着亲兄弟的关系，又是创业元老，在整个东美，除了许铭轩，他看过谁的脸色？就算是许铭轩，要是碰到这宝贝弟弟火暴脾气上来不管不顾，还真拿他没办法，毕竟血缘关系摆在那儿，稍微能让他不敢放肆的人只有一个人——大嫂宋明丽。

倒了杯水给许铭德，赵昂说:“不是我说你，为这事你值得去和他吵吗？大哥请他来做事，他要抓考勤又不是不对，员工意见再大，那是员工的事，和我们有多少瓜葛？要扣钱就让他扣，还不是九牛一毛？犯得着第一天就和他撕破脸皮？你没把这事闹到大哥那儿去吧？”

“没有，这事闹上去，老大也难做，轻重我知道。”许铭德接过水，一口就喝完，“我就咽不下这口气，第一天抓考勤，考勤是谁管的？我！他奶奶的，这小子存心给我好看，专门给我个下马威，你叫我怎么忍！”

“公司的纪律是松散些，给他找到出手的借口。”赵昂说，“我都说了，这小子虽然年轻，但不是省油的灯，不像软柿子能随便捏。”

“那他最好求求神拜拜佛，老大能永远对他那么信任，别给我找到机会。”许铭德咬牙切齿，恶狠狠的一脸凶相，“否则我捏死他！”

赵昂若有所思地望着许铭德，眼光闪烁不定。把闷气发泄掉，许铭德感觉舒服多了，又喝杯水，说：“晚上一起去摸几圈。最近手气还真是背，都不知犯什么冲，看来得弄点什么转转运，奶奶的。”

“晚上有个接待，早不了。”赵昂摇头。

“那好，我约别人，先这样。”许铭德起身要走。赵昂忽然慢悠悠地说：“萧旲不是拿规章制度说事，一副包青天的样子吗？那好，我们就给他弄点案子，看他是不是真的不畏权贵，铁面无私！”

许铭德愣了愣，莫名所以：“你说什么？”

赵昂笑了，神情诡异地说几句，许铭德恍然大悟，拍手叫绝：“有你的，这回要么姓萧的撞墙，要么姓宋的倒霉，我们就看戏鼓掌，爽！”

赵昂舒口气，对这番谋划，他也颇得意：“当观众最舒服，何况还免票。”

第四章 傀儡

从星期二开始，萧昊依旧每天一大早便到公司，在打卡处站着，而尤延庆每天八点就到，在萧昊身边陪着。经过第一天的整顿，东美的考勤纪律明显好了许多，临近八点半时，员工们心急火燎地赶来打卡，而不是以前那般优哉游哉，若无其事，只有那几个中高层依旧故我，九点半后人影未见。萧昊倒不急不躁，几天时间，能把虎崽们整顿好即可，对大老虎自然得有大老虎的打法，一口可吃不成个胖子。

星期四上午，萧昊回到办公室，冲了杯浓浓的咖啡，翻阅着应聘的秘书资料。这岗位极为重要，他可不想再弄个程涵真那样的“无间道”放身边，内部员工信不过，关系网千丝万缕，谁知道是哪条线上的炸弹，随时爆开？刚把资料看完，尤延庆敲门，小心翼翼地说：“萧总，您找我？”

萧昊示意尤延庆坐到沙发上，表情不再像几天前那么严肃，主动倒杯咖啡给他，和颜悦色地说：“尝尝，这是正宗顶级蓝山，不加奶和糖，醇正原味。”

尤延庆有些受宠若惊，连连致谢，不住口地称赞。等他放下咖啡杯后，萧昊才说：“人力资源咨询机构的事，联系得怎样？”

“我们已经整理出几家国内最著名、口碑最好的公司，做了前期沟通，这是他们送来的资料，下星期开始将分批来公司做正式商谈，正想请示一下您，到时是否要安排和他们见面？”

“当然，你通知他们，来的人必须是首席咨询师或总裁，我和他们谈。”萧昊画了几个时间，“你通知许副总，有时间让他尽量参加。另一件事，这三位秘书应聘者，你通知明天上午来公司，我亲自面试。”

尤延庆一一记下。审计部经理廖文忠进来，看到两人在谈事，忙说:“萧总，我待会再过来？”

“不用，没其他事了，尤经理你先去忙吧。”待尤延庆走后，萧昊的目光转到廖文忠身上，“廖经理，有事？”

“萧总，有个事得向您请示。”廖文忠搓搓手，和尤延庆一样，在萧昊面前，总是不由自主地感到紧张，“两个月前许总指示我们部门，对集团各个部门的财务核销情况进行审计，前面审核的人资部、行政部、市场部，虽然有些小问题，但情况还比较理想，就是操作上没完全按流程走。可这个月在审计采购部时，我们发现情况比较严重，所以马上来向您汇报。”

萧昊坐直身子：“是怎样的情况？”

“公司两年前曾请专业的咨询公司，来搭建各部门运作流程，这方面还是比较规范的。可是采购部却一直未按规范操作，比如公司要求每个产品除了要有一家主供应商，还得有三家候选供应商，每个供应商的联系人、地址、电话全部要公开，并报财务部和审计部备案，采购前必须比价，比价的情况得输入系统，禁止未经比价而直接采购。可采购部却置若罔闻，完全不根据流程规定操作，自把自为，想去哪儿采购就去哪儿采购，根本没有比价，买来后就直接做单报销。”

“就是操作流程上的问题？”萧昊追问。

“不止，十几天前，公司决定建个小网吧，让工人业余时间可以上网，买了四十台品牌电脑，可经我们审计时进行比价，发现价格比市场的零售报价还高15%。而像这种大宗采购，一般还能再进行打折优惠。”廖文忠点到即止，没再说下去。

萧昊单刀直入：“你的意思是，采购部有人在赚差价，拿回扣？”

“没有证据，我们审计只看事实，确实有这嫌疑。”廖文忠的回答很巧妙。

萧昊沉吟着，过了一会儿才说：“正常的采购单报销流程，需要多少人签字？”

“五万元以下的，采购员、采购部经理、财务审单员，财务经理审核即可，五万元以上需要财务总监签字，三十万元以上的大采购，需要总裁签字。”廖文忠流畅地回答。

“按你这么说，财务方面的审单员并没尽到职责了？”萧昊眼中有亮光闪起来，他已捕捉到了什么，只是这一条线……

“是的，如果财务能尽到审单的职责，只要进系统一看，就会知道采购没进行比价，不符合流程。”廖文忠摊开手，貌似无奈地叹口气，“可惜他们没有。”

“我明白了。”萧昊注视着廖文忠，似乎想把他看穿看透，但语气却很平和，甚至还带着微笑，“廖经理，你很尽职，做得好。关于采购的问题，你去做一份书面材料，越详细越好，明天下班之前给我，没问题吧？”

廖文忠离开后，萧昊的脸色立即阴沉下来，在笔记本上写上财务副总宋明波，采购部经理宋明琪，并在两人中间写上宋明丽，下面重重地画上两横。而另一面，则写上人资行政副总许铭德，营销副总赵昂，中间那个人，则是许铭轩，这三个人的名字边，都画上圆圈。

只凭多年职场锻炼出来的敏感，萧昊绝不相信廖文忠是因职业道德或工作需要来向自己汇报，审计干的本就是得罪人的活，而他在公司一待就是五年多，不可能是那种认死理的。要像刚才那样，随随便便拿老板的大舅子和小姨子开刀，只怕没两个月就被踢到西伯利亚去吹冷风了，更何况审计部归财务副总管辖，宋明波还是他的顶头上司！自己刚来没几天，他就跳出来开炮，这其中的深意，颇堪回味啊！

拿我当猴子耍？萧昊把玩着手里的万宝路，冷冷地笑着，两边阵营分明，而自己也到找个盟友的时候了。翻开通信录，刚要拨出电话，铃声便响起，蔡雪儿三个字在屏幕上浮现。

“老大，不够意思啊你，到东美当老总，也不说一声，啥时把我挖过去跟你混啊？”蔡雪儿一开口便埋怨。

“我哪儿挖得动你，大总监？”萧昊打个哈哈，“不过啥时有空来平川，我一定招待得你乐而忘返。”

“小样，兴华可是越来越不好混，兄弟姐妹们都怀念跟着你混的日子，尤其是某个人，瘦了不少啊，你懂的。”蔡雪儿嬉皮笑脸。

“那你们尽快辞职，来多少我收多少。”萧昊故意将她一军，“特别是你，只要今天交辞职信，明天就来上班。”

“别忽悠我，今天我一辞职，明天你翻脸不认人，那我不成竹篮打水一场空吗？”蔡雪儿说，“早就想打电话恭喜你，可前几天突然通知去北京培训，今天才算弄完，累死人了。”

“呵呵，朱捷该走马上任了吧？他人不错，你和他配合没问题的。”萧昊故意问，试探消息。

“什么啊，他根本没接你的班，听说要来个假洋鬼子。”

“假洋鬼子？哪儿来的？”萧昊大吃一惊，“该不会是为上市，兴华想走国际化路线了？”

“不知道啊，是香港人，那套风格，我还真不知道接不接受得了，你可得记住刚说的话，随时准备收留我啊！”

“行，只要看得上这小地方，Welcome！”两人又聊了一会，挂了电话后，萧昊的眉毛舒展开来，朱捷没提升上，不知从哪儿冒出个香港人，黎仕国的如意算盘没打响，兴华日化的水有多深，萧昊太清楚了。呵呵，黎仕国这四年任期，只怕也是风高浪急啊！

北京，兴华集团总部。

开了一上午的集团人资经理视频会议，对接下来开展思想道德教育工作做好部署，集团副总裁兼人资中心总裁郑瑜累得够呛，坐在办公室里，用手捶着肩膀，感慨油然而发。按理说四十多岁，正是男人一生中年富力强之时，从外表上看，自己确实仪表得体，精神焕发。可这两年来，明显感到身体机能衰退，不但容易疲劳，床上运动时还经常力不从心，有时不得不靠药物维持，妻子虽然没说什么，但对男人来说，总是件令人沮丧的事。过着锦衣玉食的生活，太久没有运动锻炼固然是原因之一，更重要的是工作、是精神上的疲累，特别是在周博担任董事长、江应坤担任总裁之后，他这个统管兴华集团十多万员工，看起来风光无限的人资一把手，不得不小心翼翼地周旋在两位大佬的明争暗斗之中，神经之弦紧紧绷着，不敢有丝毫放松，巨大的精神压力，令他有苦难言，失眠已是常事，久而久之，该勃起的地方疲软了，毫不奇怪。

"郑总，江总的秘书来电话，让您过去。"秘书过来汇报，郑瑜刚放松的身体霎时绷紧，"嗯"了一声，赶紧拿起笔记本，边走边想，江应坤昨天凌晨两点多才从德国柏林考察回京，一般要倒时差，怎么早上就来上班？一来就急着找，又为什么事？

还没来得及倒时差，江应坤显得有点疲劳，挂着的两个眼袋尤其明显，和郑瑜打了招呼，又让秘书冲两杯浓咖啡，指指桌上一份呈批的材料："日化销售副总任命，原先不是定内部的大区经理吗？怎么突然改外聘了，还是香港人？"

"是日化公司提的，他们的意见是经过仔细考虑，觉得原定的华东大区经理朱捷毕竟没有负责过全国业务，未经锻炼，将他一下放到副总的位置上，有点揠苗助长，风险比较大。而帕克是全球 YK 的中国区销售总监，挖他过来，更能提升日化的销售管理。"

"这是黎仕国提出来的，还是周钦勇？"江应坤的声音有点发闷，对这些台面上的说辞没多少兴趣。

郑瑜的脑子急剧转动，回答得简单且小心："是周钦勇说服了黎仕国。"

这句话毫无纰漏，看似什么都没说，其实全部内涵都包含在里面，江应坤喝口咖啡，抬起头直视郑瑜："郑总，那你的意见呢？"

"当时萧昊一心要走，打算提朱捷上来是不得已的办法，他确实年轻，缺乏经验。而帕克毕竟是行业内知名精英，有过在大型企业的成功经历，从能力、资历和名望上讲，都要比朱捷高很多。"郑瑜斟词酌句地回答，"他来北京和我见过面，对中国市场相当了解，而且对 YK 的规范化管理很熟悉。"

"有能力、有资历是一回事，能不能做好又是一回事。"江应坤放下咖啡杯沉吟着，眼中光芒跳跃，"你认定他合适？"

郑瑜的心一下被吊起来，江应坤的话套得很紧，这句话更不能随便答下来，一旦帕克做不好，那自己识人不当的责任明摆着。还好他反应得快，避重就轻地说：“周钦勇和帕克是MBA班的同学，对他非常认可，找我说了几次，为慎重起见，我问过黎仕国，黎仕国的意见是他最近在忙上市的事，公司内部管理大部分已交给周钦勇，相信他的眼光。从各方面来看，帕克是个挺合适的人选，干脆就让他试试看。”

江应坤对这回答很不满意，却又不说什么，两手揉揉太阳穴，拿起笔却没签下去，思考许久，才下定决心，唰唰唰地签上名字，将入职报告推还给郑瑜，一语双关：“那好，既然周钦勇那么有信心，就让他试试。不过你找个机会和黎仕国谈谈，他才是日化的老总，把好自己的位置，做该做的事，别总把问题往上面推，公司不需要傀儡。”

傀儡？这个批评够重，郑瑜后背凉凉地直冒汗。江应坤明着在说黎仕国，其实也是在提醒自己，对他们任由周钦勇为所欲为很不满意。一场从兴华日化引发的博弈又开始了，比起去年萧昊和徐伯春的内斗，这次表面更加和气，但却更加残酷，风波险恶啊！

第五章　拉拢

中国的城市经济不断高速发展，带来的城市病也越来越严重，不提北上广深，就是杭州、重庆、长沙等大城市，交通拥堵，人员拥挤，生活成本日渐高昂的弊端也不断折磨着每一个辛苦打拼的小市民。平川也一样，几年前道路还挺宽敞，除非节假日或发生交通事故，否则基本不会出现堵车。可这几年汽车就像井喷的火山，疯狂涌出，只要一到上下班高峰，汽车就成蜗牛，只能慢慢挪动，尤其是几条市中心主要干道，几乎成了大型停车场。幸好在市民的怨声载道下，平川市政府已向国家争取到兴建地铁项目，第一条干线已在建设中，但沿途的封闭施工又使原本就不堪重负的道路雪上加霜，一时间在平川要出行便成令人挠头的大难题。

正因为交通不好，虽然在市区买了房子，一家人已从老家搬过来，但钱兆霖平时还住在东美工业区的宿舍里，周末才回家一趟。但今晚不行，有个饭局等着，不得不下班后从位于郊区的工业区出来，足足花一个半小时，才抵达目的地。餐馆的名字很特别，叫雷峰塔，西湖边大名鼎鼎的景点，传说中法海镇住白娘子的地方。

既然是杭州名胜，吃的自然是正宗杭州菜，而钱兆霖就是浙江人，老家离杭州不远。走进包厢内，正在沙发上摆弄手机的萧昊站起身，热情地伸出手："钱总，路上不好走吧？我从客户那过来，七八公里路，也走了半个小时，这平川的交通啊，不治不行啊！可厂区附近又实在没啥好地方让咱聚聚，只是辛苦你了！”

“哪里话，让萧总久等，真是不好意思！”钱兆霖连声说，两人坐定后，服务员递上菜谱，萧昊摆摆手：“钱总，家乡菜你熟，我就不越俎代庖了，你来！”

钱兆霖客气两句，看萧昊态度坚决，便点了西湖醋鱼、杭州酱鸭、龙井虾仁、宋嫂鱼羹这几个名菜，服务员退下去后，笑着说：“看来萧总是美食家，您来平川时间不长，就知道这儿是最好的杭州菜馆了。”

“哈哈，我是个吃货，平时工作太忙，只要有闲下来的时候，就离不开吃喝玩乐。不瞒你说，每到一地，我一定找最有名的特色菜馆，而现在网络方便，上网一查，环境好的、食物好的、口碑好的不就清楚了？”萧昊一指放在桌上的盒子，“咱第一次聚，不清楚钱总的口味，我就带了瓶马爹利凯旋，一人七两，尽量控制。”

“其实我酒量一般，不过素闻萧总海量，今天就舍命陪君子。”钱兆霖很爽快，吩咐服务员把酒开了，率先端起杯。“第一杯我敬萧总，欢迎您加入东美，很荣幸能和您共事。”

干了酒，萧昊说：“钱总，咱是吃饭，不是在办公室，没必要弄形式上的那套。论年纪，你是我大哥，论资历，你来东美三年多，驾轻就熟，我这新丁是窝还没来得及焐热，就别您您您的，要不嫌弃，咱兄弟相称，我叫你大哥，你直接叫我名字。”

“直接叫名字可不行。”钱兆霖忙说。可想想这称呼还真不好叫，萧总显得见外，叫小萧吧对方毕竟是领导，也不能叫老板，那是对许铭轩的称呼，叫头儿太活泼，不符合彼此身份，只能折中，“这样吧，难得投缘，我就叫你兄弟，你看行吗？”

“没问题，来，大哥，这杯该我敬你。”萧昊高兴地和钱兆霖干杯，咂咂嘴唇，意味深长地说，“以后可得多帮帮兄弟，一开高层会议，可就咱两个外人肩并肩啊。”

“那以前我是孤军作战，还好你来了，不再孤零零一个。”钱兆霖略带玩笑地回应。中午接到萧昊邀约的电话，对饭局的目的已一目了然，唯

——个不带有许家色彩的高层，萧昊不拉拢自己，还能拉拢谁？

第一道菜杭州酱鸭上桌，只见肉色枣红，入口芳香油润，咸中带鲜，果然风味地道。萧昊称赞两句，紧接着话入正题，半真半假地试探："这几年开会时，往周围一看，你会不会暗恨自己不姓许？"

"我就是一高级打工仔，就不敢做攀亲附贵的美梦了。"钱兆霖喝口酒，笑笑说，"端正心态，有时当个旁观者，也是件有趣的事。"

"说起这事，我就把话说开，有个问题我一直想不通。"萧昊放下筷子，递根烟给钱兆霖，"虽然都是打工的，不过到咱们这层次，也算个金领，比上不足，比下绰绰有余，三餐温饱没多大问题，犯不着为五斗米折腰。用马斯洛的理论，咱至少是在上两层，要的是尊重的需求和自我实现的需求。按大哥的履历、经验、能力，能甘于充当旁观者的角色吗？"

钱兆霖抽了两口烟，缓缓地说："你说的对，但形势比人强，当改变不了形势，就只能改变自己，适应形势。抛开东美的家族因素，老板对我不错，薪资待遇在国内同行属于顶尖，连我去年买的房子，家里人的户口，也是他帮助解决的。用古话说，这知遇之恩，我不能毫无感念，一点感情都不讲。"

萧昊嘴角扬起笑意，淡淡地说："这是一方面，但恐怕不是主因吧？据我所知，大哥去年曾经有过其他的想法。"

钱兆霖怔住，惊讶地望着萧昊，过了好一会儿才说："老板告诉你的？"

"我不是毫无准备的人，按东美的情况，如果没有老板全力支持，别说改革，我要站稳脚跟都困难。所以，在决定加盟之前，他确实将很多情况告知我，尤其是人员状况，既表明诚意，也给我打开局面的空间。"萧昊坦诚地回答。既然要拉钱兆霖，就没必要遮遮掩掩，在聪明人面前玩手段，只会弄巧成拙，直接打许铭轩这张牌，还能让钱兆霖明白，自己不是被请来当炮灰或傀儡，而是切切实实要改变一些事情。

钱兆霖把烟头拧灭，丢进烟灰缸："空间太小，有时会让人窒息。当时有猎头公司找我，介绍一家不错的企业，不过我只是表达去意，并没正式提辞职，老板一听就明白，他很隐晦地告诉我，他理解我的处境和想法，世界上没有一成不变的事，局面会得到改变，让我保持耐心。他这么挽留，加上感情因素，我便推了那家公司。直到最近，知道老板要把总裁的位置交给你时，我才算明白他的意思。”

服务员上第二道菜，西湖醋鱼，不过两人谁也没有夹菜的意思，再干一杯酒，萧昊一字一字地说：“对东美这几年发展中出现的问题，老板其实一清二楚，家族成员和创业老臣过多，影响企业正常新陈代谢，使其失去活力的弊端，已到不改不可的地步。我就是他请来的手术刀，一刀切掉积淀多年的顽疾，还东美健康的躯体。”

“老板最大的问题，在于太重感情，狠不下心，下不了手，缺乏应有的魄力和狠劲。”钱兆霖叹口气，“所以他把你请来，做他做不了，不，应该说不愿意做的事。”

“没错，我就是来当恶人和坏蛋。”萧昊耸耸肩膀，满脸轻松，“但我不在乎，作为职业经理人，我只做对企业、对老板、对大局有利的事，其他全是无关紧要的枝节。”

通过许铭轩对萧昊的态度和礼遇，钱兆霖相信萧昊所言非虚，正如那天欢迎宴会上，许铭轩说的最后那几句话，谁不配合，谁就只有离开，那自己还有其他选择吗？眼巴巴苦等多年的机会，终于来了，一场风暴，即将要在东美刮起，钱兆霖又端起杯，压抑着内心的激动：“不得不说，老板很有眼光，这位置你最适合，你有他缺少的气魄和手段。我再敬你一杯。”

萧昊眼光炯炯，意味深长：“这杯酒，是不是得预祝我们合作顺利？”

“那当然，我不是尸位素餐、磨洋工、不出力、就为耗日子的人。”两人对望一眼，会心地哈哈一笑。放下酒杯，钱兆霖双臂交叉在桌上，迫不及待地问：“下一步你准备怎么走？有什么需要我配合？”

“人事，既然人是问题所在，那我就先动人。”萧昊微笑，“我的风格，是把复杂的问题简单化，对太复杂的事，干脆从根源上解决。”

“会不会震动太大？”钱兆霖皱着眉头，“万一影响到销售业绩……”

“一步一步来自然可以，不过至少需要几年的时间，你觉得东美等得起吗？”萧昊不紧不慢地说，“至少老板等不起，一时的阵痛，他决定承受。”

“看来老板真是下定决心，要壮士断腕了。”钱兆霖感慨万分。

“差不多，我的职责，就是让他的付出赢得回报。”萧昊又递上一根烟，两人似乎没有了吃饭的胃口，“我想听听东美目前几个派系的情况。”

“从大的方向说，东美就三大派，老板自家人是一派，老板娘的家人是一派，还有一派是一开始就跟着他们打江山的元老，包括方方面面进来的关系户。东美这几年中高层的人员流失率不高，但走的全是新人，就因为在这三派的挤压下，已没有施展空间。”

“这里面斗得最厉害的，应该是许派和宋派吧？”

“没错，就是老板的内外家亲戚。东美规模不大时还好，公司越来越成功，进来的人越来越多，关键岗位上放谁的人，就成为纠缠不清的问题。”钱兆霖语带讥讽，“虽说是沾亲带故，但在利益面前，谁也不服谁。像财务和采购被宋明波和宋明琪控制着，许铭德就非常不爽，很想利用人资的权力安排自己人进去，但全被他们兄妹或明或暗地挡掉。为此没少惹出是非，也难为了老板和丽姐要在他们中间平衡。”

“许铭德？他命好，刚好是老板的弟弟。”萧昊不以为然，“否则他当司机我都嫌毛躁。”

“要不说这社会是拼爹时代。”钱兆霖说到兴起，连烟灰掉落在桌上都不知道，“老板这边，许铭德的关系最亲，但他能力实在不咋样。厉害的是赵昂，表面看来没什么，但一肚子心眼儿，属于把人卖了还要人帮数钱的那种，很难缠。宋明波则老成，他主管的财务线相对独立，外人很难抓把柄。宋明琪则张扬得多。采购问题不少，很多人知道，许铭德告过不少次状，但不知怎么回事，都被老板挡回来，对着小姨子，他还是很难下手处理。”

“许董很赏识这小姨子？”萧昊眼里亮光跳动。

“不是赏识，是头痛，她离了婚，进过戒毒所，惹过不少事。”钱兆霖说，“但丽姐很照顾她，当初宁可自己不进集团管事，也要让她进来，老板不看僧面，总要看佛面吧。”

“元老派呢，他们情况怎么样？”

“元老派毕竟只是外人，有功劳有苦劳，但没有血缘关系，还是差了点，关键岗位轮不到他们，只能放二线。所以这帮人牢骚最多，总觉得公司欠他们很多，而且最看不惯新人新作风，对新人的排挤也最厉害。不过他们还不敢和老板、丽姐的人对着干，就是在中间左右揩油，因为老板念旧，这帮人就抓着这点混日子。”

萧昊心里有底，这些因素上不得台面，但却真正关系着事情成败，不弄清楚，随时有可能被绊倒，摔得头破血流还不知怎么回事。就只冲这，晚上这顿饭就吃得太值了！

南滨这半个月来阴雨连绵，雨势不大，但就是停不下，断断续续，绵长得没个尽头。天空灰沉，湿气逼人，很多人已不记得上次沐浴在阳光下是什么时间。直到今天下午，旷工已久的太阳才羞答答地露出头来，阳光冲破云层，洒落大地，带来温暖的力量。

到了晚上，各娱乐消费场所人头涌动，市民们被糟糕天气干扰许久的消费热情喷薄而出，纷纷上街购物娱乐，享受美好时光。走出电影院，马弘看看时间，邀约卫菊说："还早呢，我们去吃些点心吧，有点饿了。"

"好啊，吃什么？"

"这附近有家烧烤店很不错，我们去那儿。"马弘道。他今年二十八岁，出身于学术之家，父母是江南大学教授，行业著名专家。他则是硕士毕业，两年前加入兴华日化研发部当经理助理，是技术型人才。卫菊和萧昊分手后不久，他便向卫菊发动猛烈的追求攻势，精诚所至，卫菊渐渐接受他，两人的关系算是比好朋友进一步，但离情侣又始终缺那么一点。

烧烤店离电影院不远，十分钟便到，环境一般，但生意很火爆。桌子都摆到外面，客人们吃着羊肉串，啃着烤鸡翅，喝着啤酒，大声谈笑，嘈杂的声音在烟雾弥漫中飘荡。找张小桌子坐下，马弘发现卫菊的脸色不太好，忙说："别看这儿很吵，但味道好，我从读初中就来吃。在南滨，你找不到比它更好的烧烤店了，名气很大的，还有旅游团专门过来吃。"

"我来吃过，很喜欢这儿的烤鸡翅，要最辣的，很过瘾。"卫菊的笑容比较勉强。但马弘并没注意，听到卫菊不嫌弃这地方，便高兴地叫服务员过来点菜。他没留意到卫菊的不自在，更没关心以前她是和谁来吃。在产品研发和专业技术上，他是部门骨干，但在和异性相处方面，却呆滞木讷，缺乏应有的敏感度。

"我想喝啤酒，你要吗？"卫菊忽然说。

"嗯，好，但我最多只能喝一瓶。"马弘还是第一次见卫菊主动要求喝酒，意外地说，“你想喝哪种？要多少？”

“喜力吧，先叫半打，不够再说。”卫菊淡淡地说。

就着冰凉的啤酒，吃着热辣香脆的烤鸡翅，的确是一大享受。卫菊忙着吃喝，并不说话。马弘开始感到气氛不太对劲，试探说：“是不是电影不好看？”

“不错啊，那么多大明星，演得很棒。”卫菊心不在焉地回答道。他们刚看的是台湾钮承泽导演的《LOVE》，一部围绕当代社会各种爱情话题现象的电影，自上映后引起广泛热议。

“特别是阿凯为了认错而跳粪池那段，实在太逗了。”马弘说着便想起影片中的场景，忍不住又笑起来。

“很好笑？我不觉得。”卫菊素来温柔内敛，此时却罕见地反驳，“你不觉得对宜珈很不公平？真心爱着他，为他有了孩子，这是一辈子的事，可到最后却什么也得不到。”

“是有道理，不过他们只是一时冲动，阿凯爱的不是她。如果真为了孩子而结婚，以后也不会幸福，而且还伤害了真正爱的小霓，那三人都受伤。”马弘的分析有理有据，“他毕竟愿意为错误去承担能承担的责任。我觉得最后的决定，站在三个人的长远看，对宜珈虽然不太公平，但却最合适。”

卫菊眼里暗淡的光芒，像是被扔进去的火星点着，骤然亮起，举着酒瓶咕咚咕咚地喝下一大口啤酒，紧绷着的眉头舒展开：“你是说不管怎样，必须和相爱的人在一起才幸福？”

“电影不就在说这主题吗？”马弘笑了，掰着手指头说，“你是不是没认真看啊？柔依那条线也一样，陆平钱又多又爱她，可她却宁可选择穷人小宽，不也是因为一份真爱吗？你要说和没感情的人在一起，短时间还可以，但要一辈子相处可就难了。”

说到这儿，马弘望着卫菊的双眸中情感洋溢，双颊发红，不知是喝了酒，还是腼腆：“所以我一直想找真心喜欢的人，组建一个家庭，好好过一辈子。”

卫菊移开视线：“那为了你喜欢的人，你愿意付出多少代价？”

马弘将这句话理解为对自己决心的试探，放下手里的鸡翅，用最坚定的语气说："任何代价我都愿意，要遇到一个喜欢的人，很难的，错过就没有了，所以我会珍惜的。"

"说得真好。"卫菊笑了，这是看完电影到现在，爱笑的她露出的第一个笑容，两个深深的酒窝尤显可爱，举起酒瓶示意马弘碰杯，"听君一席话，真是胜读十年书，我又明白了一个道理，谢谢！"

马弘以为她被自己这番话打动了，很是开心得意，喝一小口酒后，看着卫菊已喝完两瓶，不由得感叹说："没想到你会喝酒，酒量还这么好。"

"哈哈，我有很多事你都不知道呢。"卫菊笑着反问，"比如说，你知道我以前是做什么的？我最爱吃什么菜？我最喜欢哪个明星？"

"我不知道。"马弘挠挠头发，"要不你告诉我吧。"

卫菊笑笑摇头。觉得表白得差不多了，马弘鼓起勇气，说："星期天你有时间吧？到我家去吃饭，我妈做菜很好。"

"不了，可能我要离开南滨一段时间。"

"你要回家？"马弘满怀期待，"我还剩很多假期，要不我陪你回去？"

"不，不是回家，可能不回来了。"卫菊将酒一口气喝完，放下酒杯，下定很大的决心，"我要去平川。"

平川？马弘愣了一会才反应过来，茫然失措："你要去找萧总？"

卫菊微笑着指指南边的方向说："从这边走差不多一百米再左拐，有一间甜品铺，那儿的龟苓膏特别好。以前在这儿吃完烧烤，我们都要去吃一碗下火，还有木糠布丁，他经常打包给我吃，有空你去试试，不会介绍错的。"

马弘明白卫菊说的我们是谁，顿时茫然失措，本来聊得好好的，怎么毫无征兆之下，远在千里之外的萧昊就冒出来搅局了？不等他弄清状况，卫菊轻轻出口气，说："衷心谢谢你，帮我在摇摆不定的痛苦中，确定了一个方向，以后你一定会找到真正喜欢的人，为未来的幸福，干杯。"

第六章　重新洗牌

萧昊给应聘秘书者出的考题只有一道，总裁要去香港，时间两天，作为秘书，应怎样为他安排行程？这题看来简单，为领导安排好行程，本就是秘书必备的基本素质，可越简单的题目，越能测试出其能力。这道理是十年前悟到的。萧昊处在事业上升的关键点时，朋友介绍他到一位老厨师那儿吃私家菜，那大厨从不让客人点餐，往往是当天买到什么原料就做什么，从不用名贵的食材和繁杂的配料，一道普普通通的蛋炒饭，就能吃得萧昊赞不绝口，至今仍回味无穷，可惜五年前那厨师过世，再吃不到那碗蛋炒饭了。借此他领悟到一个道理，能把简单中孕育的内涵最大限度挖掘出来，才是真正的高手所为。将这番心得应用到工作中，还真无往不利，困扰多时的棘手问题迎刃而解，怪不得老祖宗说，大音稀声，大象无形，大智还若愚呢。

萧昊抽着烟，翻阅交上来的答卷。第一个应聘者的回答，萧昊刚扫一眼便觉得眼熟，看两眼便直接扔一边，这是一本什么面试黄金搭档的公式化答案，他已看过两三次。现在职场如战场，竞争一激烈，很多所谓的职场指南和参考书粉墨登场，尤其是那些所谓的进世界五百强指南，仿佛只要看多背熟，进大公司坐享高薪厚职便易如反掌。每次逛书店看到这类书籍，萧昊就忍不住摇头，职场风云千变万化，各个企业的职位要求各不相同，每个面试官的风格喜好无一类似，越是规范的大企业，要求越是严谨。如果答案能预先背好，那以后直接整个科举完事，哪儿还需要养什么招聘专员、人事经理，弄那么繁复的面试流程？道理如此浅显，可有人就是一心走捷径，对这类书籍趋之若鹜，养肥了一帮作者和出版社。对这类人，萧昊从不在他们身上浪费时间。

第二个应聘者是科班出身，行程安排详尽，已具有可操作性，但缺乏针对性，中规中矩，了无新意。萧昊不是喜欢走寻常路的人，他理想的员工，也不是循规蹈矩的乖孩子，这类人在工作上只能及格，要想做到优秀，必须有总结提炼、修正提升的能力。凡事有自己独到的见解，有判断力、有执行力，才能成大事。而这人还无法达到他的要求。

看到第三人时，萧昊失望的眼神中才闪出点点亮光。先拟定总裁出差的内容，根据他的性格、喜好，将题目中欠缺的因素补齐，然后再根据这些因素，制订出整套行程方案。每个时间和地点的安排巧妙而贴心，有的放矢，不是空空泛泛地搬出理论套路敷衍了事，已具备相当的实操能力和经验。

萧昊看看名字，将尤延庆叫来："你带安露进来，我和她聊聊，其他两人让她们先走。"两分钟后，尤延庆领着位女子进来："萧总，这位是安小姐。"

萧昊抬起头，在看到女子的第一眼，脸色不由自主地变了变。而安露更是愣怔，停住脚步，呆呆站在当场，一脸震惊诧异。

还是萧昊反应快，指指沙发，尽量用平静的语气说："请坐吧，安小姐。"

安露勉强挤出个笑容，在对面坐下。萧昊示意尤延庆出去。等办公室大门关上后，萧昊定定地注视着安露，过了好一会儿突然失声笑了："真够狗血的。"

安露不解其意，眼中露出征询的意味。萧昊笑了好一会儿，才说："很多爱情小说都有这种情节，安排场一夜情，然后再制造男女主角的爱恨纠葛。我一直以为那是虚构的，现在懂了，创作还真是来源于生活。"

安露脸颊发红，冷冷地说："我不觉得这有什么好笑。"起身便要离开，萧昊连忙摆手："我不是觉得好笑，只是太意外，平川有一千二百万人口，怎么还这么小？不说这个，安小姐，回归主题吧，今天你是来面试的。"

“是的，可我并不知道你就是总裁。”虽然坐回位子上，但安露还是显得很不自然，局促不安，命运开的玩笑实在有点大，让她一时接受不了。

“别紧张，你自己不是很清楚游戏规则吗？既然结束了，那这就是场正常的面试。”萧昊轻松自在，“要咖啡还是茶？我这儿都有最好的。”

“不用，给我杯白开水就好。”

“那喝矿泉水吧。”萧昊到冰箱里拿瓶依云，拧开盖子后才递上。安露说声谢谢，接过来后喝了两口，脸上像弓弦般紧绷的肌肉才慢慢放松下来。

萧昊给自己泡杯乌龙茶，一本正经地问：“你以前在普德的上海总部当总秘，职位和待遇都不错，怎么会跑到平川来？”

“在上海待得没意思，我大学就在平川读的，挺喜欢这城市，离家又近，就回来了。”安露不动声色地回答。

“嗯，说说吧，你对总秘这职位的认识。”随着萧昊的提问，安露从原先的震惊中渐渐恢复过来，逐渐进入面试状态，放松许多。

聊了二十分钟，萧昊很满意：“不错，外企的确是培养人的地方，而你也的确很细心，学习很快。根据你要求的薪资待遇，我再加 10% 给你，什么时候可以来上班？”

安露停了停，说：“谢谢，不过我想再考虑一下。”

“再考虑？为什么？”萧昊眉毛一扬。

“求职是双向的，公司选择我，我也选择公司。所以我得考虑这岗位适不适合自己。”

萧昊眼光闪动，开门见山直接问:“你是考虑公司，还是考虑我这个老板？”

“你是总裁，总秘以后就是为你服务的，所以我得好好想想。”安露毫不掩饰，迎着萧昊的眼光，坦然地说。

萧昊哈哈大笑：“想什么？你担心那十几小时会影响我们的上下级关系？还是担心会爱上我？那你可太不专业了！”

“随便怎么说，总之谢谢你提供的机会。”安露不愠不怒，款款起身，“萧总，要是没什么事，我先告辞。做出决定后，我会和贵公司人资部联系。”

“好的，从工作角度讲，我认为你是位很专业的秘书人选，我们能愉快合作。我是公私分明的人，希望你也是。请慎重考虑，我等你的好消息。”

安露笑笑，不置可否地走了。闻着飘荡在半空中的香水味，萧昊把她的简历详细再看一遍，将她登记的电话和地址输进手机里，深深地喝口茶水，靠在沙发背上，长长地伸个懒腰，这事越来越有趣啰！

敲门声响了两下，许铭轩出现在门口，含笑说："你刚才找我？"

萧昊忙起身："是啊，刚刚去您办公室，我让秘书等您来了之后通知我。"

"她和我说了，我顺便下来看看。"许铭轩扬了扬拿在手上的袋子，"朋友去巴西，专门买的咖啡豆，可我从不喝咖啡，送你尝尝。"

"那我就不客气了，谢谢老板。"入职之后，萧昊知道许铭轩喜欢喝绿茶，便泡杯龙井。许铭轩看着茶叶在水中化开的形状，点头说："形整而尖，条索壮结，这茶不错！"

"好茶还得给懂行的喝，才能得其中三昧，体现其价值，不然就是牛嚼牡丹，暴殄天物。"两人聊了几句。客套完毕，萧昊说："老板，有件事得向你请示。这是上个星期审计部交上来的报告，这两天我已暗地派人进行调查，确认他们提供的资料准确，采购部存在问题不小。"

许铭轩一手翻阅报告，一手端着茶杯，慢悠悠地喝着。萧昊不再出声，眼神在许铭轩脸上晃动，希望能捕捉到他细微的反应。办公室静谧下来，只剩下啜茶的声音。十多分钟后，许铭轩才合上报告，不露任何痕迹："萧总，你准备怎么处理？"

"公司不缺规章制度，缺的是执行力。我的意见是按规章制度操作。"萧昊掷地有声，"该整改的整改，该纠正的纠正，该处理的处理。对这次电脑采购的责任人予以辞退，采购部经理罚款记大过，财务部审单不严，审单员罚款记小过，财务经理通报批评。以后所有采购必须严格按流程操作，公司将加强抽查，再发现违规操作，严惩不贷。"

许铭轩的表情有点奇怪，望着萧昊："公司的日常管理，我已完全放权给你，你准备怎么处理就怎么处理，没必要向我汇报。"

"可这次要处理的是采购部和财务部，我想还是先向你汇报一下，你也有个底。"萧昊点到即止，轻轻打个擦边球，但语意已袒露无遗。

"呵呵，我明白你的想法，这两个部门领导，都是我的亲戚，你担心处理他们，我有看法。"许铭轩先笑笑，然后脸色一拉，突然变得严肃起来，

“在你来之前，我们沟通过很多次，我以前那样说，现在也一样。请你过来，是要你破开那些关系羁绊，引进真正的现代化企业管理，打破公司人治的怪圈。不管什么人，该处理你尽管处理，我绝对支持。”

“其实我不是担心你有看法，公事上的处理并不难，只要有你的支持，他们对我没什么办法，但私底下他们会有很多说法。关系摆在这儿，我是不管情面，但老板你才是要撕开情面，所以我想得和你说一声，至少你明白是怎么一回事。”

“东美是我一手创立，而很多问题也是因我而起，既然要解决，你就不必在意我的脸面和关系。至于他们私下会怎么找我，我自然会处理，你尽管放心。”许铭轩徐徐说。

“好，有老板你这态度，我就甩开膀子干了。”萧昊握紧拳头挥了挥，显得信心百倍。

“像你抓考勤，虽然是小事，但整个公司的工作风气已没那么散漫，没有谁再敢把迟到早退不当回事。以前我们太强调以人为本，使得员工关系凌驾于制度之上，现在规章制度的权威性又慢慢树立起来，很好。”许铭轩笑容舒展，高深莫测地说，“所以我今天来，还有件礼物要送你。”

“礼物？”萧昊不解。

许铭轩将茶杯放下，慢慢说了一番话。萧昊又惊又喜：“如果能这样，那这礼物太有价值了。我可以向公司立下军令状，这个财年，保证产品的营销收入增长 30% 以上。”

“营销是你的强项，所以我要给你充分的空间和平台。”许铭轩靠在沙发上，好整以暇，“我这董事长就是做幕后的事，大后方你尽管放心。”

这星期黎仕国到上海出差，下午在金茂凯悦大酒店的会议室内，和一家美国投行开会，协商兴华日化的上市情况。最近他成了空中飞人，带着上市小组成员四处跑，要么在北京，要么在上海，要么在深圳，就是不在南滨待着，似乎他的身份成了兴华日化的上市专员，而不是堂堂总裁。晚上婉言谢绝了对方的盛情邀请，只让工作人员和他们去吃饭。回酒店房间后，他换身休闲服，用冷水洗把脸，精神状态恢复许多，看看时间差不多了，乘电梯上到金茂55楼的粤珍轩。这是沪上顶级的粤菜馆，装修典雅精致，不显豪华奢侈，却带着雍容华贵的格调，还可三百六十度地俯瞰上海美景，是黎仕国最喜欢光顾的餐厅。在侍者的引领下来到包厢内，一个三十岁出头的年轻人忙起身迎接：“您好，黎总。”

黎仕国朗朗笑着伸出手：“朱经理，下午的会议延长，让你久等。”

“没事，在这儿欣赏黄浦江的景色，美不胜收！”朱捷扶了扶黑框眼镜，啧啧赞叹。他比萧昊小四岁，今年才三十四，做销售经常四处跑，风吹日晒的，皮肤较黑，今天的脸色不太好看，眉宇间乌云涌动。他是清华高才生，毕业后进公司，就在萧昊手下当业务员。他工作极为认真细致，学习能力很强，进步极快，很得萧昊赏识，对他提携有加。后来萧昊到民企再到兴华日化，朱捷二话不说地跟在身边，成为最得力的左膀右臂。萧昊离开兴华时，黎仕国为稳定销售队伍，突出奇招，决定破格让朱捷接替销售副总的位置。这诱惑的砝码够大够分量，让朱捷不能不心动。可没想到半路杀出个程咬金，周钦勇把计划全盘打乱。

昨天在接到朱捷的电话时，虽然他说得客气和隐晦，但黎仕国心如明镜。事情是自己允诺的，总得给对方一个交代，干脆就让朱捷从广州飞过来，安排了晚上的饭局。两人坐下后，黎仕国交代安排几个招牌菜，要了壶菊普茶：“我这两天身体不舒服，就不陪你喝酒了。你是海量，想喝什么你自己点，别客气。”

“我要杯果汁吧。”朱捷揉揉胃部，“半个月没喝酒了，月初去检查身体，慢性胃炎，而且脂肪肝，血脂也高，医生建议我尽量别喝。”

“那可要注意，年纪轻轻的就得了富贵病，饮食以后得注意，别到我这年纪就成药罐子。”黎仕国很关切地说。

“我知道，可是要冲销售业绩，不和客户上酒桌，能行吗？”朱捷捕捉到机会，立即切入正题，半真半假地说，“黎总，为了公司，我可是把身体都贡献出来了，可公司这么对我，实在令人不得不心寒啊！”

“我理解。”黎仕国叹口气，表情显得郁闷，还带着多多少少的不满和无奈，“有些变化出乎我的意料之外，事情变成这样，绝不是我的本意。虽然我是日化的总裁，但营销副总的任命，需要总部批准。我举荐了你，却通不过总部那一关。他们觉得你还年轻，没有管理全国销售的经验，一下提得太高不合适。虽然我全力争取，却始终未能说服总部领导，说起来没实现对你的诺言，是我的责任。”

他主动把话说开，朱捷的满腹怨气倒不好发作，停了一下才说：“我年轻？萧昊当副总时，只比现在的我大一岁吧。黎总，总部的说法，难以令人信服。”

“但萧昊当时已经是风华的销售副总了，这起点可比你高。”

朱捷语塞，将话题转过，打出第二张牌：“黎总，最近我身体不好，难以胜任繁重的工作，我想请个长假调养。”

黎仕国抿口茶，笑了笑：“是身体不好，还是心气不顺？”

“都有。”朱捷毫不隐藏不满的情绪，“黎总，我的事在公司内传了很久，很多同事都知道。现在情况突然变成这样，我这面子不知往哪搁，而身体确实也不太好。为了不影响销售业绩，我想还是休段时间，好好调整。”

“所以说你们年轻人啊，就是欠缺挫折教育，萧昊是这样，你也是这样。”黎仕国摇头，指指朱捷，语重心长地说，“看事要长远，为一时之气，结果只会得不偿失。”

“但我最近实在难以提起工作劲头。”朱捷干脆把话挑明，“我得好好考虑自己以后的职业生涯了。”

服务员上菜。暂时打断两人的对话，第一道菜是冰镇苦瓜条，蘸上蜂蜜，苦味和甜味交融会合，别有一番风味。对朱捷的态度，黎仕国早有准备，也已想好对策：“我理解你失望的情绪，但是我希望你能成为笑到最后的那个人，而不是像萧昊那样，以放弃作为逃避。”

“笑到最后？”朱捷听出话里有话，停住夹菜的动作，目光中透着疑惑。

“是的，哪个成功者不是从一时的失败中站起来？可如果放弃，那就是永远的失败者，再没翻身的机会。”黎仕国平静地说，“这么简单的道理，难道你还不懂？”

“我懂又怎样？”朱捷冷冷一笑，“可也得有机会，还有时间，而不是无止境地等待下去。那就不是坚持，而是不知进退了。”

“机会就在眼前。”黎仕国指了指刚端上来的雪里红蒸老虎斑，“你以为帕克就能在兴华日化游刃有余吗？兴华不是 YK，国企更不是外企，水质不一样，不是每种鱼都适合生存的。”

“帕克不是小周总的同学吗？”朱捷眉头紧锁，“小周总的人，他还不得护着？”

“正常情况下他当然会护着，但不代表每件事他都能护得到。”黎仕国点到即止，“比如销售业绩，萧昊之所以能站住脚，是因为他有业绩。而帕克能不能干得像萧昊那么出色，那可是未知数。一旦业绩下滑，你觉得总部会坐视不理吗？华南是销售最高的区域，你突然请假，不但是主动把位置让出来，还会让总部怎么看？你不是在堵死自己的道路吗？”

朱捷并不笨，黎仕国稍一点拨，他的思路很快便串联起来，看到黎仕国的茶杯空了，忙起身给他加满，脸上乌云逐渐散开，虚心请教：“黎总，那您觉得下一步该怎么做？”

“做好你应该做的。”黎仕国意味深长地说，“我知道你花很多工夫，才稳住萧昊带过来的销售经理，要做的事情，让他们去做。”

“明白，我会好好配合帕克的工作，但其他人，我可不能保证。”朱捷总算弄清楚黎仕国葫芦里卖什么药，兴奋地说。

“我最近要忙的，就是上市。”黎仕国夹了块鱼肉放进碗里，漫不经意地说，“销售上的事，你不用向我汇报。”

朱捷举起果汁杯：“黎总，可惜今晚不能喝酒，就以果汁代酒，希望在您的帮助下，我的愿望能尽快实现。”

放下茶杯后，黎仕国示意朱捷吃菜：“最近和萧昊有联系没？”

“没，他去东美后，就没联系了。”

“他可是你的伯乐，还是得多联系，工作上遇到难题，可以向他请教，多学学没坏处。”黎仕国说得不着痕迹。朱捷琢磨一阵，才心领神会，对黎仕国工于心计的老辣叹服不已，老狐狸果然是老狐狸，怪不得萧昊败在他手下：“我会的，一定和萧昊多交流、多学习。”

孺子可教，黎仕国看来挺满意：“年轻人，不争一时意气，才能换来前途无限。吃菜吧，都快凉了，对胃可不好。”

第七章　不破不立

虽然是身价亿万的大富翁，但许铭轩并不注重享受，除了接待需要，平常嗜吃面食和饺子。位于平川老市区的大娘饺子馆，面积不大，而且周围环境嘈杂，但许铭轩经常去，只为那皮薄馅厚的三鲜饺，还有弹性十足的拉面。这儿的东北菜做得地道，价格实惠，天天宾客盈门，楼下厅面经常热闹得像个菜市场，人声鼎沸。

许铭轩晚上便叫了赵昂在这儿吃饭，毕竟是自己的妹夫，一家人不用像外人般，要顾忌身份地位，必须挑好的贵的吃。许铭轩是熟客，来了后不用点菜，老板就已安排好他最喜欢的菜式：一大盘素三鲜饺子、一个韭菜盒子、一盘酱黄瓜、一碗西红柿蛋花汤。价格才 46 元，这就是这位大老板的一餐。

干掉大半盘饺子后，许铭轩用纸巾擦擦嘴，心满意足地喝口浓茶，若无其事地说："萧昊在公司做了两个星期，你感觉怎么样？"

赵昂陪许铭轩来这儿吃过多次，自然轻车熟路，虽然是亲戚，但工作关系摆在那儿，每次吃饭总少不了谈事情。在这个敏感时刻约吃饭，含义更不简单，一路上他不断猜测这餐饭的主题，虽然脸上表情正常，但内心就像揣只兔子，惴惴不安。听许铭轩问起，他斟酌着说："萧昊有魄力、有能力，像他严抓考勤，一下就把纪律整顿起来，员工的工作面貌不再那么懒懒散散，工作效率提高不少。至于其他方面，时间太短，还得再观察。"

“对他处理采购部的手法，你怎么看？”许铭轩不置可否，继续问。

赵昂尽量抑制住激烈的心跳，小心翼翼地答：“有理有据，处罚得当，在员工中引起的震动和反响很大，树立起制度和流程的权威，我觉得不错。”

“你不觉得廖汉文去向萧昊揭露这事的时机很巧妙吗？”许铭轩说得似乎漫不经意，但镜片后面的眼光却凝聚在一块，牢牢盯住赵昂。

赵昂脑海里“轰”的一声巨响，拿着筷子的手腕有点颤抖，强笑着说：“这我倒没觉得，毕竟这是审计部的职责，刚好他们又审计到采购部，发现这些问题，不反映出来可就失职了。”

许铭轩叫来服务员，让他把蛋花汤拿去加热，又夹了个饺子放进嘴里，笑容带着冷冽，让赵昂因心虚而发寒：“萧昊来公司时间那么短，他能看出来的事，你反而看不透？难道你智商降低得那么厉害？”

赵昂不敢接话。许铭轩声音转冷：“东美是我创立的，你们这帮管理人员，每一个都是我培养和提拔起来的，里面有什么问题，多少个派系，难道我不知道？东美这几年发展中碰到的问题，谁能比我更清楚？公司就是聪明人太多，但都不把心思放在工作上，整天想这些乱七八糟的事！你以为我花那么高的代价请萧昊过来是干什么的？不破不立！”

最后四个字，震得赵昂垂下头，一颗心悬在半空中下不来。许铭轩喝口热汤，声音温和下来，吐出几个字：“我想派你去美国进修 EMBA，两年。”

赵昂身体大震，猛地抬起头来，失声说：“大哥……”

许铭轩一摆手打断他的话，不容置疑：“作为职业经理人，萧昊不可能长期留在东美。他来，就是要改革，集团将会有很大一番变化，人事问题首当其冲。公司里那么多亲戚，我觉得你还有培养潜力，派你去学习，一是让你出去长见识，多学点东西，二是避开这场风暴，三是给萧昊腾出更大的空间。这两年公司营销做得不好，而营销是他的专长，得放开手脚让他搞。你放心，你是以公司外派的形式出去，职位、薪资待遇和年终分红一个不少，两年后回来，继续当副总。”

赵昂无言以对，他了解许铭轩，虽然温文尔雅，重情重义，有妇人之仁，但若下定决心要做某件事，那九头牛也别想拉回来。否则怎能赤手空拳在风波险恶的商海中创下庞大基业？只看他对萧昊的支持力度，就知下定决心要根治东美顽疾。而对自己的安排，也算周到，显然筹划已久，公费到美国留学，待遇职位丝毫未减，如此美差，换了其他人还求之不得，事已至此，自己能说什么？

“还有件事，你帮我处理。”许铭轩说，“找个时间，和铭德谈谈。”

吃完饭，许铭轩回到别墅时，宋明丽正准备泡茶，夫妇俩喝了壶铁观音。许铭轩兴致勃勃地提议：“外面空气不错，出去走走吧。”

换好衣服和运动鞋，两人出了门，沿着林荫小道散步。这儿是平川最高端的别墅小区，背靠翠云山，树木花草举目皆是，郁郁葱葱，空气甜美，是大自然赋予的天然氧吧。风格各异的别墅掩映在青山之中，每天只要推窗望去，便能欣赏到平川八景之首的翠云醉绿。

小区中心，有特别斥资从山上引下泉水构筑成的一方池塘，水声淼淼，各种名贵锦鲤游弋其中，点缀着绿荷红莲，赏心悦目。据说这是堪舆大师的建议，池塘处是整片小区的风水眼，引水养鱼，寓意财如泉涌、生生不息、年年有余。当年开发时，曾因破坏环保引起很大争议，民间抗议声不断，几度停工，最终还是开发商笑到最后。如今随着国家环保政策的严格，想在翠云山这样的景区内再兴土木已毫无可能。这二十几栋别墅成为绝唱，得天独厚的环境加上物以稀为贵，价格连翻几番，升值的幅度已足够许铭轩多建两个厂房。

今天天气确实好，微风拂动，清爽宜人。走了十多分钟，来到池塘边，许铭轩停下来，坐在木亭里，欣赏着游动的锦鲤。宋明丽靠在他身边，问：“和阿昂说好了？”

许铭轩“嗯”一声，宋明丽又问：“他没什么意见吧？”

“能没意见吗？只是他懂得判断局势，说了没用，还伤感情的傻事，他不会做。”许铭轩呼出口气，笑笑说，“他毕竟不是铭德。”

“是的，他聪明，就算一时不满，但只要仔细想想，就会明白你的安排是为他好。在风高浪急的时候避开，等到风平浪静了，空间更大。”看到老公的衣领没弄好，宋明丽一边伸手帮他整理一边说。

“他毕竟是能用的人，虽然有些毛病，小心思多了些。希望进修两年，能增长点见识，也不枉我培养他的一番心思。”许铭轩看着妻子，那深情的眼神在月色下温柔似水，“明琪找你没？”

“你要活在三国，就没诸葛亮什么事了，神机妙算。”宋明丽用玩笑的口吻捧老公，“她晚上在家吃的饭。你回来时，她刚走没十分钟，心情恶劣得很。”

“这小姨子，啥时受过这种气？不来找你哭诉就怪了。”许铭轩从从容容，“把萧昊骂得狗血淋头吧？”

“是，简直就是要找萧昊干仗，被我骂了。”宋明丽摇头，“明明就是自己不对，却从不找自身的原因。这些人，真是被我们惯坏了。”

“所以找萧昊来，这步棋我们走对了。”许铭轩抬起头，看了看天上的圆月，“一开始我还有些顾虑，他只是精通销售，管这么大集团，到底行不行，还是个未知数。现在看来，只有他这种强势的性格和手段，才能扭转公司人情弥漫的文化。只有他才能撬动这些人，我越来越相信，他一定能帮我们完成应该做的事。”

“他的确逐渐在令公司变得不一样，下一步他准备怎么走？”

“原本和我商量好的，引进人力资源咨询机构，进行岗位匹配度调查，同时全面推动绩效考核，竞争上岗，不合适的淘汰、调岗。”

“会不会一下动作太大，引起反弹太厉害？”宋明丽皱了皱眉头，“而且有些人，我们还是要用。如果被萧昊一锅端，那不是杀敌一百，自损五十吗？”

“现在我放手，不代表永远撒手不管，该控制的度，我会控制。对这些人怎么安置，我心里有数，不会出问题的。”许铭轩笑着说，“萧昊还要叫我老板的，我看他只要不昏头，还懂得把握分寸。”

“强势是把双刃剑啊，第一次见他时，我就和你说——”宋明丽挽着丈夫的手臂，加重语气，一字一顿，“我就怕他干得顺手，结果就昏头。希望他能记好自己的位置，把握好分寸。”

“静观其变吧，刘备对诸葛亮，何尝是真的推心置腹？重用是必需的，提防也是必要的。”许铭轩拉拉衣服，牵着妻子的手，“再走一段吧，看看他的手段。”

或许是累了，宋明丽的步伐有点沉重，虽然陪在老公身边，却感到有段距离，不是两人间的距离，而是两个家族间的距离。除了自己之外，还要背负起其他的责任时，那种无以言喻的压力，令人沮丧而无力，又不得不打起精神去面对。做人，真是太累了！

第二天，萧昊到办公室刚坐下，打开笔记本，采购部经理宋明琪便进来了。虽然是亲姐妹，但宋明丽和宋明琪的相貌一点都不相似，姐姐身材矮小，妹妹的身高却足有一米六八；姐姐皮肤粗糙，朴实无华，往人群中一放就是路人甲乙丙丁，妹妹却是肌肤水嫩，貌美如花，走到哪儿都是焦点；姐姐因为家境贫寒，虽然成绩优秀，高中毕业后不得不出来工作，妹妹读书成绩一般，却在家人的全力支持下读完大学。只从前半生来看，妹妹是光芒四射的天之骄女，而姐姐则是暗淡无光的丑小鸭。

但世事总是公平的，笑在前面的往往笑不到最后。三十岁是个分界点，幸运之神的垂青在姐妹中倒了个。许铭轩下海创业，身价越来越丰厚，成为著名企业家，中国富豪榜的常客；宋明丽妻凭夫贵，是成功男人背后令人尊敬的女人，风光无限。而宋明琪的婚姻却出现问题，丈夫常年在外，她搭上小三岁的帅哥同事，在家里幽会时，被提前结束行程回家的丈夫堵个正着。两个男人打成一团，丈夫被推倒，头部撞到地上脑震荡，出院后坚决向法院递了离婚诉状。而那帅哥同事却把甜言蜜语和山盟海誓丢到九霄云外，为躲避宋明琪的追婚，甚至不告而别，离开平川，自此再无音信。受此打击，宋明琪性格大变，私生活放纵堕落，天天泡在歌厅酒吧，甚至还染上毒瘾，赔上全部身家，一蹶不振，令家人操碎心。

等她从戒毒所出来，东美集团的业务已逐步走上正轨。宋明丽将她安排进公司，先是做财务，后来进采购部当经理，接替提升为副总的赵昂。东美有两个最大的资金出口，一个是媒体广告，另一个便是采购，这是令人极为艳羡不已的实权部门，且众所周知，有不少灰色收入。就算是老板娘的亲妹妹，老板的小姨子，她坐上这位置，许铭德等一班元老和许家人也意见不小，认为她创业时没功劳，业成后倒坐享其成。而宋明琪个性鲜明泼辣，仗着有姐姐这张王牌，根本不给他们好脸色看。两边时常唇枪舌剑、火花四溅，成为东美两大派系，给企业管理造成不少难题。

宋明琪今天没化妆，脸色看来有点苍白，眼袋明显，一见萧昊便诚恳地说："萧总，我是来向您检讨的。"

萧昊的第一反应是听错了，他早做好宋明琪兴师问罪的准备，没想到对方居然是来低头认错的。宋明琪接着说："因为我们疏忽大意，没有严格按照工作流程，造成公司损失，作为部门负责人，我深感惭愧。对您的处理决定，我们接受，保证在以后的工作中绝不再犯。这是我的检讨书，请您过目。"

萧昊接过报告扫一眼，脑子飞快转动，和气地说："宋经理言重了，工作吗，谁能保证一点不出现问题？处罚不是目的，及时纠正整改，查漏补缺才重要。"

"是的，感谢您及时给我敲响警钟。"宋明琪低着头，"您放心，我们会吸取教训，把工作做好。"

"有这态度最好。"萧昊微笑，"以后有什么事我们多沟通，知错能改，采购部工作一定会越来越顺畅。"

宋明琪又唯唯诺诺地表几次态才离开。萧昊拍拍额头，真有点丈二和尚摸不着头脑的感觉。反常啊，如此老实听话，这就是传说中的宋明琪吗？妈的，这班人到底在卖什么玄虚？不行，自己的人必须尽快到位，不然老被这班人蒙着，早晚有一天被人卖了还帮着数钱。

萧昊从办公桌上找到安露的简历，手指轻轻敲了敲。

"你要辞职？"接过卫菊递上来的报告，蔡雪儿吃了一惊，满脸诧异。

"是的，这事我想了很久，希望雪儿姐能支持。"卫菊在她对面坐下，认真地说。

"是有其他公司找你，打算跳槽？"

"不是，在市里我们应该算最好的公司了。"卫菊说，"我是想去其他城市发展。"

蔡雪儿眼里有道光芒闪过："你该不会想去平川吧？"

卫菊略一迟疑，点头承认："雪儿姐，我不瞒你，是的。"

"呵呵，我们的萧总要带你过去？"蔡雪儿皮笑肉不笑，"那可得恭喜你。"

"没有，是我自己想过去。"卫菊说，"他不知道的。"

蔡雪儿听明白了，压在心中的石头挪开，轻笑一声，不紧不慢地说:“妹子，别怪姐姐说你，他不是你能控制的，过去就过去了，何必执迷不悟？还放弃工作去找他，至于吗？如果他不回头，你不是竹篮打水一场空？”

“谢谢雪儿姐的提醒。”卫菊的声音很轻，但充满坚定的力量，“我犹豫过，但现在想清楚了。碰上自己喜欢的人不容易，我还年轻，如果不去争取，我怕会后悔一辈子。”

“你可以请假去处理，没必要辞职。”蔡雪儿想想，“我批你半个月假。”

“我知道您关心我，只是我们要重新开始，短时间很难确定下来。”卫菊说，“我想还是去平川重新找份工作，安定下来，离他也近。”

蔡雪儿有些恍惚。她原以为萧昊和卫菊是逢场作戏、各取所需，就像日历，总有翻过去的时候。萧昊已经离开，卫菊聪明的做法，是另找一座靠山，反正她漂亮可爱，有的是青春资本，不愁没人喜欢。可她却偏偏要放弃稳定的工作去重续旧缘，而对风流成性的萧昊而言，吃回头草的可能性太低太低。卫菊这破釜沉舟之举，看似勇气可嘉，实则愚不可及。

蔡雪儿知道卫菊不是笨蛋，甚至可以说是个鬼精灵，对萧昊的了解比自己更多，可她还是义无反顾选择这条路，为什么？她是有把握，还是愿意为爱情去赌一把？

爱情——这两个字怎么如此陌生。蔡雪儿一个机灵，镇静下来后，注视着卫菊清澈灵动的眼睛：“如果你下定决心，那我也没什么好说的，打算啥时走？”

“越快越好，希望公司能尽快安排交接。”卫菊的心似乎已飞到平川，笑得很甜。

“好吧，看来我只能祝福你了。”蔡雪儿的笑容有点勉强。不知为什么，在卫菊身上，她总看到自己没有的东西，这感觉让人很别扭，很不爽。一个人坐了会，只觉得越来越烦躁，拿出手机给黎仕国发了条短信：卫菊提辞职了，要去平川找萧昊双宿双栖。

黎仕国两分钟后回信息：天要下雨，娘要嫁人，随她了。

蔡雪儿将手机扔回办公桌上，一个念头不住萦绕，要换了自己是卫菊，有勇气去赌这胜算很低的一把吗？

第八章　钦定人选

单身的好处是自由，没那么多责任和条条框框束缚，一人吃饱全家不饿；而弊端嘛，则是寂寞。尤其是在周末，一个人孤零零地宅在家里，虽然有网络陪伴，游戏、视频、聊天、微博，消磨时间容易，却无法排解那份儿扎根在心灵深处的寂寞。

蔡雪儿现在就这样百无聊赖，一觉睡到中午，叫了份肯德基外卖，泡着美剧，刷着微博，在QQ上聊天。但空虚就像一张大网，从四面八方将她紧紧包围，精气神萎靡不堪，似乎对所有一切都没了兴趣，眼前唯留一片灰暗。

从围城脱身那年，蔡雪儿还庆幸及时恢复单身贵族的身份，觉得潇潇洒洒、无拘无束地过完一生也不错。可疯狂玩了段时间后，她又想念起有人嘘寒问暖、相依相伴的感觉，虽然有争吵斗气的怒火，可也有温馨浪漫的甜蜜。就在那段时间，黎仕国出现了，他的地位权势，他的成熟老练，他的细心呵护，恰逢其时地打动了蔡雪儿，心甘情愿扮演起情人的角色。

一想起和黎仕国的关系，蔡雪儿禁不住地烦躁。在男女感情上，她经历过风风雨雨，啥都看透了。这段感情已到鸡肋边缘，食之无味，弃之可惜。黎仕国个性谨慎，约会时更是异常小心，力求万无一失，生怕被人撞见。两人在一起的时间本来就少，而自从周钦勇来后，黎仕国的重心转变了，他每个月待在南滨的时间五只手指头数得过来。就算偶尔相聚，他也失去往昔的热情，变得更低调、更沉默，内心就像筑起铜墙铁壁，根本不容蔡雪儿靠近。为买车一事，蔡雪儿心有不满，懒得和他联系。而黎仕国除了偶尔打打电话，也没主动过来陪伴，令蔡雪儿更是火大，态度更加不冷不热。左一声喜欢，右一声爱护的男人，却做什么全把自己蒙在鼓里，甚至不惜将自己当棋子，这份深藏不露本来就令蔡雪儿多份儿戒备。去年的事，已不知不觉地在他们之间烙下裂痕，且随着时间的流逝，距离感越来越强。算起来，两人已有一个多月没幽会。

蔡雪儿忽然想起，自己已很久没有两性生活。都说女人三十如狼，四十如虎，三十三岁正是身体熟透，尽情享受人生美妙乐趣的时候，可她却没有一个充满阳刚气息的怀抱。思绪转到这方面，她更是躁动不安，身体的反应愈加强烈。脑海中突然冒出萧昊的脸庞，这男人，为什么就拒绝自己的投怀送抱呢？难道他知道自己和黎仕国的关系？不，不可能……

就在胡思乱想间，手机铃声响了，周钦勇三个字跳跃在屏幕上。蔡雪儿调整下情绪：“你好，周总。”

“我说蔡总监，周末忙啥呢？”

“能有什么好忙的，无聊发呆呗。领导有何指示，该不会通知加班吧？那我可宁愿不接这电话。”

“可惜已经接了。”周钦勇的语气突然严肃起来，“有重大任务，必须加班。”

蔡雪儿爱玩爱热闹，但对工作却很有分寸：“那怪我命苦，你吩咐吧。”

“有重要的客户接待，需要发挥你的公关天赋。”周钦勇不容置疑地说，“现在是五点十五分，六点整到迎凤楼，三号包厢，不准迟到。”

语音刚落，周钦勇啪便把电话挂了。听他说得认真，蔡雪儿不敢怠慢。迎凤楼是南滨新开的酒楼，来头颇为神秘，但规格极高，只有九个包厢，每个包厢的最低消费一万起。蔡雪儿早就想去试试，可打电话一问，三个月内的预约全满，没想到今天却意外成行。

简单描了个淡妆，换好衣服，蔡雪儿对着镜子看看，虽不属于艳光四射，也是大方得体。还好迎凤楼离家不远，周末车也少，开着车紧赶慢赶，总算在五点五十七分抵达。顾不上欣赏里面的装修，匆匆忙忙地来到三号包厢。推开门一看，只见宽大的房间里，周钦勇孤家寡人坐在沙发上，翻阅着报纸。

“周总，准时报到。”蔡雪儿喘喘气，环顾四周，“客人还没到吧？”

周钦勇合上报纸，板着脸说：“到了。”

“到了？”蔡雪儿显得不知所以，视线不住转动，“该不会是我眼花，或近视得厉害？”

周钦勇忍不住哈哈大笑，就像恶作剧的孩童般，得意地指着蔡雪儿：“你不是到了吗？”

蔡雪儿恍然大悟，脸刷的一下通红，恼火地说：“好啊，原来你是在玩我？”

“这只是个玩笑，善意的玩笑。”周钦勇笑着说，“我是诚心诚意请你吃饭，又觉得太单调，所以给点小惊喜。”

“惊就有，哪来的喜。”蔡雪儿气嘟嘟地，“周总，没想到你和我开这种玩笑。”

“哈哈，我是怕请不动大美女用餐，那可丢脸丢大了。”周钦勇走到蔡雪儿身边，很自然地把手搭在她肩膀上，“我道歉，蔡总，能赏脸一起用餐吗？”

蔡雪儿只是感到被愚弄得不爽，倒不是真的生气。何况对方是周钦勇，集团董事长的二公子，钦定的未来日化一把手，目前公司的实际管理人，能发得起火吗？听到他道歉，给足面子也就算了，在餐桌边坐下。周钦勇拿起一瓶红酒：“这酒是我上次从法国带回来的，味道非常丰富，每个人都能喝出不同的感觉，特意带来给你试试。”

“周总，我真是受宠若惊。”蔡雪儿眨着眼睛，“难道今天是什么节日？还是让我猜猜，难道是你生日？”

“什么节日都不是。”周钦勇反问，“难道和你吃饭，一定要理由？”

“当然，不然我会怕的。”蔡雪儿眼波流转，“尤其在这么高档的地方，喝这么好的红酒。”

“那好，就当是两个孤单无聊的人相互取暖，好吧？”周钦勇笑得很暧昧。来公司不久，他便看上风情撩人的蔡雪儿。只是当时立足未稳，有太多事要办，腾不出手来搞男女私情，现在大权在握，事业已定，是时候考虑了。

周钦勇的意思表示得很清楚。他年轻富有，前途无量，家境优越，有个好老爸，正是八九点的太阳，比黎仕国那如日暮西山的夕阳耀眼得多，这道选择题要怎么做，蔡雪儿心中有谱。她向来很善于利用天赋的资本，让男人神魂颠倒的漂亮脸蛋和火辣身材。男人也是资产，也有他的价值，只有和高品质的男人在一起，才能让自己随之增值。而周钦勇无疑是难得的优质资产，尤其下午那难受的感觉，点燃了生理的渴望，脸颊发烫，妩媚地一笑："周总，我发现你挺坏的，还互相取暖呢，怎么用词啊！"

"有句话怎么说的，男人不坏，女人不……"周钦勇坏笑，轻描淡写地抛下诱饵，"公司最近开始清理员工欠款，你不是借了笔钱买车吗？媒介总监欠那点小钱，传出去多影响形象，我先帮你垫上，星期一你去把借条拿出来。"

都是成年人，见惯风花雪月，一下子砸来的馅饼这么大，其他已尽在不言中。蔡雪儿不再犹豫，娇声说："那我就先谢谢周总了。"

"怎么谢？"周钦勇紧接着问。

"你说怎么谢就怎么谢。"蔡雪儿说出的两个字，令周钦勇的骨头几乎酥掉，"坏人。"

奥迪A8虽然是好车，但商务气息实在太浓，尤其在周末时，萧昊往宽大的车里一坐，感觉就像要继续上班，没半点休闲放假的感觉。周五下班时，他向行政部要了辆接送客户用的别克君越，这车虽然也商务，毕竟低调许多，而且车牌也普通，不用接受路人的注目礼。

星期天上午十一点，萧昊开着车，在导航的指引下，到华山路一小区前停下，拿出简历确认地址无误后，才拨出电话："早啊，安小姐，我是东美集团萧昊。"

安露想不到会是萧昊打来的电话，停了停才说："你好，萧总。"

"没打扰你吧？我在你住的小区楼下，有时间下来聊一聊吗？"

"你在小区楼下？"安露大吃一惊，这男子做事，总是出人意料。

"是啊。"萧昊笑声开朗，"不会耽误你很长时间，下来聊聊吧。"

坐在车里，目光在对面马路的小区巡视着，耳边听着艾薇儿的摇滚，萧昊脑子里盘旋着车的事情。他喜欢速度带来的刺激，自然也喜欢玩车，工作后攒的第一笔积蓄，房子没考虑，首先按揭一辆福特的福克斯，车子不大，但操控感不俗，性能杠杠的。随着收入的增加，他的车也升级换代，从 CRV、丰田锐志到凯迪拉克 SRX。只是随着工作地点的变换，车很难跟着走，在南滨的凯迪拉克，离开兴华日化时便卖掉了。而公司配的车，注重工作需要，一般都稳重大气，很少考虑个人的需要，实在不符合萧昊的个性。待事情办完，就去 4S 店逛逛，他对路虎极光心动已久，车子就是男人的面子，要在平川扎根，是得弄辆了。

五分钟后，安露一身休闲打扮从小区走出。萧昊下车向她挥手。安露走过来，眼神中充满戒备："有事吗？"

"当然，难道我会无聊到周日来骚扰你吗？"萧昊很轻松，"我是专程来请你出山的，一起吃午饭吧，我们好好聊聊工作的事。"

安露略微迟疑。萧昊看在眼里，故意嘿嘿笑着加一句："这儿可是你的地盘，该不会还怕我吃了你？还是觉得我不够格请你吃饭？"

"那就我请你，有家必胜客在这儿不远，就那儿吧。"安露在前面带路，挑个最靠边的角落坐下，叫个比萨套餐，目光直视萧昊："萧总，可以说了吗？"

"今儿星期天，我也不是在面试你，用不着用这称呼。"萧昊好整以暇，"我只想问问，你考虑得怎样，准备啥时来东美上班？"

"不好意思，我考虑过，东美这工作不太适合，谢谢你的邀请。"安露的回答很干脆。

"哦，能给我一个理由吗？"萧昊双手交叉在胸前，眉头向中间拧了拧。

安露想了想，咬着嘴唇，下了很大决心才说："好，虽然我们是成年人，也只是一个晚上，但有了那层关系，我再做你的专职秘书，很不合适。"

"就这个？"萧昊沉下气来，"还有其他的一起说吧。"

"没了，在平川我也面试过几家公司，知道行情，东美给我的待遇已经是最高的。"安露说，"其他的我都满意。"

"如果我们只是吃过一顿饭，你会为了这就不去东美吗？"萧昊突然问。

"当然不会。"安露不假思索地说。

“那好，你一再强调，我们是成年人，那对成年人来说，一夜情和吃一顿饭有什么本质区别？饿了要吃饭，需要了想上床，难道不是人类最正常的生理需求吗？”萧昊抓住反击点，振振有词。

“那是你的看法，在这方面，我还没能看得这么洒脱。”安露讥讽，“的确，对你们男人而言，上个床还真像吃顿饭那么简单。”

香喷喷的超级至尊端上来，萧昊很有风度地先切一角放在安露的盘子里，诚恳地说：“我说的是本质，而不是形式。而且我百分之百说，绝不是因为那个晚上我才希望你入职，更不是抱有什么不可告人的目的，纯粹是因为你是最合适这岗位的人，而我需要你的协助。”

安露的表情不解。萧昊说：“别急，我把情况和你说明吧。”将东美的情况和自己的境遇一一倒出后，接着说，“许铭轩请我来东美，就是为了改革，为了变化。要做到这点，我必须有人才协助，建立起属于自己的团队。像秘书这么关键的岗位，我更不能随便放个人上去。你当过老总的专职秘书，专业能力很高，又在东美没有任何关系纠葛，如果不请你，我还能请谁去？要不然我能放弃周日休息的时间来找你，就为了急着让你上班吗？”

堂堂东美总裁的态度放得这么低，安露的态度随之软化，沉吟不语。萧昊知道自己的判断没错，安露表面看起来硬邦邦的，其实心肠极软，最受不得别人软语相求，才要带着冰冷的面具掩饰弱点。柴火铺上，点了火，适当时候还得加点油：“我没有受那天晚上的影响，希望你也能放下，为过去的事而放弃未来，值得吗？过来帮我吧，东美会是你施展才能的舞台，总裁秘书只是你的起点，而广阔的天空，等着你去翱翔。”

“写诗呢？”安露忍不住笑了笑，吸口可乐，整理思绪慢慢说，“我有条件。”

“你说。”萧昊放下手里的刀叉，很认真地倾听。

“第一，我不想再听到关于那天晚上的任何事，你最好能忘掉它，更不能让第三者知道。”安露语气坚决，字字清晰，“第二，我们就是工作上的上下级，不可能再有其他关系；第三，工作上我不需要你任何照顾，而我的私生活更不允许你介入。如果这三条有任何一条违反，不管情况怎样，我将立即辞职，而你不能以任何借口挽留。”

萧昊舒了一口气："没了？"

"没了。"安露说，"我不是不讲道理的人，这些条件你能答应，我随时上班。"

"那我就代表东美集团，欢迎你明天上班。"萧昊伸出右手，"这些条件我全部答应，驷马难追！"

"谢谢。"安露微笑，伸手和萧昊一握。她并不知道，随着她的选择，一段人生刻骨铭心的篇章即将开启。

萧昊暗松一口气。两人吃完比萨，送安露回家后，萧昊回到车上，在手机通讯录里找出号码拨打过去，对方接电话的声音非常热情："你好啊，萧总。"

"你好，万教授，在吃午饭吗？我吃过啦，待会有时间吧？我请你喝咖啡，嗯，就在酒店三楼的咖啡厅，你大概要多久？行，那半小时后见。"看看时间，萧昊发动汽车，开启导航，向花园大酒店驶去。

万昌华今年四十六岁，长相颇为奇异，典型的头大身小，经常有人替他担心，那硕大的脑袋会把单薄的身躯压垮。最搞笑的是他还整个大光头，脑壳闪闪发亮，第一次见面的人，难免将他和谐星联系在一块。可在中国人力资源业界，万光头算得上鼎鼎大名。他是数一数二的专家，出版过十几本专著，提出多种先进的管理理论和思想，更是三家国内一流学府的特聘教授，服务过的大型企业数不胜数，成就斐然。萧昊指示要找最好的咨询机构时，尤延庆联系的第一家国内咨询机构，就是万昌华创立的赛道管理咨询公司。

东美是国内日化行业巨头，财大气粗，万昌华不敢怠慢。通过几次前期人员接触后，在关键阶段亲自赶来平川，星期五和萧昊见了面，谈了两小时，但并没实质成果。咨询业发展很快，但良莠不齐，竞争已进入白热化，像东美这样高端的香饽饽，有实力竞争的不多，但能入围的全是顶级公司，个个如饿狼般虎视眈眈，比如以前为他们服务的云思，全球排名前三，这次也已参与进来，是最大的对手。万昌华的日程向来很紧，但仍留出四天时间待在平川，只为星期一能再和萧昊，或者许铭轩这两个最高决策者商谈，在攻坚的时刻全力以赴。

为拿下项目，万昌华是精心准备，他对萧昊做过调查，得知他风流的名声，特地指派公司最漂亮的业务经理林俏出马，再搭配公司第二号咨询师铁中宇，形象实力一个不缺。不过林俏对萧昊的公关效果并不好，邀约了几次，无论吃饭唱歌，全被拒绝。中午三人正在餐厅吃饭，商讨下一步的对策，突然接到萧昊的电话，既是意外，又是惊喜。他们太清楚了，正式场合只是用来谈项目，私下场合才利于成交项目。

只是这类场合，人越少越好，人多了，很多条件便不好谈。万昌华决定单独见面，他匆匆吃完饭，提前十分钟到咖啡厅等着。萧昊准时到了。点好咖啡，聊了几句天气作为开头，萧昊说："为我们的项目，让万教授在百忙之中赶来，周末还补不上休息，不好意思。"

"哪儿的话，是我得感谢萧总给我们机会。"万昌华说，"如果能得到东美和萧总的认可，进行深层次合作，那是我们的荣幸。"

"您是著名专家，操作过很多大项目，我有信心。"萧昊话锋一转，"只是缺陷嘛明摆着，我们从未合作，对公司的情况不熟悉，这方面云思就强得多。"

"您说的没错，但正因为如此，我们才能用完全客观的角度，来运作项目。"万昌华有条不紊地回答，"云思以前是东美的合作伙伴，但这恰恰是他们的劣势，合作久了，关系上的牵扯就多，在进行评定时，难免会受其他因素影响，使考评结果出现水分，进而使项目的效果大打折扣。"

萧昊笑而不答。万昌华习惯性地摸摸光头，观察着萧昊的脸色，进一步说："萧总，虽然只见过两次面，但我们谈得来，非常投缘。我当您是朋友，打开天窗说亮话，根据我们前期的调查，东美现有管理团队基本以老员工为主，且不少是老板的亲戚关系，极为复杂。这种环境对空降兵很不利，我可以保证，通过这次岗位匹配度调查和人员竞岗，我们会竭尽全力，帮助您打造属于自己的团队。"

自己的判断没错，万昌华果然是人精，聪明绝顶，弄得清搞这项目的目的所在，并投己所好。萧昊不急于表态，不紧不慢地喝口咖啡，放下杯子，微笑着说："万教授，按您的经验，这项目最困难的是什么？"

这问题倒让万昌华有点猝不及防，没有仓促回答，而是搓着手，谨慎地沉吟着。他相信自己刚才的说法已切中萧昊最关心的部分，方向对了，顺着这条线索找下去，要获得答案并不难。两三分钟后，他的手势终于停下来，眼中晶晶发亮，一字一字地说："难点在于人员储备，该走的人走了，还得有合适的人补进来，不能空岗。而招聘需要时间，怎么样在短时间内准备好人选，保证工作不乱套，才是最大的考验。"

"那我就得问一句，您的团队有这能力完成任务吗？"萧昊问得一本正经。

所有的努力，所有的心血，就等这个回答来决定成败。万昌华一字一顿："萧总，这必须看东美一次性要更换的人员有多少，以及这些人员的招聘难度和岗位稀缺性。如果说不管多少都能满足，那就是不负责任的吹牛。我只能这么说，猎头本就是我这公司的专业服务领域，我们会尽最大的努力，以最高的效率去完成。如果连我们也完成不了，我可以说一句，国内不可能再有其他同行能帮你们完成。"

"万教授，对你们公司的实力，我也做过详细了解。在人资专业领域，你们很全面，但要说到猎头找人，你们不是最专业的。"不等万昌华插话，萧昊淡淡地说，"不过这不重要，你们可以去找更专业的猎头合作，去找几家都没问题，费用由东美来出，众人拾柴火焰高嘛！但在前期不能大张旗鼓，尤其不能用东美的名义。几个关键岗位的面试需我亲自过目，其他的大体上由你们来进行专业测评，直接向我负责。这些人员储备着，因应各种不时之需，保证及时到岗，这应该没问题吧？"

"没问题。"万昌华很坚定，"有这样的支持，我们再做不好，不用在业界混了。"

"那就好。你们做份人员储备的方案，明天下班前发给我。然后我会发份邮件给你，里面的岗位你们可以先着手准备，这份资料你们必须绝对保密，不能有半点泄露。"萧昊加重语气，"不管是对任何人。"

"请您相信我们的职业操守。"万昌华说。

"一切定下后，合同很快就可以签。"萧昊举着咖啡杯，"合作愉快。"

"谢谢。"万昌华顿一顿，打手势比画个数字，试探说，"萧总，虽然我们是朋友，但规矩上的不能缺，您看这个数行不？"

“哈哈，我还真没兴趣赚这个。”萧昊哈哈大笑，“我只要人员尽快准备好，项目能尽早展开，这个数那个数，无关紧要。对了，你安排的那个业务经理很漂亮，我也喜欢美女。只是有些事不能做得太露骨，那么多双眼睛盯着，让人找到什么苗头，无中生有，对你对我都不好吧！你得让她去公关该公关的人，让项目更顺利，是不？”

“是我想得不周到。”万昌华连连点头，“感谢萧总提醒，我知道怎么做。”

第九章　调集人手

“妈的，好的不找，找来个神经病。”许铭德冲进赵昂的办公室，脸上气得犹如猪肝色，“姓萧的找了家咨询机构，要对公司所有行政职员进行什么岗位匹配度调查，下一步还要将所有中基层岗位推倒，进行全员竞聘上岗，真他妈疯了。”

赵昂抬起手腕看看时间，走到衣架边将西服穿上，驴头不对马嘴地说：“你来的真是时候，刚才老森打电话来，今天有野货，走吧，今晚进山吃。”

“不去，就是放盘龙肉在面前，我他妈都吃不下。”许铭德犹自气恼不已。

“和龙肉差不了多少，是鹿肉，而且是没长大的野生幼鹿，很难找的。”赵昂拉着许铭德，“你还真被他气得连饭也不吃？那除了饿着自己，还便宜得了谁？”

许铭德气嘟嘟地被赵昂拉上车。平川四周临山，东美在市郊。没多远就到山边，政府对环保越来越重视，这座山林保护得很好，树木漫山遍野，风景宜人。但山路就差了点，路径狭小，崎岖不平，坡度陡峭，石头遍地，轿车容易伤到底盘，很难上去。赵昂开的车是吉普，平时在市区道路像是被束缚住手脚的猛兽，可一到这种烂路，就像找到大展拳脚的舞台。而且他经常上山吃野味，对路况很熟悉，轻轻松松地驶到临近山顶的一个小平台。平台上建着五六间平房，炊烟缕缕，仿佛世外桃源，一般人哪看得出这是专门经营野味的火锅店。

许铭德一路叉着双手，黑着脸生闷气，一言不发。两人进了安排好的房子，赵昂活动一下筋骨："就喝人参酒吧，醇正的。"

"随便，是酒就行。"许铭德没好气。

赵昂交代憨厚的服务小伙安排酒菜，将手机从口袋中拿出来放在桌上，终于把话头转到正题："刚刚又和萧昊吵了？"

"吵？再这样惹火我，老子就动手揍他。"许铭德说，"他来公司，就是想造反！什么匹配调查，什么上岗竞聘，这他妈不就是想安排自己人吗？他以为公司姓萧了？"

"你气也没用，萧昊只是负责前面打仗，在背后布阵的不是他。"赵昂夹颗花生米放进嘴里，沉声说，"听我一句，别和他斗了。他现在怕的，是没人和他斗。"

"你这话什么意思？"许铭德的眼睛瞪得浑圆，就像要凸出来。

"这几天来，我总算想明白老大的用意了。"赵昂缓缓说，"这么多年来，公司留下他的烙印太深了，很多问题就连他都没法下手处理，所以干脆请萧昊这外人来，就是要进行大洗牌。所以你说萧昊造反也没错，只是他这场造反是在老大的授意下进行的，名正言顺。"

看到许铭德难以置信的表情，赵昂笑笑，只是笑容有些苦涩，显得难看："有件事你还不知道吧？大哥已经和我谈了，下个月开始安排我去美国读 EMBA，公司的事不需要我再管，他呀，是先把我调开咯。"

"你同意了？"许铭德惊异地问。

"我能不同意吗？"这儿的花生米又香又脆，非常爽口，赵昂一颗一颗地放进嘴里，话中带刺，"东美又不是姓赵的，大哥开口，我能说什么？赖着不走？"

"那我们至少是一家人。"许铭德先是惊讶，继而恼怒，"老大到底是哪根神经坏掉了？"

"恰恰相反，正因为大哥清醒着，他才要走这步棋。"赵昂很清醒，他已揣摩出许铭轩的用意，"别忘了，大哥可是正儿八经的围棋高手，业余六段，拿过全国业余比赛亚军。围棋最讲究什么？谋而后动，大哥向来谨慎，你觉得他会花费那么多心血，却走一步大昏招吗？”

“好，那你说，他为什么要走这一步？”许铭德反问。

“这三年来，公司的发展势头确实不好，虽然是国产第二品牌，但被兴华日化越甩越远，而后面的追兵却越来越近，最要命的是，看不到扭转的迹象。大哥的判断很清楚，再不改变，等危机真正来临时，一切便晚了。而困扰公司发展的天花板，除了外部竞争的激烈，内部更是症结。特别是这么多年来，人人习惯了安逸的氛围，再加上各种各样的关系和派别斗争，大企业病症根深蒂固。所以他才把萧昊请来，让他动手根治。”赵昂夹上几片鹿肉，放入火锅中，注视着骨汤滚滚，“东美是他的心血，是真正的大局，而所有阻碍萧昊改革的人，他会一一出手处理，包括我们，连老板最亲的人都挡不住改革大势，公司还有谁敢说二话？”

许铭德呆住好久，连赵昂夹到他碗里的鹿肉都顾不上吃，一大口将杯里酒干了：“那你的意思，我们就等着认输出局？”

“为什么要竞岗？其实你最清楚，公司有很多人是不能胜任岗位的，像客服部的老庄，电脑都不会用，表格都看不懂，当个狗屁经理啊？可他是大哥的战友，还是棋友，能怎么办？还有市场部的郭小南，仗着是大嫂的外甥女，对市场费用胡乱审批，弄出多少麻烦来？但有关系在，谁都不好动手，大哥和萧昊就是要借咨询机构的手，名正言顺地将人员大换血。为了达到效果，不会再对谁网开一面。所以不止我们，会有大批人出局。”

“可一下搞掉这么多人，公司还要不要运作了？”许铭德说，“还有，让不行的人滚蛋，我没意见，可弄我们干吗？难道他以为公司就不需要自己人了？”

“所以大哥只是调开我，并没让我走人，而且还让我去学习。说起来他还算是对我好的，哈哈。”赵昂抿口酒，再给许铭德满上，“待会我还要开山路下去，不能喝多，你喝吧。”

“那我呢？他有没说怎么处理我？”许铭德冷笑。

“这我哪儿知道，你们毕竟是亲兄弟。”赵昂说得很仔细，生怕许铭德听不清，“不过我是觉得没必要绑死在一棵树上，而且萧昊在，这么弄下去也没意思。要是大哥能投资个公司让你去打理，开创自己的事业，那倒也不错。”

许铭德阴沉着脸，想了一会，突地说：“这是老大的意思，还是你的意思？”

赵昂心头一跳，装着若无其事：“当然不是老大的意思，我只是提个建议给你参考。要是大哥肯投个几百万让我去开公司或办个小厂，那我鼓掌都来不及，肯定二话不说，拍拍屁股立马走人。给人打工，哪有自己当老板自在。”

许铭德没出声，又一口把酒干了，咬咬牙，狠狠地说：“东美是我和老大拼出来的，几百万就要踢我出局，没那么容易。我倒要看看，老大准备怎么处置我。”

一看许铭德的牛脾气上来，赵昂低下头微微苦笑，再劝解也没用，只能让许铭德疑心更重，干脆转移话题:“呵呵，不说了，说多了肉都吃不消了，爱咋地咋地，来，继续喝酒。”

昨晚和蔡雪儿疯玩一夜，早上到市政府开会，周钦勇累得不行。中午回到办公室后关上大门，吩咐秘书不接入任何电话，把手机调为静音，在休息间舒舒服服地一觉睡到七点多才起床。倒是精神抖擞了，就是前后肚皮饿得快贴一起了，寻思着要去哪儿饱餐一顿，再安排些节目。收拾好东西，提着包走出来。这层楼是副总专用，就三间办公室，财务副总的大门早就紧闭，而最西侧营销副总的办公室还透出灯光。

周钦勇心中一动，走过去敲敲门：“帕克，回来啦？”

“下午四点多的飞机回来的，要去找你，可秘书说你在开会。”专心致志对着笔记本电脑的帕克抬起头。

“是啊，下午刚好有个视频会议。”周钦勇看见办公桌前摆着一盒开着的曲奇，走过去拿起一块放进嘴里，打趣说，“不介意请我吃曲奇吧？”

帕克做出请的手势：“这是我上次去伦敦旅游带来的手工曲奇，大陆买不到，试试。”

“嗯，味道不错，下次记得帮我也带两盒。”周钦勇开玩笑说，“都说你们香港人是工作狂，加班文化只比日本人差些，每天工作到八九点是常事，我算是见识了。”

“习惯了快节奏，一件事当天没处理好，我就觉得不舒服。”帕克有感而发，“这儿的节奏太慢了，海尔的张瑞敏不是说过，当日事当日毕吗？我看这儿是当天的事，三天内能做好就不错了。”

“所以我们讲究入乡随俗。”周钦勇笑着说，“你进入角色很快嘛。”

“既然选择这份工作，就要全力做好。”帕克很自然地说，“职业，必需的。”

“好。”周钦勇实在饿得慌，又拿起一块曲奇，“到华东、华南走一圈，感觉咋样？这两个地区可是公司最重要的区域。”

“周，感觉不太好。”沉重浮上帕克的脸庞，“我原先已尽量估算问题的数量，但实际上，问题比我想象到的还多。”

周钦勇边吃曲奇边问：“要不我请你吃晚饭，这儿有家西餐厅很正宗，到那儿我们再好好聊。”

“不了，我在赶资料，明早要和大区经理们开视频会。”帕克摇头，“我还是把每天的工作完成后再考虑休息，因为状态一旦被打断就找不回来了。”

“有道理，那你说说发现的问题在哪儿。”

“最关键的问题，是公司居然没有直销系统，全靠各地的经销商帮我们做进大卖场。”说起工作，帕克挥舞着手臂，张大嘴巴，肢体语言夸张，“我的上帝，这太难以想象了。难道你们不知道，21 世纪将是终端为王吗？平常的流通渠道很难满足需求，只有终端，我们才能直接面对消费者，获得第一线的信息，做出最快速的反应，得到最理想的利润，实现扁平化管理。而你们却把这么重要的渠道放在经销商那儿，失去对市场的直接把控权，我简直不知道我的前任是在做什么，他是怎么想的，怎么能放弃终端呢？”

对这话题周钦勇很有兴趣，只要能改变原有的事情，彰显他个人的领导能力和创新思维，他都有兴趣：“继续。”

“还有，我们不和终端合作，放手由经销商去操作，经销商占我们的销售比重非常高，他们就有能力和我们讨价还价，我们对管控力度就会有问题。经销商可以通过终端进场、做条码、促销等借口，操作出各项有问题的费用，我们还很难去核查。我研究过报表，华南、华东虽然销售良好，但市场费用都非常高，其实给公司贡献的利润并没表面上那么多，而且几家代理商最近还不断在申请费用。鸡蛋不能放在一个篮子里的道理，你明白的。”

“这么说，问题很严重？”周钦勇拿出烟来，一根给帕克，一根自己点上。

帕克接过烟，却没有点燃，而是放在桌上，继续说：“是的，零售终端一定要实现公司直接操作管理，我保证，这样一定能大幅度降低费用。还有，这也能降低我们的区域经理和经销商进行不道德交易的可能，否则，公司太被动了，会有很多费用不明不白流走的。”帕克做了个打开水龙头的动作，再反方向拧上，“我们必须卡住。”

“好，你放手去做，我绝对支持你！”周钦勇握起拳头，狠狠一挥手，掷地有声。

“我现在就在做这个方案，公司成立直销部，专门对应大卖场终端，和流通切割开。”帕克信心满满，“方案出来后，我再和你们讨论。还有个事，我的下属，那个销售总监，庄进，这次和我一起出差，可他的能力实在不行，既没有管理能力，又没有营销思路，让我很失望，必须给他另外换个岗位。”

“是，他就是我们说的草包。”周钦勇轻蔑地说，“我早就想换了他，就等你来了后，看看要换上哪个人比较合适。”

“我有个老朋友，叫布兰顿，做营销很厉害，也是在 YK 上班，就负责终端这一块，他要是能来帮我，那就没问题了。”

“布兰顿？你老乡啊？”周钦勇又点了根烟，漫不经意地问。

“不，他是澳大利亚人，我在澳大利亚调来中国后，他也过来了。”帕克很爽朗，竖起大拇指，“我们是好搭档，我了解他的能力，Very good！”

周钦勇抽着烟，不置可否。兴华日化毕竟是国企，百分之九十九点九九的员工都是中国人，要引进帕克这个香港人当营销副总，他已经费了九牛二虎之力，再弄个外籍销售总监，麻烦事大把。耗费很多精力办这事，赔上很多人脉成本，就为给帕克找个下属，搭个班子，代价未免太大了些。

“周，你要知道，我只有一个人，要想改变整个公司的销售运营状况，很难。”帕克看出周钦勇的顾虑，紧接着说：“我需要帮手，而目前在公司，我看不到谁能成为我的帮手。”

“我明白，不过你刚来，要马上换个营销总监，不是那么容易的事。”

话说到这，周钦勇只能表态，“给我点时间，我看看怎么处理，你也知道，罗马不是一天建成的。”

“好的。”说完主题，帕克终于有空拿起桌上的烟点燃，“对了，我们公司的黎总什么时候出差回来？我还没和他聊过呢。”

帕克入职那天，黎仕国赶回来参加了任命会议，晚上的欢迎宴会去应酬了会儿就走了，第二天一早便飞上海，然后去新加坡和美国，一直没回南滨。周钦勇将烟头扔进烟灰缸内，推开椅子起身："他主要负责上市的事，忙得很，公司的事，我们商量就行。我太饿了，先去吃饭，你忙，改天我请你享受南滨的美酒美女。”

“那太好了。”帕克眉开眼笑，“我从现在开始期待。”

第十章　以静制动

距离平川西面六十多公里，有一处人烟稀少的小山麓。山下南面，建了个微型度假村，中间是人工围出的一大片鱼池，饲养了不少淡水鱼，专门供人垂钓。没多少人知道，这是许铭轩的产业。他业余爱好不多，又喜静不喜动，从不参与激烈的体育运动，除了平时下两盘围棋，户外活动只有钓鱼。可是平川四周环山，并不靠近江河湖海，能钓鱼的点极少，赚到钱后，他便想自己弄个池塘，闲暇时可以过过瘾。花了不少时间找到这儿，他一看就喜欢，地点偏僻，清幽宁静，且自然风光优美，符合低调的作风。投一笔钱，征到地后，他按最高标准挖了个深池，周围建四间小平房，空余地方开垦出菜地果园，品种不少，后面还养不少走地鸡，全部有专人打理，另外还有小餐厅，很多食材现摘现用，绝无污染，图的就是个新鲜安全，一派农家乐的风范。许铭轩有空便来钓鱼，其他时间作为接待用，从不对外开放，又没有挂牌，知道的人极少，能来的全是许铭轩的高端社会关系，多是看中这里极度隐蔽，有需要使用时，打个电话，许铭轩便会安排好服务，一切费用全免，是难得的公关基地。

萧昊是第一次和许铭轩来这儿。两人的性格恰恰相反，萧昊是喜动不喜静，越刺激激烈的运动感越适合他，钓鱼这种考验耐性的活，真不适合他，枯燥无味地呆坐大半天不说，还可能一无所获，想想就无趣。还好这是在池塘里钓，鱼儿有的是，运用许铭轩指导的钓鱼技巧，一个上午下来，倒也收获颇丰。

“没想到我这外行，居然也有丰收的时候。”看着一桶活蹦乱跳的鲜鱼，萧昊笑着说。

“这不能算真正的钓鱼，就是捕鱼。”许铭轩面有憾色，淡淡地说，“我更喜欢到海里钓，虽然要等很久，甚至还需要运气的帮助才有鱼上钩，但那很有成就感。”

“对高手来说是这样，追求挑战性。可像我这样的入门者，会被吓跑的。”萧昊说，感觉手里异样，鱼竿一挥，又有一尾鱼扑腾上钩。

许铭轩微笑而不语，一开始池塘的鱼很少，钓起来还有点乐趣。可来这儿玩的领导总钓不到鱼，索然无味，难免有所埋怨，毕竟不是每个人都能领略耐心期待鱼儿上钩时那种平心静气的快乐。大部分都像萧昊一样，只追求钓到鱼的快感，他们要的不是挑战难度的成就感，而是快速达成目标的优越感。后来为迎合领导的需要，许铭轩让工作人员增加鱼的数量，加上鱼本身的繁殖速度，自然越来越多，越来越好钓，别人玩得开心了，可许铭轩却觉得索然无味，越来越少来这里。

“成绩不错。”许铭轩招手，吩咐工作人员将鱼拿进去做菜熬汤。叫上萧昊一起在菜园边，看着四周散养的家禽，萧昊咽下口水，兴致勃勃地说：“这些走地鸡不用怎么处理，杀了用水蒸熟，蘸点酱油辣椒，那就是最原生态的美食。”

“果然是美食家。”许铭轩大笑，“中午就这么吃。”

“只要食材够好，就不应该破坏它的原汁原味，做法越简单，配料越少越好，只有劣质食材，才需要加很多配料来掩盖。”萧昊说，“比如这儿的青菜，找个人随便摘点炒一炒，都不会比酒楼的大厨差，因为它已足够好吃。”

“大繁至简，就是这意思，管理也一样。”许铭轩感同身受，顺便将话题转到工作上，“人资咨询机构那边，准备得咋样？”

“差不多了，岗位匹配度调查下星期就能开始，但后备人员的储备还需要点时间，等人员准备得差不多后，才正式进行竞岗。”

“你有没有估计过，大概会动多少人？”许铭轩问。

“基层影响不大，他们本来就没什么岗位，竞岗对他们来说，反倒是机会，就算有人被淘汰，要从外增补也不难。”萧昊早就深思熟虑，“主要是中层管理人员。但部门经理不是个个不称职，有些只是随大流混习惯了，没被激发起来，只要施加危机感，他们就不敢再混日子。真正被处理掉，也就那些站着茅坑不拉屎，不符合公司发展需要的人，不超过十个。”

“我不是怀疑你的能力，不过我有疑虑。”许铭轩说，“一下子把这么多中层管理人员清理出去，就算能及时引进新人，可在公司引起的震动，会不会太大？”

“有震动才好，只要是良性的，员工才会有紧迫感和危机感。”萧昊的目光转向许铭轩，“老板，您该不会动摇了吧？”

“我是那么容易动摇的人吗？”许铭轩哑然失笑，“你预估的名单我看过，他们毕竟和我有着千丝万缕的关系，除了亲戚，有两个还是当年创业时，我专门去挖来的人才，跟了我这么久，一脚就踢开，这情面上有点说不过去。”

妇人之仁，箭在弦上，你却不想拉弓了？萧昊忍不住冷笑：“老板，从您一开始决定推行改革，拉下这情面就是板上钉钉，免不了的。天下哪有不散的宴席，国企都打破铁饭碗了，难道东美反而要养他们一辈子？”

“可他们大都已五十多岁，不在这儿干，在外面很难找到工作，只能失业。”许铭轩没有半点火气，平和地说，“这么对待老员工，传出去，外人对东美会怎么看？对我又会怎么看？落下个过河拆桥的名声，以后谁还敢全心全意为东美效力？”

“商业社会本来就是这样，留强汰弱。”萧昊强忍火气，争辩说，“就因为不想直接裁退，才要绕一大圈，花那么多钱通过第三方人资专业机构来完成，让不合适的人离开，谁能说什么？如果人员问题不解决，那还怎么改革？”

“当然要解决，所以我找个折中的办法。”走着走着，许铭轩忽然弯下腰，细心查看地里蔬菜的成长情况。

他一蹲下，萧昊不好居高临下说话，只得跟着蹲下来：“能有更好的办法，那自然最好。”

“我也是前几天翻看历史时，突然触发灵感想到的。”许铭轩说，“以前国家有个机构，叫 ×× 顾问委员会，你知道吧？”

“听说过，不过取消好久了。”萧昊的脑筋转得飞快，已经捉摸出许铭轩的意思，“老板，你是想依样画葫芦，也在东美搞一个？”

“对公司的元老们来说，没功劳也有苦劳，而对我的亲戚来说，关系摆在那儿。在集团成立顾问部，在我能承受的范围内，给他们虚职供起来，可以提建议，但没有任何决策权，直到退休，或者他们另有发展，自愿离职为止。”许铭轩转过头，正对萧昊视线，含笑问：“你觉得怎样？”

搞这么个部门，养一群老臣子和关系户，在背后指手画脚，纵然掀不起什么风浪，但总是件麻烦事，对公司的风气更不好。萧昊第一反应是反对，但深入再琢磨，许铭轩突然抛出这方案，并非一时心血来潮，而是筹划已久。除了表面上冠冕堂皇的原因，还潜伏着暗招，花点钱将这帮人闲置起来留着，万一将来改革出现什么大波折，新人不能撑起来，他可以随时用这帮老将来稳定局势，不至于兵败如山地失控。这对萧昊，也是个警惕，别以为你现在大权在握，其实我随时可以收回来。

每个人能取得的成功，绝非偶然。萧昊对许铭轩的判断，是太过柔弱，刚力不足，现在看来，这观点得改改，许铭轩是深谋远虑，招招留有后手，用围棋的术语，就是每一步留有余地，却引而不发，一看便知是高手所为。萧昊虽然心中不爽，也知这事只有妥协的份儿，许铭轩已明言顾问部无实权，不参与日常经营，只是顾及情面留他们下来，至于留下的后手，只是猜测，彼此心领神会即可，还能说破吗？

“老板真是重情重义，要放古代，只怕刘备都比不上。”萧昊话中带刺，“我当然同意，他们和我又没私人恩怨，只要不影响改革大局，我乐见其成。”

许铭轩似乎没听出萧昊话里的怨气，笑笑说：“好，菜差不多了，走，一起尝尝正宗农家风味，这儿的厨师也是农民子弟，最善于做这类菜，哈哈。”

黎仕国周六从上海搭晚班机到北京，抵达时已是凌晨一点，到中国大酒店住下后，早上六点多就醒了，再也睡不着。岁数一大，睡眠时间却越来越少，有只争朝夕的感觉。他干脆下楼，拦了辆的士到天安门，在壮观的广场散步，走上一圈，吃了早餐才回来。正在洗澡，手机响了，是郑瑜打来的："黎总，到京了吧？"

黎仕国吃了一惊："郑总，我昨晚刚到，没来得及向领导汇报，您消息可真快。"

"你可是大人物，我能不掌握点行踪吗？"郑瑜轻松地说，"中午有安排吗？没有的话我做东，一起聚聚。"

"天大的安排，也不及郑总您一句话。"黎仕国说，"哪能让您破费，您安排，我来埋单，您看去哪儿合适？"

"我们就不用客气，去八号公馆吃火锅吧，十二点。"郑瑜说。黎仕国说好，心里却开始盘算，像郑瑜这种身份，不可能无缘无故请自己吃饭，对他们来说，吃饭就是工作，不带有任何目的性的饭局，不会发生在他们之间。黎仕国琢磨许久，做好各种预案准备，才换上衣服赴宴。

八号公馆在京城可算名声显赫，坐落在东城最宽阔的园林——朝阳公园内，汇集各地美食，温泉会所，夜总会为一体，环境得天独厚，是京城精英人士休闲娱乐的聚集地。黎仕国来京时，经常在这儿接待应酬，可算轻车熟路。一见面，郑瑜半打趣半认真地说："黎总，集团最近可都在说，说你是最轻松的总裁，全国各地四处跑，就没几天在大本营待着。"

"我这不是重心转移吗？集团给我的任务，让日化顺利上市，这事千头万绪，公司又缺乏这方面的专业人才，这不，我只能摸着石头过河，多了解情况，多接触各机构，多学习上市的操作方法，寻找最好的方案，生怕哪步做得不好，让您和江总失望。像这次上来，也是为明天和证监会的领导见面。"黎仕国解释，"至于公司那边已走上正轨，又有小周总看着，出不了什么事，我这也是和他合理分工嘛。"

"话不能这么说，小周总和帕克都是新官上任，很多情况不了解，需要你这班长引路，上市自然是重中之重，但不是每件事都需要你亲自出马。"郑瑜拖长语调，"毕竟你还是日化老总，一旦经营出现什么问题，也不好交代。我们是老朋友，不瞒你说，江总最近对日化是有些看法的。"

黎仕国脸上的皱纹似乎绷紧了，显得紧张："江总有看法？指哪些方面？"

"我刚说了，你没起到班长的作用。"郑瑜放缓语气，但话却不轻，"以前你放手萧昊和徐伯春斗，结果出了问题，两人全离开日化。现在又让小周总独力负责公司管理，你这总裁，未免当得太轻松吧？”

“是，领导的批评，我全接受。”黎仕国面有愧色，“我确实没当好班长，责任在我。”

黎仕国把责任全揽下来，郑瑜反而觉得话说重了，和缓地说：“日化的发展正处在关键时期，集团领导非常重视，责任大，压力大，更需要你这老日化站好岗嘛！集团对你的能力，还是非常认可的，否则怎么会破例将担子压在你肩上？”

“我是想站好最后一班岗，但对很多事情，我也头痛。”黎仕国长叹一口气，倒起苦水，“小周总的身份摆在那儿，就是为接我班而来的，这事不但我们清楚，集团上上下下，谁不知道？尤其是日化，上上下下都当他是未来总裁，哪敢对他的管理有异议？而他自己，迫不及待要大展拳脚。既然话说到这儿，郑总，我也不藏着掖着，要是我全面介入公司管理，我们两人很可能要起矛盾，说不定公司管理会更加混乱，甚至打乱上市的步骤和计划。我就是不想这局面发生，影响大局，才决定退一步，干脆放手让他去管。”

郑瑜不得不承认，黎仕国说得在情在理。他分析过兴华日化的情况，症结在于周钦勇的背景实在太特殊。以前在出口公司时，他也是副总，但说的话却比老总还管用。最要命的是，周钦勇喜欢利用父荫，显示自己的与众不同，自己都忌他三分，何况进入职业生涯末期的黎仕国，拿什么来领导周钦勇？这个局面，其实从周博插手兴华日化的人事任命开始就已注定。黎仕国这老狐狸，哪会笨得在最后四年任期内，去和周钦勇斗个你死我活，甚至将德高望重的周博得罪彻底呢？

可郑瑜更清楚，黎仕国的退让能令人理解，却不能令江应坤满意。当时让周钦勇去日化，江应坤并不同意，只是周博在背后发功，请动高级别的领导出面说情，又将卡在手里的几个关键利益放行作为交换，才让江应坤不得不妥协。但江应坤绝不想看到周钦勇在兴华日化一手遮天，他要的是老奸巨猾的黎仕国去制衡，最好能不让周钦勇顺利接班。所以才要自己传话，可这话又没必要说透，点到为止即可，郑瑜的办事方式，就是既让江应坤这顶头上司满意，又不得罪周博这影响巨大的老领导。

借着将海鲜放进锅里的时候，郑瑜考虑一阵，才说："黎总，你的顾虑有一定道理，但不全面。以后是不是小周总接班，那是八字还没一撇的事情，我们不讨论，你考虑得太多，只会束手束脚。当初让你再连任总裁，我和江总可是承担了很大的压力，对你的工作，我们能不全力支持吗？要按你这么说，干脆直接任命小周总当老总好了，何必再给你四年任期？"

"郑总，您说得太有道理了。"黎仕国等的就是这句话，要的就是郑瑜和江应坤的支持，最重要的是他已号准江应坤的想法。做事最怕南辕北辙，那做得越多，错得越厉害，只有把准方向，才能事半功倍，"我向领导保证，接下来一定更加关注集团的管理，做好和小周总的分工协作。"

郑瑜确信黎仕国已领会意思，微笑着点点头，主动举起酒杯："好，我们干一杯。"

干了酒，黎仕国喝口鲜浓的汤，说："小周总前两天和我打了电话，对销售总监庄进的工作能力很不满意，想撤换掉，帕克推荐了个人选过来，是澳大利亚人。"

周钦勇又来这套？郑瑜微微一怔，立即问："你的意见呢？"

"我没同意。"黎仕国很干脆，"庄进能力不足是事实，换掉可以，但不能老换空降兵，特别是对公司情况不了解的老外。帕克初来乍到，更需要熟悉公司情况的总监来协助他，我觉得让朱捷接任合适。没让他当副总，提为总监也是种安抚，他能力还是不错的。"

"嗯，有道理。"郑瑜略一沉吟，"就按你的意见。"

"我没估计错的话，小周总明天应该会找您，希望请您出面。"黎仕国话的含义不言自明，不是口口声声说支持吗？这就是支持的时候了。

"我会和他沟通的，空降兵太多不是好事，合理的搭配，才能发挥最大战斗力。"郑瑜说，帕克的事，已经给周钦勇很大面子，如果这次再同意，江应坤那边没法交代。得罪周钦勇一次也没办法了，这建议委实太不靠谱，他是有点儿膨胀过度了！

和郑瑜通完电话，周钦勇脸上顿时晴转多云，坐在书房的大班椅上，身体不安分地左右转动，恰如心情变幻不定。郑瑜对外招销售总监有异议不奇怪，但在周钦勇尽力争取时，他的回应虽然平和，但寥寥几句话语间却蕴含着不容置疑的坚定，这态度让周钦勇极为不爽。在印象中，这还是他第一次对周公子的意见，持如此不留余地的否决态度。

在通话的最后，郑瑜说了句："当前是日化发展的关键时刻，领导班子间既是分工协作，更得齐心协力。黎总是班长，熟悉日化方方面面的情况，要尊重他的意见，好好配合。"这话令周钦勇越想越窝火，不用说，商量时口口声声慎重考虑的黎仕国，抢在前头向郑瑜打了报告，预先将路堵住，害自己去碰个钉子。这老狐狸，一招借力打力，真他妈阴险。

蔡雪儿端着削好皮的苹果从客厅进来，看到周钦勇脸色不善，叉上一块，亲昵地送到他嘴边："哟，打个电话就把你气成这样？来，先吃块苹果消消气。"

"气？我哪儿气了？值得吗？"周钦勇冷冷一笑，却又忍不住说，"你有没有听过最好的猎手反倒被狐狸摆一道的？"

"难说，谁知道是不是狐狸精啊？"蔡雪儿笑嘻嘻的，"要迷倒猎人可一点不难。"

"有道理，英雄难过美人关，我不就倒在你裙下了。"周钦勇顺势捏了蔡雪儿一把。蔡雪儿的手指往他额头一戳，"英雄？不要脸！"

"你觉得我不是英雄？那怎么能弄得你求饶呢？"周钦勇笑容猥琐，手掌不安分乱动，"爽过后就不认账？"

"少来，想都别想，下午刚来大姨妈，忍着吧。"蔡雪儿带着恶作剧般的得意，将周钦勇的手拿开，"不理你，我去看电视，一挨你身边准没好事。"

"靠，怎么就来了？"周钦勇埋怨，"女人真他妈麻烦。"

"靠，要是不来，你娶我啊！"蔡雪儿没好气地瞪他一眼，"臭男人，就知道自己爽，晚上我回家住，留这儿不安全。"

和蔡雪儿耍完花腔，周钦勇的心情扭转不少，女人烦的时候够烦，但有时还真是灵丹妙药，几句话就能让男人情绪变动，或喜或悲。他的思路又转回工作，黎仕国这老狐狸既然不知进退，硬是制造麻烦，那就奉陪到底，倒要看看这老狐狸有几斤几两。周钦勇点上烟，心想总要给帕克一个回复，便拨通他的电话。刚听到布兰顿被否掉，帕克便急了，几乎叫起来："这不是个好消息，人不到位，我难以开展工作。你不知道，现在下面的人对命令的执行很不到位，他们的素质、能力、服从性都有问题。我和他们的沟通非常辛苦，我需要帮手。"

听不到周钦勇的回音，帕克又急着说："还有，朱捷当总监，我更不能接受。相信我，周，他绝不是我的好帮手，相反，他会带来更多的麻烦，这是个极其错误的决定。"

"帕克，我明白，但你要清楚，这些事不是我能决定的。"周钦勇说，"我已经尽力争取，但他们的看法和我不一样，决定权在他们手上，我除了保留意见，只能服从。"

帕克并不妥协："服从？以牺牲工作为代价？周，既然公司请我来，就应该信任我，给我支持，让我去把工作做好，而不是设置障碍。特别是直销部，需要专业人才来管理，而现有的人并不具备这能力，包括朱捷。我不是给你制造难题，但我必须争取，这是为了工作。"

"我给你的，向来是毫无保留的支持。"周钦勇说，"我们还可以想想别的办法。"

"好吧，既然这么说，那我就提另一个建议。"帕克似乎早就考虑过这结果，已定下腹稿，"既然销售要拆分为流通和直销两块，那为什么不能设两个总监呢？让朱捷来管流通，而布兰顿管直销。"

"分为两块？"周钦勇还真没从这方向想过。

帕克显示出他在职场混迹多年的经验和功力："是的，这样我们才能得到想要的，朱捷只管一部分，制造不了多少麻烦，重要的是，布兰顿能进来。我有了帮手，事情不就解决了？"

周钦勇盘算着，帕克步步跟上："这个安排，公司不会再反对吧？说实话，我对公司最大的感觉，就是官僚太多了，很多正常的行为，在这儿都变得不正常。如果我们连用人的权限都这么困难，那后面的工作怎么开展，我不敢想象。"

"我们只能适应。"为安抚帕克，周钦勇下定决心，"这事包在我身上，既然退了一步，就不会再退第二步，相反，我们还要把损失夺回来。"

帕克嘟囔着："那就好，布兰顿那边，我做他的工作。"

周钦勇再拨通黎仕国的电话："黎总，回南滨了没？"

"刚到。"黎仕国的声音带着疲惫，"又误点，国内的航空，唉。"

"空中飞人真是辛苦。"周钦勇试探，"有件事我想和你商量，要不换个时间？"

"没事，你说吧。"

"是关于营销总监的人选，我经过仔细考虑，当初提出让布兰顿来担任的提议，确实不太成熟，营销两个领导全是新人不太好。朱捷虽然是老员工，可他又不熟悉直营的管理，直营以后是重中之重，让他负责，我和帕克又不放心。我想不如这样，营销总监也分两个，朱捷负责最熟悉的流通，而直营则让布兰顿来管理，两人各有所长，各司其职，工作就顺了。"

黎仕国只想了不到一分钟，便爽快地说："可以考虑，周总，你这提议不错，让人资把两个位置具体的工作职责划分出来，形成具体方案后，我们再来审议。"

"好，那你休息，不打扰。"这个说法有理有据，周钦勇估计黎仕国不会反对，要真那样，就是摆明将矛盾摆上台面，他敢吗？毕竟自己已经同意让朱捷晋升，就算明知是以退为进，他又能怎样？和自己斗，他凭什么？

周钦勇兴致很高地走出书房，对正泡韩剧的蔡雪儿说："走，我们去找个地方玩，上次那家酒吧就不错，气氛好。"

"气氛好？是美女如云吧，你那天看得眼睛都不够用了。"蔡雪儿不以为然。

"胡说，最大的美女不就在我旁边。"周钦勇笑了，"别只顾着说我，那天唱歌的法国帅哥，你不也看得眼珠子转都不转？走吧，去喝个痛快。"

第十一章　秘书

对上班族而言，每星期中最令人深恶痛绝的一天，无疑就是星期一。网络最近流传一段子，将恋爱感觉与每周各天联系在一块：“星期一的感觉就像失恋；星期二的感觉就像找不到对象；星期三的感觉就像暗恋；星期四的感觉就像准备告白；星期五的感觉就像初恋；星期六的感觉就像热恋；星期天的感觉就像快分手。”还有个流传更广的段子，将中国式英文发挥得淋漓尽致，尽显广大劳动人民的无穷智慧：星期一 = 忙 day；星期二 = 求死 day；星期三 = 未死 day；星期四 = 受死 day；星期五 = 福来 day；星期六 = 洒脱 day；星期天 = 伤 day。

以前在兴华日化上班，萧昊上班时间很散漫，上午十一点前能到公司就很不错，反正只要管好负责的版块，其他方面根本不用在意，加上他接待任务多，随便找个应酬的借口，主管内勤的徐伯春虽然是死对头，却也拿他没办法。到了东美，他负责全面工作，多少双眼睛盯着，要想抓好内部管理，首先自己就不能逾规，只有以身作则，才能让人心服口服。萧昊只能改变睡到自然醒的习惯，不管玩得多晚，第二天都保证准时上班，不给人任何把柄。

刚开始调整生物钟那段时间真是难熬。萧昊习惯晚睡，不到凌晨两点不上床，睡眠质量又不好，在床上得隔一阵才能进入梦乡，而七点半就得起床，其中的折磨不言而喻。他刚开始要使用三个闹钟叫醒，才不情不愿地爬起来，边洗漱边骂娘。挨了一段时间才算适应过来，不过上班后让司机去星巴克买两杯浓浓的黑咖啡还是少不了的。

昨晚十二点半便睡觉，虽然“忙 day”到了，但萧昊精神不错，上班后亲自动手，从磨豆开始，炮制了壶咖啡，闻着办公室内洋溢的香气，心情大佳，将安露叫进来：“尝尝我的手艺。”

安露的脸色突变，表情有点奇怪，不咸不淡地说：“我不喝咖啡。”

“试试，说不定你会喜欢的。”萧昊拿着咖啡杯，舒服地靠在沙发上，“人生就一辈子，世界上精彩的事物太多了，啥都试一试，不留下空白，到了走的那天，才不会留下遗憾。”

安露坚定地摇头，反问：“萧总，按你这么说，黄赌毒是不是也得试一遍？”

萧昊一愣，随即哑然失笑：“伶牙俐齿，和你老板这么说话，小心挨板子。不过我今天心情不错，就回答你这不是问题的问题，除了最后那个，其他我全试过。哪天你开窍了，我可以带你去试试，保证你终生难忘。”

安露面露不屑：“男人，就这德行。我没想过人生要多精彩，没其他事我先出去了。”

“等等，事情多着呢。”萧昊说，“最近在员工中流传什么热点？”

萧昊之所以对秘书这职位重视，除了协助自己的工作安排，另一个重点在于还要其担当信息收集器。他很清楚，处在总裁的高位上，很难收集到基层的信息，他所听到所看到的，大部分经过过滤。如果有一个得力的中间管理层还好，但在东美，原有势力对他的成见和抗拒心理很大，各方势力盘根错节，哪能期望从他们那儿得到真实的信息？

所以安露的位置就很关键，她只是秘书，职级不高，平常就是和普通员工混在一起。虽然位置比较敏感，但安露长得漂亮，气质高雅，亲和力又强，不像一般女孩仗着有点儿姿色便自以为是，高高在上。她和其他人没距离感，很受同事，尤其是男同事的欢迎。萧昊还私下拨给她经费，让她以个人名义组织活动，加强和员工的感情交流，只为通过她，得到第一手的信息。很快，她便建立起小圈子，信息渠道逐渐顺畅。作为领导，最怕的就是盲目决策，而好的秘书，就是他们的千里眼、顺风耳。他们提供的信息，往往能决定事情成败，职位不高，但含金量不小。以致在政府机关中，对领导秘书有个极为贴切的称谓——二号首长。

“他们最关心过几天的职位匹配度调查，主流传言说调查只是形式，主要是你用来排除异己的手段，公司即将要大洗牌，好多人将职位不保。造成大部分员工心中没底，比较惶恐，生怕一觉醒来便失业了，人心动荡，抗拒情绪比较严重。”安露说。

“有本事的人，根本不用怕竞争，更不用担心会被淘汰，只有滥竽充数的南郭先生，才会在面临实力检验的时候仓惶逃走。”萧昊冷笑，“所以他们只能兴风作浪，将局势搞乱，希望继续浑水摸鱼，做梦！”

“但最近下面的氛围确实比较紧张，他们都习惯安逸的日子，突然要面临竞争，一下接受不过来很正常。再加上有人煽风点火，众口铄金，难免会有想法。”

“分析得没错，最可恶的，就是这群添油加醋的南郭先生。”萧昊深深地喝口咖啡，咂咂嘴巴，“你觉得该怎么办？”

“我的职责是收集信息，如实汇报。”闻着咖啡香气，不知为什么，安露的心情看来不太好，带着抵制情绪，“至于分析信息，提出建议，那应该是总助干的活吧。”

“总助的活干多了，很快你就变总助，人就得一步步锻炼，才能成为人才。”萧昊眨着眼睛，“周末有人给你吃火药了？味道很浓啊！”

“没有，就事论事而已。”安露很反常，甚至可说以是反感，眼神游移着，显得坐立不安，巴不得快点离开办公室，“萧总，汇报完毕，我出去工作了。”

萧昊目光转动，举起咖啡杯：“你对咖啡过敏？还是有什么深仇大恨？”

“没，就是不喜欢这味道。”安露更烦躁，“闻着恶心。”

“你这毛病挺怪的。”萧昊笑着说，“我天天喝咖啡，怎么没见你抗议？”

“因为煮的咖啡味道太浓。”安露忍不住了，气势很冲，“这解释满意吧？”

看到她接近发火边缘，萧昊不再开玩笑，挥挥手示意她出去，嘴里自言自语："本来还想教你煮咖啡，以后每天帮我煮一杯，没想到你居然讨厌这味道，无语啊无语。"

安露的眼眶一下红了，快步走出办公室。萧昊悠闲地品完咖啡，走到电脑边，调出安露的资料，看着她以前工作过的公司，若有所思。入职后，安露表现出很强的能力，专业技能娴熟，办事分寸掌握得恰到好处，不用怎么磨合，萧昊已能放心地将工作交给她，而她也尽力去完成。但是，除工作之外，她真如原先的约定那样，不再和萧昊有私下的任何联系，更没表现出半点异常来，那晚亲密的鱼水之欢，如同海市蜃楼，看似真切，其实虚无。

她就像一首歌名，像雾像雨又像风，令人捉摸不透。可她越神秘，就越勾起萧昊的兴趣。萧昊甚至能感觉到，这女人的背后，潜藏着一段刻骨铭心，甚至是改变她人生轨迹的往事。这是有故事的女人，一夜情对她来说，只是意外的放纵，正因为她耿耿于怀，才更要对自己拒之千里。

等着吧，我早晚会弄清这一切的。萧昊最大的优点和缺点，就是好奇心极重，他喜欢清清楚楚地掌控一切，只要有一点不清不楚的阴影，就一定得弄个清楚明白。比如对卫菊，那么多女朋友，她是令萧昊觉得比较靠谱的一个。也曾想过是不是该收心，可是发现卫菊的背景模糊时，萧昊不惜动用私家侦探去查实，结果发现她以前是按摩师，这他倒不在乎，谁没有过去？不能容忍的是卫菊始终遮遮掩掩的态度，甚至在他以最大的耐心给机会时，她还是不愿意直面过去，令眼里容不下沙子的萧昊忍无可忍，只能以分手收场。有时他也想过，如果不去追查事实，两人的关系现在恐怕已再进一步，真相往往是残忍的。可难得糊涂四个字，从来就不在萧昊的字典内，让他装迷糊，就是无尽的煎熬和折磨。

萧昊整理下思绪，拿起手机，来到楼下钱兆霖的办公室，不经秘书通报，直接进去。钱兆霖很吃惊："萧总，贵客啊，什么风把你吹来了？有事让秘书打声招呼，我过去不就行了。"

"客气啥，人长着两条腿就为走路，不经常活动活动，以后退化得快。"萧昊说，"而且听说你这儿好茶不少，专门过来见识一下。"

"我哪有什么好茶，普普通通，入不了您的法眼。"钱兆霖的办公室面积，只有萧昊那间的三分之一，但也不小，装修不错，他打开身后的文件柜，从里面拿出一铁盒来，“这是老家种的茶，没什么名气，但口感不错，试试？”

“好，名气是个鸟，好不好喝才重要。”萧昊爽快地答道。等钱兆霖泡好后，只见茶水浓黑如墨，飘上来的香气有点怪，入口有点苦涩，随之苦味渐渐消散，抵达喉咙时，已转化为清香，带着丝丝甜味，口腔凉爽，如吃了薄荷般，别有风味，令人精神一振。

“好茶。”萧昊兴致勃勃，“这叫什么？”

“我家乡的茶农培育的新品种，没正式起名，不过我觉得口感清爽，余味留甜，有雨后空气的味道，便叫它雨后茶。”钱兆霖说，“虽然不值大钱，但产量不多，要是喜欢就拿一罐。”

“那我可不客气了。”拿过茶叶，萧昊转入正题，“今天无事不登三宝殿，公司的岗位匹配度调查和人员竞岗，我想先从你分管的广告部和公关部开始。”

钱兆霖想也不想，满口答应：“没问题，大势所趋，早晚的事，先弄好，团队稳定下来，员工也安心，好过目前人心惶惶，不把心思花在工作上。”

“他们就那么害怕？”萧昊悠悠自嘲，“把我当洪水猛兽？”

“哈哈，主要是流言太多，很多人都以为公司要借机炒人，担心打碎饭碗。”钱兆霖笑了，“还有人找到我这儿来，被我说了，调查也好，竞岗也好，只要有能力，你怕什么？没底气的人才怕！相反，这还是获得提升的好机会！”

“道理很浅显，可很多人就偏要往阴谋论上靠，正符合我看过的一句话，中国人最大的毛病，从来不是缺心眼，而是心眼太多，多得不知道用哪个心眼才好。”萧昊没好气。

“主要是东美老员工多，你又带着改革的使命而来，都怕你把他们革掉。”钱兆霖说，“再加上有人添油加醋，制造麻烦，气氛便越来越不好了。”

“所以我才决定先从你这边开始。”萧昊的视线从茶杯里移上来，“只有做出个样板，用铁的事实才能打消员工们的疑虑。改革不是革命，用不着大惊小怪，只要不是烂到骨头里，勇于改变自己，适应形势发展，机会有的是。我没那么可怕，真裁掉大部分人，公司还怎么运作？釜底抽薪的傻事，我才不做。”

钱兆霖观察着萧昊的脸色，趁机说：“萧总，这事你放心，我百分百支持，保证广告部和公关部全力配合。我正盼着来一次大浪淘沙，不怕你笑话，广告部的经理李瑛，仗着是老板娘的同学，正事不干，整天就想着钩心斗角，打压员工积极性，搞得乌烟瘴气。要不是有副经理莫小军撑着，广告部现在的局面我都不敢想象。”

钱兆霖嘴上说得动听，其实早就估摸着趁机揩油，利用这千载难逢的机会，打掉宋明丽派系的李瑛，扶植自己人莫小军。萧昊不动声色，问：“那公关部呢，情况怎样？”

“公关部还好，经理文菲的能力不错。只是她手下的两个主管胡跃华和李冰配合度不足，仗着是老员工，不拿她这经理当回事，很多时候得我亲自出面才指挥得动他们。这种风气得改一改了。”

“这样吧，钱总，你将这两个部门重要员工的情况，尽快汇集成一份资料给我，便于参考。”既然要拉上钱兆霖当盟军，就不可能毫无代价，该给的甜头就要给到，场面上的话要到位，私底下该操作的事彼此心知肚明，萧昊不紧不慢地回应，“我相信，有能力又服从的员工，会得到他们应得的空间和平台。”

钱兆霖的笑容发自内心：“感谢萧总支持。我听到小道消息，赵总要去美国学习？”

“不是小道消息，已经定了，只是还没正式公布。”萧昊绵里藏针，“公司未来要打造学习型企业，派谁出去学习都不奇怪，不学怎么进步？”

看着桌上稀稀拉拉的几份文件，黎仕国感觉似乎又回到一年前，那时萧昊和徐伯春各掌一方，看似前途无限，而自己故意将权力最大限度地下放，稳坐钓鱼台，笑看龙虎斗。那时，公司上上下下都以为他即将调走，只是维系着表面上的尊重，个个忙着选队伍站队，靠向萧昊或徐伯春。等水落石出，他笑到最后时，这帮人才如梦初醒，弄清楚在兴华日化谁才是真正的主人，原本冷落的门庭重新车马汹涌。两个副手离职，大大小小事务又得他一人拍板，虽然忙得不可开交，但日子却是充实而满足。他喜欢像个帝王般，看着臣下毕恭毕敬，小心翼翼地等候指示的感觉，放出去的权力重新回到手里，不但拿得更牢，还多加四年期限，实在让人回味无穷。

可周钦勇的到来，又打破这一切。黎仕国和郑瑜说的，至少有一句不假，不想争，只要对方不太过分，大家相安无事，四年过后，想干吗干吗去。可周钦勇却是忘乎所以，咄咄逼人，而黎仕国当初费尽心机，可不是想当四年有名无实的太上皇，这是他的底线。周钦勇明显已经踩过楚河汉界，将属于他和不属于他的，统统包揽。

黎仕国必须反击，可他需要摸清一个人的态度，在兴华这一方天地，你要斗的往往不止一个人，而是这个人所代表的势力。萧昊的能力强，但始终斗不下徐伯春，甚至还屡次被算计到悬崖边，便是因为徐伯春不是一个人在战斗，他还有老丈人赵海光势力的支持。对周钦勇也一样，如果没有能和周博相抗衡的势力支持，黎仕国绝不会开战，以卵击石的事情，绝不是老狐狸所为。还好，正如所算计的，对自己的退让，江应坤极为不满，通过郑瑜发话，这便让黎仕国有了底。

黎仕国随手翻翻桌上，全是无关紧要的知会性文件。虽然在总裁出差时，由常务副总裁暂代，但很多超越副总决定权的事情，必须知会总裁，这是二把手和一把手的区别。以前徐伯春虽然虎视眈眈，但对这方面很注意，绝不越权，而萧昊再强势，也不敢把黎仕国晾一边，一是担心得罪黎仕国，影响上位，二是生怕落下被对方利用的把柄，这就是相互制衡的好处。可周钦勇没这顾忌，拿着鸡毛当令箭，不管流程上需不需要黎仕国同意或审批的，全部自己签了算。

这小子，已经飘飘然得忘乎所以。《满城尽带黄金甲》里有句台词：我给的，你才能要，我不给，你不能抢。这话真经典，恰如其分地映射出黎仕国此时此刻的心情，他决定要给周钦勇敲响惊堂木。手机响起来电铃声，是妻子的越洋电话，在北京时他顺便去检查身体，发现点毛病，建议他住院休养段时间。黎仕国看情况不严重，就没怎么放在心上，只是和妻子通话时随口提起，没想到她却挂在心里，三天两头打电话询问情况，催他去治疗。黎仕国只能不断敷衍，说最近工作太忙，等挤出时间一定好好治疗。

让秘书泡了两杯上等黄山毛峰，黎仕国把主管财务的副总郑开明叫过来。两人品着茶，黎仕国说："老郑，我离开半个月，家里没什么事吧？"

兴华日化的总裁设置，是一正三副，郑开明当财务副总已五年。以前萧昊和徐伯春双雄争霸，现在是周钦勇一枝独秀，排在前面的领导都强势，作为集团第四把手，郑开明为人处世低调，只管好自己的一亩三分地，谁也不得罪，谁也不讨好，老成稳重。他的不偏不倚，置身事外，其他人不当是威胁，自然不会无缘无故去找麻烦，甚至还要着意拉拢，他也成为公司内最超脱的人，反倒受人尊敬。

谁也不知道，看似老实巴交的郑开明只是颗棋子。首次连任后，黎仕国暗地运作，将在兴华银行任行长助理的郑开明挖过来任财务副总。这几年来，从表面上看，除工作以外两人再没什么交集，那是刻意为之，郑开明一直是黎仕国最得力的棋子。财务是公司的命脉，控制住财务，其他领导的签单、报销、账务往来全在眼皮底下了如指掌，只要他们一报账，无形中便掌握住他们的行程，通过消费的金额明细，还能估摸出其款待客户的层级档次。而要抓住一些不完全符合财务制度规定的报销，更是易如反掌，这些虽算不上啥大事，但在关键时刻说不定就能发挥关键作用。做了那么多年管理，黎仕国总结出来心得，领导做事绝不能事必躬亲，那只会分散有限的精力，必须抓住两个重点——人资和财务，只要人和钱控制住，公司便在股掌之中，翻不了天的。

"周钦勇的一言堂，自把自为，他最近签的报销单很多，几笔大的我压着没签，他好像有点意见，叫秘书来催了几次。"郑开明说，"公司的销售业绩下降，老客户来的订货款少很多，据说他们对公司成立直营部的做法意见很大，而周钦勇还支持帕克在强推。"

"你对帕克怎么看？"

"他的作风比萧昊还要强硬，但又没萧昊和下属称兄道弟，一手硬一手软的手段，和公司的文化有点儿格格不入，和其他部门的配合一般，各方面对他怨气挺大，要没周钦勇的支持，早玩完了。只是照这样下去，我估计要出事。"

"洋为中用，哪有那么容易，水土不服，必生疾病。"黎仕国的眼神很亮，摩挲着手里的紫砂杯，“再让他们瞎折腾下去，真弄出什么事我也不好交代，是时候出手了。”

没计划好的事，黎仕国绝不会提出来，而只要提出来，他就是已把底稿勾勒好，至少有八成把握。这老狐狸不鸣则已一鸣惊人的风格，郑开明清楚得很，默默等着他抛出意图。黎仕国深深喝口茶，慢条斯理地说：“销售和市场本就是两个职能不同的模块，应互相监督、互相配合，让帕克一人负责不合理，我准备再设一个主管市场的副总。”

黎仕国真要向周钦勇开战了，第一炮便是削帕克的权。郑开明想想，附和说：“这主意好，市场分切出来，帕克负责的销售便有制衡，不能再想怎么弄就怎么弄。不过他们肯定不同意，会拿以前萧昊就是一手抓说事，还有多个副总编制，集团未必同意。”

“所以我和你透个底。下周要召开高层会议，我想你先从市场费用这块入手引出话题，然后在会上进行讨论。”

“那需要先和其他人打声招呼吗？”要主动挑起这事，郑开明明显有疑虑，小心翼翼地说，“我担心他们不敢反对周钦勇。”

“那他们就敢反对我？”黎仕国淡淡说，“坐在总经理位置上的，还是我吧。”

郑开明点到即止，看黎仕国不放在心上，便把后续话语吞回肚里。把杯中茶一口气喝完，黎仕国轻松从容：“这也是个摸底的机会，看看他的威风大到什么程度。”

“可以用四个字来形容，飞扬跋扈。”郑开明忍不住摇头，“我在兴华待十多年，还是第一次遇到如此嚣张的高层，不但不检点，还生怕别人不知道似的。”

“听起来有故事？”黎仕国笑问。

“蔡雪儿前不久才从公司借 20 万买车，最近便还上了，听说是周钦勇给她的钱，两人的关系近乎半公开化。”郑开明哼着冷气，“要搞女人，何必搞到公司来？乌烟瘴气。蔡雪儿这女人也真行，以前和萧昊不清不楚，萧昊一走，她又搭上周钦勇，更新换代挺快的。”

黎仕国脸上声色纹丝不动，不会有任何人能从表情中，看得出他才是蔡雪儿真正的情人。只有他自己感觉到，后背的肌肉猛地紧紧绷住，腰杆不由得向上挺了挺，笑容更深，但如果仔细观察，就会发现他的双眸中，没有任何笑意。

周钦勇晚上来了客人，一个是原先在外贸公司时认识的，国家对外发展银行的副行长郎平伍，打过不少交道，交情不浅。另一位是郎平伍介绍的，姓夏，看名片是海通资产管理公司总裁。周钦勇请他们到和盛吃日本料理。喝着清酒，品尝着各式各样的刺身，夏总啧啧有声："这海胆非常鲜美，不比我在北海道吃的逊色。"

郎平伍说："周总，你的日子是越过越滋润，人比人，气死人，来，喝一个。"

"别人说这话也就算了，你郎行长说这话，我可担不起。"周钦勇说，"我是身不由己，被公司调来调去，四处奔波，哪比你大行长尊贵的身份。"

"我尊贵个屁，人前风光而已。咱兄弟说句心里话，像我们为国家打工的，拼死拼活，到老就混个死工资和一份退休金。虽吃穿不愁，可赚再多钱也进不了自己口袋，哪比那些民营老板，纵然辛苦，可打下的江山终归捏在手里，还有点收获。"郎平伍埋怨说。

周钦勇听得出他话里有话，附和说："那也没办法，国企就这样，我们就是为国家服务。"

"为国家服务自然没错，可也不能放下自己。活雷锋人人说好，可人人不做。"夏总不失时机地接过话来，两只手比画着，"既为国家创造利益，有机会也得为自己搞好效益，两手抓，两手都要硬，你说是吗，周总？"

"有道理，不过机会难觅，很多人一辈子，都等不到机会。"既然对方开始试探，周钦勇就先敷衍一句，静待对方出招。

"其实机会虽然不多，还是有的，只是很多人不懂得把握。"夏总目不转睛地望着周钦勇，"比如现在，机会近在眼前，只看周总愿不愿意抓住。"

"近在眼前？我怎么没发觉？"周钦勇笑着说，"夏总，你还是把谜底揭开吧。"

"兴化日化要上市，在业内已炒得沸沸扬扬，同行们看好，我相信到时股价一定一飞冲天。如果周总能尽可能多地拿到原始股，那成为亿万富翁，还不是举手之劳？”夏总的眼睛不大，咕噜噜转得极快。

“国企对高层持股是有规定的，我纵然有这愿望，却得遵守规则。”周钦勇摇头，“赚点小钱是有的，至于一朝暴富，不敢想象。”

“规矩是死的，人是活的。”郎平伍胸有成竹，“说不定夏总就能帮兄弟达成愿望。”

“是吗？那就请夏总赐教。”周钦勇放下筷子，饶有兴趣地说。

“企业上市后，股本是不能集中在单一大股东手里，所以除了兴化集团，日化还得寻找其他投资方。假设说，选中我的海通公司认购股份，比如只能拿下5%，而在这5%的认购股份里，有一部分是周总的，只是通过我们来代理认购……”

夏总的话不用说下去，周钦勇已明白他的用意。在国企上市的过程中，往往藏着巨大猫腻，各方人马磨刀霍霍，纷纷想大捞一笔，这是公开的秘密。夏总说的，是很多不方便直接出面的公司高层或政府领导采用的手法，绕个弯子，借壳认购原始股，等上市后抛出，然后大发横财。而像海通这样专门当资本掮客的公司，也越来越多，他们精通上市流程，而且人脉广博，往往具有上层背景，才能在资本市场呼风唤雨。不用说，郎平伍也是其中一员，说不定他还暗自挪用银行的资金为自己买股，这可是一本万利的活。周钦勇的思路转了两圈，淡淡地说：“夏总，你可太高估我了，想玩这个，也得有资本才行，我可没那么多资金，心有余而力不足。”

“没事，大家是好朋友，没必要计较太多。只要周总能将海通引进兴华日化合作，到时我们拿到多少股份，按照规矩，其中的10%直接作为答谢，剩下的，你能认购多少就认购多少，不超过25%就OK。”夏总说。

“夏总是个爽快人。”周钦勇怦然心动，这的确是个大捞一笔的好机会，但问题还是有的，“公司上市的事，并不是我在负责，这事我尽量试试。”

“兄弟，在兴华集团还有你办不了的事？”郎平伍哈哈大笑，“谁不知道你是未来日化的总裁，而且你家老爷子的面子，谁敢不给啊？”

周钦勇笑而不语，举杯错开话题：“喝酒，服务员，再来一盘海胆。”

咂着嘴唇，在大好的发财机会面前，周钦勇琢磨着，和黎仕国合作是不可能的，只有尽快搞定他，将上市的工作接过手来，否则一切免谈。

当黎仕国踏进蔡雪儿家中，迎接他的是冷冷清清的房间，家具和摆设物上沾上一层薄薄的灰尘，显然有段时间没人使用了。周钦勇可没黎仕国那么小心谨慎，没两天就让蔡雪儿搬到他那儿住，过起同居生活。蔡雪儿就是偶尔回来拿些东西，哪有心思去打扫？

用抹布将沙发擦干净，黎仕国的手指放在手机屏幕的拨打键上，犹豫了很久，却没有按下去。这段时间以来，蔡雪儿再没主动联系，别说嘘寒问暖，连条短信都没发过，以前就算耍点小脾气，但只要黎仕国哄哄，要么破涕为笑，要么痛骂出气，哪像最近无声无息的？以黎仕国丰富的人生经历，早就察觉到这段情人之旅，只怕已走到尽头，她已找到更好的依靠，自己能挽回什么？

想到这点，黎仕国慢慢地把手机屏幕关掉，脸上如早上的一层寒霜，凛冽得令人望而生畏。对蔡雪儿，他并没有给过什么，房子车子全是蔡雪儿自己搞定的，说起来顶多就是利用手中权力给了位子。要说两人有多深的感情，那是自欺欺人，黎仕国最自豪自己的理智和控制力，权势才是他孜孜追求的魔杖，至于女人，不过是业余生活的点缀。在那年轻的胴体上，感受日渐消逝的活力，重温越见珍贵的激情，而这种关系，迟早有结束的一天，这他早有准备。

只是蔡雪儿找谁不好，偏偏找的是周钦勇，这个急于接掌黎仕国权力的男人，居然连他的女人也不放过？在黎仕国看来，蔡雪儿是跟着权力在转动，而在自己还没退休的时候，她就迫不及待地倒向自己的对手。这简直是最大的羞辱，狠狠地踩过每个男人不可容忍的底线。

几十年的修炼，黎仕国的情绪就像结了一层厚厚的茧，纵有喜怒哀乐，却能牢牢控制，从未破茧而出。但此刻，他却感到愤怒的火星飘飘荡荡洒落，猛地点燃，熊熊而起，将僵硬的壁垒烧熔，灼得胸口不住炙痛。

“全面接收，全面接收啊！”黎仕国喃喃地说，忽地拿起桌上的一对保温杯，用力狠狠摔在地上，只见保温杯噔噔在地上弹跳两下，慢慢地滚落墙边。这是他去日本出差时买回来的礼物，是限量发行的纪念版，以一对情人为图案，精致时尚，很得蔡雪儿喜欢。

黎仕国捂着胸口，呼呼喘了几口粗气，五六分钟后，慢慢冷静下来，一步步走过去，将杯子拿起来放回桌上。有点微曲的身体挺得笔直，他倒不是对蔡雪儿有什么真挚的感情，但他不喜欢这种感觉，应该说只要是男人，就不会喜欢这种感觉。

周钦勇，这三个字，在他灼热的眼眶内，渐渐化为灰烬。

第十二章　人在饭局

一场瓢泼大雨，给闷热许久的平川添上几分凉爽。来平川这段时间，萧昊唯一不能适应的，就是干燥少雨的天气。在沿海城市待惯了，到西北内陆之后，总觉得皮肤干痒，每天必须抹润肤露，平添不少工夫。拿着杯红茶，萧昊站在窗边，眺望着笼罩在雨幕下的东美工业区，居高临下，俯瞰众生的感觉实在令人陶醉，在这儿，他就是一人之下万人之上。在许铭轩极少发号施令的情况下，萧昊即使不是帝王，也是总揽全局，说一不二的摄政王，翻手为云覆手为雨的成就感，无可言喻。萧昊发现自己越来越迷恋权力，虽然前面风高雨急，还有很多难事亟待解决，但他从不缺自信。唯一的遗憾，就是努力做得再成功，这始终是别人的领地，自己就是过客，终有分道扬镳的时候，这是职业经理人的悲哀。想到这儿，萧昊又有种唏嘘的感叹。

就在他随着杂乱的雨点胡思乱想时，推门声响起，萧昊转过头，便看见许铭轩。他是唯一不用由安露通报，就能直接进总裁办公室的人，只因他才是真正的主人。

“兴致很好啊，在欣赏雨景？”许铭轩说。

“好久没下雨了，在这儿听听雨声，看看雨景很舒服。”萧昊笑着说，“忙里偷闲，自娱自乐，在工作中找点乐趣，才不至于被工作压倒，哈哈。”

“有道理，人又不是机器，劳逸结合是应当的，可惜你不会下围棋，不然你会觉得，下棋是最好的放松手段。”许铭轩说，“晚上不要安排其他事，有个重要饭局我们一起去。”

“好的，需要做什么准备？”

“晚上是市长请客，我的秘书小冯回去探亲，你带上秘书吧！我们吃饭时，她也好陪市长秘书用餐。”

晚餐定的瀚苑酒家还真不好找，明明到了地点，可就是没看到，连许铭轩这土生土长的平川人都蒙了，最后还是问了路人才知道。建在一个小区的住宅楼下，没有大堂，全是一间间独立包厢，外观和普通民宅毫无二致，别的不说，隐蔽性倒是超强，除公务接待外，领导私下请客，越是隐秘越好，颇有点地下工作者的味道。政坛风气如此，一点风吹草动就会引人浮想联翩，领导和谁吃饭可能是小事，可一旦被好事者或别有用心之徒添油加醋地渲染出去，说不定就会成为大事，要想在政坛立足，谨慎是根本。尤其是当一方是一市之长，一方是富商巨贾时，权和利的碰撞，更容易引人浮想联翩，虽然是政坛潜规则，但还是上不得台面。

市长沈浩，原是省科技厅厅长，半年前才被空降到平川任职。他很年轻，不过四十一岁，相貌斯文，风度翩翩，充满学者气质。有风声说他背景深厚，市长一职只是过渡，只要任期内能干出成绩，两年后市委书记年龄撞线退休，他就是顺理成章的接班人选。如果四十三岁之龄成为地级市党委一把手，那前途不可限量。

沈浩上任未久就到东美参观调研，当时他的学识谈吐给萧昊留下不错的印象，讲话时不再是毫无目的性的泛泛而论，走走过场而已，而是有的放矢，论述独到，看得出用心做过不少功课。此番再见，沈浩先和许铭轩握手，再向萧昊伸出手说:“许董，我佩服你的眼光，能请到萧总这样的人才，东美要没大发展那才奇怪了。”

简简单单一句就同时捧两个人，这就是说话的艺术。许铭轩和萧昊客气几句，宾主坐下后，瀚苑的老板亲自过来记菜。沈浩摆摆手:“今天我请客，主随客便，就由许总来点。”

许铭轩忙说：“我对吃的素来不懂，担不起重任，还是市长来吧。”

沈浩移过视线：“听说萧总是美食家，那这任务就非你莫属了。”

今晚这一餐，并不是吃饭，而是饭局。既然是带个局字，那就少不了各种道道，点菜是门大学问，吃什么菜既要考虑客人口味、喜好和禁忌，菜的档次又体现主人的身份地位及对客人的尊重程度，不是随随便便上几个好菜就完事的。很多人讨厌点菜，就因为这是非常费心的事，要安排得不妥当，不但出力不讨好，甚至会把事情搞砸。萧昊亲身经历过，当时销售经理招待外国客户，为示隆重，安排到最好的野味店吃穿山甲。没想到这客户是环保主义者，问清菜式后，当场拂袖而去，生意自然泡汤，弄巧成拙，给初出茅庐的萧昊留下极为深刻的印象。只要上饭局，他便不敢有丝毫大意，又哪会不懂这菜怎么排也轮不到自己去点？这里市长最大，又是作为主人，有资格点菜的就他，就算他真不点，也有秘书代劳，这番谦让只是场面上的客套，表示对客人的尊重，能当真吗？越俎代庖的事，傻子才去干：“我哪算得上什么美食家？第一次来，不知道有什么名菜佳肴，点菜是心有余而力不足，这次还是多多学习，长点见识。”

“既然你们都客气，那就把点菜的事交给行家吧。”沈浩并没叫秘书，而是对瀚苑的老板说，“高总，那今晚你来安排，许董和萧总是贵客，可一定要安排好。”

“其实我最讨厌点菜，对吃饭我从来没讲究，要花心思想着吃什么，怎么吃，实在伤脑筋。平时就喜欢上食堂，四菜一汤最简单。”沈浩用热毛巾边擦手边笑着说。

“市长日理万机，吃饭这种小事哪会值得花心思。”许铭轩既附和又奉承。萧昊暗笑，市长当然不用花心思，只要愿意，天天饭局不断，公务有政府办公厅搞定，私事要么人家早就安排好，要么由秘书处理，哪劳烦到他呢？

这儿的菜按萧昊的口味而言，只是一般，不出什么特色，还好坐在这儿的人，谁的心思都没真正放在吃上。酒是许铭轩带来的路易十三，沈浩没放开，喝得不多，许铭轩酒量不行，萧昊不方便频频敬酒，没酒助兴，气氛显得有些沉闷。

“许董，经济是城市发展的基础，而东美是平川最大的民企，以后平川的发展，还需要你们继续添柴加火啊！”沈浩开始把话转入正题。

“市长言重了，东美的发展，离不开政府的引导和支持，没有政府的帮助，我们是无本之源，不可能取得现在的成绩。”这些谦虚的套话，许铭轩已不记得讲过多少次，总之是倒背如流，张口就来，一字不错。

“许董太谦虚，你是全国闻名的企业家，东美每年为政府贡献的利税为全市前五，为平川的发展作出巨大贡献，这些功劳，我们一清二楚。”沈浩说，“有句话你说的对，企业的发展离不开政府，没有政府的政策支持和创造良好的投资环境，企业很难生存壮大；而同样的，政府也离不开企业，企业没有发展，政府就没有财政收入，就没法继续投资，为企业和市民提供更好的服务。两者相辅相成，缺一不可，只有同步迈进，才能达到双赢的良性循环。”

“市长见解精辟，的确如此。”许铭轩说。

“平川近几年的发展势头不错，但比起北上广深等超一流城市，还有很大距离，就算比起苏州、福州、南京、重庆等一线城市，差距也很明显。问题在于平川没有形成自己的拳头产业，只靠国家的政策倾斜，难以持久。我们必须抓住机遇，尽快将平川经济导入正轨，在这个过程中，正需要许董这样优秀的企业家，来多尽一份力量。”

“请市长指示。”许铭轩并不意外，他就等着晚宴主题的揭晓。

“市金宁路 8 号那幢烂尾楼，许董该知道吧？这幢楼因为历史原因，拖了太久，政府决定在近期内对此事予以解决。东美是平川最有影响力的企业，只要东美出资，我们将全力支持，建一座高规格的综合性商业娱乐中心，将其打造成平川地标。”沈浩说得很有激情。

金宁路是平川金宁区的主干道，沈浩说的那幢楼，萧昊经过时曾注意过，已建了五层，破破烂烂没人打理，在周围一片崭新的建筑群中极为碍眼。他听司机说，这里已荒废了八九年，以前有个港商过来，要以广州天河城的标准，集旅游、购物、娱乐为一体，兴建全省最大的商业中心。计划得到当时政府的大力支持，划了那一大片地出来，还财政入股，帮港商从银行融资了不少钱。谁知道建到一半，港商的资金链出现大问题，信誓旦旦承诺十亿投资分文未兑现，仅靠政府和银行的资金运作，没多久港商收拾包袱逃之夭夭。后来一查才知道，那小子就是土生土长的大陆人，混了张香港身份证，玩的是空手套白狼的活，表面的光鲜只是金玉其外，里面一肚子坏水。借着各地政府需要政绩和GDP，到处招摇撞骗，项目虚构得越来越大，牛皮吹到天上去，名为合作投资，其实是釜底抽薪，将钱拿出来继续行骗。但还真有不少政府上当，以为飞来只金凤凰，最后才发现是只不会下蛋的大公鸡，而自己还得白白赔上不少米。这案子轰动一时，引起省内高层关注。在平川是家喻户晓，成为老百姓茶余饭后的笑谈，甚至有人说，想看看平川的草包吗？请到金宁路8号来。

这是平川政府的伤疤，以前金宁一带还没开发，只是块鸟不拉屎的荒地，人烟稀少，领导们眼不见心不烦，可近年来随着市中心东扩，那里建起了一个个崭新的新楼房，搞个如此大面积的烂尾楼在那儿，简直贻笑大方。这块伤疤越来越惹眼，由于里面涉及政府和几大银行的产权和债权，纠葛不清，就算有人想接手，在此复杂的情况下也只能打起退堂鼓，退避三舍。沈浩新官上任三把火，是下定决心要将其根治，将此历史遗留问题做个了结。

在萧昊看来，平川市西边的土地使用已经饱和，向东扩张是大势所趋，金宁区早晚将成为市中心。而在中国发展，最稀缺的资源就是土地，政府现在急着找人接手，条件肯定会宽松，如果能以优惠的条件拿下那么大的一块地皮，先不说开发，就算坐等升值都能赚一大笔。他的目光转到许铭轩，却看不出任何端倪。

许铭轩的涵养功夫，素来为人称道，早就修炼得喜怒不形于色。这方面和黎仕国倒是有一拼，都属于纵然内心巨浪滔天，脸上却风平浪静的人。他对平川各方各面的了解和掌握，比萧昊这外来户要深入得太多太多，深知事情远没那么简单。平川东扩，只是雷声大雨点小，这几年经济发展的势头只是看来不错，但内里却问题多多，很多数据只是做给领导看而已。特别是金宁区，一片热火朝天的景象，落成的写字楼和住宅成交量不少，却没什么公司和居民入住，大部分空着，人流量稀少，晚上过去，几乎就是个鬼城。稍懂经济学的人便知道，这些是炒房团炮制出来的虚假繁荣，炒高楼价，坐等获利。政府也清楚，再这样下去，这个各方合力凝聚成的泡沫将被戳破，到时平川的经济能否承受这重重一击，谁也说不准。

在平川，有实力拿下这类巨型项目的企业屈指可数，而东美具有最高的知名度，作为快速消费品企业，需要大力度的媒体广告支撑，而东美的产品广告遍布全国。这是其他企业无法达到的优势，由东美来出资，宣传效应将达到最大化。如果沈浩的计划能成功，对许铭轩来说未尝不是一个大好机会，将泡沫再做大，在投资者最狂热的时候将商业中心脱手，很可能获取巨额利润。可风险也在那儿摆着，只要中间一个环节出差错，或者经济大环境出现问题，就将万劫不复。

换了不缺冒险精神的萧昊，他会接受挑战，这块香饽饽实在诱惑；可许铭轩不同，他是围棋高手，不到万不得已，从不喜欢不可控的胜负手。他要的是招招在握，笑笑说："谢谢市长抬举，不瞒您说，东美的现金流动并不充裕，要投资这样的大项目，缺口很大，而且这类项目我们从未运作过，没有专业人才，缺乏经验，信心不足啊！"

"这些不是问题。"沈浩苦口婆心，"东美不也是从无到有吗？哪个女人生第一个孩子前就有经验？现代企业都讲究多元化经营，房地产是公认的黄金产业，以许董的能力来运营，肯定能拿下第二个聚宝盆。而且我刚说了，政府全力支持，无论条件还是政策，绝对最优惠。"

这句话令萧昊怦然心动，可许铭轩却只是微笑不答。沈浩接着说："至于资金这块，可以通过银行融资，需要政府出面协调的，我们来做工作。"

"我很久没和银行做生意了，利息越来越高，利润越来越低，还是自己的钱花起来安心。"许铭轩苦笑，略作沉吟，"关于资金问题，我考虑通过上市融资来解决。"

"市里的上市企业越来越多，可作为龙头，东美却还按兵不动。"沈浩略带责备，"许董啊，说句不客气的话，在适应经济大势方面，你走在后头啦。"

"市长批评得是。"许铭轩说，"回去我就安排人员开始准备上市的工作。关于您刚才提的项目，我会安排相关人员认真研究，如果条件许可，资金问题解决，我愿意为政府的工作贡献一份力量。"

话说得滴水不漏，但萧昊清楚许铭轩根本不想投资。在入职前，他和许铭轩深谈过，假设过未来上市的可能性，但许铭轩坚决否定，一是不缺钱，在投资方面许铭轩可说是谨慎过头，没八九成的把握根本不动手，长年累月的积蓄，使东美的现金流极为充裕，甚至超过兴华日化，那么多的资金摆在银行里晾着，萧昊都觉得心疼；二是许铭轩不想将东美的家底公之于众，都知道他是大老板，可他到底有多少身家，没几个人知道，股市的公开和透明，令许铭轩极为抗拒，有着典型的不露富思维。但新任市长盛意拳拳的邀请，直接拒绝是不可能的，得罪当权者的傻事，许铭轩不会做，他干脆借上市的名义，行缓兵之计。按东美的实力，上市绰绰有余，可要走完流程，没一两年是搞不定的？沈浩急着出成绩，能等一两年吗？就算能等，一两年后的情况，谁知道是怎样？

“许董是省政协委员吧？”沈浩忽然转过话头。

“是的，今年刚刚卸任。”

“企业家关心国事，参政议政是应该的，尤其像许董这样的实干家，非常清楚政府该如何与企业良性互动。”沈浩望着许铭轩，话语平静，但沉稳有力，“我想许董可以作为工商界的人大代表，为政府提意见，为人民提心声。”

人大代表？一旦选上，可说是光宗耀祖，参与各项选举投票和议案表决，身份的含金量无须赘述，对企业家而言，更是政治身份上的大跨越。沈浩拿出这诱饵，摆明抛砖引玉，等着许铭轩投桃报李。

许铭轩微微动容，但很快便恢复平静，不置可否地举杯：“感谢市长的关心和肯定，我敬您一杯。”

许铭轩始终不愿明确表态，沈浩自然不能满意，但也不能说什么，举杯喝了一口。萧昊在一旁暗自惋惜，多好的机会，名和利唾手可得，最关键的是还卖了市长个大人情，以后获得回报的机会有的是，这许铭轩，实在是谨慎过头了！

好巧不巧，在离萧昊他们吃饭的地方不远，有家做云南菜的饭店，三号包厢内，许铭德坐在正中，其他六人全是东美的中层管理人员，生产一部经理姜达、人资经理尤延庆、行政经理王金河、客服部经理郑庆辉、仓储部经理林德、物流部经理古松。

菜点不少，摆了满满一桌，但众人明显没有吃饭的欲望，打开的五粮液没顾上喝几杯，倒是呛人的烟味在不大的房间内弥漫，每个人脸上的肌肉僵硬，气氛沉闷得像绷紧的弓弦。许铭德把手里的烟头扔了，率先打破沉默："那狗屁人力资源公司交上来的报告，你们刚刚看了，说吧，说说你们的看法，别整得和个闷嘴葫芦一样，屁都没一个。"

在这几人中，姜达是他表弟，关系最近，尤延庆和王金河是他嫡系的下属，剩下三人则是公司成立之初便加入的老员工，人脉最深的元老派代表。古松以前还是许铭轩的专职司机，开了足足六年车后，才安排到物流部当经理。许铭德本来还叫了赵昂，可赵昂不愿再和他们掺和在一块，找个理由推掉，退避三舍。

姜达第一个接话："萧昊太狠了，简直是在赶尽杀绝，十八个部门，居然有十一个经理不合格，要重新竞争，从没见过这么搞的。"

"没错，我们跟着董事长打江山时，这小子还不知在哪儿混呢，现在找个借口就想搞掉我们，我操他祖宗十八代。"古松破口大骂。

尤延庆的情绪最低沉："什么公平竞争，重新竞岗，就是借口，在位时已经说我们能力不足，刷下来了反而能再上去？全是做给人看，他只是想借机会安排自己人。"

"说起来你们人资部就是在犯浑，这事不是你们负责吗？怎么把自己也搞进去了？搬石头砸自己脚了吧！"林德资格最老，是许铭轩创业时聘请的第一个员工，倚老卖老惯了，平时就看不顺眼唯唯诺诺的尤延庆，借机阴阳怪气地嗤笑。

"我们哪负责得到啊？就是挂个名而已，具体情况全是萧昊在搞，资料直接送到他秘书那儿，我们根本就不知道情况。"尤延庆不住叫冤，"我也是下午才接到完整的报告，看完都傻了，真没想到萧昊玩得这么狠。"

王金河说："而且他连老板娘那边的人都不放过，宋明琪、王瑛一个不落，他怎么胆子就那么大，这名单一公布，他就不怕和整个公司为敌？"

"怕？有董事长给他撑腰，他怕啥？"林德刻薄地说，"你没看董事长对他多好？亲儿子都未必有这待遇。"

尤延庆忧心忡忡地说："听说董事长准备成立顾问部，专门用来放这次竞岗失败的中高层人员，他是动真格地支持萧昊，这才令人头痛。"

"是有这事。"许铭德嘿嘿冷笑，"什么顾问部，就是养老部，养到你们六十岁退休为止。算是他仁至义尽，不一脚将你们踢开，花点钱养着坐冷板凳，哈哈！”

“凭什么啊，我到六十岁还十几年，让我就这样耗到老？”古松瞪大眼睛，大声叫嚷。

“不愿意？那你就辞职呗。”姜达缓缓地说，“那更好，自己走，还给大哥省钱。”

“公司这么做，是不是太绝情了？”郑庆辉忍不住说，“我们就算没功劳，苦劳也有吧。过河拆桥，传出去就不怕令人寒心？”

姜达摇着手：“你要说清楚，不是公司绝情，而是萧昊玩得绝情，这小子心太黑了。”

“我明确告诉你们，就算是亲兄弟，现在说句话都不如萧昊放个屁。”许铭德不耐烦了，“叫你们来吃饭，不是听你们发牢骚，是让你们想办法。人家拿着刀上门杀人放火，该怎么办，想想办法，别净说些没鸟用的废话！”

“能怎么办，公司能压住他的，只有董事长。”尤延庆无奈，“可董事长却最支持他。”

“那不一定。”姜达说：“东美是大哥的命根子，请萧昊来，是搞好公司的，不是来拆台的，一旦出现问题，你们觉得他会坐视不理吗？”

“你是说，我们给他整些问题出来？”古松说。

“难道连这都做不到？”林德的笑容透出阴险，“那我们还不如回家抱孩子得了。”

“问题在于切入点，我们要找到一个能让大哥必须出面的事，就算不能让萧昊滚蛋，也要让他把什么匹配和竞岗收回去。”姜达咬着牙。

又是一片沉默，这群人平时私底下搞小动作是行家，可关键时候要炮制决战的计划，顿时大眼瞪小眼。过了好一会，尤延庆才犹犹豫豫地说：“我倒有个想法。”

“有话就说，磨蹭什么。”许铭德不耐烦地说道。

“这次各部门不符合岗位要求的员工，有八十多人，很多还是老员工，这群人只有一次机会可以竞岗，过不了就直接辞退。”尤延庆咽了口唾液，横下心来，“国家现在很关注企业大规模裁员，我们可以组织员工去劳动监察部门投诉，然后请报纸媒体来报道，再在网上发帖，把事情搞大，只要引起社会关注，影响到公司的声誉，董事长不会不管的。”

“没错，大哥最注重的，就是公司声誉。”姜达用力一拍桌子，大声叫好，“有你的，老尤，这招一出，我就不信他还坐得住。”

尤延庆拿起桌上的湿毛巾抹抹汗，勉强笑笑。许铭德拍拍他的肩膀，气势十足：“这就对了，我们坐在同一条船上，只有一起干，将他搞倒，才不用去做冷板凳，才有好日子过。就这么办，回去后大家开始做准备，既然有人要惹我们，就得给他点颜色看看，来，干杯。”

众人齐声说好，轰然应诺，事情有眉目，自然振奋人心，气氛转而有些生气。只是尤延庆心里极不踏实，一想到萧昊那不怒自威，信心满满的样子便七上八下，好像没什么事能难倒他。可他实在太过分，连个安生日子都不给人过，非要逼到山穷水尽，不拼，还能咋样呢？

第十三章　针锋相对

兴华日化每月的高层会议，除了四位老总外，还有五位总监：生产总监卢义、研发总监孙焕忠、采购总监林德、媒介总监蔡雪儿以及代理销售总监朱捷参加。对这个会议，黎仕国是每次必到，在众人发言讨论后，进行最终点评，并布置下个月的工作重点，这是一把手独有的荣耀。不管周钦勇多嚣张，只要黎仕国参会，就只能乖乖地坐在正中位置左手边，而黎仕国无论如何不会轻易把这最高权力拱手相让。

会议由周钦勇主持，各人按职级从低到高，分别汇报工作。郑开明说完财务工作后，不着痕迹地拐入正题："公司的市场费用比去年同期增加16%，这个比例很高。而营销中心刚成立的直营部，提报上来的市场费用预算更远超年初总体预算，我很难审批。"

帕克不以为意地回应："今年的费用高，主要是通货膨胀因素，其实做的活动比去年还少。而我们把直营收回来做，前期要加大推广活动力度，给卖场信心，为稳定住经销商，作为补偿，我们给他们的市场费用相应增加，我没觉得这有什么问题。"

"活动数量比去年少，费用却比去年还多，还没问题？"郑开明哪肯轻易放过，盯着帕克说，"这难道是简单一句通货膨胀可以解释的？"

"不，这不是数量上的问题。"虽然诧异于郑开明的纠缠不休，但帕克只是挪了挪身子，保持耐心解释，“市场活动的规模和质量，也使得费用的投入不一样。比如在上海举办的‘寻找最美秀发’，投入的金额就比正常的三场大型活动还要高。”

郑开明从电脑上调出一组数据，投射到投影布上：“这是你们报上来的市场活动明细，按道理说，市场投入越大，销量应该越高，但从数据上看不是如此。比如上海，投入比去年增加24%，销量反倒下降11%，还有山东市场，投入增加19%，销量却下降8%。再看整体的，增加16%，销量却只增加4%，这我很难理解。”

所有人都看得明白，郑开明是有备而来的，突然开启火力猛轰帕克，而且穷追不舍，这可不符合他稳重低调的作风，令人称奇。周钦勇的脸色一沉，打量着郑开明，却还没开口帮腔的打算。帕克将双手往桌上一摊，说：“市场费用的投入有个过程，不是投进去马上就能见效。正因为上海市场下降，我们才不得不加大投入，而这活动刚做完还没半个月，效果还没真正反馈出来，就这么简单。”

郑开明不置可否，又调出一组数据：“这是最近三年的市场费用率和销售增长率，可以看到都是正向增长的，而且销售增长率都高于市场投入。只有今年，才出现费用增长，销售下降的反常现象，我不得不将这情况拿出来让大家讨论。”

他的话戛然而止，但意思表露无遗。在萧昊手里，一切正常，市场费用的投入能推动销售增长，可到帕克手上，却是投入越来越大，收益反倒下降，明显是否定帕克的能力。对郑开明这精心准备的一炮，帕克措手不及，额头上冒出汗水，呼一口气，勉强说：“公司的营销渠道正在进行变革，这段时间出现销售下滑现象太正常了，只要度过这段时间，一切就会恢复正常。我相信到年底时，销售的业绩报表将会是上升的直线，而直营收回来，费用一定会下降。”

“帕克说得有道理。”汉语不是帕克的母语，虽然学了几年，能听能说，但在表达复杂的意思时，还是难以准确周全，周钦勇发话了，“这次营销变革，关系公司未来销售大局，在转型过程中有下滑并不奇怪，这些只是暂时的。郑总没必要抓着不放，我们要放眼长远，不能盯住一时得失，等到年底再来进行总结，那样更准确、更全面吧。”

周钦勇心中有气，话说得不轻，暗中揶揄郑开明眼光短浅，没有远见。郑开明装着听不懂，低下头拿起杯子喝水。黎仕国接过话来：“营销渠道变革是大事，有一时的下滑确实很正常，也在我们预料之中。”

一二把手先后附和，帕克松口气，僵硬的表情稍微松弛。周钦勇微微一笑，点上一根烟，听着黎仕国平和的声音侃侃而谈：“郑总是财务专家，对数据很敏感，财务管理是企业必不可少的环节，看着他提供的资料，倒是提醒了我一个问题，那就是公司想上市，业绩很重要，销售变革，只许成功，不许失败。而自从市场总监韩国涛离职后，市场部门的管理也是由帕克兼任，帕克虽然能力强，但既要负责销售，还要兼顾市场，两大块业务相互牵扯，加入公司的时间又短，难免有精力顾不上的地方。”

帕克的眼睛一下瞪得老大。周钦勇抽烟的动作停住，任着烟灰蔓生。所有人的目光齐刷刷聚焦到黎仕国身上。黎仕国说：“去年总部邀请的专家团来公司做组织架构调查时，提出不少意见，其中有一条，销售和市场是完全不同的职能，用打仗来比喻，市场是战略，销售是战术，市场决定往哪冲，销售决定怎么冲，两者各有侧重，不适宜放在同一条线上管理。这话是一言惊醒梦中人，到北京时，还和郑总讨论，越来越觉得非常有道理，市场和销售最好还是分开，相互协作，相互配合，各司其职。我建议将市场职能独立出来，将原市场总监的职级提升一级为副总，全权负责。”

以前有市场总监，但归属于营销副总管理，而黎仕国的提法，是要让市场和销售彻底分隔开，平起平坐。帕克握在手里的一块饼，立即便被切掉一半。在黎仕国的口若悬河下，帕克还没想好怎么应对。周钦勇不顾烟灰掉落在桌上，说：“我不同意。市场和销售虽说是两种职能，但相互间联系紧密，配合上重要，由同一个领导管理，效率更高，没分开的必要。”

听到周钦勇当面说出我不同意四个字，黎仕国皱纹更深，掌背因用力而青筋凸起，不怒反笑，转而问帕克：“帕克，你在YK时只负责销售吧？YK的市场和销售，是不是独立分开的？在你的平级同事中，是不是还有位市场总监？”

问得很温和，却锋芒毕露，并且直击软肋。如果帕克在YK没管过市场，那他现在担任兴华日化市场管理的最高负责人便不合适，再加上郑开明那段铺垫，能力上的欠缺已呼之欲出。帕克的嘴巴嚅动两下，含混不清地答："YK的市场和销售是分开管理的，但每个公司的情况不一样，不能放在一起说。"

对他的避重就轻，黎仕国并不追究。因为生产总监卢义已经说："帕克，你没回答有没管理过市场，这是重点，如果没有，那是应该让专业人才来管理。"

看到烽烟四起，帕克已穷于招架。周钦勇刚拿起的茶杯重重放下："这是什么重点？当前最大的重点，就是营销改革成功！在这最关键时刻，最需要的是资源整合，提高效率，而不是还把职能切分开，使得流程更加烦琐，障碍更多。另一个问题，一个市场总监还没招到位，再找个副总有那么简单？就算人来了，能不能做好还是未知数，我们有必要去冒这风险吗？万一搞砸，业绩下挫，这责任谁负得起？"

"是啊，高端人才不是那么容易招的，韩国涛走了两个多月，不还没招到人接任？"采购总监林德说，"没有合适的人，那设立这个岗位，就没有意义。"

"不，很有意义，架构是基础，有架构才有位置，有位置出来，就会有人坐上去。"黎仕国说，"我倒想到一个合适的人选。"

"黎总，你想法可真周密，连人都找好了。"周钦勇看得清楚，黎仕国是处心积虑地布置妥当，心头火起，话中挑衅意味浓厚，"不知是哪路神仙？"

"是前一任市场总监，现在在兴华大酒店担任副总的蔡骅。"黎仕国稳如泰山，"蔡骅在公司待了六年，向来负责市场业务，一年多前高升调走，由韩国涛接任。他的级别，能力和熟悉程度，大家都了解，难道不是最好的人选吗？"

作为人选，蔡骅确实无可指摘，看着一二把手当众过招，会议室内一时安静下来，仿佛又回到萧昊和徐伯春那硝烟弥漫的时代。过了两三分钟，周钦勇笑了："黎总，蔡骅已经调到大酒店，想让他回来，只怕不是我们在这儿能决定吧？他本人又愿不愿意回来呢？如果不愿，那我们在这儿说的，不都是空谈吗？"

"所以我说，架构必须定下来，有了位置需要，我才能向总部申请。"

黎仕国也在笑，“大酒店和我们平级，蔡骅要是回来不可能当总监，他来当市场副总，我个人觉得合适。”

“那好，如果黎总能把他请回来，分担帕克的工作压力，那我是乐见其成。”周钦勇双手环抱胸前，“只是如果蔡骅不能，或者不愿意回来，那就还是保持原状，与其让外人来赌一把，还不如帕克继续辛苦点。”

周钦勇摆明在下赌约，赌蔡骅来不来。黎仕国轻轻转动着手腕处的梅花表，缓缓点头：“如果大家没其他意见，那就这么定了。”

周钦勇的眼中带着刺，直勾勾盯着郑开明：“郑总，还有什么要说的吗？”

郑开明不敢和他对望，低下头咳嗽一声：“没其他的。”

“那好，我顺带说个事。”周钦勇心情不太好，视线从众人脸上一一扫过，朗声说，“直营管理将是今年的重中之重，而公司还缺乏专业人才来领导，我和黎总、帕克商量过，准备将营销总监分为两个，由朱捷负责流通领域，另外再招一位来负责直营领域，这样才能集中精力，各攻一块，不知道各位有没有什么异议？”

他言明和黎仕国商量过，谁还敢说什么？周钦勇的目光最后停在朱捷脸上。前两天朱捷事先已得到黎仕国的知会，心里再不满，也只能言不由衷地演着戏：“我对直营业务不太熟悉，压力很大，有专业人才来负责，最好不过，我双手赞成。”

“那就由人资部做方案，报总部人资中心审批吧。”黎仕国皮笑肉不笑地插上一句，“包括市场副总编制，一块报上去。”

好你个老狐狸，在这儿等着我呢。周钦勇咬咬牙，沉着脸说：“好，黎总，时间不等人，蔡骅那边得加紧，别到最后落空，那对工作影响可大了。”

“放心吧，周总，会处理好的。”黎仕国从容不迫。看着这两人近乎针尖对麦芒的交锋，蔡雪儿隐隐觉得不对味，周钦勇那股不容否定的霸气不奇怪，可黎仕国不是这种风格，他对周钦勇不是向来忍让吗？怎么突然玩起拼刺刀的活儿了？

星期六，许铭轩一大早便搭机去香港，宋明丽到花市逛一圈，买了不少鲜花回家。自从儿子女儿到美国留学，许铭轩又忙得分身无术，偌大的别墅只剩下她和两个用人，显得空空荡荡的，为消磨时间，她选了不少兴趣班学习，不久便迷上插花。将各种树木花草的枝、叶、花朵，通过巧妙构思，组合成千姿百态的动人形状，大有化腐朽为神奇之功。看着一盆盆精心制作的成品争妍斗丽，各具美态，那份成就感无可替代，为此宋明丽还专门去日本拜师，整整学了三个月课程才回国。

用人枝姐将早餐端上来，她来许家打工已经六年，为人老实，工作勤恳，尤其有一手做包子的好手艺，很得许铭轩夫妇赏识，主仆关系融洽。一碗现磨的豆浆，两个亲手制作的三鲜包，另加一个水煮蛋，是宋明丽每天雷打不动的菜式。正常来说枝姐应该去忙别的事，可今天她却站在一旁，想说什么，却又出不了口，发不了声。

宋明丽看在眼里，问："枝姐，有事吗？"

枝姐很紧张，喃喃说："公司最近在搞什么考评，二崽子没选上，位子没了，他最近刚有了第三个女儿，家里急着用钱。我想您能不能出个面，和领导们说说？"

枝姐的二儿子在东美保安队当个小组长，刚开始表现还行，但后来渐渐好逸恶劳，越来越懒，这次要没被刷下来才是怪事。宋明丽温和地说："公司的事，我从来不管，现在换了新老总，新人新作风，更不好去说什么。有竞争才有进步，你让他努力，会有机会的。"

枝姐张着嘴巴，还想说什么。宋明丽指着买来的新花瓶："把这个拿去洗，待会我要用。"看着枝姐无奈地走开，宋明丽摇摇头，刚咬了口包子。宋明琪风风火火地进来："姐，萧昊就是个不折不扣的疯子，居然要让我竞岗！"

宋明丽抬头瞄她一眼，平心静气："乱嚷嚷什么？吃过早饭没？"

"吃不下。"宋明琪气嘟嘟地坐下。宋明丽不理她，继续埋头吃饭："那你先帮我把花拿去花房，我吃完饭过去。"

宋明丽在别墅东侧一角建了个专业花房，能调控温度湿度，里面摆满各式各样的鲜花，绝大部分是她的花艺作品，一走进来就仿佛走到花的世界，识货者还能发现不少珍贵稀有的品种，价值不菲。宋明丽将刚买的花瓶摆在中间的圆桌上，边修剪鲜花边说："竞岗又不是针对你一个人，紧张什么？"

宋明琪大怒："上次那事，我按你的话做，给他个面子罢了，他不但没领情，还自以为是，居然说我不能当采购部经理！这不是针对是什么？真以为我怕了他？他还把你这董事长夫人放在眼里吗？"

"我又不管事，他用得着管我什么想法？"宋明丽淡淡地说，"萧昊的任务，就是对集团进行改革，这是大趋势，不是谁改变得了的。你姐夫和我说，要成立个顾问部，这次被刷下来的中层管理人员先放那儿，待遇什么的不变。"

"我不去。"宋明琪说得很干脆，"在那儿待着就是领份死工资，还啥事没得做，我又不用养老，干吗去那儿！不行，采购部经理我一定要当下去。"

"胡说八道。"宋明丽放下手里的鲜花，脸色板起来，厉声呵斥，"我说过，这是大势所趋，别说我，你姐夫也不会去干涉萧昊，还会给他支持。你来添什么乱？"

看宋明丽的态度强硬起来，宋明琪不敢继续放肆，口气一软，委屈地说："姐，你知道不，萧昊是一门心思动我们的人，这样下去，东美还是东美吗？我们都去顾问部待着，以后哪儿还有说话的地方？"

宋明丽将一株紫罗兰插上去，细心摆弄着："动了十一个部门经理，这叫只动我们的人？其他人都没闹，你闹什么？"

"谁说他们不闹？我看准备闹翻天了。"宋明琪说，"他们可没我那么好欺负。"

"既然他们要闹，那你就更不要掺和。"宋明丽说，"该干吗干吗去，总之你们不要插手任何事，一切服从公司安排，听萧昊的。"

"姐，你这是什么意思？"宋明琪失声说，"我们还要继续忍下去？"

"枪打出头鸟，古人的话没错的。"宋明丽说得很慢，语气斩钉截铁，"昨晚大哥来喝茶，我和他说了，这段时间不要和萧昊起任何冲突，不管他做什么。你也一样，永远不要和时势作对，那样谁也帮不了你。你姐夫做的一切都是为东美好，只有顺势而为，才能等到机会，记住，收起你的脾气。"

第十四章　通风报信

下午三点多，萧昊刚接待完客户，还没回到办公室，手机响了，看看来电姓名，眉头不由得皱了皱，一开口就骂："你小子还记得我啊？"

"别人不记得，老大你我能忘？"朱捷不迭声地伸冤，"我可是坐了五小时大巴，专门来平川看你的。"

"你小子来平川了？"萧昊很意外。

"是啊，昨在省城开会，今天一大早就搭车来平川，不就为找老大腐败吗？"朱捷嘻嘻哈哈，"看来老大不欢迎啊！"

"嗯，我欢迎得很，准备八顶大轿去抬你好不？或者再弄张红地毯让你走走？"萧昊笑骂，"几点到，准备住哪儿？"

"还有一小时吧，平川我不熟，不过到你的地盘，还用我操心这事？"

萧昊顺口就要说你到哪个车站，我安排车去接，后来一想兴华日化和东美是竞争对手，两人身份敏感，这事不能让东美的人知晓，改口说："那你去扬帆住吧，平川最好的酒店了，中午我还有个局，晚上再去腐败。"

这小子，这当口过来，葫芦里卖的什么药？难道是兴华混不下了，专门跑来投诚的？萧昊想想也没个头绪，干脆扔一边，东美要烦的事还多着呢。他有张良计，我有过墙梯，看谁玩得过谁！

晚餐地点定在和平饭店，和周润发主演的电影同名，已有近百年历史，历经五代传承。随着时代大潮起起落落，关了四次门，每次重开生意都愈加红火，是经认证的中华老字号、餐饮名店，名声赫赫，规模越做越大。口味却日趋平庸，质与量难以兼顾，但说起地道的平川菜，还是首推这儿，毕竟瘦死的骆驼比马大，功底还在。

萧昊刚走进小包房，朱捷便夸张地来个熊抱:“老大，想死兄弟了，哇靠，你是越来越富态，不愧当上东美总裁，体重也是跟着步步高升。”

“你小子少他妈忽悠。”萧昊对着朱捷用力擂两拳，痛得他龇牙咧嘴，板着脸说，“来平川打算作奸犯科吧？还不从实招来！”

“哪敢啊，要不是老大在这儿，我才懒得跑来这鬼地方。这是东美的大本营，兴华的产品根本做不进来，深入敌营这种吃力不讨好的事，我才不干。”

“这我相信，你小子啥时做过吃力不讨好的事？”萧昊笑着说。

朱捷似乎听不出萧昊话里的刺：“不愧是老大，你可教过我，咱做事要追求事半功倍，事倍功半的事，打死都不能做。”从袋子里拿出两瓶酒来，“南滨独有的特制长春酒，怀德堂老字号，你最喜欢的，我专门带过来的。”

萧昊很开心：“还是你小子有心，别的不说，南滨最令我怀念的就是这酒和海鲜，平川的海鲜全是空运来的，不但贵得离谱，还没那么新鲜，品种也少。而这酒嘛，功效没得说，金枪不倒，可惜我近来没行情用不到，今晚反正要腐败，咱就干掉一瓶。”

两人相视一眼，哈哈大笑，天南地北侃着大山，以前的不快仿佛成了过眼云烟，消弭飘散。服务员端了只热气腾腾的清蒸羊小腿上来，拿出把锋利的小刀，用令人眼花缭乱的手法，技艺娴熟地将肉片割出来，分置在盘子里。萧昊用筷子点着盘子：“好东西你吃得多，整天燕翅鲍没意思，咱兄弟也不讲排场，来平川就得吃特色，来，试试看。”

朱捷夹起一块肉，蘸着酱料放进嘴里，只觉肉质鲜嫩，入口即化，而酱料咸辣交织混合，香味浓郁，两者竟是搭配得天衣无缝，不由得拍案叫绝：“好吃，老大，你可太有口福了，不管到哪儿，吃的都是好东西，咱兄弟太久没喝了，我先敬你一杯。”

干了酒，又聊上几句，萧昊说:“你小子啥时要跑西北的业务了？升官了？”

朱捷连连摇头：“升个屁官，庄进被调去市场部，公司让我接他位置，前面还有代理两个字，我操。”

“代理销售总监？”萧昊不由得笑了，“这名字有趣，既然要让你干，还弄个代理干吗？试婚啊？”

“就是咯，还不是那洋鬼子的鬼主意。”朱捷开始发泄不满，“现在黎仕国根本不管事，公司就周钦勇和洋鬼子说了算，我们下面这些人，日子难熬啊！”

“有那么凄凉？别净瞎吹了。”萧昊吃着肉，轻描淡写地说，“洋鬼子可是行业龙头的销售总监，咋样，拿出什么绝招来了？”

朱捷就等着萧昊问这句话，立即说：“你不知道，他把你定的政策几乎就要推倒重来。公司的直营中心要成立了，将大卖场这块业务划出来，不再由经销商负责，而是由公司直接管理。各区域的经销商现在可是闹翻天了，我们压都压不住。”

萧昊的眼神顿时亮起来：“直销中心？有趣有趣，他就不怕左右手互相打架？还有，卖场全是挂账，而经销商却是先款后货，要去压这笔钱，嘿嘿……”

“就是啊，我们都知道行不通，可洋鬼子却说以后是大卖场时代，必须走这条路。”朱捷愤然说，“周钦勇支持他，现在直销部的人马已招得七七八八，马上就要正式业务切割了。”

“那直销部归你管吗？”

“没有，洋鬼子说我不熟悉卖场管理，要找专业的人来弄，架构上另外设置直营销售总监，有个澳大利亚人要过来，我这位子以后的全称，是流通销售总监。”朱捷很苦恼，还有无奈。

萧昊一听就明白，帕克玩的这手，一是分权，直销流通切开，原销售总监的权力便被一分为二，帕克的掣肘减少，还有很大的空间腾挪；二是进人，直销部的成立，意味着大量招兵买马，在这过程中，帕克可以方便地安插自己的人马。空间有了，人也有了，绝对有利于以后的工作开展。不愧是 YK 过来的人，招招见血。

其实流通和直营切开，确实是大势所趋，萧昊在任上时便已看到，将直营权交给经销商，他们不但不会用心去做好，还经常虚报费用。他当时之所以不改，一是风险大，经销商一定全力抵制反对，他没必要在和徐伯春斗得你死我活时，去踩吉凶未卜的地雷阵；二是计划好在当上兴华老总后，腾出手来整顿营销系统和渠道，将这作为实打实的业绩风风光光向集团交差。没想到风云变幻，他的算盘落了空，负气出走，倒把这机会让给了帕克。

帕克这老小子，看来还有点斤两，不能小视。萧昊慢慢咀嚼着嘴里的羊肉，凡事有利就有弊，帕克的方向虽然正确，但在立足未稳的时候如此激进，只会留下很多破绽。关键在于，自己如何利用打击，另外，朱捷大老远过来，就为了吐苦水吗？他的目的又何在？

萧昊抬起头，笑眯眯地和朱捷碰杯："那你有什么打算？"

"我能有什么打算，可惜上次没跟着老大出来闯天下，现在想走也走不了。那洋鬼子出损招，让公司和我签竞业禁止合同，每月多点钱，可要是主动辞职，三年内不能在同行业工作。"朱捷唉声叹气，"市场每天都在变，三年不能在业内当销售，还靠什么混饭吃？我算是给捆死在兴华日化了。"

朱捷这番表示，主动表明自己不是来投靠东美的，错开这可能性，萧昊将思路绕个弯，渐渐开朗："竞业禁止很多大公司都有，以前徐伯春也想搞，但被我顶住，就是不想绑住手脚，给自己找麻烦，要不然我哪能来东美？这么说，你只能在兴华这池子里找机会了？"

"是啊，只能如此。"朱捷苦笑，但眼睛却直直地望着萧昊。

萧昊已想清其中诀窍，单刀直入："需要我帮你什么？从哪个方面打击帕克？"

"老大就是老大。"朱捷拍手，"什么事都瞒不过你。"

"单纯为了找我，哪能劳烦朱大总监亲自跑一趟？"萧昊笑笑，"我向来有自知之明。"

朱捷面不改色，只是笑着自罚一杯酒。萧昊半真半假："兴华日化和东美是最直接的竞争对手，打击帕克其实就是成就东美，帕克滚蛋，你的机会也来了。其实我最感兴趣的是，咱俩要是能在市场上刺刀相见，会是怎样的局面？可惜被周钦勇惹黄了，唉。"

"我哪是老大的对手，要学习的多着呢。"朱捷很谦逊，保持着以前在当手下时的顺从。萧昊不以为然地摇摇头，拿起筷子夹菜："说说你的计划。"

"直营部运营后，经销商这边肯定会乱一阵，而进卖场之后，如果销量不能明显大幅上升，那业务分切的做法就是失败的，尤其在公司上市准备的时候，销量一旦大幅下降，帕克将怎么向公司交代？"

"你要我一边挖经销商，一边在卖场狙击？"萧昊慢慢地说，"没问题，本来就是对手吗，此消彼长，但成效如何，也得看你的支持力度。"

"这方面老大尽管放心，不管帕克准备玩什么招数，第一时间你一定能知道。"朱捷信心十足，"只要我们兄弟联手，东美既能获得市场份额，帕克又不得不趁早滚蛋，一箭双雕，两全其美，来，干杯。"

碰杯之后，萧昊忽然加一句："顺便向黎总问好，说我挺想念他的，也佩服他。"

朱捷拿杯的手不由得一颤。萧昊看他一眼，淡淡说："这么损的招数，凭你小子的境界还想不出，只有那老狐狸才炮制得出。别忘了，我是他手下败将，借力打力是他的看家本事，这套路我背都背得下来。"

朱捷嘿嘿地笑着，算是默认。萧昊错开话头，漫不经意地问："兄弟姐妹们最近咋样？"

朱捷挤眉弄眼地说："都不错，最近有小道消息，蔡雪儿和周钦勇搭一起了。"

萧昊先是大吃一惊，继而想想又不觉得奇怪："那可真是男才女貌，傍上周钦勇这棵大树，未来不可限量咯。"

"是啊，公司私下对蔡雪儿有个称呼，叫未来第一夫人。"朱捷笑容暧昧。

对这类事萧昊是见怪不怪，虽然和蔡雪儿没上过床，毕竟关系不错，听着不太舒服。

"下星期我要去趟深圳，见见李孟良。"萧昊意味深长地说，"该怎么做，你懂的。"

朱捷一点即通，点点头，猛然想起一事，拍着脑袋说："帕克最近在做市场调研，他准备推出新品牌冲击高端市场。"

吃了这么久，说了这么多话，只有这一句令萧昊耸然动容，筷子差点儿拿不稳："是吗？进行得怎样？"

“刚开始，高端市场都被洋品牌占据着，像我们国内品牌，要消费者接受哪有那么容易。”朱捷并不重视，甚至有点儿不以为然，“我觉得他就是在瞎折腾。”

“那可不一定，都觉得不好做的市场，其实才是好市场。”萧昊喃喃地说。眼中有焦虑、有兴奋，自己以前太小看帕克了，从 YK 出来的，看市场的眼光够毒，居然能和自己看到一块去，看来必须将计划提速。还好，以兴华日化的办事效率，就算起步时跑在前面，也没法将优势维持到终点，可问题在于东美内部也还没整顿好，鹿死谁手，尚未可知。

萧昊感到切切实实的紧迫感，自己在市场上的动作，必须全面展开。

第十五章　以退为进

从平川起飞的飞机在深圳落地时，已是傍晚六点多，萧昊刚走出宝安机场接机通道，一眼便望见李孟良在不断挥手，赶紧快步过去，做出讶异的表情："呀，居然惊动李总大驾，哪好意思，让司机来不就得了？"

"哎呀，萧总，小意思啦，你来深圳，我不接机说得过去吗？咱不客气啦。"李孟良边说边作势要接萧昊的行李，萧昊自然不给他，一旁的司机机灵地接过去。注意到跟在萧昊身边的安露，李孟良眼神一亮，"呀，萧总，这位大美女是？"

"这位是我的秘书，安露。这位是深圳日化行业的老大，李孟良李总。"萧昊笑着介绍。安露职业化地和李孟良握手，叫了声李总好。李孟良啧啧地说："什么老大，就是跟在萧总身后混饭吃。萧总选人的眼光就是好，我就选不到这么漂亮的秘书。"

安露心中不悦，脸色瞬即一冷。萧昊打个哈哈："我哪有什么眼光，李总你选秘书不行，但选助理却比选美还专业吧！"

两人对望一眼，哈哈大笑，上了宝马 X5 后，李孟良说："兄弟在喜来登订了一桌，要不我们先过去吃饭再回酒店？"

"好，直接去喜来登吧，干脆今晚就在那儿住了。"萧昊一口应允。酒店的包厢内已有两人在候着，一男一女，男的是李孟良的弟弟，也是公司副总李孟才，女的叫萧芳，公开身份是总裁助理，半公开身份则是李孟良的情人。

入座时，李孟良非拉着萧昊坐主位，萧昊推让了几下，还是坐了，李孟良兄弟坐他左手边，右手边则是安露和萧芳。酒是三十年茅台，安露一见白酒就犯晕，李孟良便拿出一瓶红酒："那今晚我们就一国两制，男的喝白酒，女士喝红酒，不把酒喝完，谁也不许先撤退。"

主菜是红烧鱼翅，还有一盅冬虫夏草炖鲍鱼，李孟良说："萧总，你可很久没来看兄弟了，这杯祝贺你高升东美总裁。"

"高升个屁，是担子越来越重，哪都顾不得去，第一站先跑你这儿来。"萧昊说，"别的不说，咱兄弟合作这么久，这次也得支持一下吧？"

"东美的市场，主要集中在西部，在广东这边做得可不咋地，这儿还是外资品牌占大头，而且本地的日化公司也多。"李孟良叹气，"要做好市场，难啊！"

谈生意时，经销商一开始不说难，还怎么向厂家要政策和支持？萧昊听得耳朵都生茧，只当他在放屁："不难的话，我还要找你老大出马？谁不知道你在深圳市场的分量？兴华不就让你赚得盆满钵满？"

"萧总啊，就别给我戴高帽了，我脖子细，承受不了啊，主要是兄弟们支持，喝酒，喝酒。"李孟良拿着杯笑嘻嘻地说。萧昊和他碰下杯，不紧不慢地说："不过兴华这碗饭只怕不太好吃咯，听说在搞改革，把直营拿出来自己做，把碗里的菜分掉不少啊！"

"唉，所以说我们可怜了，没爹疼没娘爱，厂商想咋弄就咋弄，根本不顾我们的死活。"李孟良愁眉苦脸，"萧总，自从你走后，兴华的政策是一天三变，弄得兄弟们没碗好饭吃，现在朱捷又升官，新来个大区经理，总之是麻烦啊麻烦！"

"堤内损失堤外补吗，就因为咱向来合作愉快，我不就把生意送上门来了？"

李孟良只是叹气。李孟才不失时机地接过话："萧总，不是我们不想合作，而是东美实在不好做，广东的市场被几大巨头瓜分得七七八八，要想再插一脚进来，没那么容易。而且这边的消费者认品牌，喜欢高端的进口货，东美的产品又是中低档的，不适合市场需要。你们现在的经销商，做的份额只怕还不够塞牙缝吧！”

“那个经销商的实力不行，网络太小，资金不够，哪能和你们比。”萧昊说，“广东市场是全国龙头，消费力巨大，潜力有的是。至于品牌方面，东美将很快推出全新的国内高端第一品牌，以满足不同层次消费者的需要，这也不是问题。另外，我以往对你们的支持力度，不用再废话吧？”

萧芳的笑声如银铃般清脆动听，娇滴滴地说：“所以李总一直都说，萧总是我们的贵人。可是萧总，兴华日化我们做了三年，投入不少才有些基础，如果现在转做东美，又得重头来过，风险好大，这不划算吧？”

萧昊和萧芳干一杯，眨眨眼睛说：“本家美女，我先说个笑话给你听。有个男生和女生亲热，男生问女生，我们有什么区别啊。女生说我有店面，你有本钱。男生很高兴，说我有本钱你有店面，那我们来做生意吧。”

“噗”的一声，一桌子人都笑出声来。萧昊等他们笑得差不多，才侃侃而谈：“本家美女，做生意和做爱一样得对等，不能一方爽够了，另一方却连本钱都亏掉。如果兴华能像以前一样，给你们带来稳定的利润，那做生不如做熟，我没什么好说，咱就喝酒，不再谈生意。可事实不是，兴华正在变动，而变动的代价就像李总刚说的，没碗安稳饭吃，这就严重了，那还不得赶紧找个更好的饭碗吗？要不然哪天饭碗掉了，不得饿死？”

“本家帅哥，你说的对，可也得看新饭碗是不是靠得住，能吃饱不？”萧芳妩媚地笑着说。

“既然我能带给你们兴华的饭碗，自然也能带来东美的饭碗。”萧昊掷地有声，“兴华给你们的条件，我一清二楚，在这基础上，前两年东美加 5% 给你们，作为市场推广费用。只要你们能完成年度考核指标，奖励翻番，而且我保证两年内东美不会直接做卖场，放给你们去做，这碗饭不说是满汉全席，也是西式大餐吧？”

热烈的谈兴突然中断下来，李孟才和萧芳的目光转到李孟良身上。李孟良的眼光闪烁不定，笑呵呵地说：“我说什么来着？萧总就是我们贵人啦，兄弟就是兄弟啦，不看他的面子，还能看谁的面子？来，大家喝酒。”

你看的是利益面子吧？萧昊暗自冷笑，放下酒杯时，眼角不经意地一扫，发现安露望向自己的眼神颇为复杂。

两人的视线一对接，安露立即挪开，有点儿不太自然。萧昊心中一动，笑着说："好，刚我开了头，咱不谈正事，来谈风月，老规矩，每人说个段子，说得不好的，自罚，能让人笑出来的，笑出来的那个人喝，不黄的不能上桌，不荤的必须加调料才能上来，OK？"

安露还来不及开口，其他三人纷纷说好。李孟良兴致勃勃地说："那轮到我，一天晚上，老婆想要了，可老公又在外面潇洒没回来，便发了条信息过去，赶紧回来交公粮。等啊等啊，等到她越来越不耐烦了，才收到回复的信息，上面写着，公粮我替你收好啦，足秤！"

众人大笑，把酒喝了，李孟才也说个冷笑话却冷过头，只能罚酒一杯。萧芳说："我也来一个。有个科学家发明了和真人一模一样的美女机器人，非常漂亮，朋友去参观，科学家说按一下她左边的乳房，她会给你录音，按下右边的乳房，她会帮你打字，按下她的嘴巴，她会向你问好，还会亲你。说完科学家尿急，便去上厕所，却突然听到朋友一声惨叫，赶紧出来一看，只见朋友已被机器人踩在脚下，科学家大惊失色，我没来得及告诉你，她会女子防身术啊！"

一桌人笑得前俯后仰，李孟才上气不接下气地说："你也太损了，机器人都不放过。美女秘书，到你啦，来个更精彩的。"

安露想了想，摇头说："这些笑话我真不会，还是罚酒吧。"刚要拿杯子，李孟良说："那可不行，按规矩，不说的罚酒可得罚一满杯。"

安露望向萧昊，萧昊耸耸肩膀："真是这规矩，要不你随便说个。"

"我是真不会。"安露起身，从醒酒器内倒上满满一杯红酒，"还是认罚吧。"脖子一仰，咕噜噜地干了。

"好。"李孟良带头鼓掌，"强将手下无弱兵，来，我们一起陪美女秘书一杯。"萧昊知道安露酒量不错，能喝伏特加的，其他酒不在话下，并不担心她喝醉失态，其实他还盼望着安露喝醉，那这深圳之夜，又将是浪漫激情。

可惜世事往往不以人的意志为转移。吃完饭，李孟良提议到楼上的夜总会唱歌，安露以身体不舒服为由拒绝，先回房间休息。萧昊和他们玩到十一点多，可萧昊总觉得缺点什么，空空地提不起情绪，安露的影子不停地在眼前晃荡，玩得难以尽兴便草草散了。回到房间时，一股冲动让他坐立不安，忍不住给安露发条短信：睡了没？

有事？安露没多久便回复。

是啊，有份文件得改，明天一早要用，你来我房间吧。

六七分钟后，看到手机屏幕上显示：好。萧昊无声地笑了，深更半夜，孤男寡女，酒店房间，安露又不是没见过世面，会信修改文件的鬼话？她肯上来，意味着什么不言而喻。

可惜他错了。当安露一身正装走进房间时，萧昊刚把门关上，就一把搂住她的腰，将嘴唇凑过去，迎接他的不是热烈回应，而是一记耳光，毫不客气，清脆响亮的耳光。

这在他无往不利的泡妞史上，绝对是破天荒的第一次。摸着热辣辣的脸颊，萧昊的酒一下醒了不少，看着脸罩寒霜的安露，怒说："你……"

"我什么？"安露冷冷地看着他，"你说修改文件，所以我上来，因为我是秘书，这是工作职责。如果要我陪你上床，那这就是我的回答。"

"你玩我是吧？"萧昊怒极而近乎失态，眼中的火焰熊熊燃烧。

安露毫无惧色："如果有文件要改，那麻烦你拿出来。如果没有，我就当是你酒后开的玩笑，但不要再有第二次。同时，请记住你的承诺。"

向来雄辩滔滔的萧昊居然语塞，安露不理他，刚把手放到门把上，萧昊突然说："我道歉，对不起。不过你是不是该给我一个理由？"

"什么理由？"安露不解。

"为什么我们不能重温那天晚上的快乐？"萧昊咄咄逼人。

"你还是没忘记。"安露的眼光比冰更冷，字字如刀，尖锐而锋利，"好，既然你非要打破砂锅问到底，那我就给你个理由。不管你信不信，那是我唯一的一夜情，我就是想试试，可过后发现这潮流不适合我。和没有感情的人做爱，让我觉得自己是禽兽，我根本就没觉得有丝毫的快感，所以我只想忘掉，不想回头。"

"试试？这么说，我这禽兽不如的，成了你的实验品？"萧昊冷笑。

"随便你怎么说吧，但事实就是这样，我不想有第二次，也不可能有第二次。”安露语气紧绷，“没其他问题，那我走了。”

就在安露开门的一刹那，萧昊一字一字地吐出一句话：“他有那么难忘？”

安露骤然僵住，却没回头，不让萧昊看到自己急剧变化的表情，咬着牙根，费了好大力气说：“不关你的事。”“啪”的一声便把门关上。

萧昊直扑扑地往松软舒适的床铺倒下，呆呆望着天花板。这个预想中事业和美女双丰收的美妙夜晚，就这么急转直下，他的心情也直坠谷底。

洗完澡，黎仕国拿着《三国演义》读起来。这本书他十几年前就看完，对里面的章节，说得上倒背如流，可每年至少还要再读一两次，而每次又能有不一样的理解和感悟。他还研究过三国史，不管是正史野史都研读，前几年流行的各种解读三国的电视报纸，他都看都学，是完完全全的三国痴。在黎仕国看来，《三国演义》就是宝库，里面除了连横合纵的政治军事、尔虞我诈的奇谋计策，再强的人，如曹操、关羽、周瑜都有弱点，神话如诸葛孔明，也有诸葛一生唯谨慎的评价。如何利用不同对手的弱点，审时度势将其击败，这才是三国最令他着迷之处。分析每一个人物，找到其弱点，再拟就应付的策略，能做到这点时，回到当代职场几乎已无对手，因为时代会变，兵器会变，对手会变，只有人性，是永恒不变的。

在三国中，黎仕国最欣赏司马懿，这个既有不逊于诸葛亮的智略，又有狼般坚忍冷酷的奇才。在三国浩瀚的天空内，智商过人的谋士比比皆是，稍微有点儿才华的人，往往恃才傲物，自以为是，生怕世人不知自己的天赋。可司马懿将才华埋藏，默默湮没于众人中，在时机来临后展露峥嵘，当形势一旦有变，又及时沉敛下来，静待下一次机会。三国几大谋士，诸葛亮的空耗国力六出祁山，最后死在五丈原；庞统中了埋伏，连命也送掉；周瑜、郭嘉英年早逝；荀彧反对曹操被赐死；贾诩算是能忍，但只是退出政坛，保得一番性命在；只有前期毫不引人注目的司马懿，奠下了大晋王朝的根基。有过人的能力却耐得住寂寞，忍得住心气，受得了磨砺，装得了孙子，这才叫大智慧，这种人不成功，谁还能成功？

三国看得多，又对司马懿佩服得五体投地，潜移默化间，黎仕国便会以司马懿的标准来要求自己，遇到棘手的事情时他总会想，要是司马懿会怎么处理？渐渐地，他发现这些处理手法竟是无往不利，帮着他在职场上平步青云。让萧昊和徐伯春二虎竞食，自己再收渔利，这计策就是从三国参透而来的，学以致用方面，黎仕国堪称是模范学生，运用得活灵活现。只是面对周钦勇这太子党的挑战，又该如何应付呢？

刚翻了两页，手机响了，黎仕国一看屏幕，连忙拿起来接听："你好，郑总。"

"还没休息吧，黎总？"郑瑜的声音并不轻松，直接说正题，"今天人资中心和蔡骅面谈，他的意见是不愿意回兴华日化，你不是说已和他沟通过吗？"

黎仕国松弛的坐姿变得紧张起来："我大前天还和他通过电话，他是明确答应回来。"

"可今天他的说法不是这样，在大酒店做习惯了，不希望再挪地方。"郑瑜的语气中透出深深的不满，"而且大酒店的方总也不同意放蔡骅走，态度还非常坚决。黎总，这种情况我很难帮你协调操作。"

黎仕国倒吸了一口冷气，想起周钦勇在会上的嘴脸，定定心神："不好意思，郑总，是我工作没做好，我再和蔡骅确认吧，应该是有什么突发情况。"

"还有方总，如果他不肯放人，我不想硬调，要动个副总，不是小事，影响很大。"郑瑜说，"黎总，如果不行就不要勉强，都是集团内的公司，关系搞僵对谁都不好。"

"我明白，谢谢郑总提醒。"黎仕国说。郑瑜没再废话，挂掉电话，黎仕国喝口菊花水，拨通蔡骅的电话。蔡骅很快便接听，一开口便连连道歉："对不起啊，黎总，本来我是铁了心要回南滨，可是和家里人一商量，他们都不同意，我家人已搬来上海了，爱人已找到工作，两个儿子都进学校读书了，不可能跟着我去南滨，而且我爱人的脾气你可能听说过，疑心病特重，管我管得那叫一个严，根本不同意分居两地，就怕我在外面彩旗飘飘。而且方总也找我谈，要我留下，唉，情况搞成这样，我也没想到，只能选择留下，真是对不住您了！"

黎仕国的笑声很开朗，不带半点被糊弄的火药味："没事的，我就知道你肯定有不得已的原因，想问问有没有什么能帮上忙。既然家里人不赞成，那就算了，而且方总那么器重你，以后前途无限，恭喜恭喜。"

蔡骅本已做好黎仕国兴师问罪的打算，毕竟自己出尔反尔，没想到黎仕国竟是如此善解人意，赶紧给出台阶让双方一起下："感谢黎总的理解，这次不能回南滨，辜负你的好意，我是又惭愧、又遗憾，真想跟着您再学几年，偏偏……唉……"

他这声叹息很长，听起来确实充满遗憾的味道。黎仕国反倒宽慰他："日化也好，酒店也好，都是兴华的事业，无所谓的，重要的是老弟以后有大发展，可别忘了老哥我，哈哈。"

"谢谢黎总，我是你的学生，以后很多事还要您多指教呢。"蔡骅的态度很谦卑。这话倒情真意切，他是黎仕国一手提拔的，入职时只是市场部的文员。混了三年只是小主管，在一次市场策划活动时，被黎仕国赏识，一年后当经理助理，一年后当经理，再过两年便是总监。只是当时他在萧昊手下，两人合作得并不愉快，摩擦不少。而徐伯春清楚他的底细，对黎仕国的人没什么好感，巴不得走人为快，黎仕国又躲在幕后当甩手掌柜。爹不疼娘不爱，蔡骅一时苦不堪言，还好当时集团在上海兴建的大酒店落成，在内部公开招聘副总，便去征求黎仕国的意见。黎仕国看得清楚，萧昊对蔡骅已是磨刀霍霍，没必要让他当炮灰，留得青山在，以后还怕没柴烧？在黎仕国的大力支持下，蔡骅去竞争，他本身的能力不俗，再加上经过多番努力，居然得遂所愿，荣升大酒店副总，而空出来的位置，则让萧昊选中的韩国涛担任，结局可说皆大欢喜。

正因为有此知遇之恩，黎仕国才想出设立市场副总的高招，让蔡骅回归，加上郑开明，牵制住周钦勇和帕克。蔡骅本来满口应允，黎仕国也很有信心，可到临门一脚时，竟是弄出个乌龙球。

周钦勇又弄动作了，否则蔡骅不可能在三天之内就来个一百八十度的大转弯。黎仕国没兴趣责怪蔡骅，事已至此，再严厉的责骂也没有任何意义，倒不如让蔡骅欠下个大人情，以后还有利用到的时机。

想了想，黎仕国竟笑出声来，只是这嘲笑声是送给自己的。周钦勇出手，本在意料之中，可对蔡骅，黎仕国却信心过头。所谓的恩惠，说穿了就是利益，有利益的时候，才能坐下来谈恩惠，没有利益，恩惠就是动听的童谣，哄小孩子的。蔡骅判断的依据，肯定是哪个利益更大。黎仕国低估了周钦勇的能量，他能指使得动大酒店的一把手方总，自然能给蔡骅允诺。周家在兴华集团内的根基，竟是如此深远，怪不得江应坤会如此忌惮。

黎仕国坐下继续看书，书里讲到面临大将军曹真打压时，司马懿诈病躲在家中，面对曹真的试探，装疯扮傻，等到曹真失去戒备心，出外打猎时，突然发动政变，一举功成。翻着翻着，黎仕国渐渐地露出笑意，打通远在海外的夫人电话："我准备好了，向集团办完请假手续，近期就去治疗，到时你安排好时间回来吧。"

合上三国，黎仕国走到窗边，看着万家灯火，脑筋分外清晰，今晚要进入梦乡，只怕又有一番煎熬。

黎仕国睡不着，周钦勇也还没睡，他新买一台 3D 电视，和蔡雪儿戴着立体眼镜，在家里欣赏。这时手机的旋律却悠然响起。

"靠，哪个王八蛋这时候打电话来。"周钦勇非常恼火。蔡雪儿双手在他身上来回抚摸着，腻声说："别管它，不接了。"

"我先看看是谁。"周钦勇拿起手机看一眼，皱皱眉头，示意蔡雪儿先停一会，把音响的音量关掉，按下接听键，"你好，蔡总。"

"你好，周总。"蔡骅的声音传来，"刚才他和我联系，已经回绝了，和你通报一声。"

"好的。"周钦勇说，"非常感谢，酒店那边发展前景广大，我相信你未来不可限量，真没必要来蹚兴华日化这浑水。"

"主要还是有你支持，方总才会对我如此重视，还得感谢你。"

"我们互相支持吗，你提常务副总的事，方总很快会提报上去。第二家酒店马上就要在成都动工，到时不管是方总还是你过去，摘掉个副字是板上钉钉的事，我先恭喜你了。"

蔡骅笑声朗朗："多亏你帮我指条明路，兄弟才有进步的机会。下次有机会见面，可得好好聚聚。"

"没问题，那先这样，我这儿还有点事，再联系。"周钦勇挂了电话。

蔡雪儿不屑地"切"一声，错开话头说："你把蔡骅搞定了？"

"那是。"周钦勇懒洋洋地说，"老黎想拉他进来对付我？一个釜底抽薪，我就让他的如意算盘见鬼去。”

“他可是黎仕国培养起来的亲信，能那么听你话？”蔡雪儿好奇得很。

“亲信又咋样？这世界现在流行有奶便是娘。”周钦勇说，“他已经是副总级别，调回来也是平调，有多少吸引力？他也清楚，老黎没剩几年，退休了也轮不到他上来，要是把我得罪，以后他有好果子吃？而留下来可不一样，老方是我爸一手提起来的，能不给面子吗？我和他打过招呼，答应将蔡骅提为常务副总，更重要的是，集团第二家大酒店，下个月就要在成都开工，落成后，正常就是从上海那边调人过去，蔡骅不是大把机会吗？人都有脑袋，这么多好事凑一块，如果你是蔡骅，你会怎么选？”

“当然是留下。”蔡雪儿脱口而出。

“那当然，除非是白痴，才会考虑回来。”周钦勇很得意。

“只是这样一来，你和黎仕国可就是撕开脸皮斗下去了。”蔡雪儿想起黎仕国那波澜不惊的脸色，深藏不露的心机，一股不安的感觉油然而生。

“那又如何，他斗得过我吗？”周钦勇满不在乎，“我不是萧昊，更不是徐伯春，老狐狸的伎俩就那三板斧，只要看穿了他还能有多少戏唱下去？不过说到这儿，我倒想问你，郑开明是不是他的人，怎么会议上帮着他点导火线呢？”

“不清楚，老郑孤僻得很，只管着那盘财务，没见他和谁私交特别好，很少和人打交道，那天开会突然转性了，一下说那么多，真是破天荒的事。”

“所以我才觉得奇怪，按理说我都给帕克帮腔，他就该知进退，没想到还不依不饶，结果弄出蔡骅这件事，说起来我就一把火。”周钦勇气犹未平，“以后得防着点，要是财务给他抓到什么把柄，那麻烦可大可小，要有机会，最好连他一起换掉。”

“你们男人啊，整天防这个，斗那个，就没个省心的时候。”蔡雪儿不以为然。

第十六章　紧急事件

人体生物钟最大的问题，就是不能像闹钟般根据需要随意调校。明明远在深圳出差，不用准时返回公司，可到早上七点多，萧昊还是醒过来，明明感到头昏脑涨，可怎么也睡不着，只能痛苦地在床上翻来覆去，过了半个多小时却越来越清醒，干脆起床洗澡。到洗手间一照镜子，脸颊上的掌痕虽已退去，却还有点发肿，用手触碰隐隐发痛，安露这巴掌还真不留情。

“这臭娘们。”萧昊喃喃地咒骂，酒醒了，回想起昨晚，自己违约在先，又强行动手动脚，挨一下倒也不冤，苦笑着边摇头边自言自语，“萧昊啊萧昊，你居然也有挨女人巴掌的时候。”

洗完澡，时针指向九点，萧昊想了又想，没拨打安露的电话，直接到楼下餐厅。只见安露就坐在靠窗的位置吃着早餐，看到萧昊进来，默然不语，继续低头用刀叉切开盘里的煎蛋。

萧昊虽然自诩脸皮不薄，但这场合还真觉无趣，随便打了杯豆浆和一笼小笼包，走到安露对面坐下，硬着头皮说：“早。”

“早。”安露头也不抬，声音了无生气，敷衍意味浓厚。

一个吃着包子，一个吃着煎蛋，谁也不说话，在这人来人往的餐厅内，这份相对无言的沉默竟是分外尴尬。看到安露吃完盘里的东西，准备起身离开，萧昊忍不住说：“昨晚我喝多了，说了些不该说的话，做了些不该做的事，对不起。”

安露白皙的手掌不自觉地抖了抖，漠然说：“哦。”

萧昊深深地吸一口气，用非常诚恳，近乎哀求的语气说：“我是真心实意向你道歉，希望你能接受，我保证，最后一次。”

安露扬起头来，只说了一个字：“哦。”

她今天的妆化得分外浓，细看下去，便知是要掩盖那硕大的眼袋，看来昨晚不但没睡好，还哭得稀里哗啦。不知怎的，萧昊心里某条弦似乎被揪住打结，不舒服得很，用力说出三个字：“相信我。”

安露看着萧昊，无力地笑笑，刚要开口，手机便响了，刚接听便脸色大变，挂了后语调急促地说：“公司出事了。”

“什么事？”萧昊皱皱眉头。

“我刚听人资部的小夏说，竞岗失败要被辞退的员工们，先是集体到市里的人力资源和社会保障局去投诉抗议，规模不小，有八十多人，然后还在厂区外示威，堵塞交通，不让运货的车辆进出，电视台在采访，记者也出动了，网站上也有帖子出来。”

萧昊并没有惊慌失措，反而拿起豆浆一口一口地喝着，临事有静气是他最突出的优点。处理越重大的事情，越不能慌乱，只有比平时更冷静，才能找准问题关键，有的放矢，是成功人士必备的素质。杯子终于空了，萧昊露出微笑：“这条蛇终于出洞了，好啊。”

这时候还笑得出来，安露既觉得不可思议，又有些安心。萧昊用纸巾擦擦嘴巴，不无遗憾地说：“好久没去香港，本来今天还想去血拼。走吧，马上去机场改签机票，我们搭临近的一班机回平川。”

刚回房间拿行李，万昌华打给萧昊的电话便到了，只听声音便知焦急万分。这事要闹得不可收拾，项目将以彻底失败收场，他的公司也将成为业界笑柄，声誉毁于一旦：“萧总，这边出了点事，得向您汇报。”

听他说完，萧昊直截了当地问：“我只问一件事，我们对员工的处理方式，百分百符合劳动法规吗？”

“不能说百分百符合，但绝不会违反，就算告上去，公司也有理有据，我们的处理手法在法律没明文禁止的空间之内。”万昌华说，“这点我能保证。”

“那就好，我知道了，你们继续做你们的，别自乱阵脚。”萧昊随便将衣服扔进行李箱。钱兆霖的电话跟着来：“萧总，被裁的员工在抗议，集团办公区近乎瘫痪，个个在看热闹。”

“嗯，钱总，我正要找你。”萧昊说，“其他的不说，媒体这块，能不能控制？”

“我已经在努力，不过奇怪的是，来的不是市媒体，而是省媒体，还有两家国内门户网站，对方明显是有备而来。”说到最后四个字，钱兆霖的声音刻意压低，“这有点儿麻烦。”

“越麻烦越要处理。”萧昊用毋庸置疑的语气下命令，“媒体这一块必须处理掉，他们就是想借力，无事生非，抹黑公司声誉，逼公司就范。只要切断媒体的声势，其他的不是问题。所以尽快做工作，不惜一切代价，有困难告诉我，我不想在外部看到只言片语。”

又打了几个电话，布置下任务，和安露一起坐上往机场的的士，萧昊沉吟片刻，拨通许铭轩的电话。事情闹成这样，许铭轩不可能不知道。听完萧昊简短的汇报，许铭轩的声音一如既往地稳如泰山，平和地问：“你准备怎么处理？”

“我们的处理方式合情合法，没有什么可指摘的地方，补偿的方式也符合国家规定，员工是受到某些人的挑拨闹事。”萧昊的大脑就如效能发挥到极致的计算机，片刻没有停止地转动，早已想好对策，“回去后，我出面和员工们谈，听他们的说法，该让步的适当让步，但对无理取闹的，坚决按国家政策法规办，扰乱企业正常经营秩序，向司法机关报案。”

“媒体方面呢？”

“钱总已在处理，我下了死命令，不惜一切代价，把事情控制住。”萧昊一停，重重地加一句，“我只怕树欲静而风不止。”

听筒忽然没了声音，但也没挂断的提示，许铭轩在沉默，无声无息。萧昊静静地等待着，直到车子出了市区，驶上高速公路，许铭轩的声音才传来：“员工这边不用担心，我和相关领导打过招呼，人资局还有管委会的人已过来，说服员工派代表谈判，要是得寸进尺，那就严肃依法处理，员工已逐渐散去。媒体舆论这一块，一定要处理好，我不希望东美的声誉有任何污点。”

这话很重，萧昊毫不犹豫地立下军令状：“控制不住，我负全责。”

许铭轩笑了笑，意味深长地说：“那好，在平川，我还真不相信有谁能找东美的麻烦，别说我不答应，各级领导也不会答应。”

萧昊本来就不担心这个。做到东美这种规模，早就不是一家单纯的企业，容不得他人抹黑；做到许铭轩这种层次的老板，早就不是面子上单纯的民营企业家，而是在政圈中有着极其强大的能量。

萧昊给钱兆霖打电话，连续三次忙音。他也在忙着灭火，到了机场后，钱兆霖才回过来：“市里的肯定没问题，不会有任何消息，省台方面，我们是合作大户，通过广告部出面去做工作，还和台长打了招呼，算是搞定。省内两家媒体，我刚找了宣传部的关系，答应帮忙，已在和他们沟通中，问题不大。麻烦的是网络，如果要删帖和屏蔽，必须找中介公司去沟通，这需要时间，可网站传播速度又是最快的……”

萧昊拦住他的话头：“据我所知，不是有个部门在负责网站管理？”

“是，要能找到他们出面那最好，还不留后患。”钱兆霖精神一振，“可我没有关系。”

“行，你盯住电视台和媒体，必须确保万无一失，我乘十一点半的飞机回去，下午到，晚上你帮我约记者们吃饭，一个不落。”萧昊说，“网络这边，你把网站名字发给我。”

从手机里找到唐向鹏的号码，打过去后足足响了四次还没人接，萧昊很有耐心地拨打第五次，才听到他铜锣般的声音：“我说兄弟，这一大早的你不搂着美女睡大觉，一个接一个地打我电话干吗？”

“你就是把仙女放我床上我也没心思。”萧昊说，“不是十万火急的事能找你？”

“仙女要放我床上，我还真睡不着。”唐向鹏打个哈欠，“说吧。”

萧昊把网络的事说完，唐向鹏开口就骂：“我还以为什么事，芝麻绿豆的小事，妈的，你怎么职位越来越大，胆子却越来越小了？”

“对你是小事，对我可是天大的麻烦，要是捂不住，准备收拾包袱走人咯。”萧昊说，“职位有个屁用，老板一句话就定生死，哪像你，老虎屁股没人敢摸。”

“那你就发个具体点的信息过来。”唐向鹏又在打哈欠，“算你运气好，我还真有兄弟在负责这块，我转过去再和他说一声。”

“好，谢了，这是正事，一定要火速办理，干干净净。”

“你小子成老太婆了，啰里啰唆。”唐向鹏说，“平川我好久没去了，有啥好行情没？”

“别人来没行情，你一来哪都是行情。”萧昊说，“随时恭候。”

“那好。”唐向鹏大笑。萧昊输好信息，检查了两次，确认没有遗漏后才发出去，可等不到唐向鹏的回复，如热锅上的蚂蚁煎熬着，心想这小子会不会醉得厉害又睡着，正要再打电话过去，期待已久短信来了，只有两个字：搞定。

萧昊高悬的心总算落下一半，刚好听到广播中传来登机的提示，回头对着安露咧嘴一笑：“据说平川今天晴空万里，走吧，我们回去晒晒太阳。”

看着萧昊哼着小曲，轻松地从头等舱通道率先登机，安露心里五味杂陈，说不出什么滋味！

晚上宴请记者的饭局，还是定在扬帆大酒店，这儿的菜式当然算不上平川最好，但名声显赫，规格和档次摆在那儿，足显对记者同志的重视程度。像此类接待，好吃不好吃不重要，有没有面子、能不能体现身份才是关键，吃的不是菜，而是份虚荣心和满足感。

本来钱兆霖出面足以，毕竟只是几个普通记者。但萧昊坚持要亲自来，倒不是信不过钱兆霖，而是他太明白阎王好见小鬼难缠的道理，越是基层小人物越是傲慢，越需要通过高规格的接待来掩饰内心脆弱；至于真正的大人物，再高的礼遇对他们来说也习以为常，懒得去斤斤计较，只因这反而丢了身份。

下午和员工代表的谈判很顺利，那三个人起初还气势汹汹，但在公司拿出劳动法律法规作为依据，还有政府部门人员旁敲侧击的劝解，以及萧昊强硬表示要追究他们干扰运营秩序的责任后，反倒成霜打的茄子，蔫了。萧昊见好就收，往后让一步，答应在国家法定的标准上，另加一个月的工资作为补偿，而且只要愿意，可以优先安排到生产车间内相对轻松的管理岗位工作，不以裁员处理。其实员工们心知肚明，不依不饶地弄起来，把公司惹火，一不做二不休，吃亏的还是他们，万一最后竹篮打水一场空，那可亏大了，现在总算没白闹一场，双方各有所得，皆大欢喜。

摆平员工，萧昊又得到安露的确认，网上已找不到任何东美裁员事件的报道，这才算是松了口气，直奔扬帆大酒店。钱兆霖已在那儿陪着客人，他请动了市委宣传部的副部长蔡龙，省报的两位记者雷舜鸣、李乐，省台记者吴亚云、摄影邱如强，还有平川日报的编辑部主任林川和市电视台台长助理程希。

大局已定，晚宴就是纯粹的吃饭喝酒，大家都比较放松。和萧昊谦让好一阵，蔡龙才坐上主位，萧昊坐他左边，指着带来的一箱茅台酒，豪气干云地说："今天难得和各位好朋友尽兴，咱先立个规矩，这酒不喝完，谁也不能撤。"

蔡龙笑着说："萧总果然是爽快人，要不我们就按平川的规矩来喝？"

萧昊眼光一扫，陪在末座的安露脸色一阵阵发白，便说："没问题，只是安露最近胃不好，下午刚去打吊针，她就不参加了。"

"萧总可真是怜香惜玉。"雷舜鸣不怀好意地说，"可规矩不能随便破坏，要是安小姐不喝，那她的酒总得有人代劳，是不是萧总代劳啊？"

萧昊还没开口，钱兆霖看看安露，又看看萧昊，抢先说："安秘书实在不能喝，我和萧总一人代一半。"

蔡龙和钱兆霖是熟人，一拍手说："好，东美是藏龙卧虎，能者多劳，我们媒体人也得把酒量拿出来，看看谁是酒国英雄，来，喝！"

萧昊和钱兆霖彻底放开，酒一杯杯地倒，一杯杯地干。这群记者走南闯北，到哪儿都有人招待，这场酒喝得真是刺刀见红，一桌子菜摆得满满的，没什么人动筷，尽奔着杯中物去了。

包厢内弥漫着浓浓的白酒味，有萧昊那句话当挡箭牌，安露滴酒不沾，也被这味道熏得很不舒服。萧昊表面上轻松自如，谈笑风生，却有苦自己知，他已跑到洗手间抠着喉咙吐两回，再回来继续作战。昨晚在深圳喝的那场也不少，最要命的是没睡好，早早就起床。今天碰到这事，精神高度紧张，疲劳得很，并不在状态，来之前他没预料到喝得这么猛，要硬撑下来，就不得不出绝招应付，明知道这做法很伤胃，也只能硬着头皮坚持到底。

雷舜鸣拿着大半杯白酒上来，口齿已有些含糊："萧总，我最喜欢和爽快人打交道，来，我敬你。"

萧昊喝了，雷舜鸣凑近他耳边低声说："萧总，下季度报社搞了个考核，其中一项重要指标就是广告，到时还需要你帮帮忙，多支持。"

"没问题。"萧昊说，"我待会和钱总交代，你老哥的任务，就是我们的任务，在可调配的额度内，能支持多少，我们就支持多少。"

"那就谢谢了。"雷舜鸣咧开嘴大笑，市场经济下，报社的经营效益是第一位，记者的主业虽不是拉广告，但能拉到，自然也有不菲的奖励。东美每年的广告经费不少，雷舜鸣自然不会放过这块肥肉。

蔡龙是一见酒就刹不住口，喝得最多，醉得也最快，脚步轻浮地拿着酒杯，走到安露旁边："来，美女，我敬你，你喝果汁，我喝白酒。"

安露起身和蔡龙一碰杯，蔡龙趁势抓住安露的手靠过去，安露一怔，柳眉倒竖，俏脸上怒意浮现。对面的萧昊看得明白，暗叫不好，要是和昨晚一样的巴掌待遇，今晚这酒可白喝了。只见安露手指一勾，果汁杯便翻了，洒在蔡龙身上。

全场的目光会聚过来，蔡龙稍微清醒，手不自觉地放开。安露恍然未觉，"呀"的一声连连道歉："哎呀，蔡部长，你看我笨手笨脚的，太不小心了，不好意思，实在不好意思。"

钱兆霖赶紧让服务员拿毛巾过来帮蔡龙擦衣服。虽然喝多了，但蔡龙表现出若无其事打着哈哈："没事，能让美女留下点纪念，这衣服值钱了。"众人虽心知肚明，可谁也不能说破，附和着大笑，一场小插曲就这么不着痕迹地消弭。

又喝了半个小时，三个喝趴下了，这饭局才算结束。送到楼下，钱兆霖又拿出早就准备好的东美产品礼包，一人一份送上。送他们上车离开后，萧昊问："加料了没？"

“加料了，每人一份厚礼，蔡部长两份。”钱兆霖比画个手势。萧昊点点头，说：“嗯，可以，这样差不多，他们该知足了。”

凉风拂面，钱兆霖脚下踉跄，萧昊和安露连忙一左一右扶住他。钱兆霖缓过口气，苦笑说：“好久没这么喝过，撑不住。”

“这么喝已了不得，该给你颁发勋章。”看到司机驾着劳斯莱斯过来，萧昊说，“走吧，送你回去，今天大家都累了，回去休息。”

车子平稳地驶上道路，经历这惊心动魄的一天，坐在副驾驶位的安露感到分外疲惫，正想眯眼休息一下，手机信息震动，发送人萧昊：以后尽管把水淋衣服上，那巴掌真的很痛。

安露强忍住笑意，飞快地回了四个字：没有以后。

然后她就听到从后座传来一声长长的叹息。

书房内，许铭轩放下电话，喝口参茶润润嗓子，轻描淡写地说：“事情解决了。”

“他们这一闹，实在是冲动。”宋明丽直摇头，“这证明我们的判断没错，公司的歪风邪气是越来越重，私底下拉帮结派，一有申请就联合对抗，不及时解决，后患无穷。”

“他们对局势判断错误，以为只要一逼，就能让我出面推翻萧昊的决定，甚至逼萧昊离开。”许铭轩的笑容带着阴冷，“埋在水下的旋涡浮现，反倒是坚定了我的决心，下这着棋的人大错特错。”

“萧昊很聪明，他会借这机会，要求你解决根源上的问题吧？”宋明丽将电视调到新闻频道，慢慢地说。

“是的，摊牌对他来说是好事，师出有名，让我不能不出面。所以我说这些人的棋臭不可闻，逼宫不成，反倒把自己的退路给断了。”许铭轩拈起一颗白棋把玩，语气中带着恨铁不成钢的味道，“不会从对手的角度去考虑问题，不懂得换位思考，永远成不了大器。”

“所以步骤要提前了？”

“只能这样，我得给萧昊一个交代，自己人还闹出这事，我脸上不好看啊。”许铭轩苦笑，“事情能解决，影响能捂住，但后遗症或多或少还是有的，再不处理，一旦发酵更麻烦。”

“不过老四那脾气，要和他谈得注意方式方法。”宋明丽想想，说，“他喜欢吃我做的菜，我下厨，你叫他来家里吃饭。”

“这主意好。”许铭轩将棋子拍在棋盘上，若无其事地说，“这方面还是你处理得好，像明琪就很服从，我都有点意外。”

“大局如此，谁能不服从呢？”宋明丽面不变色，“经历那么多事，她也该成熟了。我正想和你商量，是不是这段时间也让她出去学点东西？”

“嗯。”许铭轩拿起棋谱，在心情复杂时，他就喜欢打谱，在黑白世界中尽情遨游，神游局内，往往能找到解决难题的灵感，“明琪的事，你决定吧。”

宋明丽知道许铭轩打谱时不喜欢别人打扰，她更清楚，对自己的安排，丈夫心里了如指掌。但夫妻间很多事情都不用说得那么清楚，彼此心照不宣即可，尊重是相互保有底线，几十年下来，在了解的基础上如何包容及配合对方，两人早已炉火纯青。

第十七章 家宴

几天后，在许铭轩的别墅办了场家宴，宋明丽亲自下厨做了六个菜。糖醋里脊、酸菜鱼、土豆丝炒牛肉是许铭德的最爱，吃得他赞不绝口："嫂子，你的手艺还是那么棒，大厨的菜我吃得多了，可没一样比得上你，要是开个餐馆，门槛非被人踩踏不可。"

"这主意不错。"宋明丽笑吟吟地答道，"你来投资不？"

"要是你掌勺我就投资，其他人就算了。"许铭德也笑，"大嫂你愿意出山吗？"

"算了吧，饮食生意是全天下最累的行当，我可不舍得你大嫂累着。"许铭轩插口，"想吃家常菜你不会娶个老婆？老大不小的人了，还整天安分不下来。"

"天下最好的老婆被你娶了，我还上哪儿找去？"许铭德喝口酒，"再说了，依我这脾气，谁又管得了我？可我又懒得去管别人，不让人管，不去管人，和单身有什么区别？"

"你这话倒没错。"许铭轩顺势不着痕迹地切入正题，"这种性格最适合当老板，我觉得该给你个独立的平台去独当一面了。"

许铭德放下杯子，不咸不淡地说："想赶我走啊，老大？"

"不是赶你走，是放你飞出去。在我身边这么多年，该尝试自己独立了。"

许铭轩说。

“话说得好听，可都一个意思，嫌我在东美碍眼嘛。”许铭德嘿嘿冷笑。

“老四，你这话说得可难听。”宋明丽皱着眉头，“一家兄弟，说什么碍不碍眼的？男子汉大丈夫，开创属于自己的事业，不好吗？”

“那倒也是，东美本来就不是我的事业。”许铭德阴阳怪气地说，“所以股东永远只有一个，其他人拼死拼活，到头还不是想要踢开就踢开？”

“什么踢开？乱七八糟！”许铭轩的脸色沉下来，“这不是在商量吗？你怎么就一副刺猬的态度？”

“哦，商量啊？我还以为是以董事长的名义直接宣布决定呢。”许铭德眯着眼睛，“看来姓许还是有点用的，说吧，打算怎么处置我，看看我能不能接受。”

宋明丽夹了块酸菜鱼给丈夫，暗示他忍住火气。许铭德吃软不吃硬，古人说四十不惑，他有时就像个愣头青，两兄弟一吵起来，只会不欢而散，处心积虑安排的融洽气氛便全砸了。许铭轩放下筷子：“有朋友介绍一盘生意，做一个法国红酒品牌的全省总代，我做过详细的市场调查，平川的红酒市场比较小，但随着经济发展，会有越来越多的人喜欢上红酒，这是潮流，发展的潜力很大，这生意可以做。我准备打本给你，让你去独立经营。”

“有这么好的事？”许铭德摇头晃脑，“明琪这次不是被刷下来了？怎么不把机会给她？”

许铭轩勃然大怒，正要发火。宋明丽及时握住他的手，淡淡地说：“明琪不是做生意的料，要是她行，你大哥当然会考虑。老四，你别火药味那么浓，我们是一家人，你的我的，姓许的姓宋的，用得着分那么清楚吗？给谁不一样？难道我们就是一心要害你？”

“你们没害我，但是我不服气。”许铭德的声音骤然高起来，越说越激动，“东美做到现在，你们功劳最大，这不用说，可我呢？从一开始我不就拼死拼活地干？你们还记不记得那次仓库火灾，是谁冲进去拼了命搬货，差点就被熏死在那儿？公司急需资金周转，张滑头那王八蛋却赖账不还，我整整守了他七天，就差拿刀和他拼命，回来时就因为太困，走上公路被车撞，我他妈的是为了谁？东美越做越大，你们成功了，就想花点钱把我打发走？

我是乞丐，用得着你们施舍吗？不是只有你们才对东美有感情的，我也有！”

许铭德的声音在餐厅内回旋不散。许铭轩夫妇却沉默不语，等到许铭德喘着粗气的声音逐渐平静。许铭轩压抑住波动的情绪，沉声说：“老四，你说的我理解，正因为你对东美有感情，所以更要正视现实，现在的公司，已不是我们创业时几个人几条枪的时代，打江山难，守江山更难，在守江山的基础上还要继续开拓，更是难上加难。实事求是地说，不只你，包括我在内，我们的能力已到顶了，已不能适应东美进一步发展的需要，东美需要一批更高水平的职业经理人来掌控，只有他们，才能带领东美上一个新台阶。我请萧昊来，的确损害了很多老员工的利益，但你换个角度来看，我做的是不是真正在让东美以后更好？”

许铭德仰头喝下满杯酒，只觉又苦又涩，全然不是味道。许铭轩起身，亲手给他加上酒，声音波动起伏，显然也动情了：“如果你不是我弟弟，扪心自问，你觉得去其他公司，能做到现在的高位吗？作为主管人事行政的副总，你知道最新的人力资源管理体系是什么吗？你知道什么是六西格玛，什么是平衡计分卡，什么是学习型组织吗？你能上台为员工培训吗？你清楚，在公司不只你一个人是这样，公司已经逐渐沦入不讲能力而看人脉关系的怪圈，长此下去，还怎么得了？造成今日局面的责任，是把你们放到不合适位置上去的我，但亡羊补牢还不至于太晚，要想整肃风气，只能一视同仁，为了东美，就算让你们说我心狠手辣，不讲情面也顾不得了。”

许铭德把玩着酒杯，脸色一阵红一阵白，表情阴晴不定，忽然说：“老大，说真的，放在十年前，我哪敢想象吃顿家常便饭就能喝上三十年茅台呀？能有几口酒就不错了。”

宋明丽幽幽地说：“这就是时代的不同，我们所处的环境也不同了，老四，只能与时俱进啊！”

“好，话说到这儿了，我不会觍着脸留下来。”许铭德伸展下手臂，漫不经心地说，“小磬不是毕业了吗？快回来了吧？”

“没打算让他那么快回来，在美国多锻炼几年。”宋明丽不动声色。

“是得锻炼，以后才好大展拳脚嘛，路铺好了，还是条打扫干净的高速公路。”许铭德哈哈大笑。许铭轩和宋明丽却没笑，两人对望一眼，这老四平时看来粗鲁放肆，可有时候又精明得令人吃惊。

许铭德的离职，犹如一声惊雷，震动整个东美。以前还抱有侥幸心理的员工们，终于看清老板不是在和他们玩雷声大雨点小的游戏，而是以雷霆霹雳之威，刮起一股十二级风暴，连亲弟弟也没情面可讲，其他人还哪敢有啥幻想？只能投入到这场风风火火的变革中。竞争上位的摩拳擦掌，迫不及待地欲大展拳脚；而失败者垂头丧气，只能拿着补偿金，默默接受被扫地出门的结果。而尤延庆连竞岗的机会也没捞到，因没做好人事改革的宣导安抚工作，导致员工因误解而情绪波动，被直接解约。对待敢制造麻烦的敌人，萧昊从不会心慈手软，他要的是杀鸡吓猴的效果。虽然充满现代职场的残酷血腥，却令沉寂已久的东美集团焕发出全新的活力和冲劲。

一大批人员的换岗和淘汰，意味着新鲜血液的不断补充。招聘工作全面展开，面试如火如荼，每天都有新的面孔到任。新任广告部经理莫小军叩开钱兆霖办公室大门："钱总，这儿有份简历，您看看。"

钱兆霖看一眼照片，小姑娘的脸庞圆圆胖胖，露出浅浅的微笑，两旁点缀的小酒窝尤显可爱，简单将内容过一遍，并没发现什么特别之处，不解地问："不就一漂亮女孩吗？有什么需要我看的？"

"她叫卫菊，刚从兴华日化辞职。"莫小军神神秘秘地说，"萧总就是从兴华日化过来的，听行内人讲，他以前的女朋友，就在兴华的媒体中心，我调查过，就是她。"

"你说她是萧昊的前女朋友？"钱兆霖的眼神亮起，饶有兴趣地问。

"一点没错，她又不是平川人，为啥从兴华一辞职，就马上跑来我们这儿应聘？我们可隔着一千多公里。"莫小军先恭恭敬敬地给钱兆霖点上烟，再分析说，"按招聘条件，是两年以上相同工作经验，她达不到要求，可还是投了简历。我在想，这里面会不会有什么奥妙。"

"你觉得是萧昊授意？"

"有可能，萧昊不久前还在公司会议上强调，招聘必须从严，不符合条件不得录用。"莫小军揣测，"他不想自打嘴巴，只能装不知道，看看我们会不会处理。"

“这种可能性极小，以萧昊的性格，不会绕来绕去，要想让人进来，应该会打声招呼，否则很大概率会被淘汰掉，不是谁都知道这是他女朋友的。”钱兆霖仔细想想，便否定了莫小军的说法。

“那您的意思，要不要招她进来？”

“招，为啥不招？反正要用人，而且你要好好重用她。”钱兆霖笑得有点诡秘，“只是他们这层关系，你暂时不要让其他人知道。这张牌留着，以后或许用得到。”

“明白。”莫小军想起什么，笑嘻嘻地说，“听说他和安露关系不浅，要是前女友进来，这出戏就好看咯。”

“现在的秘书，有多少个能和老板清白的，还不是多重身份？”钱兆霖把烟灰弹落，哂笑着说，“所以我更确定萧昊不可能做此安排，他哪会这么傻？明天我要和萧昊出差，到时再看看他有没有啥口风露出来。”

第十八章　明星代言

第二天晚上，在北京香格里拉大酒店的餐厅内，萧昊身边除了钱兆霖，还有唐向鹏和一个年纪约五十岁的女士。女士个子不高，微微发胖，五官不漂亮，但着装典雅，身上的装饰不多，但搭配得恰到好处，举手投足间，自有种优雅大气的风范。在萧昊阅女无数的挑剔眼光中，漂亮的女人一捞一大把，但气质动人的却百里难觅其一。外貌只能吸引一时的目光，气质却能长久打动人心，就如眼前的女人，容貌虽不能和青春少艾相比，但却多了历经风雨沉淀而来的韵味，更能令成熟男人心折。

要见到这女士并不容易，幸亏有唐向鹏搭桥牵线。作为典型的官二代，唐向鹏虽不务正业已久，但作为一个混主，他最大的优势就是结交广泛，人脉资源丰富无比，既有父辈累积的政商高层，又有五花八门的社会人士。他最大的爱好是泡女明星，混娱乐圈对他来说是乐此不疲，而他的背景财力，对那些在二三线浮沉的圈中人来说，也有着不小的吸引力。以前为捧个女孩当主角，还投资拍过两部小片子，也算是圈中人。各种关系较为熟稔，不过受萧昊之托后，他也是费了九牛二虎之力，才和这女士联系上。

对摆在面前的西餐，女士并没多少兴趣，简单吃几口便放下餐具，拿起桌上的文件，一行一行过目，眉头轻轻皱起来:“萧总，白萱接广告的标准，大家都很清楚，东美集团的品牌在日化行业内，只是属于二三线，和她的形象地位很不匹配。”

“我要请白小姐代言的并不是东美现有的品牌。”萧昊不紧不慢地说，“我们将推出一个全新品牌，主攻最高端的市场，最好的产品，需要最好的明星来代言，而白萱小姐，无疑是最合适的人选。”

作为从国内走出的超级巨星，全球最权威音乐奖第一位华人歌后，唱片总销量位居全球第二，白萱是国人的骄傲，是继李小龙和成龙之后，又一张获得国际认可的中国名片。而白萱对凝聚自己心血的声誉最为重视，对代言的挑剔人尽皆知，出道十八年，代言过的广告只有寥寥几个，且全是国际顶级品牌，只在刚出道时代言过一个国内电脑品牌，而此品牌发展到今天也已经是国际前三，可以说代言从未失手。近三年来，白萱淡出公众视线，处于半退隐状态，不再代言任何产品，属于有价无市，代言费水涨船高，已达天文数字。在来京之前，听萧昊说要邀请白萱出山为新品助阵，钱兆霖还以为是天方夜谭，太不可思议了，直到此时和白萱的经纪人方芳坐一块儿，他还是有种不太真实的感觉。

业界都清楚方芳和白萱的关系。白萱以前只是在酒吧驻唱的小歌手，偶然的机会下，已是知名经纪人的方芳到酒吧消遣，对白萱的歌声惊为天籁，慧眼识英才，一手将其带入歌坛，又放下与其他艺人的合约，全心全意为白萱铺路，这才有了超级天后的诞生。客观地说，没有方芳就没有白萱，两人情同母女，白萱对方芳是言听计从，信任有加，大小事务全交给方芳打理，只要能让方芳点头同意，此事便八九不离十。所以萧昊非常重视，亲自谈判。

“可是白萱一向只做顶级品牌，这由她在公众心目中的地位所决定，如果接下东美的代言，我认为还是会降低她的代言分量，对以后恐怕会有不利影响。”方芳说得矜持，后面的意思不言自明，东美虽然是国内知名品牌，但比起国际顶级，还有不小的距离。

“恰恰相反，我认为只要操作得当，这将是白萱小姐最成功的代言。”萧昊苦口婆心，动情地说，“白小姐是中国人，我相信她对国家、对民族有一份浓浓的情感与责任，在众多公开场合，她都表达过这种情怀。她属于世界，但更属于中国。而这么多年来，我们的日化产业虽然发展迅猛，但只能在中低端徘徊，在最高端的领域，始终被外资把持着，这并不是质量或技术问题，而是国人崇洋媚外的心理在作祟。我相信，如果通过白萱小姐的影响力，再加上东美产品的完美品质，突破这层窗户纸，让民族品牌向世界证明其价值与实力，那将是改变行业格局的大好事，同时，也是对白小姐无与伦比的个人魅力又一次的证明。”

“萧总，你说得很精彩。”方芳用纸巾擦擦嘴角，沉静地说，“难道你觉得白萱还需要证明什么？”

“方女士，我这人喜欢打开天窗说亮话。据我得到的消息，在沉寂三年之后，白小姐近期有重返乐坛的打算，可天后不能随随便便就复出，世界变化得实在太快，尤其是新人辈出的娱乐圈，观众总是喜新厌旧，别说三年，就是三个月，三天，都会有翻天覆地的改变。以白小姐的实力和地位，复出就一定要成功，但能不能具有以往的轰动性，只怕任何人都打不了包票。”萧昊的视线与方芳对视交接，观察着她的表情，不放过任何微小的变化，“在这种情况下，先通过一个广告代言，试探下人气，进退自如，难道不是最好的方式？而且还是为全新的高端民族品牌代言，这不是更具有话题性，更有利于人气的回归吗？”

方芳的眉头向上扬了扬，不置可否：“萧总，你的消息倒是挺灵通的。”

萧昊抬起下巴，看着唐向鹏笑笑说：“有这位娱乐圈百事通，找点消息还是不难的。重要的是，我们非常有诚意和白小姐合作，自然要做好前期的准备工作。”

唐向鹏嘿嘿笑着，附和说：“一听说要找白萱代言，我就说好，以前我就是她的忠实歌迷。她那才叫唱歌，现在的所谓歌手，就是到舞台上对着麦克风乱吼，随便扭几下屁股而已，唱得那叫一个恶心。”

唐向鹏说得粗俗，可方芳听着顺耳，脸上第一次露出些许笑容，拿起咖啡慢慢喝着。萧昊在旁趁热打铁：“白小姐复出，还能让被劣质音乐折磨得痛苦不堪的歌迷们重新享受到天籁之音，这对乐坛也是功德无量的大好事。至于代言费，不是问题，只要白小姐能和我们合作，国际品牌能出多少，东美就出多少。”

“代言费可不是这么算的。”不愧是专业人士，方芳显示出她的敏锐反应，立即反驳，“国际品牌本身的价值和美誉度在那儿，白萱为他们代言，是相得益彰。而东美的品牌还达不到这层次，如果我们能合作，白萱降低了要求，那代言费肯定要比国际品牌的更高，这样才符合行业规则。”

传说中白萱的代言费就已是顶尖，这经纪人还要求更高？钱兆霖心一颤，萧昊面不改色，坦然说："好，还有什么要求，一起提出来。”

“我要一份关于你们新品牌推广的详细方案，还有国家专业机构的质量检测报告。”方芳说，“还有，对广告质量，我们的要求是，从创意策划、导演拍摄到播出时段都要最好的。你们先去联系，拿出方案来，这两方面是前提，如果能解决得好，接下来的我们再详谈。”

“不是如果，而是一定能解决得好。”萧昊身体前倾，气势很足，“方小姐，事实将证明，东美必将是白萱小姐最好的选择，这是最大化的双赢结局。”

“萧总，我欣赏你的自信。”方芳并没被打动，点点头说，“拭目以待。”

吃完饭，方芳先告辞，由司机接走。唐向鹏换了副表情，不以为然地说："我说兄弟，找个洗发水代言人而已，干吗非得找像白萱这么麻烦的主？最近周晓涵也是红遍半边天，人气旺得很，她的经纪人我也能联系上，价格还不到白萱的一半，找她多划算！”

“不一样，周晓涵虽然年轻漂亮，但只是靠一部电视剧红起来而已，人气再旺，和白萱这种经过千锤百炼的巨星还差得远。”萧昊摇头，“价格只是一方面，最重要的是，白萱的形象定位是高雅，追求品质，品位超然，更能吸引白领以上阶层，符合产品的诉求。而周晓涵是新锐潮流，更适合年轻人的口味，和产品搭不上界。”

钱兆霖同意萧昊的判断，但他心中并没多少底气："萧总，只是白萱的价格实在过高，我有点担心公司能不能接受。”

“能用钱解决的事就不是事。”萧昊淡淡地说，“我就怕她根本不和我们谈钱，那才是半点希望都没有。私人时间，不说公事了，晚上有啥好玩的新地方？咱们得好好感谢唐总。”

“少扯淡，到北京来，还用得着你来埋单，看不起人是吧？备足你的弹药就好。”唐向鹏大大咧咧地拨出几个电话，“都安排好了，走吧，离这儿不远。”

三人来到的夜总会新开不久，还有股油漆的味道，装修的档次在平川勉强能算一流，但在奢华的帝都却显得太普通了些，这和唐向鹏素来不是最好不踏足的风格不太搭。唐向鹏似乎看出萧昊的疑问，咧嘴笑着说："这是我一兄弟刚开的，总要过来捧捧场，硬件是不咋好，但玩得绝对开心。"

吼了两首歌，唐向鹏坐在萧昊身旁，将两个小女孩打发开，问："兄弟，我看你们推出的新品，是准备搞很大吧？"

“那当然，洗发水是典型的快速消费品，市场推广和广告宣传是销售最大的推动力。”萧昊说，“要是可以省，我也不用打白萱的主意。”

“那咱就不说二话。”唐向鹏说得很简单，就像举手之劳、喝杯白开水般，“我在一家广告公司参了股，你看要不把整套广告拉过来做？”

萧昊没想到他会打广告的主意，还好脑筋转得够快，拐个弯将矛头卸开："看不出你老大涉及的领域还够广的，只是刚才老女人说了，白萱对广告挑得很，如果要合作，首先得让她能选中你们的创意，还要相信你们的实力。"

唐向鹏拍拍肚腩，豪气干云："世上对两样东西我从来是多多益善，一是钱，一是女人。女人是从钱眼里看男人，要是没钱，女人会把你看成个屁。我的公司刚从上海请了个在业界大名鼎鼎的人才来当老总，实力不缺，只要你拉一把，肯定能让白萱看上。我的脾气你知道，有钱大家赚，从不会亏待任何人，更何况咱兄弟。"

“既然是兄弟，说这个干吗？”萧昊明白得很，这是个烫手山芋，唐向鹏的风格他太了解了，不是大钱他不会出手，可只要出手就必定是锋利的一刀，被砍到不死也要刮层皮。东美不是兴华日化，每一分钱都是许铭轩的，要帮唐向鹏这忙，难度不小，还敏感得很，一个不好随时把自己也搭进去。

可唐向鹏卖了他那么多人情，这事他又不能拒绝，投桃报李本来就是社会潜规则。他的那些人脉关系是萧昊最看重的资源，指不定在什么时候能帮上大忙，也能制造出天大麻烦来，这种人，没必要得罪，否则就是个定时炸弹。萧昊和唐向鹏碰杯，将杯中酒一饮而尽，话中尽量留有余地："行，那等这事确定下来，你让他们公司的人来平川，具体的我和他们来弄，先说好，我肯定尽力，但不担保一定能成，毕竟公司不是我的，要是大老板发话，我也没办法。"

"有兄弟这句话，足够。"唐向鹏眉开眼笑。

萧昊附和着哈哈大笑，心情却轻松不起来，一个枷子不经意间已套在头上，掣肘着以后的行动。他心里暗骂，这世上最欠不起的，就是他妈的狗屁人情债！

萧昊在北京，作为竞争对手的朱捷和布兰顿则到福州，陪同的还有省区经理牛连山。晚上则是福建区域的经销商杨毅宴请他们。布兰顿三十五岁，皮肤白得带着些许病态，脑袋上的金色头发梳理得井井有条，身材极瘦，仿佛一阵风吹来便东倒西歪，西服穿上身就像在竹竿上晾着，颇为滑稽。在兴华日化，有好事者给他取了外号，叫骨架子，形容他又高又细，极为贴切。

杨毅是兴华日化的老代理商，做了有十几年，靠着兴华的产品掘到第一桶金，逐步发展为福建省内的大经销商。下午和布兰顿谈直营业务分拆事宜时，火药味很浓，福建背面是中国台湾，有台资撑腰，在国内属于经济较发达省份，大商超系统发达，密集度不小，在省内所占业务比重较高。兴华日化突然要把直营权收回去，相当于从他身上割下一块肉，杨毅哪能善罢甘休？虽然布兰顿又罗列出很多补偿措施，但做生意的谁都不傻，短期利益再多，又哪能和长期的稳定收入相比？厂家的做法，不是过河拆桥又是什么？

朱捷的任务，主要是帮助布兰顿和经销商协商，但他的角色却很奇怪，他负责流通，以后和杨毅的生意往来多得是，直营和他毫无干系，以后在公司内还可能形成竞争，哪犯得着去维护布兰顿而得罪杨毅？所以事不关己高高挂起，就在一边看热闹，等到两人差点吵起来，才开始和稀泥，左右安抚。兴华直营是板上钉钉的事，大势所趋，胳膊扭不过大腿，杨毅心中清楚，再大的不满除了发泄之外，也于事无补，在没有合适的替代产品之前，他也不想和兴华的关系彻底弄僵。到了晚宴时，面子上已是笑意盈盈，而布兰顿刚开始表情还比较僵硬，但在众人频频劝酒下，渐渐活络起来，笑逐颜开，生意场上的不快就像一场烟雾，在餐桌酒席间烟消云散。

布兰顿善饮洋酒，但今晚喝的是高度五粮液，对于白酒这中国国粹，那奇特的味道令人难以接受，但客户热情相邀，他又不能说什么，只好入乡随俗，勉强喝掉。到席终时，他白净的皮肤上已泛上一层浓浓的红潮，还好他酒量不错，不至于犯晕。

第二场杨毅提议到夜总会唱歌，布兰顿不想去，但架不住朱捷和杨毅连说带劝，几乎是硬架着他进了包厢。本来给他安排的小姐很丰满，前胸堪比西方人的尺寸，壮观无比，但布兰顿不喜欢，换了个小巧玲珑型，虽然说不上漂亮，但是大学生，一口英语说得很流利，和布兰顿沟通起来毫无问题，不时逗得他开怀大笑。这回喝的是洋酒，在小姐的温柔攻势下，布兰顿情绪高涨，从一进来的克制到最后酒尽杯干，十一点不到，他说话时舌头已越来越大，带上浓重的澳大利亚口音，让小姐也只能从他的表情和动作上连蒙带猜。

看着情况差不多了，朱捷向杨毅使个眼色，杨毅会意，将陪布兰顿的小姐叫到里面的小包厢说事。刚开始小姐还面有难色，频频摇头，等杨毅拿出一沓人民币塞过去，她考虑了好一会儿，才不情不愿、勉勉强强地答应下来。

在牛连山的帮忙搀扶下，布兰顿和小姐一起到楼上的房间内休息。十几分钟后，杨毅的手机响了，看着上面的彩信图片，他笑着递给朱捷："兄弟，这下够劲爆吧？"

"一张太少，让她拍多几张，和她说，一张一千，别他妈的有钱不赚。"任务完成，朱捷乐得合不拢嘴，举着酒杯说，"杨总，多谢帮忙，咱兄弟以后没二话，以后要啥政策费用支持，只要你开口，我马上签字。"

“小事一桩，我是咽不下这口气。”杨毅恨恨地说，“你们公司发什么神经病，好的不请，找这群死洋鬼子来搞风搞雨，断我财路，不给点颜色瞧瞧，真当我们是软豆腐随便捏！”

“公司情况复杂，三言两语说不清楚，我也是有苦说不出。”朱捷咬着牙，“不过这是暂时的，看着吧，会让他们灰溜溜滚蛋的，干杯！”

第十九章　肃敌

来东美半个月，卫菊和萧昊一面之缘都没有。广告部在二楼，平常不用搭电梯，萧昊的办公室在十六楼，两人的职级就像相隔的楼层，远着呢，正常的工作接触轮不到她这小虾米。而且一个星期前萧昊便出差，卫菊纵然心急，却也只能耐心等待。在工作上，数量和强度远比兴华日化要高得多，卫菊本身的工作经验和能力就不太够，又初来乍到便挑起重担，更感吃力，刚来的几天，有点喘不过气的感觉。还好她学习能力强，能吃苦，态度又好，乐观开朗，周围同事愿意给予指点，好不容易才挨过来，渐渐上手。只是她明显感觉这里工作节奏很快，每个人一上班就紧张地噼里啪啦忙个不停，有时连喝口水都顾不上。人事部还经常突击检查各人工作情况，网络也加入监控，只要发现有超出工作范围的行为，立即检查处理，对比兴华日化充裕的人员，优哉游哉的工作，完全不可同日而语。

私底下卫菊很留心公司同事对萧昊的评价。听多了同事间闲聊过去的深深怀念，她才知道，这上班如打仗式的氛围，正是萧总的功劳。以前的东美，上班也很轻松，可自从萧昊来了后，严抓工作纪律，继而又通过岗位匹配调查、竞争上岗等手段，将许多不符合要求的老员工开掉，扶植新人，推行精兵简政策略，大刀阔斧将原本十一人的广告部编制缩减为七位，分摊开来，每个人的工作量自然大增，加上绩效考核体系盯着，能者上，弱者下，没有情面可讲，谁也不敢怠慢，工作起来只得拼命。员工们的收入虽增加不少，但压力大，私底下免不了怨声载道，但也有些人对萧昊表示佩服，认为他让公司回到良性轨道上。两派看法，各有支持，谁也说服不了谁。

中午到食堂用餐，卫菊正在打饭，电话响了，她一手拿手机一手拿碗，转身时一不小心便撞到旁边人的胳膊，忙回头道歉："对不起，我不是故意的。"

那人揉揉胳膊："没事。"卫菊眼前一亮，好漂亮的美女，皮肤光洁细腻，眉目如画，简简单单站着，便散发出一股高雅淡定的气质。卫菊的眼角往她挂在胸前的员工牌一扫：总裁秘书，安露。

萧昊的秘书？卫菊愣了愣，安露对着卫菊笑笑："以前没见过你，是新同事吧？"

"是啊，我是广告部的卫菊，多多指教。"

"我叫安露，在总裁办工作。"安露说，"我先打饭，有空再聊。"

卫菊端着饭走回同事留好的位置上，装作漫不经意地挑起话头："萧总的秘书真漂亮。"

"那是，还脾气好，温柔贤淑的典范。"同为监播员的叶颂华附和道，"她可是公司男人的梦中情人，女人羡慕嫉妒恨的对象。"

"那肯定有很多人追她啦。"卫菊脸上写满天真，"叶哥你也是其中一员吧？"

"哪有，想想就好。"叶颂华把声音放得很低，"秘书和老总，这关系一听就不简单吧？萧总是帅哥，她是美女，关于他们的传言多的是，谁敢随便去追她？万一得罪萧总，还想不想混了？最关键的是，几斤几两咱自己清楚，能追得到吗？"

卫菊吐吐舌头："听起来够复杂的。"

"一点都不复杂，她经常陪萧总出差，出双入对，嘿嘿。"叶颂华说，"不说了，吃完饭赶紧休息，不然下午可没精神工作了，一大堆事呢，唉……"

饭菜进到卫菊嘴里，半点味道都没有，萧昊的风流习性，她了如指掌，放着安露这近在咫尺的牡丹不摘，简直不可想象。如果他们俩在一块，哪还有自己什么事？可仔细想想，卫菊又觉得事情未必是表象那样。在兴化日化时，蔡雪儿的风情魅力，不比安露差，既是萧昊的直接下属，关系又暧昧得很，当所有人都以为两人有一腿时，卫菊却知道他们的关系干净得很，有的也只是好朋友的感觉。

安露也是如此吗？如果不是，那萧昊会在她身边待多久呢？卫菊脑子里胡思乱想，喝汤时竟被呛到，咳嗽不止，在周围人的注目礼中，脸羞得通红。

下午刚上班，雷小军吩咐卫菊拿份文件找钱兆霖签字。钱兆霖很随和，没有半点架子，看文件时注意到卫菊站在旁边等着，便指指椅子："坐吧，小卫，工作还习惯吧？"

"慢慢上手，习惯了。"

"那就好，要是遇到什么问题，你尽管问，尽管说。"钱兆霖拐弯抹角，"你和萧总都是从兴华日化出来的，这两家企业的文化很不一样吧？"

卫菊噔地一下便起了警觉，避重就轻地答："是啊，兴华的工作压力不是太大，但效率低，这边压力大，但效率高，最重要的是我感觉团队有活力。"

"是啊。"钱兆霖低着头，貌似毫不在意地问，"以前和萧总认识吧？"

"他是副总，管媒体中心，是我的大领导。"卫菊含含糊糊地说，心中不由得打鼓，难道他知道我们以前的关系？

还好，钱兆霖只是简单地"哦"一声，没再追问下去，看完文件，拿起笔签好字，和颜悦色地说："萧总出差回来了，这文件很急，你直接拿过去给他签吧。"

接过文件，卫菊能听到心跳的怦怦声，她隐隐感觉钱兆霖可能知道那段过去，故意让自己去找萧昊，不过这不正是自己期望的吗？只是越接近总裁办公室门口时，她越感到步伐如灌铅般沉重。机会没来时，焦虑不安，日思夜想，可当机会来临，又感到战战兢兢，提心吊胆。当他见到自己时，到底会有什么反应？卫菊不知道，她只知道小腿在打颤。有什么好紧张的？付出那么多，不正等着这一刻吗？她深吸两口气，暗暗鼓足劲，迈进办公室内。

进来后卫菊才发现，这儿只是外间，里间的门紧紧关闭，安露的视线从电脑屏幕上移过来，微笑着说："你好。"

"你好，又见面了，有份文件要让萧总签字。"

"萧总刚刚送客人下去，文件放我这儿，他待会回来我交给他。"

"谢谢，只是雷经理说这份文件很急，麻烦您让萧总先看看。"一听萧昊不在，卫菊难掩内心的失望，轻轻嘱咐一句。

"好的，我和萧总说。"安露点头答应。卫菊勉强笑笑和她道别，低着头匆匆离开，刚要迈出门槛，却差点和风风火火迎面进来的人撞个满怀。

卫菊退后一步，抬起头看到那张熟悉的脸孔，怔怔无语。萧昊做梦也想不到卫菊会在这里出现，失声说："你怎么在这儿？"

卫菊避而不答，只是说："你好，萧总，我是广告部新来的员工，请多指教。"

萧昊一分钟后才从震惊中恢复，低声说："你跟我进来。"刚要走进里间，又见安露站起身："萧总，广告部送了份紧急文件上来，让您审批。"

萧昊一言不发地接过文件。看着他们两人走进里间关上大门，安露有点发愣。只从刚才的情形看，女人敏锐的第六感清楚说明，这可爱女孩和萧昊的关系，绝不简单。办公电话的铃声刺耳地响起，有点恍惚的安露伸出手要接听，急促间却碰倒杯子，茶水顿时泼洒在办公桌上。

刚一进来，萧昊便迫不及待地追问："你怎么来东美了？从兴华辞职了？"

"是啊，我离开了。"虽然刚才紧张得七上八下，但当事情发生时，卫菊反而轻松下来，"不知道做什么，就向东美投份简历，没想到被录取，所以我就过来了。"

这几句话，三岁小孩都骗不过。萧昊并不拆穿，很多事说穿了就没有余地，只会让彼此更难下台，仔细端详着卫菊，表情复杂地叹口气："你瘦了。"

"上次和你说过，我一直想减肥，应该恭喜我吧？"卫菊脸上绽放出灿烂的笑容，像极了盛开的向日葵，充满温暖人心的力量。

以前无论心情多不好，只要看到卫菊的笑容，萧昊就感觉烦恼和压力消弭许多，这是卫菊打动他的关键之一。只是此刻，向来口若悬河的萧昊，突然间竟不知道要说什么，停顿了一会儿才说："上班呢，不方便多谈，晚上我请你吃饭，我们再好好聊聊。"

“你当总裁后很忙的，晚上要是专门挤时间请我没必要呀。”卫菊很乖巧。

“没事，我说过，你来平川，我是一定要尽地主之谊的，好好请你撮一顿。”

“那我就不客气咯。”

“嗯，你把手机号码给我，没其他事就先去忙吧。”

卫菊指指萧昊手上的文件，一本正经：“萧总，这文件钱总和雷经理都签好了，麻烦您看看，要是没问题的话就签个意见，我顺便拿下去。”

萧昊哑然失笑，走回办公桌，大致翻阅一遍，唰唰地签上名字，递给卫菊，半开玩笑半认真地说：“你进入角色挺快的。”

“必须的，我可不想过不了试用期。”卫菊迎着萧昊的视线，一语双关，“我会努力的。”

坐到沙发上，萧昊伸手摩挲着额头。卫菊的目的，呼之欲出。对过去萧昊偶有怀念，可那只是回忆，他向来干净利落，最讨厌纠缠不休，说到要吃回头草，他根本没这打算。但卫菊在意料之外出现，却令他的原则受到前所未有的挑战，尤其是刚刚看到卫菊的笑容时，萧昊清楚地感到内心的悸动，那种熟悉的感觉原来不曾远去，毫无征兆间便回来了。

这才是最令萧昊头痛之处，正当他打算冲杯咖啡缓解下情绪时，安露打来电话：“萧总，董事长让你去他办公室。”

北京，兴华集团总部，一连两天的董事局会议已进入尾声。前面的几项提案，顺利获得通过，但在涉及兴华银行巨亏的处理问题上，董事长周博和副董事长、集团总裁江应坤则意见分歧，两人的争论使会议陷入僵持。

兴华银行的规模在国内算不上大，但意义非凡，是国内第一家由公司投资，又在境外上市的银行，地位举足轻重。而且对内部关联公司的融资，起到关键性的便利作用，对集团整体发展，贡献匪浅，且赢利状况良好，外贸、地产、银行向来是这巨无霸的三大支柱产业。只是近年来随着经济形势的变化，外贸业务日渐走下坡，日化反而异军突起，利润贡献逐渐逼近，随时有反超之势。

去年东海市爆出惊动全国的经济大案，名列全国地产十强，东海最大的企业东都集团，由于国家压制房价，收紧房控政策，导致销售大跌。而其又错误估计国家调控的信心和力度，形势判断错误，不但没收缩防线，反而加剧扩张，导致资金链条极其紧张，几番融资后，还是未能止血，终于支撑不住。董事长庄思祖席卷资产潜逃国外，公司随之轰隆垮下，成为房地产寒冬中倒台的大鳄。

庄思祖逃离后，留下的烂摊子成了炸弹，让关联者人仰马翻。中国最稀缺的资源是土地，而土地控制在政府手中，作为房产大鳄，庄思祖和地方政府的关系不言而喻，而且，房地产商对资金需求极大，更离不开银行的支持。恰好东海市是兴华银行扎根最深、业务最好的样板市场，兴华银行累计贷给庄思祖的贷款，高达 20 亿元。最要命的是经事后调查，除去 8 个亿的授信额度，其余 12 亿元的贷款，抵押物估值严重失真，按拍卖值计算还不到 1 亿元，损失惨重。经舆论曝光后，引起社会哗然，银监会介入调查，股票市场应声下跌，市值蒸发近三分之一。

这事在兴化集团内部引起轩然大波，江应坤震怒，下令监察部彻查。但查来查去，只是查到下面小人物操作违规，和信贷部经理监管不严。江应坤不接受调查结论，驳回重查，这回总算查到东海分行行长身上，再往上便徒劳无功。在媒体铺天盖地的质疑声和强大压力下，兴华银行行长孟敬岿然不动，稳如泰山。

江应坤很清楚，孟敬之所以有恃无恐，只因他是周博悉心培养的铁杆大将，安插在兴化银行从分行信贷主管做起，分行副行长、分行行长、总行行长助理、总行副行长，一步步稳扎稳打做到总行行长高位，资历深远，根基稳固。而自恃上有周博撑腰，下有多年累积的基础，孟敬对江应坤的指示不太当回事，经常玩阳奉阴违的把戏，江应坤是何等人也，哪会轻易被他糊弄？尤其是在银行如此显赫重要的位置上，自然将他视为眼中钉，肉中刺，必拔之而后快。而东海事件对他而言，无异于铲除对手的天赐良机，绝不放过。而周博则全力力保，两人是谁也说服不了谁。

周博是集团名义上的最高负责人，江应坤则手握实际权力，他们两人的争锋，让其他董事避犹不及，谁也不想掺和其中。周博戒烟已久，此刻却点上一根，抽上两口再拧熄，说：“经调查，贷款审批时，是由东海市政府出面，向银行施加了很大的压力，银行没办法才尽量给予方便，导致部分违规情况的发生，这是很特殊的原因。而银行要经营，不得不考虑和当地政府的关系，有些面子不能不给，这是现实状况，江总，在处理时，我们是否应慎重考虑这点？”

“周董，东海政府虽然出面，却没承担半点损失。”江应坤说，“银行是上市企业，财务透明，如此巨大的损失，引起证监会、银监会的介入，造成恶劣影响，如果我们不给股民、给公众一个合理的交代，只怕难以过关啊！”

“那公司不是已进行内部彻查了吗？我看过调查结论，还算公正客观，只要对相关人员，按国家法律及公司制度予以处理，不就是最好的交代？”

“我认为现在的结论只是初步结果，其中很多细节并没弄清，还有继续深入调查的必要。”江应坤将话顶回去，“对责任人，有犯罪行为的，该移送检察机关的移送检察机关，该内部处分的内部处分，这个态度，我相信在座诸位都是明确的。但是，在给东都的贷款审批上，总行行长是签字同意的，这至少是负有不可推卸的领导责任吧？为什么在报告上，我看不到关于这责任追究的只言片语呢？”

领导责任，这四个字是江应坤的撒手锏，也是周博的软肋。现在领导不是那么好当，你可以做到独善其身，但你没法保证下面不出事，只要下面出大事，你就是一条绳上的蚱蜢，别想独善其身。如国内几位因事故下马的省长、部长，中国地域广阔，人口众多，省长就是有三头六臂，也不可能确保治辖各地安然无恙。别说省长、部长，就是乡长、镇长、区长，都打不了包票。但政府为体现对人民负责的精神，提高官员们的责任心，对责任制落实的力度是越来越大，只要你治辖的领域出现问题，你就负有领导责任。官场如是，半个官场的国企也一样，真遇到此类事，只能自认倒霉。

还好在开会前，周博已拟好对策，不慌不忙地回应：“领导责任肯定有，一把手嘛，就要有所担当。但我想不止孟敬，集团作为兴化银行的直属上级和最大股东，江总以及我，是不是也应该承担一部分？”

此话一出，负责会议记录的秘书写字的手势像急刹车般停住，悄悄抬起头，暗暗看看周博，再看看江应坤，然后立即把头垂下。会议室内静得连一根针掉落的声音都能听到，周博这招是以其人之道还治其人之身。你口口声声说要追究领导责任，那好，银行上面还有集团，而作为集团两位最高领导，我们的责任又怎么算？如果我们没责任，那还凭什么去说什么领导责任？

周博这招剑走偏锋，够辛辣。江应坤虽然猝不及防，脸色却丝毫不变，从容应对："董事长说的正是我想的，不管是谁，无论职位高低，都应该承担该承担的责任，否则如何服众？"

另一位董事洪照国插话："我说两句吧。周董和江总有这份担当是好事。只是对责任的追究，不能无限度蔓延，必须有个范围，否则一层层上去，哪儿是个尽头？负责是必需的，但要让该负责的负责，而不是搞株连，要是变味了可不好。"

洪照国在中央部委任职，受委派到兴化董事会，有钦差大臣的意味，地位特殊。他一开口，其他董事便开始附和，若牵连到集团董事长和总裁身上，这范围实在也太宽了些。周博装模作样地喝着茶，笑而不语，领导责任是江应坤提出来的，他等着看江应坤怎样找台阶下。另一边的江应坤飞快盘算着对策，模棱两可地说："关于责任范围的界定，我认为只有拿出合理的方案，才能对外对内都让人心服口服。"

"那根据大家的意见，我来做个提议。"周博等的就是江应坤这句话，直截了当地接过话头，"行长孟敬，负有管理不到位的领导责任，给予警告处分，并诫勉谈话，主管信贷的副行长黄辉平，记大过处分，留职查看，并在集团内对银行领导集体予以通报批评，两年内不得加薪。"

江应坤脸色一沉，毫不迟疑地接口："我认为这处罚力度不足。我建议对孟敬记过处分，职位降一级，考虑暂时无合适接任人选，暂以代行长的名义负责银行业务管理，黄辉平记大过，撤去一切职务。"

几位董事面面相觑，这两种处分的差距大了点。周博的建议属于伤及皮毛，不涉及职位就不伤筋动骨，走个形式，表面上做点功夫，给个交代了事。江应坤的建议就狠得多，记过，降级，撤职，招招伤及根本，摆明不会善罢甘休，要拿孟敬开刀了。

周博的眼眸深处浮起几点灼热的亮光，旋又沉下，对江应坤的咄咄逼人非常恼火，他提的方案根本无法接受，但一下将自己逼到墙角边，不是他平常的风格，双方都没余地，他就不怕自己绝地反击？作为纵横兴华数十年的老江湖，周博静下心来，仔细斟酌着，有个念头冉冉升起，眼角余光往江应坤一扫，暗想你不就是要我再让一步吗？好，今天我就给足你面子，悠悠开口："江总提出的处分，我个人觉得过于严厉了些，培养一个合格的领导人才不容易，处分的目的，应以教育警示为主。参考江总的意见，我再提个建议，对孟敬记过处分，暂留现职查看，黄辉平按撤职处理。"

各董事的目光聚集到江应坤身上，周博做出的让步不小，弃车保帅，硬保孟敬行长一职。江应坤表面上不动声色，其实心里的算盘噼噼啪啪急速敲动。要撬动周博和孟敬积累多年的牢固根基，不是一朝一夕之功，将副行长黄辉平干掉，这是江应坤接受的底线，他已准备好接替人选，只要有自己人进入银行，成为孟敬的副手，以后收拾他不怕没机会。饭要一口一口吃，不可能一下吃成胖子，否则就像现在这样，干掉孟敬，还真没人能去接替。最优方案当然是把孟敬降一级，但这太理想化，周博不是任人捏的软柿子，在关键点上，他也不会退缩。作为董事长，既然已经公开让步，自己也该适可而止，政治的输赢从来不在强权，战争是最差劲的结果，只有在平衡与妥协中寻求最大利益才是真谛。

"周董的方案我觉得合适，既有力度，又有宽度，既可以给交代，又能保护住人才。"江应坤一字一顿地说，"我支持。"

他的态度定下来，其他人哪还有异议？虽然孟敬保住，但代价不小，周博虽然挂着微笑，但有股郁气在胸口盘旋不散，看看时间，说："会议已进行了两个多小时，我们休息半小时，再进行下一个议程。"

在看不见硝烟的战场上一番高强度的鏖战，江应坤感到疲惫，回到办公室，坐在全自动按摩椅上刚休息五分钟，郑瑜匆匆赶来："江总，早上收到黎仕国的申请，他生病了，要请假半年休养治疗。"

"请假半年？"江应坤一把拿过报告，"他有没有说什么病？"

"淋巴处有个瘤，要做手术切除，还有肾结石。我刚和他谈过，他很坚决，精神状态也不太好，有气无力的。"郑瑜说。

“他又想唱哪一出？”江应坤有点不耐烦，合上眼帘享受按摩。郑瑜不敢打扰，就在一边候着，十分钟后，江应坤缓缓地说，“你通知总经办，下个月初安排三天时间，我到兴华日化去调研，你一起同行。黎仕国的事，到时再说。”

“好的。”郑瑜心想，黎仕国的反常，终于迫使江应坤坐不住了，南滨之行，不知是谁家欢喜谁家愁。

许铭轩找萧昊商量的，是东美要改变以往走中低端产品的路线，进军高端领域。日化市场的竞争日益白热化，小作坊式的山寨厂风起云涌，他们不需要像大厂那样投入巨资在品牌塑造和推广上，而是尽量降低成本，以低廉的价格为优势，强力冲击中低端市场，价格战越打越厉害，利润越来越微薄，市场份额却不见扩张，成为制约东美近年来缓慢发展的天花板。在整顿内部管理的同时，萧昊考虑着如何为东美在市场上寻找突破口，对企业来说，销售业绩才是实打实的根本，内功练得再好，不能克敌制胜，也只是贻笑大方的花拳绣腿。经过详尽调查和深思熟虑，萧昊决定穿越红海，将战略重点转到素来由外资品牌把控的高端市场。

对萧昊提出的建议，许铭轩非常支持，要求尽快拿出具体方案。通过和国内著名市场咨询公司的合作，萧昊在两天前已将方案交上去，许铭轩看后，不无疑虑：“实施成本和风险，是不是太高？邀请国际顶级巨星代言，还有更换经销商渠道，需要大笔市场费用投入，全国市场铺开来，对公司的资金链会造成压力。”

“要做高端市场，就不能采用原来小打小闹的操作手法。”萧昊条理分明地逐一解释，“大家产品质量差不多，贵就贵在品牌。要卖得起价，就要有相应的品牌，还要树立起独特的概念，才能走出不同的道路。请国际巨星强力推广，是为了以最快的速度让消费者对品牌建立印象，打开市场。而我们原有的经销商是走中低端渠道，不符合未来的产品定位，必须更换。市场瞬息万变，为了不给竞争对手反应的机会，必须抢在第一时间打响头炮，全面推动，虽然投入巨大，但这几个步骤，环环相扣，缺一不可。”

“这方面你在方案里已写得很详细，但在实际操作上，只要有一个环节出问题，就会前功尽弃。”许铭轩说，“高端领域的消费者，对品牌的忠诚度比较高，有较强的崇洋媚外意识，认为国外的月亮比较圆，同等价位下要选择国产品牌，心里障碍不小。”

“所以我们必须营造让人信服的理由。”萧昊说，“一是配方珍贵，祖传秘方，斥巨资从传人那儿收购而来，只为发扬光大；二是和传统靠边，茶是国粹，将茶文化和洗发护发结合，使发丝滋润，光彩，顺滑，不掉发，还带着清幽茶香，令人精神爽朗；三是找国内知名专家坐镇，从学术理论上对产品给予宣传，说明其不同于目前洗发水的化工原料配方；四是代言人，白萱是从中国走进好莱坞的，最有影响力的超级巨星，一代影后。在人们的视野中，她是中国之美和中国文化的代言人，而且她从未代言过洗发类产品，能请得动她，肯定会有震撼业界的影响力，再加上强力的宣传攻势，我有信心，沐情品牌一定能一炮而红。”

许铭轩娴熟地泡着工夫茶，不置可否。萧昊的方案看起来很完整细致，市场调查、品牌定位、品牌塑造、市场导入、渠道铺设、宣传手法等，无一不缺。如果能取得预期的成绩，切入高端市场，不但填补国内品牌空白，还获得新的利润增长点，那对东美来说，将是巨大飞跃，这是当初许铭轩首肯的原因。但仔细研判后，觉得投入实在太高，一个白萱的代言费就是千万美金，再加上增加产能所需要的设备人员，铺天盖地式的宣传轰炸，以及新经销商的寻找、磨合、市场费用支持等，简直就是将东美多年来辛辛苦苦积累下的资本再投进去，进行二次创业。万一操作出现问题，或者市场不接受，那后果不堪设想，尤其是在国人从未接受过国内高端品牌的前提下，萧昊的种种计划，属于理想化状态，随时有可能在现实面前碰得头破血流。这可违背许铭轩的初衷，他的身家地位是经过多少风雨血泪才换来的，锦上添花是理想状态，要破釜沉舟赌一把，没有非此不可的勇气和必要性。而且东美内部刚经历大换血，很多人员尚在磨合期，伤筋动骨之后，还要在市场上搞核弹式的大动作，是否支撑得了，也是风险之一。

这便是民营老板和职业经理人的区别。在企业中，每分钱都是老板的，无论成功还是失败，风险全是他在担着，没人会替他埋单，所以，思考问题时，老板的思路往往是先想失败的后果能不能承受，再去考虑成功后会怎样；

而职业经理人要的是业绩，很多还是追求光鲜的短期业绩来支撑自己站稳脚跟，有投入才能有产出，他们的思路是成功了会怎样，失败的后果反倒少考虑，毕竟企业不是自己的，失败了顶多东家不行换西家，自然富有搏一把的冒险精神。位置和角度的不同，决定了他们的思路分歧，套用一首歌名，《白天不懂夜的黑》。

“我再考虑一下，这么大的项目投资，必须十分慎重。”许铭轩将一杯茶放在萧昊面前，徐徐地说，“还有个事，我的儿子许磐很快就在美国读完MBA了，我想让他回来锻炼，学以致用，提高管理上的实操能力，最好是跟着你学习。职位嘛，我想就定为你的助理，你觉得合适吗？”

刚把内部打扫得七七八八，太子爷就回来？这以前许铭轩可没漏过半点风声。可对第二代接班人，怎么安排都合情合理，这招呼已打得够客气，还有说不的余地吗？萧昊借喝茶的姿势掩饰住脸上表情变化，淡淡地说：“老板，你安排就好，我没意见。”

第二十章　周江之争

作为中国首都，政治文化中心，北京汇集了全国各地的美食佳肴，而多年的皇城文化，天子脚下，达官贵人层出不穷，又让这座古老都市拥有其独一无二的沉淀。在新中国成立之后，论及京城中顶级的餐馆，北京饭店内的谭家菜，绝对首屈一指。

北京饭店建于1900年，位于京城中心，毗邻紫禁城，和王府井咫尺之遥，除了地理位置优越，更彰显其特殊性的，是政治地位的显赫。承办过无数重要的国务活动和外事接待，招待过无数国宾，还是2008年奥运大家庭总部饭店，其殊荣无可比拟。而谭家菜从清末民初创始，新中国成立后经周恩来亲点，入驻北京饭店，号称“食界无口不夸谭”，头上笼罩着无数耀眼光环，是蜚声全球的国菜代表。要用现代老百姓的话说，绝对是一显摆的地儿，吃的不是饭，而是身价，除了钓鱼台国宾馆的国宴，这已代表民间所能享受的最高规格。

作为国有企业的巨无霸，兴化集团每年董事会结束后的晚宴，自然不能马虎，要有符合其档次规模的地点，谭家菜是最好的选择。晚上除了董事局七位成员和集团五位副总，经周博提议，在京的各大中心和分支机构一把手应邀参加，共开了两席。宴会由郑瑜主持，开席前请周博讲话，周博首先对会议成果给予高度评价，接着饱含深情地说：“我在兴华奋斗了几十年，可以说，整个生命有将近一半奉献给了兴华，能为兴华的发展贡献一份力量，这是我的光荣，而看着兴华从原先几个人挤在一间小小的办公室发展到现在十几万人的规模，感慨万千。我对兴华的感情，可能在座诸位很难理解。这三年来，江总带领着集团继续高速发展，我们的业务领域越来越大，规模不断增长，酒店和矿产表现良好，地产和日化即将独立上市，足以证明江总的眼光和领导能力，作为兴华人，目睹今天的成就，我由衷地感到高兴和欣慰。我相信，在以江总为核心的集团领导班子的带领下，兴华的未来一片光明，必将成为世界级的大企业，不负国家和人民重托。”

在热烈的掌声中，江应坤微笑着站起来，在上台致辞前先和周博紧紧握手，用力地晃了晃，表达自己内心的激动澎湃。拿着话筒，江应坤说：“感谢周董事长的赞誉。周董事长对集团的发展、贡献有目共睹，功劳不可磨灭，没有以周董事长为代表的老一辈兴化人的无私奉献，奠定扎实的基础，就不会有兴华今天的成绩。说句实在的，周董事长是前人种树，而我是后人乘凉。而且，正是有董事局的正确领导和全力支持，集团才能稳步前进，各位同事，请让我们用最热烈的掌声，感谢周董事长和各位董事。”

掌声如雷鸣般响起，江应坤看一眼郑瑜，郑瑜会意，向服务员比个手势，包厢门推开，生日快乐的乐曲响起，一个三层高、上面设计有老寿星图案的生日蛋糕慢慢推进来。江应坤拿着酒杯，走到周博身边：“据我所知，四天后就是周董事长的生日，今天我们借此机会，提前为周董事长庆生，祝董事长身体健康、万事如意、福如东海、寿比南山。干杯！”

众人轰然应诺，纷纷起身，周博露出惊喜，连声道谢，重重地和江应坤碰杯，一干二净，两人又紧紧握手。郑瑜机敏得很，事先便安排好拍照摄像人员，相机的快门声此起彼伏，将两位最高领导和谐万分的场面记录下来，成为一段佳话，哪儿还有下午开会时的火药味？无论是谁看来，都是团结奋进的领导集体，亲密战友。

菜陆陆续续地上来了，黄焖鱼翅、清汤燕菜、罗汉大虾、谭家极品鲍、金沙炖辽参，款款都是谭家闻名遐迩的名菜。但对吃惯山珍海味的一班高管来说，并没多少精力放在品尝美食上，向领导们敬酒，和同僚们互吹，利用饭局的机会，联络感情，拓展人脉，才是重中之重。至于菜好不好吃，纯粹只是浮云，无关紧要，就算吃卤煮火烧、豆浆油条，他们也不会放在心上，重要的是和谁吃饭，而不是吃什么。

应付完一拨敬酒，江应坤主动拿起酒杯，含笑向周博敬酒："董事长，再敬您一杯，祝您生日快乐，年年有今日，岁岁有今朝。"

"谢谢，我这老头子的生日，还劳你和同事们操心。"周博朗声笑道，"这是我最开心的一个生日，这杯我干了。"

眨眼间，两人的杯子便滴酒不剩，周博让服务员加满，对江应坤的示好，投桃报李："江总，这杯我敬你，我老了，兴华的未来，全靠你们年轻人去拼搏咯！"

"这几年全靠您领导的董事会支持和帮助，我们才能取得一点成绩。"江应坤很谦逊，"我还要多向您学习。"

"学习那是不敢当，这世界变化太快，我们老人是跟不上形势发展咯。"周博说，"像我的孙子孙女，小小年纪电脑就玩得很溜，什么QQ啊，微博啊，游戏啊，看得我是一愣一愣的，都要拜他们为师了，哈哈。"

"董事长是活到老，学到老。"江应坤说。两人再干一杯，周博用毛巾擦擦额头的汗水，貌似随口地说："今年地产和日化成功上市，是重中之重，目前进行得还算顺利吧？"

"还好，一切进行得有条不紊。"要去兴华日化的事，不可能瞒得住周博，江应坤干脆先挑明，"我正让总办安排时间，要到这两个公司去转转，深入了解情况，如果他们遇到什么困难，也好尽快协助解决。"

听到江应坤要亲自去兴华日化，周博若无其事地点点头："辛苦江总了，这两家公司上市后，集团规模将有大幅度增长，这一步迈得好。我的任期就剩两年，国家如果能同意我退下来那最好，退休生活我向往已久，写写字，画点画，全球五大洲四大洋走走，忙了一辈子工作，忽略了家庭，亏欠老伴太多，到晚年，该好好补偿她了。"

说得真好听。江应坤暗骂，这老家伙影响力太大，能退下去最好，否则对自己的管理是个掣肘。但江应坤一清二楚，为延续董事长的位置，周博正在有决定权的部门加紧运作，找了不少高层活动，如果他成功连任，那将是最坏的情况。江应坤不想看到这种局面发生，为此动用了不少资源暗中使劲，能当上董事长兼总裁最好，如果不能，从国家部委中空降一个过来挂名也好，总之只要让老头子彻底退下，便再无可制衡的力量，兴华将牢牢控制在五指山中。两人在上层的角力，暗中进行得如火如荼，恨不能将对手置之死地而后快，但面子上却是风平浪静，谈笑风生。

“那祝董事长心想事成。”江应坤微笑着再度举杯，不无揶揄。周博似乎没听出来，满脸笑容地喝下第三杯酒。

萧昊将晚餐定在和平饭店，看着一大盘鲜嫩的羊肉端上桌，卫菊眼睛都直了，啧啧说：“居心不良，你这是故意破坏我的减肥成果吧？这一盘下去，我至少要长两斤肉！”

“看你瘦下来的样子我是很不习惯。”萧昊摇头，“不是每个女人都需要减肥，别乱跟风。瘦不一定就漂亮，最重要的是得有自己的特点，比如说你就是丰满型的，胖嘟嘟才显得精灵可爱，瘦的话下巴尖了，还显得单薄，反而没了美感。”

“照你这么说，我还得放开肚皮大吃特吃？”卫菊举起筷子比画着，“那我可不客气啦。”

“尽管吃吧，你和我还客气什么。”萧昊笑着说。看着卫菊尽兴地大快朵颐，连说好吃，忽然有种不真实的感觉，并没过去多久的往事历历在目，只是关系已经不同，用朋友的身份一起吃饭，难免有些不习惯，恍然而不可言喻。

卫菊倒没多少不自然的表现，喝口茶消腻，说：“当了老总，比以前更忙吧？”

“又当爹又当妈的，啥都要管，能不忙吗？”萧昊倒杯啤酒，“你在东美做得如何？”

“刚开始难挨，工作量大，任务多，考核还严，上班就像上战场，没兴华舒服。”卫菊咂咂嘴巴，“好处是能学到东西，我觉得在这儿半个月，比在兴华三个月还管用。我听同事说，以前不是这样，是你来之后才改变的。”

“他们是不是把我骂得狗血淋头？”萧昊不紧不慢地说。

“你要听真话还是假话？”卫菊眨着大眼睛，带着灵动的光芒闪烁。

萧昊哑然失笑："你说假话，难道还想拍我马屁？"

"你是总裁，万一把你惹怒，让我卷铺盖走人咋办？"卫菊半打趣半认真地说。

"我有那么霸道和不讲理吗？"萧昊哈哈笑着，"既然你进来了，那只要不违反规章制度，我还能无缘无故炒了你不成？"

"那可不一定，要是早知道我应聘东美，把不准你还不让我进来呢。"卫菊的视线观察着萧昊的反应，话里深有含义。

萧昊不回答这句话，顾左右而言他："别岔开话题，说吧，有多少真话尽管来。"

"好吧，就当报答你请我吃饭。"卫菊说，"骂你的有，大部分是老员工，夸你的也有，大部分是新员工，评价两极。"

"他们骂我什么？"

"这你也要听？"卫菊很讶异，"不用吧，知道有人骂不就行了。"

"不遭人妒是庸才，听别人怎么在背后骂自己，也是件有趣的事。"萧昊毫不在意，开玩笑说，"说吧，我也学几句，说不定以后吵架用得到。"

"晕，我还是第一次遇到要听人骂的。"卫菊吐吐舌头，"主要是说你没人性、冷血，不顾及员工的感情，就知道压榨他们，还搞掉那么多老员工，就是一现代周扒皮、刽子手，把好好的公司折腾得乌烟瘴气。"

"听起来没新意。"萧昊喝着啤酒，不咸不淡地说，"夸我的又说什么？"

"说你是改革派，敢于改变，有魄力，淘汰了不合格的人，留下有能力的人，还给了他们机会和平台，公司有希望了。"卫菊翻着白眼，"总之拿你当救世主的有，拿你当魔鬼的也有，我也不知该怎么形容了。"

"哈哈，他们有没有拿我和许铭轩比较？"萧昊又倒杯啤酒，慢慢地喝，慢慢地问。

"有啊，说许铭轩容易打交道，而一到你面前就紧张。"看萧昊的眉头拧一拧，卫菊连忙补充，"但我听起来觉着是在夸你气场强啊！"

萧昊不置可否，指指卫菊前面摆着的空酒瓶："你酒量是越来越好了，喝得比我还快。"

"你离开后，我没事时就喝点酒。"卫菊耸耸肩，脱口而出，"练着练着就见长咯，咋样，没给你这师傅丢脸吧。”

“在江湖上行走，酒量是必备的，尤其是美女，不然被人两杯灌倒，再被吃豆腐可就亏大了。”萧昊带着恶搞的笑容，“所以你真该谢谢我。”

“万分感谢，无以为报，就在这杯酒里了。”卫菊拿起酒杯，“干杯。”

萧昊发自内心地大笑，他已好久好久没这么放松过。自从加入东美后，看起来位高权重，风光无限，可内里的辛酸，却不足为外人道也。许铭轩给的权力和支持越大，他的期望值就越高，一旦不能达到，摔下来就会越重。改革是全天下最得罪人的事，对上要做出让许铭轩接受的方案，对下要顶住内部压力;对内要保证公司日常运行，对外还要找到突破点，拿出成绩来。卫菊说在东美上班就像上战场，可对萧昊来说就是在悬崖边搏杀，每一步都是高空走钢丝，稍有不慎便万劫不复。作为职业经理人，萧昊已习惯在高压锅内挣扎腾挪的生活，但弦绷得太紧弓会断掉，总要有松弛下来的时候。

对正常人来说，生活是工作的补充，再累再烦，能回到家庭温暖的港湾中避避风，或者和兄弟朋友们欢聚减压。可萧昊连这机会也没有，这几年他工作变化较大，待了一个又一个城市，以前的同学朋友很多已没再联系。每天饭局排得满满的，可参与者要么是老板，要么是下属，要么是客户，要么是各种社会关系，怀着各种各样的目的，吃顿饭都吃得紧张兮兮，山珍海味到嘴里咀嚼不出味道，哪谈得上什么放松？好不容易有个看得上眼的安露，可这神神秘秘的小妮子，又放不下心里的芥蒂，拒人于千里之外，不夸张地说，在平川，萧昊连个说几句心里话的人都没有。

而卫菊的不请自来，虽然让萧昊有点儿不舒服，可又不得不承认，只有在她面前，才能放下步步为营的戒备，卸下重重盔甲，随心而发，随意而笑。

笑声里，卫菊忽闪忽闪的眼眸内，透出晶晶亮的光芒。萧昊仿佛闻到昔日的味道，心头骤然一紧，想起在南滨时卫菊的欺瞒，又觉得浑身不是滋味，回过神来，故作平静地说："有没准备在平川长住？要不要我帮你物色个男朋友？”

“没打算，我还不知道下一站在哪儿。”卫菊摇头，目光却紧紧和萧昊对望，“走到哪算哪，计划没有变化快，想太多干吗？”

“我还以为你想多了，不然何必跑来平川？”萧昊意味深长地说。

“平川是个好地方，东美是个好公司，你能来，我就不能来？”卫菊灵机一动，回答很巧妙，“至于其他的，顺其自然喽。”

“说得好，顺其自然，没希望就不会失望。”萧昊顺势挑明。卫菊的目光稍微黯淡，但随即恢复神采，开朗地笑着：“是啊，就像天上掉馅饼，惊喜更大。”

看看吃得差不多了，萧昊边吩咐服务员埋单边说：“继续喝第二场，我要考考你的酒量进步到什么程度。”

两人来到洛格，萧昊已成为这儿的VIP贵宾。马玉一见他就喜笑颜开，亲热得不得了，定下最好位置的卡座，打量两眼卫菊：“大帅哥，今天太阳不是从西边出来吧，还自带美女来玩，要喝洋的还是红的？”

萧昊一搂卫菊的肩膀，大声说：“这是我妹，来平川找我玩，你这儿红酒有真的吗？那些假货能喝得入口？喝鸡尾酒，你去安排，要好喝，有特色。”

“好，好，让你试试我们这里的招牌，保证你满意，美女更满意。”马玉走开后。卫菊慢悠悠地说:“我真想唱首歌给你听，你究竟有几个好妹妹？”

“那太多了，数不清，要没几个好妹妹，我在平川的日子怎么过啊？”萧昊笑得暧昧，多少带着猥琐，用手指指大厅，“这里的美女到处都是，问题只在于我打不打算认她们。”

“是吗？”卫菊淡淡地说，“那我不是有很多嫂子？”

“你来帮我找个，我看看你眼光行不行。”萧昊一推卫菊。卫菊拗不过，装模作样地看几眼：“灯光太暗，看不清，别找只恐龙来吓你。”

“证明你还不会泡吧，来夜店还想像相亲一样，打着灯笼看个仔细？要有在黑暗中发现美的眼光。”萧昊一本正经地背诵，“黑夜给了我黑色的眼睛，我却用它来寻找光明。”

“问题在于你是用来寻找光明吗？”卫菊嗤之以鼻，“你是用来寻花问柳吧。”

“错，我是用来寻找美、发掘美、拥抱美。”萧昊用眼光一遍遍巡视场内，伸手指指靠左边的一台。“那儿有三个美女，中间那个不错。”

卫菊顺着他的手势望去，那儿有三个打扮性感的女孩在玩，中间的女孩身材很高，足有一米七三以上，穿着紫色抹胸短裙，一双美腿修长笔直，肌肤欺霜胜雪，尽显美好身材。自从她们进来之后，很多男人的目光就不断地往那边聚集，而她也习惯成为人群中的焦点，安之若素，自顾自地玩色子喝酒。

马玉走过来，看着萧昊指点的那个女人，说：“她们最近经常来玩，和我挺熟的，要不约过来一起玩？”

“我来这里不是一两天，啥时让你帮我搭桥的？主动出击才有意思。”萧昊拿起酒杯走过去，微笑着开口：“三位美女，能和你们喝一杯吗？”

对男人的搭讪，美女们并不意外，左边穿红衣服的女孩说：“好啊，不过和我们喝，可得一杯一杯来。”

“没问题，别说一杯一杯，抡着酒樽喝都行。”萧昊豪气地一口应承，在和中间的女孩碰杯时，眼神故意长时间在她脸庞驻留。女孩并没表现出反感，笑着说：“你这么看着我，是不是今晚的妆哪里化得不好？”

“恰恰相反，我是在想，为什么妆化得这么好，可还是没有人漂亮。”萧昊脸不红心不跳地奉承。女孩目光一跳，轻轻说了句什么。喝完酒回来，萧昊指着女孩桌上的名仕，潇洒地拿出卡给马玉：“送她们一瓶三斤的酒慢慢喝。”

“厉害，帅哥，女人遇见你，只怕没一个跑得掉。”马玉拍拍手。等服务员送上酒，三个女孩的眼光投向萧昊，萧昊满不在乎地挥挥手，笑着将酒杯举起示意。三人嘀咕了一会，中间的女孩款款走来：“帅哥，请喝酒啊，谢谢了。”

“客气就没意思了，难得你们肯赏脸，出来玩总要玩得开心。”萧昊耸耸肩，“缘分呐。”

女孩向卫菊努努嘴：“我们就不妨碍你和美女两人世界了，敬你一杯，你们玩吧。”

萧昊说：“美女是我妹妹，你见过一家人搞内战的吗？要不请你的姐妹过来一起玩，人多才好玩！”

女孩“哦”了一声：“那好吧，我叫她们过来。”等她走过去，萧昊故意不看卫菊的表情，凑到她耳边说：“没吹牛吧？这叫晚晚品种不同，夜夜花开不败。”

萧昊刚才去和女孩子搭讪时，卫菊的脸色变得极难看，几乎有扭头离开的冲动，费尽全身力气才将眼眶中滚动的泪花忍回去。她决定忍下去，看看萧昊想玩出什么花样来。脸上肌肉放松，拱起手说：“看来除了喝酒，我要向你学的东西还多着呢，佩服佩服。”

“那是，出来玩嘛，只要开心。”萧昊说。酒吧的音乐逐渐强劲起来，气氛开始热烈，萧昊靠近女孩，眼里流动着暧昧情意，和她眼神交接，轻飘飘地问：“那怎么称呼你呢？”

“叫我雯雯。”女孩的笑容很妩媚，也很动人，那深深的双眸中闪动的味道，比烈酒更令男人迷醉。

卫菊看都不看他们，撇开视线，拿起精致的鸡尾酒喝着，入口很平和，还带着丝丝清甜，然后越来越有劲，咽下去时醇厚猛烈爆发，如火焰般燃烧起来，炙热的感觉包裹住喉咙，火焰刹那间散去后，全身随之微微发热，暖洋洋的很舒服，但过后又有意犹未尽的松弛感，烦躁的心情犹如被春风化雨消弭大半。好奇地问马玉这酒的名字，马玉笑嘻嘻地搂过她的肩膀，用带着强烈色彩的声音说：“你喝这酒的感觉像在干什么？”

卫菊愣住，想了好一会儿才摇头：“我没什么想象力的，想不出。”

“不像上床时的感觉？这酒名字就叫性爱。”马玉嬉笑，“美女，别告诉我你没试过这滋味啊。”

卫菊脸一红，咂咂嘴说：“你不说我是不可能想到的，因为很久没试过，哈哈。”

“那你多喝几杯，这酒对调情很有帮助。”马玉说，“这酒是本店的独门秘方，不是美女，我还懒得告诉她。”

卫菊刚喝一口，经马玉阐释后，仔细一品味，还真像那么回事，听完后面这句话，差点儿把酒吐出来:“那我不喝了，要不然孤零零一个人睡不着，问题可就大咯。”

“你这么漂亮，还用担心这？”马玉啧啧有声，“这我给你解决，像你哥那样钻石级的难找，但要找几个金子级别的，这场子有的是。”

“我玩不开这个，还是喝洋酒好了。”卫菊拒绝。五个人玩到十二点多，卫菊不时揉眼睛，频频打哈欠，萧昊看在眼里，便提议撤退。他新买了辆路虎极光，这辆SUV很精致，动感中充满时尚，尤为适合夜场泡妞。把车开出来后，说：“去吃夜宵吧。”

另两个女孩要转场继续玩，只有雯雯跟着上车，卫菊坐在副驾驶位上，淡淡地说：“我就不去了，明天一大早还得上班，先送我回去。”

萧昊“哦”一声，也不说什么，一路上和雯雯侃大山，不乏打情骂俏。卫菊一直望着窗外，虽然想装得毫不在乎，但车里的空间就那么大，一句句对话冲击着耳膜，撞击得心口如遭乱石连轧而过，留下血迹斑斑，脸上尽量显得若无其事，指甲却狠狠地掐入手心，疼痛又让她清醒。

这段路尤其漫长，下车后，卫菊还挤出笑容，礼貌地说声再见，头也不回地走进夜幕里。萧昊的满脸春风消失了，代以灰蒙蒙的阴霾，手握方向盘，茫然出神。雯雯连问三句要去哪吃夜宵，一句比一句大声，他才听到：“随便，你想吃什么就吃什么。”

“我家附近有一间鲍鱼粥很好吃，就去那儿吧，吃完请你去我家喝茶。”雯雯从后座伸手搂住萧昊的脖子，声音甜得发腻，“我一个人住。”

萧昊拍拍她的手，打起精神发动汽车，来到雯雯说的餐厅，等她下车后，从口袋里随手掏出几张百元钞票，数也不数便塞到她手里：“喝多了，头越来越痛，你去吃吧，以后再约。”

雯雯愣了愣：“那留个电话，下次联系啊。”

萧昊无精打采地笑笑，挥挥手，一踩油门便走了，心中反反复复追问，晚上这么做，到底是对是错？是不是太狠了些？

第二十一章　冲业绩

一大早上班后，周钦勇便来到帕克的办公室，开门见山地说："我得到消息，集团的总裁，江应坤很快就要来公司考察工作。帕克，最近这段时期销售业绩很不好，我们必须做出改变，至少在这个月，一定要将数据拉上去，否则到时不好交代。"

帕克一怔，想了想说："好的，我知道怎么做。"

"帕克，江这人不是很好打交道，他这次来，我们一定得做好万无一失的准备，不能让人抓到问题。你千万不能大意，到时的业绩报表，一定要漂漂亮亮。"周钦勇显然有些紧张，犹不放心地叮嘱。

"放心吧，最近我们的渠道变革力度很大，有小部分经销商不愿配合，被我们换掉了，新到的经销商需要时间，有些波动正常，但情况已越来越好。特别是直营，业绩比去年同期是明显上升的，证明我们的方向正确。"

"那就好，总之这事你去处理，有时间也做些准备，到时向江汇报工作时，让他满意。"看到帕克信心满满，周钦勇松口气。等他走后，帕克轻松的脸色顿时来个一百八十度大转弯，阴沉下来，一个电话将朱捷叫来办公室，劈头盖脸就问："本月流通领域的销售业绩，为什么还在下降？"

"几个大经销商，因为我们不把直营给他们做，要么不和我们合作，要么不再将我们的产品作为主力去推销，而新的合作伙伴，他们去做市场不可能一下就取得老经销商们的成绩，短期内的下滑是必然的。”朱捷早有腹稿，镇静地解释。

“这些是借口。”帕克两眼直勾勾盯着朱捷，“我调查过，那几个不和我们合作的大经销商，都去经营东美的产品了，难道这中间没问题？”

朱捷脸不红心不跳，坦然地说：“东美是仅次于我们的品牌，经销商既然对我们失望，那去找东美合作，我不觉得有什么问题，而且我也争取过，东美给他们的条件，远比我们要好得多。而且，帕克，别说流通，就算卖场，东美不也针对我们的活动进行狙击吗？市场竞争就是这样啊，我们一退，竞争对手就上来了。”

“这不用你教我。最让我感到奇怪的是，我们每次准备在卖场做促销，东美总能提前做在我们前面，使我们的活动效果大打折扣，一两次我可以理解为巧合，但次次这样，不能不让我觉得这里面问题很大。”

朱捷忍不住笑了，好整以暇地说：“帕克，我想你是不是搞错了，卖场直营出现问题，应该找布兰顿询问吧！我并没负责这一块，很抱歉，没法给你答案。”

帕克揉揉鼻子，不再和他兜圈子，单刀直入：“你和萧昊的关系很好？”

“他以前是我领导，我们是同事关系。”朱捷指指帕克，又指指自己，“就和我们一样。”

“是吗？我有些怀疑，东美之所以总能将我们的情况了解得那么清楚，是因为有人在做商业间谍。这可是犯罪。”帕克一字一句地说，“你的看法呢？”

“这我真不清楚，因为我不会随便去怀疑别人，我只做好分内的工作。”朱捷面不改色，“如果你觉得公司有间谍，那可以请相关部门介入调查，我想，他们给你的答复会更准确。”

“我会的，如果真有这个人，还不知收敛，我一定会让他受到应有的惩罚。”帕克眼里有火焰在燃烧，“其实我不愿意去怀疑任何人，只是一些情况，让我不得不有这种想法，因为对手实在太肮脏，太卑劣了。”

朱捷笑笑，不置可否。该敲打的已进行警告，帕克放松语气，转过话题：“好吧，不说不愉快的事，我们说工作。这个月还有 15 天时间，我要求各区域除全额完成任务外，还要有 10% 以上的增长。”

“什么？”朱捷耸然动容，失声说，“帕克，你在开玩笑吗？本月已过去一半，完成率还不到 34%，到月底能否完成任务还很不乐观，你还要求再加 10%？”

帕克板着脸，严肃地说：“不，这是命令，我不想像买菜那样和你讨价还价，我只要你去执行、去完成。”

“我做不到。”朱捷摊开手，毫不迟疑地抛出四个字。

“你可以的。”帕克语气转为温和，“虽然加了任务，但我会给你的团队支持。第一，下半月拿货的客户，能得到额外的货物搭赠优惠；第二，能按比例得到市场费用支持；第三，只要完成任务的销售经理，超额部分将翻倍予以奖励，超过 10% 部分，还可翻滚计入下月销售额，月度绩效考评一律评为优秀；第四，下面两个月的任务，我将予以降低，而你只要能完成，除享受这些奖励外，我额外为你提升两级工资，我想，你和你的团队，应该很有动力。”

朱捷怔住了，他不得不承认，帕克开出的条件足够诱惑，同时他也想到另一个问题，为什么要在本月进行如此大幅度的任务冲刺？

朱捷的脑筋转动着，模棱两可地说：“我会带领团队努力去尝试，但难度确实很大，帕克，我只能说，尽力而为。”

“我知道不容易，但有句话是这么说的，遇到困难，如果你想去克服，那会有一百个办法；如果你想放弃，那会有一百个理由。”帕克放松面部肌肉，笑笑，“我知道你会用一百个办法去完成他，因为你行的。”

“谢谢你的鼓励。”朱捷说。从帕克办公室出来后，他没回办公室，而是来到地下停车场，躲进自己的别克君威里，打电话给黎仕国，将刚才的事一五一十说出来。黎仕国并不意外：“江应坤下月初要来公司视察，他是想把这个月的业绩冲上去，到时才能交代，否则追问起来，帕克会是第一个遭殃的。”

“原来如此。”朱捷恍然大悟，“所以他急了，不惜一切代价也要把业绩冲上来，到时他才能以变革初期下滑，现在已改观了为借口应付过去。”

黎仕国“嗯”一声，算是肯定，朱捷问：“黎总，那您觉得我要怎么办，帮不帮洋鬼子过关？”

“帮啊，为什么不帮他过关？这对你也有好处。损人不利己的事，不需要去做。”黎仕国平静地说，“只是要完成，就是让经销商尽量压货吧？”

“这是唯一的办法，全力发动经销商在本月最大规模地提货。”朱捷说，“但这属于饮鸩止渴，是拿以后的销量填上来，后面的任务将越来越麻烦。”

“嗯，去做你该做的。”黎仕国不再说什么。放下手机，朱捷靠在椅背上，听到江应坤要来后，他的第一反应是将任务搞砸，让帕克无法交差，赶紧滚蛋，没想黎仕国居然要求自己听帕克的，这不是反而在帮对手吗？这条老狐狸，在机会来临时不会心慈手软，他又在算计着什么？想来想去，还是搞不懂黎仕国的算盘，先按他说的做吧，只有让时间来检验他的葫芦里到底卖什么药了。

东美集团的总裁办公室，萧昊和钱兆霖惬意地抽着雪茄，在吞云吐雾中聊着公事。钱兆霖问：“萧总，沐情品牌的推广方案，老板批复了没？”

“还没，他担心投入太大，风险高。”萧昊语带不满，“我们这老板，除了谨慎，还是谨慎。却不知有多少难得的商机，就这么白白丢掉。按东美现在的规模，一般的小打小闹能做什么？塞牙缝都不够。没有大动作，能捅破天花板？机会和风险是如影随形的，既想大发展，又想不背风险，世上有这好事吗？如果真有，我自己去做不更好！”

“谨慎是老板的风格，要让他改，只怕是改不了。”钱兆霖深有同感，“我手头上有个机会，辉煌卫视的栏目总监是我的老朋友，他们斥巨资从美国引入一档婚恋交友栏目，名称叫作《鹊桥》。我看过策划方案，方式和内容是国内所未见，非常新奇，有卖点，前景看好，再加上辉煌卫视本身的影响力和收视率，很有可能一炮而红。如果沐情能做其冠名，我有很大的信心，效果将事半功倍。”

“问题在于，做不做沐情，他还想不清楚，我们现在是动弹不得。”萧昊把弄着手里的雪茄，“等他想清楚，煮熟的鸭子都不知飞到哪儿了。想做而做不了，感觉够憋的。”

“我们也可以用现有的品牌去冠名，只是这笔费用是计划外的，加上数额不小，将会使年度计划超支，同样要经财务和老板审批，流程烦琐得很。”钱兆霖说，“最简单的，就是他同意沐情的方案，那费用直接在里面调配就可以了。还有另一件麻烦事，白萱的经纪人在催我们敲定合作意向，说 YK 也在谈代言，还有兴华日化也在接洽，她等我们答复。”

“真的假的？”萧昊皱眉，“白萱再抢手，也不至于我们刚一动，其他日化厂商就跟上门吧？借机抬高身价，这手法我见多了。”

“话是如此，但白萱对代言的挑剔是行内公认的，顶级明星中，一直未代言洗发沐浴类产品的，只有她一人，有轰动效应。而她也符合沐情品牌的定位，高雅而神秘，是中国文化和中国美丽的代表。万一她被其他厂商签下，我们很难找到更合适的代言人，到时品牌的推广将大受影响。”

“或许我们该想个办法，帮他尽快做决定。”烟雾中，萧昊目光深深。之所以要做沐情项目，他内心深处有个不足以为外人道的动力，那就是打败兴华日化。灰溜溜地从兴华出来，是他职场生涯中最大的耻辱，而洗刷掉耻辱的方法，就是在市场中将其击败，来证明自己。拿下国内品牌的头把交椅，既是对东美的交代，也是给兴华、给黎仕国一记最响亮的耳光。两家的产品基本重叠，由于背靠国家，资源实力雄厚，兴华始终高出一头，死死压制住东美，不能出奇制胜，就没脱颖而出的可能。“给点压力，他才能尽快找到正确的方向。”

钱兆霖沉吟着：“要说能影响老板的，只有丽姐一人，她的作风爽快，简明利落，要能说服她，通过她再做老板的工作，把握就大了。”

“老板娘的路子要走，但不能只依靠她，还需要其他方面。”萧昊说，“辉煌卫视不是有个叫《商道》的栏目，专门采访知名企业吗？你和他们联系，尽快来公司采访。”

“你想通过栏目，把消息放出去，先斩后奏？”钱兆霖的脑子转得并不慢。

“要不然这样等下去，猴年马月事情也搞不定。我还是总裁，我说的话，至少还代表东美吧。”萧昊缓缓地说。

“可这样一来，他能接受吗？”钱兆霖不得不提醒。这触高压电的做法风险并不小，对萧昊为何铁心要做沐情项目，他有点儿百思不得其解。

“我是为公司好，又不是为自己，老板那么聪明的人，会明白的。”萧昊决心已定，“到时有任何责任，我向他解释，不会牵涉到你。”

钱兆霖耳朵发热，讪讪地说：“我不是担心这个，那我待会和辉煌卫视联系，让他们安排节目组过来。”

“老板的公子，你了解吗？”萧昊问。

“许磐？他是美国哈佛的高才生，以前回来休暑假时，见过几次面，和许总年轻时一模一样，就像一个模子里刻出来的。他曾在生产车间做过一个月暑假工，只是普通工人，当时在集团内引起很大震动。”钱兆霖说，“但这两年没回来，听说在美国的公司上班，具体不清楚。”

“太子爷要回来。”萧昊坐得有些累，换个姿势，伸着懒腰，扭动两下脖子，“老板安排他当我助理。”

钱兆霖一听便明白：“老板要正式让他介入公司运作了？”

“正角儿，轮不到你和我，还得是自家人。”萧昊虽然在笑，但笑容却不太好看，不咸不淡地说，“老板不愧是围棋高手，井然有序，一步步达成目的。”

钱兆霖心一颤，不敢接这话，赔笑说：“谁叫他是老板呢？”

“是啊，整个集团就是棋盘，我们都是棋子，他在下很大的一盘棋。”萧昊用开玩笑的口吻，说着不是玩笑的话，“只是不知道我们的作用还能发挥多久。”

钱兆霖苦笑：“铁打的营盘流水的兵，这就是打工者的写照。”

“那我们更要做一些事。”萧昊像是在对钱兆霖说，也像在对自己说，“只有最大限度地发挥出作用，我们才能成为有活力的棋子，而不是被人控制在手里，予取予夺。”

钱兆霖抽着雪茄，心里在琢磨着。在齐心协力肃清内部之后，在对集团战略发展上，萧昊和许铭轩之间的分歧开始明显。无论管理风格还是为人处世，两人大相迥异，关键在于许铭轩还会一如既往给予萧昊支持吗？如果不能，那按萧昊鲜明的个性和强势的作风，他又很难对许铭轩俯首帖耳、言听计从，接下来东美的局势，不可避免又要有一番波折了。

萧昊的手机响了，看一眼来电显示，他没接听，而是把目光落到钱兆霖身上。钱兆霖心领神会地告辞，等他走后，萧昊才按下电话：“有啥吩咐啊，老大？”

“没事，请白萱的事，进行得咋样，有眉目不？”唐向鹏说。

“还在进行中，大明星，难弄啊！”

“那也没办法，谁叫你非要请她。”唐向鹏停一下，“你这星期有空吧？我让上海广告公司的总裁去你那儿，你们具体聊聊，看看怎么把项目做起来。”

他的口气，已不是说项目能不能做，而是怎么做的问题，像是把萧昊吃定了。萧昊心中不爽，敷衍地说：“行，那你让他和我联系，时间我来和他约，尽量安排吧。他叫什么名字？”

“姓邢，叫邢什么，我看看。”唐向鹏查了查通信录，“邢俊泽，他在业内名气大得很。”

“邢俊泽？”萧昊第一反应是从前听过这名字，有印象，可又想不起是在哪儿，拿起桌上的另一部手机，在搜索里输入这名字，马上出现一条备忘录。

是他？世界怎么这么小？萧昊心念急转，原想把这事拖下去，此时却改变主意，爽快地说：“行，我等他电话，你老大交代的事，不办能成吗？”

说完正事，和唐向鹏又海侃几分钟，萧昊看着手机的备忘录，琢磨着，一个计划越来越清晰完整，在邢俊泽三个字上，画上个圆圈。

一层相隔的董事长办公室，许铭轩看完财务报表，对宋明波说：“上个月的业绩增长势头看来还不错。”

“萧昊从兴华挖了四个新的经销商，有一定实力，贡献了大部分增长业绩。”宋明波比许铭轩大两岁，前额已秃顶，他干脆理个光头，脑门上的光亮闪闪照人，“不过对他们的费用支持力度很大，按总体成本计算，利润贡献并不高。”

“发展新经销商，磨合总有个过程，前期支持大点，只要市场有潜力就可以做。”许铭轩说，“再观察一段时间，公司最近有什么动态？”

“这次换的一批人，据说里面很多是萧昊的关系。员工中有流言，此次竞岗不公平，要干掉哪些老员工，进来哪些新员工，早就内定，只是走走形式，萧昊在借机安插自己人。”宋明波沉稳地说，“我调查过，特别是在销售人员上，换的一批人多多少少和萧昊都有点儿关系。”

“管理者离不开人事权，不给他团队，就做不了事。”许铭轩说，“留意动态，只要人员比例合适，就随他处理，他也不可能把营销队伍全换掉。新品牌的方案，你有什么意见？”

“投入太大，虽然资金可以调配，但会比较吃力。他是采取高举高打的方式，从财务角度，我不赞成，或者投资金额减三分之一，或者考虑向银行融资，以确保现金流正常运转。”

在集团那么多亲戚中，论工作能力，许铭轩最看重宋明波。比起许铭德的嚣张跋扈，宋明琪的自以为是，赵昂的鬼点子一箩筐，宋明波的老成稳重尤为可贵。虽然有时免不了偏帮宋明琪，在采购费用上睁只眼闭只眼，但在关键问题上，宋明波还是能坚定地站在许铭轩一边，给予中肯意见。当时在和萧昊讨论人员安排时，许铭轩毫不犹豫地放弃许铭德和宋明琪，而坚定地支持宋明波，一是因为关键的位置，二是因为对他能力的信任。在这点上，他和黎仕国是英雄所见略同——财务一定要用自己的人。

许铭轩点头：“我和他谈过，集团没必要去搏，但他坚持自己的意见，认为是机会，我也不好强硬否决。他是有雄心壮志，可过头了就会变成好高骛远。方案先放一边，找个合适的机会，我再和他谈，工作上要支持，他能力是有的。”

“对他的工作我向来支持。”宋明波笑笑，“一些报销费用，就算有些问题，我也只是记下来，却从没卡过。”

“这是对的，现阶段没必要因钱的事伤感情。”许铭轩说，“小磐能跟着他学两年，对能力的提高会大有帮助。”

“我觉得萧昊是能干，但强硬得过头，小磐接班人的地位不用说，只怕萧昊未必肯教小磐什么，教会徒弟，饿死师傅。”

“这不是问题。”许铭轩并不担心，“说到学习，潜移默化更重要，又不是到教室上课，不一定要萧昊专门教什么，跟在他身边，看他如何处理事情，领悟他的思路和方法就足够。小磐的理论知识和在大企业的见习已差不多，回来后先熟悉内部情况，再跟着萧昊锻炼好实操能力，应该差不多。”

宋明波顿一顿，婉转地说：“只是我觉得萧昊不是那么好摆布的人。”

许铭轩沉默了两三分钟，微微一笑：“拭目以待吧。”

第二十二章　视察

作为顶级央企的一把手，正部级干部，江应坤的到来，不但对兴华日化来说是头等大事，所到之处，当地市委市政府都极为重视，一定要安排时间拜访商谈，谁也不敢怠慢。接待工作千头万绪，由黎仕国亲自抓，仅仅三天的日程表，和集团总裁办反复确认，行程路线一再推敲，从住宿、用餐、交通、活动、会议到见面的人员，一改再改，确保安排合理，不遗漏任何细节。兴华工业城提前一个星期进入备战状态，厂区的卫生环境不用说，每天都在大检查，连毫不起眼的角落也不放过。而规章制度的执行力是史无前例地加强，以确保办公室工作秩序井然，员工精神面貌良好，整个厂区上上下下都在为总裁莅临做准备。

而江应坤要单独接见的人员，个个精心筹划。谁都清楚，能和总裁一对一沟通交流，那是比金子还珍贵的机会，发挥得好，给领导留下深刻印象，便是平步青云的阶梯。反之，以后想进步难上加难。职场生涯中，重要的机会屈指可数，谁也不想错过，把戏唱砸，下一次机会不知是猴年马月了。

在万众期待中，江应坤一行人搭乘的飞机，终于在南滨机场平稳降落。由于事先已和机场管理处协调好，兴华日化的五辆车子直接驶到停机坪，黎仕国、周钦勇、帕克、郑开明四位老总一字排开。江应坤首先下机，昂首阔步走在前面，一一握手，接着是郑瑜，然后是集团各部门的随行人员，排在第五个的是老面孔，黎仕国用力握着他的手，边打量边说："伯春，好久没见，你是越来越发福咯。"

兴华日化原副总，现集团资产管理中心总裁助理徐伯春的确胖不少，肚腩愈加壮观，红光满面，笑着说："托黎总的福，我属于心宽体胖，您也越来越年轻了。"

"一年一岁，能年轻到哪儿去？"黎仕国半开玩笑半认真地说，"欢迎总部领导来视察。"

"我是跟着领导来学习，顺便看望老朋友。"两人寒暄完，黎仕国陪江应坤上第一辆专车，由南滨市政府特别安排的警车开道，驶出机场。

周钦勇陪郑瑜上第二辆车，郑瑜说："周总，最近你们辛苦啦。"

"难得领导莅临关心，盼都盼不到，哪能说辛苦，应该的。"周钦勇说，"我们就怕领导不满意。"

"大领导满意，那我们就满意。"郑瑜言简意赅。周钦勇立即接一句："除了让大领导满意，我更希望所有领导都满意。"话音落下，两人相视而笑。郑瑜把话头转移，说起了最近发生的趣闻轶事来。

欢迎晚宴设在刚刚建成的路易皇室大酒店，兴华日化的经理级人员和南滨市政府领导都参加。黎仕国先致辞，然后是南滨市长讲话，欢迎兴华集团领导层的到来。最后是江应坤，几十年的修炼，对官话套话，他只要往台上一站，根据不同的场合，不同的形式，不同的主题，不同的人物，想也不用想，张口就来。

这套形式走完之后才开始用餐。作为绝对主角，江应坤自然是众星拱月，争相敬酒的对象。职级高的好处在饭局上也处处体现，比如上一道菜，要职位最高的人剪彩，他不吃第一口，其他人就不能越俎代庖；敬酒时，职位高的人喝多少随意，那是给面子，而职位低的人必须干杯，那属于诚意和敬意。所谓的感情深，一口闷，感情浅，舔一舔，只适用于亲戚朋友间的聚会，要是放到职场饭局上，会留下不懂规矩的评价，而一个连规矩都不懂的人，往往意味着难成大器。

若论行政级别，属部级干部的江应坤和郑瑜，比厅级的南滨市长还高，但市长毕竟是地方大员，政府是企业的父母官。江应坤对市长很客气，主动干一杯酒，剩下的就只是用嘴唇碰碰酒，意思一下，但敬酒的人已欢天喜地，那感觉就像古代的贫民见到皇帝，还能和皇帝喝酒，与有荣焉。后续者则排着队鱼贯而来，谁也不敢错过在集团领导面前露脸的机会。其实人数那么多，除几个主要领导外，哪个敬酒哪个没敬，江应坤根本记不住，更不会放到心里。但有些人就是热衷于搞这套，争先恐后，不愿落下。

江应坤以外，郑瑜是第二主角，同事们先敬江应坤酒，接下来就是敬他。他干杯的级别又不同，除市一级领导，还有日化的几个老总，他也是一饮而尽，毕竟他只是集团副总，以后无论是日常工作还是自身发展，还需要下面这些封疆大吏支持配合，所以他总是放下架子，表现出对下面人的亲和及重视。

第三个敬酒的热门，是徐伯春。他在兴华日化工作八年，老同事、老下属众多，无论是以前同一阵线的也好，不同阵线的也罢，已是过眼云烟，雨打风吹去。此次回来，免不了要喝杯酒，叙叙旧，既有真心，也有假意的客套。从开席以后，他拿着酒杯，就一直放不下。

黎仕国端起酒杯，主动走到徐伯春面前，笑容满面："伯春，我们老搭档，走一个。"

徐伯春急忙起身，杯沿比黎仕国的酒杯稍低一碰："谢谢黎总，这杯应该我敬您，祝您身体健康，万事如意。"

"好，我们祝愿彼此。"黎仕国说，"你对公司贡献良多，又熟悉情况，这次回来，可得多提宝贵意见。"

"哪儿的话，日化有您带领。"徐伯春的眼光往几位副总一扫，语带双关，"再加上精兵强将的搭配，局面是一片大好，欣欣向荣。"

黎仕国既不点头，也不摇头，动情地感叹："想起我们搭档的八年，就像在昨天一样。虽然你到资产管理部了，以后可得多关心，继续支持日化的发展。"

"日化在我心里面，就和家没两样。"徐伯春倒上酒，"再敬您一杯。"

黎仕国回座位后，精心打扮、明艳照人的蔡雪儿过来："徐总，该我敬酒了。"

"呀，大美女，你可真是去年二十，今年十八，越来越年轻。"徐伯春啧啧赞叹。蔡雪儿笑着说："徐总，有你这句话，那我至少得敬三杯，听着就高兴。"

"哈哈，咱可不用客气。"徐伯春说，"你升任总监，我还没来得及恭喜你呢。"

"主要是以前多得你的指导，我才能进步。"蔡雪儿说得脸不红心不跳。徐伯春闻之泰然，并不点破。她是萧昊的死党，以前两人是对头，帮着萧昊对付自己，而自己也没少给她下绊，欲除之而后快。但时过境迁，两人又杯酒言欢，互相吹捧。

酒席进行到九点半结束，郑瑜、黎仕国、周钦勇三人送江应坤回房间休息。进房后，江应坤便说："黎总，你留下，明天和市委书记的正式会面，一些情况先和我说说。"

江应坤先到卫生间洗把脸，黎仕国泡上两杯茶，两人坐下后，江应坤将茶杯口升起的热气吹散，问："黎总，你的病假申请，身体怎么了？"

"前段时间去医院检查，查出淋巴处有个小肿瘤，医生判断是良性的，问题不大，但要求我尽快做手术处理掉，以免病变。又得了肾结石，发作得越来越厉害。颈椎也不好，经常头晕耳鸣，还有腰椎间盘突出的老毛病，坐久便动不了，越来越严重，岁数大了，感觉很难坚持，就想申请休假，把身体养好，才有更好的精力投入工作中。"

"身体是革命的本钱，生病了，应该好好治疗。"江应坤说，"只是日化的上市工作由你负责，现在休假，工作恐怕会受到影响，我认为不是合适的时机。能坚持吗？"

"江总，我在日化工作十年，请假的时间加起来，还不到半个月。"黎仕国叹气，"要不是身体实在不允许，我也不会在这当口儿请假。"

江应坤慢慢地喝着茶。他一听就知道黎仕国说的尽是借口，只是冠冕堂皇，不好明着驳斥，不继续把话题往身体上引，转而谈工作："日化的销售业绩增长缓慢，这是怎么回事？"

"周总和帕克今年在做渠道变革，将卖场业务收归公司直营，涉及经销商的利益分割，波动是难免的。"

"明知道要上市，业绩很重要，稳中求发展才是根本，你怎么还同意他们搞这些？”江应坤的眉头紧蹙，毫不掩饰自己的不满。

“我和周总、帕克沟通过，只是他们信心十足，我觉得不好打击他们的积极性，卖场直营是行业趋势，长远上看，对公司业务发展有帮助，我就同意了。”黎仕国预感谈话渐渐往自己希望的方向发展，努力把戏做足。

“问题在于处理这件事的时机，黎总，我当时和你说得很清楚，对日化今年的要求，是稳定，确保上市，不折腾。”江应坤压着火气，重重将杯子放在桌上，不客气地追问，“周钦勇和帕克是新兵，不了解情况，你作为班长，就要控制好大局，怎么能让他们想怎么做就怎么做？到底谁是一把手？”

黎仕国面露惭色，羞愧而自责：“江总，您批评得对，是我没承担好一把手的职责，责任在我。”

“黎总，实事求是地说，对你在新一届任期的表现，我很不满意。”江应坤说，“这次我来，就是要亲自看看，在新的领导班子下，日化到底变得怎么样。对你的工作，我一如既往地支持，但是，我希望我的支持能有成果，而不是变得一团糟，让人为所欲为。”

“谢谢江总，您的批评，对我是警醒。”黎仕国知道是时候该切入正题了，开始倒苦水，“现在的日化和以前不一样，特别是在领导层，实事求是，我的领导权威不断被削弱，要遏制住某些人，我真的感到心有余而力不足。”

“你指周钦勇？”江应坤眼光闪动，直接吐出这三个字。

“是的，他是常务副总，集团对他的定位，就是接我班，再加上周董事长的地位，导致他的心态越来越膨胀，而我却难以遏制。”黎仕国一针挑明，“他不是徐伯春，也不是萧昊。”

江应坤冷冷一笑：“集团什么时候确认过，他是接你班的？去年谁都以为不是徐伯春就是萧昊，结果呢？”

黎仕国被问住，所谓周钦勇的接班，只是大家的看法，默认的事实，集团领导层从没表过态。过一会儿黎仕国才低下声来，喃喃地说：“江总，问题在于这不是我一人的想法，大部分人还是见风便是雨，对领导层的权力更换又极为上心，要改变他们的看法，不是我讲几句话，做几件事就行的，除非出现不可扭转的情况来证明一切。”

江应坤听出黎仕国的弦外之音，眉毛向上扬起：“你觉得会出现什么不可扭转的情况？”

“如果要证明一个人不行，那就让他做事，如果他不做事，不表露出真正的实力，那谁也不能说他不行。实践是证明真理的唯一标准。”黎仕国低着头，语速很慢，“做得越多，只会错得越多，扶得越高，摔下来才越痛，甚至连翻身的机会都没有。”

江应坤一听就明白，自己的判断没错，这老狐狸不是认输，也不是退缩，而是躲在暗处，挖了个大坑等着周钦勇往下跳，似笑非笑：“这才是你请假的真正原因吧？”

“我一直想找个时间好好养病。”黎仕国面不改色，还故意咳嗽两声。

这老狐狸，以退为进的招数，玩得炉火纯青。江应坤心中有数，弄清黎仕国的真实想法，接下来该怎么布局缠斗，他已不再关心，只要结果是自己需要的便可，过程是下属操心的事，而作为领导，在乎的永远是结果：“你的假条，我明天就批给你。”

“谢谢江总。”黎仕国很谦恭，就像忠诚的仆人，“有您支持，我不会让您失望的。”

黎仕国的态度无可挑剔。江应坤转开话题，说起行程来，到他们这一层级，话已不用说透。有时甚至一个表情，一个动作，都带着丰富的暗示，彼此心领神会即可，什么话都摆到台面上来，那不叫坦诚，而叫弱智，干得出这种事的，往往是白痴。

周钦勇陪郑瑜回房，从随身背着的袋里拿出一个盒子，放在桌上：“郑总，上次去香港出差，买了个小礼物，送你玩玩。”

“不合适吧，我们不用讲究这些。”郑瑜将盒子推给周钦勇。

“一点小玩意而已，没多大价值，就是份心意，不会连这点面子都不给我吧。”周钦勇没接，轻松地说。

“不是面子问题，心意我领了，但我们真不用搞送礼这套。”郑瑜说，“周总，要真想送我礼物，一份董事长的墨宝足以。”

“老爷子的字画是字画，两码事。难得你专程来南滨，这点小礼物都不收，我可实在没脸拿回去。”周钦勇依旧挂着笑容，言语间却不容推辞，“我保证，仅此一次，下不为例。”

郑瑜发自内心不想拿，可又不能太驳周钦勇的面子，叩着手指在桌上敲了敲："那我就却之不恭，受之有愧，但说好，下不为例。”

“当然。”周钦勇说，“我说的话什么时候没算数过？”

两人相视而笑，郑瑜招呼周钦勇坐下："接下来行程安排，确认没问题吧？”

“放心吧，我们是铆足劲，做到万无一失。”周钦勇信心十足。

郑瑜却没他那么乐观，不知为什么，从江应坤决定来南滨之日起，他就有种预感，此行一定会出事，可他也说不出是什么地方会出问题，只是觉得在潜流暗涌的日化公司里，肯定会有人好好利用此次机会，弄出点动静来。这是国企高层老手应有的政治敏锐感，无法形容，无法解释，却往往比气象台的天气预报还要靠谱。

邢俊泽和萧昊联系后，确定当天傍晚到达平川。下午三点多，萧昊将安露叫进来："晚上有客户来，一起去接待。”

安露脸色带着苍白，又有点惊异，提醒说："今天没这行程啊，明晚才有济南的客户吧？”

“今晚是临时定的，不在计划中，一小时前对方才上飞机。”

“我今天身体不太舒服，是重要客户？”

“是啊，想代理白萱广告，来了四个人，两男两女，我们这边有个女的作陪比较好。”萧昊说，“你也知道，沐情的方案老板还没批，我不想惊动太多部门，既然不舒服，晚上不让你喝酒，就陪一下。”

萧昊把话说到这儿，安露只能答应："要订哪个饭店？”

“就扬帆吧。”萧昊想也不想，“吃的虽然不咋样，档次还是够的。”

晚上七点，萧昊一行人走进包厢，已在里面等候的客人起身迎接。邢俊泽和萧昊电话联系过两次，人如其声，进退有度，气质温和文静，面如冠玉，着装搭配一丝不苟，谈吐举止彬彬有礼。第一眼望去，便觉得他有高素质人才的信赖感，又有令人容易亲近的亲切感，感觉如沐春风，不会有丝毫压力。

“萧总，久仰大名。”邢俊泽伸出手，大步迎上来。萧昊和他握着手，笑着说：“我哪有什么大名，就是个虚名。”

双方一一握手寒暄，可当邢俊泽的目光移动到安露脸上时，整个人顿时像冰雕般凝结住，那表情如同看到不可能出现的史前巨兽或外星怪物，震惊得瞠目结舌。从踏入包厢那一刻，安露便难以置信地看着邢俊泽，脚步没再挪动半分，直到两人目光交接，安露眼里已是水漫金山，右手暗自用力拧着大腿，用疼痛证明自己没在梦境之中。

“这位是萧总的秘书，安露小姐。”钱兆霖刚开始没去注意，等介绍过后才发现两人的异样，后边的话便吐不出来。邢俊泽终于下定决心，迈开步子，走到安露面前：“你好吗？”

“啪”，安露的回应很直接很简单，甩手便是一巴掌，扭过头飞奔出门。邢俊泽捂着脸，想追出去，可又迈不动脚步，迟疑间，萧昊冷冽的声音传来：“邢总，人没齐，我们也不好开席吧。”

邢俊泽“唉”一声，面红耳赤地向众人做个抱歉的手势，向外追去。只剩在场几人不明所以，面面相觑，萧昊对邢俊泽的三个下属笑笑，可声音却没半点笑意，举着手掌晃动着说：“邢总来平川收的第一份见面礼可不小啊！”

三人尴尬地笑着，萧昊抬起手表看看时间，对钱兆霖说：“我看邢总一时半会回不来，你陪三位客人先吃吧！他们远道奔波很辛苦，我还有点儿事要处理，就不奉陪了。”

第二十三章　前缘

安露飞奔出酒店，还没到转角，高跟鞋的鞋跟就断掉了，脚一扭，整个人失去平衡，重重摔在地上，对疼痛安露已失去感觉，只是将右手撑在地上，无可抑制地失声痛哭。泪眼蒙眬中，邢俊泽在她身边蹲下，轻声呼唤："小露。"

"滚，马上滚，有多远滚多远。"安露看也不看，嘶声说。

"小露，你不告而别，我一直在找你，上个月还去过你家乡，可就是找不到。"邢俊泽说，"你不知道，我有多么焦急不安，多么想知道你的消息。"

"找我？你是认为我伤得不够深、不够重，想再插一把刀？"

"小露，我哪儿舍得伤害你。我们就是一个人，你的痛苦，就像鞭子一样抽打在我身上，只会让我更痛。"邢俊泽面容扭曲，"给我解释的机会。"

"我不要听，你的谎言我听够了。"安露伸手一指前方，"请你离开，不要在我面前出现，我觉得恶心。"

邢俊泽还要再解释，一只手搭在他肩上，回头望去。萧昊的脸色沉如秋水："邢总，她情绪激动，我看现在不是解释的时机，还是先回酒店休息吧，有什么事，等冷静下来再说。"

邢俊泽想想，无奈地站起来，很不自在地说："萧总，不好意思，那就麻烦你照顾小露。"

萧昊点点头。邢俊泽虽然一步三回头，终究还是走回酒店。萧昊伸手挽起安露的胳膊，将她扶起："走吧，要哭回去哭，在马路上不成样子。"

眼泪占据安露的脸庞，悲伤侵袭着她的思维，像木头人般懵懵懂懂的，由萧昊送回家。进门后，萧昊给她倒上一杯水，开玩笑说："好啦，再哭下去，平川要发大水了。"

看安露没回应，萧昊接着说："看他伤你伤得那么重，要不我找几个人把他做掉，剥皮拆骨，绞成烂泥，做成人肉叉烧包吃进肚子里，以泄心头之恨？"

"我想一个人静静。"安露断断续续地说。萧昊"哦"一声，忽然见她脸上带着不正常的红晕，伸手往额头一探，失声说："你在发烧？"

"感冒，没事。"安露声音低沉。萧昊说："不行，药在哪里，我拿给你吃下去。"

安露身体发软，靠在沙发上，眼泪渐渐止住，精神却越来越差，连说话的力气都没有。萧昊干脆自己找，在电视柜下找到医药箱，可感冒药必须饭后才能服用，安露到现在滴水未进。先拿出退热贴，贴在安露额头上，又到厨房倒腾一阵，还好，安露平时有自己做饭的习惯，柴米油盐酱醋茶等原料一样不缺，冰箱还有些小菜。萧昊煮上一锅黏稠滚烂的稀饭，盛了两碗拿出客厅："吃吧，吃点东西才能服药。"

退热贴见效很快，安露脸上的红潮退了，变得苍白不带半点血色，有股病怏怏的虚弱之美，有气无力地摆手："我不想吃。"

"不行，不吃东西哪有抵抗力，怎么和感冒作斗争。"萧昊眼珠一转，坏坏地说，"该不会是想让我喂你吧？"

"不用，我自己来。"看萧昊真要动手准备喂食，安露勉强打起精神，支起身体，开始喝粥。忙活半天，萧昊也饿了，盛上一碗吃着，不住自我赞美："味道是不是很不错？我都忘了上次做饭是哪年哪月的事，能吃到我亲手煮的稀饭，你该知足咯。"

"王婆卖瓜。"安露既没心情，也没力气和他拌嘴，只说了四个字。萧昊嘿嘿说："只要瓜的质量好，自卖自夸应该的，这叫如实宣传，又不是虚假广告。"

人是铁，饭是钢。虽然感冒在身，又伤心过度，但有两碗稀饭垫肚子，安露的精神恢复了些，把药服下后，轻轻说："谢谢。"

"别只用口说啊，得有点实际的，要怎么谢我？以身相许？"萧昊眨着眼睛。

安露闭上眼睛，懒得搭理他。萧昊耸耸肩："你休息吧，顺便想想怎么谢我。"打开房门要离开，忽然又转过头，"过去的已经过去，可要是被羁绊住，那就过不去了，人得为现在和未来而活。"

安露的身体抖了两下，等萧昊出门后，冰凉的泪珠缓慢淌下。她原以为自己的泪水已哭干了，现在才知道，原来在伤害的最深处，还藏着个深不见底的泪海。

萧昊站在车边，点上烟刚抽两口，便收到邢俊泽的短信：萧总，打扰您，安露还好吗？

猫哭耗子假慈悲，萧昊回复：在家休息了，至于好不好，你觉得呢？

三分钟后，邢俊泽回过来：不知您是否方便，我想请您喝两杯酒，聊一聊。

萧昊想也不想就回：好，在哪里？

就在我住的酒店三楼，杜鲁门酒吧，我等您。

萧昊并没有马上出发，而是驾着车兜两个圈，故意让邢俊泽多等点时间，四十分钟后才到达。邢俊泽已喝了不少酒，西服不整，衬衫领口的两个纽扣解开，领带耷拉在一边，面前摆着只剩半瓶的灰雁伏特加，但萧昊注意到他的双眸晶亮有神，证明他还清醒得很。装醉与否，看眼神最为准确，这是内心的窗户，除非是演技已臻化境的影帝级演员，否则普通人很难控制住眼中神采的变化。

邢俊泽站起来向萧昊伸出手，萧昊并没理睬，自顾自地坐下。邢俊泽无趣地把手收回："萧总，您喜欢喝什么酒？"

"酒不重要，什么酒都可以，拉菲我喝，长城干红我喝，茅台我喝，红星二锅头我也喝，关键得看和谁喝。"萧昊拿起杯子，倒点伏特加，夹了冰块放进去，淡漠地说，"私下场合，我们不用客套，有什么事，你说吧。"

"萧总真是爽快人。第一件事，希望晚上的小插曲，不会影响我们的合作。"

"那当然，你和安露的事，与东美的广告业务毫无关联，邢总该不会觉得我连公私分明这点基本修为都没有吧？"萧昊哂笑。

"那是我多心。"邢俊泽苦涩地笑说，"实话实说，从刚才到现在，我的心全是乱糟糟的，静不下来，有什么说错的地方，还请萧总见谅，我先自罚一杯。"

等他把杯里的伏特加干了，萧昊说："可以理解。说吧，第二件事。"

"第二件事，我能问问安露的情况吗？"邢俊泽眼里露出渴望的神采，迫不及待地问，"她是什么时候来东美的？在这儿过得怎样？"

"邢总，你问题还真不少。"萧昊浅浅地喝口酒，"只是你是不是得先回答我的问题？"

"什么问题，您请讲。"

"我想知道，你和安露之间到底发生过什么事。"萧昊一字一字地说，"你当我好奇也好，关心下属也罢，不弄清这件事，我不会把她的情况告诉你。"

邢俊泽愣怔五六分钟，又倒上一杯伏特加，仰头喝了，声音酸涩："这是我一辈子最遗憾的事，本不想对任何人提起，但您是小露的上司，以后需要您多多关照。我希望她能放下过去，开始新的生活，既然您问起，我就告诉您。"

"洗耳恭听。"萧昊主动举杯，和邢俊泽碰了碰杯。

邢俊泽的思绪被勾起，往事一幕幕地浮现，悠悠说："先说说我的背景，我老家在西港市一个偏僻的农村，很小的时候，父母便给我许了门娃娃亲，对方是我父亲的老战友，后来当上县委书记。我家里穷，是他们供我读完大学，还出资让我到法国留学，回国后，我就结婚了。只是读书时见过世面，对小县城的生活适应不了，后来我就去了上海。运气不错，一些项目得到客户认可，事业渐渐有起色，终于当上法资企业恩同广告的中方总裁，而小露，她就是我的秘书。"

说到这一段，他眼中露出向往和沉醉："小露当时毕业没多久，她有很强的学习能力和工作能力，我们配合得非常默契，堪称最佳搭档。她既漂亮，又知性温柔，很快我就被她深深吸引，开始追求。我们走到一起，而我做得最错误的一点，就是因为担心被她拒绝，没将自己已有家庭的事实告诉她，我实在太爱她，太怕失去她。那段时间，是我一生中最快乐的时光，如果不是因为我有牵绊，可以说，我们就是天生一对，无论工作还是生活，都心有灵犀，每天就像活在天堂里，非常开心快乐，只羡鸳鸯不羡仙。”

萧昊暗自冷哼一声，表面上声色不动，看着邢俊泽的脸色渐渐转为痛苦：“可甜蜜的时光太短暂，不到一年，小露怀上孩子，当时她很高兴，提出结婚。那时我便知道，纸总归包不住火，我想尽办法挽回，甚至回到家乡，提出离婚，结果捅了马蜂窝，被家人狠狠痛打一顿，骂得狗血淋头。我母亲甚至还要上吊，寻死觅活的，当我说出有孩子后，他们想让小露把孩子生下来，领回家里养，然后给她一百万。”

“为什么？你自己没孩子？”萧昊插口。

“是我忘了说，我老婆得了先天性的小儿麻痹症，从小就半身不遂。”邢俊泽灌下一大口酒，“小时候家里太穷，经常要老丈人一家救济，给我许的这门娃娃亲，就是报答的方式。而他们之所以供我读书留学，就是想让我欠下一辈子还不清的恩情。我的父母和大舅子跟着我到上海，见了安露，告诉她所有真相，我的幸福世界从此崩塌。”

萧昊压制住升起的怒意，冷冷说：“安露把孩子生下来没？”

“没，怎么可能呢，小露表面看来柔弱，实际上非常有主见。她什么话也没说，整整三天把自己反锁在家里，我怕出事，第三天不得不报警，冲进里面发现她已经昏迷。到医院抢救时情况已经很危险，好不容易才救回来，可孩子没保住。听医生说，她是长时间不吃不喝而虚脱，身体严重缺水。我悔恨不已，在她身边不断祈求她原谅，但她根本不和我说话。住了几天院，她消失了，什么东西都没拿。我花了很多工夫寻找她，没有半点消息。待在恩同广告，我就想到我们在一起的日子，每个角落都有我们的影子，我实在受不了，才跳槽到这家新的广告公司，没想到却在这里遇到她。”说到这儿，邢俊泽双手掩着脸庞，低声呜呜抽泣，“我知道，我是个浑蛋，我伤她伤得太深，我恨不得抽死自己。”

“那你现在找到她了，你打算怎么办？”萧昊严峻地问。

“我不敢奢求她的原谅，我只希望她以后能幸福。”邢俊泽放下手，泪流满面，“我给不了她幸福，只能祝福她。”

“你是不是觉得你很爱她，很伟大？”萧昊骤然发作，将酒杯重重放在桌上，厉声说，“够了，送你三个字，伪君子。如果你真爱她，你早该知道会有这种结局，根本就不应该开始。为得到她，故意隐瞒，把甜头吃到嘴里，却留下苦楚给安露，这叫爱？这他妈叫作自私自利！在我面前，你不用扮可怜，你这种人我见多了。虽然我也不是什么好东西，但至少不会用欺骗作为手段，我就算是条色狼，也不会披着人皮惺惺作态！你也配说爱，他妈的真让人恶心！”

邢俊泽被萧昊的霹雳火震住，张口结舌，说不出话来。萧昊恶狠狠地说：“你不是想抽死自己吗？要不是因为你是唐向鹏介绍来的客人，老子今天就帮你完成心愿。”

邢俊泽低下头捂着脑袋，像是没脸面对萧昊。萧昊缓过一口气，寒声说：“你听好，这事好好解决，如果敢再纠缠安露，老子保证你走不出平川市。”

“萧总，你喜欢她？”邢俊泽突然来一句。

“是，我是喜欢她。可惜我看得出，她还没放下你，或者说，她被你所谓的爱情吓怕了。”萧昊冷笑，“这就是你给她的幸福？狗屎！”

“萧总，我衷心希望你们幸福，我更希望小露能放下我，开始新生活。”邢俊泽望着萧昊，“你觉得我应该做什么？”

这小子还不笨。萧昊已不想和他废话，起身说：“解铃还须系铃人，你懂的。”

“明白。”邢俊泽的情绪已平复，举了举杯，“祝你们幸福，也希望我们合作愉快。”

萧昊稍稍踌躇，还是和他干了杯酒，森然说：“做爱不是问题，那是生理需要，你忍不住了，去夜总会桑拿，或者包二奶三奶，这世上不缺女人，只要付得起钱，就当是笔生意，你情我愿，谁也伤不了谁。可要是拿爱情的名义来作为做爱的借口，用欺骗来达到自己的目的，将别人的幸福摔下十八层地狱，那就是畜生。”

将邢俊泽骂了一顿，萧昊出了门，手机收到卫菊发来的短信：在忙吗？

不忙，喝酒。

别喝太多酒，注意身体。

萧昊心情不爽，硬邦邦地甩回一句：放心，酒喝不死人的。

卫菊过一会儿才回：呀，这么凶，该不会是喝醉了吧？

身在温柔乡，醉卧美人膝，不好吗？萧昊有意刺激她。

那你慢慢享受，不打扰。卫菊将萧昊的信息全删掉，脸上一阵青一阵白。她觉得自己够犯贱的，放着熟悉的环境和舒适的工作不干，千里迢迢来这儿找罪受，看人脸色，受人刺激。一股马上收拾包袱离开平川的冲动风起云涌。到卫生间洗个澡，让情绪尽量平复下来，开动脑筋，思索着一个问题：到底还要不要坚持下去？

很多成功者谈起历程时，总少不了坚持这个词。其实这只是纯粹的以结果论英雄，成功了就是百折不挠、坚持到底，失败了就是执迷不悟、不知回头。事后的诸葛亮，往往事前和猪没两样。身为当事人，当前方路上出现巨大障碍时，是继续前进还是及时转弯，要做出正确的抉择，绝不是件容易的事，没有人是先知，所做的选择总要面临风险和考验，既需要勇气和判断力，很多时候还要靠冥冥之中的运气相助。经历这段时间，卫菊的信心在不断动摇，难道结局真被蔡雪儿不幸言中？

卫菊睡不着，打开电脑，无所事事地看了会娱乐新闻，QQ 头像闪动，是张琳发来的。这是她在兴华日化的舍友，又同在广告部工作，帮过卫菊不少忙，关系良好，有什么私己话都会相互倾诉。卫菊以破釜沉舟的态度只身来平川，张琳是大力反对的，花费了不少口舌劝阻，但说服不了卫菊，只能无奈地祝姐妹好运。

“和萧总还顺利吧？”张琳心直口快地问。

“不顺利，他只拿我当朋友。”卫菊打上委屈郁闷的表情。

“唉，我早说了，萧总那种人，从不缺女朋友，就一花花公子，你拿出真心对他，可他不拿真心对你，巴不得早点和你结束，然后去找新的，哪会想重归于好。”

“有些事，不试试怎么知道。”

“你倒是试了，可结果如何，亏大了。工作呢，还习惯吧？”

"工作倒还好，前期累，现在好得多。这儿的管理很严格，不像兴华那么宽松。"

"那赶紧回来吧，你那位子招不到合适的人，还空着，我相信公司会考虑你重新入职的。"

"回去？我这次离开，很多人在看笑话，难道我回去让他们再添笑料吗？"卫菊断然否定，"既然我走出这一步，就没退路，只能坚持走下去。"

"坚持？坚持去撞头？"张琳没好气地说。

"或许真得撞一撞，我才能清醒。"卫菊说，"我想再试试。"

"试？怎么试？人家都不鸟你。"

"不是不鸟我，而是故意把距离拉开。"卫菊纠正，整理一下思路，既是说给张琳听，也是说给自己听，"下个月就是他生日，我准备了一份礼物，如果这还不行，那我就死心。"

"你还真够死心眼的，一份礼物，你就有把握让他会回心转意？"

"我没把握，但我实在不想就这么放弃。"卫菊说，"如果他没有任何旧情，那就当我再傻一次，只有这样我才能放下。"

"你还真够痴情的，要换别的男人，会被你感动的，肯定心软。"张琳先褒后贬，"但萧总不是别的男人，他认准的事，还没听说有哪次变卦。"

萧昊不是别的男人？卫菊忍不住苦笑，是啊，这男人，爱的时候爱得发狂，可绝情的时候，又冷酷得如一面坚冰，自己这几把火，能将其融化吗？

第二十四章　心结

门铃滴滴响起，安露透过猫眼看看，把门打开。萧昊拿着两个快餐袋进来："开饭了，顺海的鲍鱼粥，还有九款小菜，满意吧。"

"谢谢，只是我没什么胃口。"安露的脸上就如蒙了层纸，苍白而紧绷。

萧昊就像回到自己家一样毫不客气，到厨房拿出碗筷，盛好稀饭，摆好小菜，鲍鱼粥的香气在空中弥漫。萧昊用力嗅了嗅，表情夸张："多香啊，闻到没？口水没流出来？该不会要我喂？看你精神比前两天好多咯！"

"感冒好得差不多，烧早退了。"安露说，"只是我十点多刚吃完早饭，吃不下。"

"我专门给你买的，一口不吃，太不给面子吧。"萧昊把安露推到餐桌前，"不管怎样，一小碗也好，就算给我个面子。"

安露拿他没办法，心里也有股感动涌起，便坐了下来。萧昊将只大大的鲍鱼倒在她碗里："吃吧，病也好得七七八八了，吃完赶紧来上班，你不在这两天，我忙得连喝口水的时间都没有。"

"上班？"安露的手停在半空，迟疑一下，"上海广告的人，走了没？"

"还没走，他们提的方案，有些问题得修改。"萧昊痴痴地望着安露，"而且他也不肯走，留下来想见你。"

安露脸色大变，把汤勺放下："我不想见他，他们一天不走，我就一天不去公司。"

"奇怪了，你是给东美打工，还是给他们打工？"萧昊说，"为个男人就耽误工作，小姐，你还有点职业精神没有？"

安露答不上来。萧昊继续追问："你还放不下他，怕旧情重燃？"

"不是，他在我心里早就死了。"安露冷冷地说，"我的世界里，从没有这个人。"

"那你一个大活人，还怕个死人？"萧昊说，"我看你是自欺欺人。"

安露奇怪地打量了萧昊两眼："你还真喜欢用激将法。奇怪，你干吗非要我见他？他请你来当说客？"

"就凭他，他请得动我吗？"萧昊一改嬉皮笑脸，正经地说，"我是为你好。"

"为我好？要真是为我好，就让我眼不见为净。"安露开始不耐烦，音量提升，"我不想看见这个人，不想听到他的声音，不想听到他的消息。"

萧昊不为所动，坚持说："越是这样，你越得见他。他是你的魔障，一天不突破，你就一天不能放下。只有面对他，你才能克服他，只有真正地战胜他，你才能彻底走出来。"

"说得轻巧，你知道他以前带给我什么？"安露再也忍不住，有点失态，双手支在桌子上，身体前倾，咄咄逼人地盯着萧昊。

萧昊安之若素，不紧不慢地说："不管他带给你什么，那都是过去，难道你要带着这些过一辈子？背着这么沉重的包袱，你以后怎么走出新的人生？紧紧抓着过去不放，还怎么去拥抱未来？为一个人渣，难道你打算赔上自己终身的幸福？"

安露眼中的光芒消失了，颓然坐下，眼泪大滴大滴落下，掩面痛哭。萧昊叹口气，说："你可能觉得我残忍，但在我的理念中，逃避解决不了任何问题，只有面对，才能解决它。你要放下他，就去面对他，而不是避开，当你能很坦然地站在他面前时，那才是他在你心里真正死掉的时候。你可以做到的，去证明这点。"

安露的手慢慢放下来，虽然脸颊上满是泪水，但散开的目光渐渐凝聚，声音从内心深处发出，铿锵有力地说："我下午就回公司上班。"

邢俊泽见到安露时，惊喜、难堪、紧张的表情一闪而过。安露却看也不看他，就当他是透明的空气无色无相，在萧昊身边安静地做着会议记录。钱兆霖倒是饶有兴致，利用会议间隙不时观察两人的反应，可他们面子上若无其事，眼神和对话毫无交流，看不出丝毫端倪。两小时后，会议结束，大家先后离开，安露收拾好物品，刚站起身，邢俊泽说："安小姐，方便的话，我想和你单独聊两句，可以吗？"

安露轻微地晃了晃身体，收住脚步。萧昊的视线从两人脸上划过，一言不发地走出会议室，顺手把门关上。当两人面对面独处时，气氛变得诡异和尴尬，邢俊泽目不转睛地看着安露，轻声说："你瘦多了。"

"有什么话，直说吧。"安露的声音很镇定，"我没空和你绕圈子。"

"就几句话，但全是我心里话。"邢俊泽眼眶泛红，"对不起，真心对不起。如果我做什么能补偿对你的伤害，你尽管说，我一定去做。"

"那三个字我听腻了，至于说补偿……"安露冷笑，"邢先生，你觉得我会要什么补偿？"

"我想把上海那套房子过户给你。我知道对你所受的伤害而言，再多的补偿也不够，只希望能尽力弥补，希望你能接受。"邢俊泽徐徐说。

"你觉得那套房子我还能住吗？只要一想到你在那儿出现过，我就觉得恶心。"

"你随时可以卖了，怎么处置随你，这是我的一份心意。"

"这就是你所谓的补偿？"安露不怒反笑，讽刺说，"一套几百万的房子，看来我两年的青春和感情还真值钱，邢先生，你还真是大手笔，为了弥补负罪感？"

"别这么说，小露，我对你的愧疚，比天高，比海深。"邢俊泽声音低沉，"我不奢望你能原谅我，只希望你能接受我的补偿。"

安露眼光闪动，不答反问："你知道我为什么愿意留下来见你？"

邢俊泽不知，安露从笔记本的夹页中拿出一张银行卡："这是我住院时，你留给我的 50 万，里面的钱一分未动，你拿回去。"

“小露，别这样。”邢俊泽表情惊异，“这钱是你应得的。”

安露眼光如箭，上上下下打量着邢俊泽，只看得他心中发毛，脸上涌现悲哀，摇头说:“我以为你很了解我，看来大错特错。你觉得我会花你的脏钱吗?那我们以前算是什么关系?我是二奶，等你玩厌了，就花点钱打发走人?”

“我完全没这个意思，小露，你误会了。”邢俊泽额头冒汗，痴痴地说，“除了钱，我实在不知道怎么弥补你，可我对你是真心的，从来就没有玩你的意思。”

安露走上前，扬起手，啪啪就是两个巴掌，打得猝不及防的邢俊泽晕头转向，顺便把银行卡塞进他西装口袋：“这两巴掌，就是两年的补偿，从今天开始，我们两清了，你不再欠我什么，除了工作，别在我的生活中出现，因为你在我心中已经彻底死了。”

安露不再理睬呆若木鸡的邢俊泽，打开门扬长而去，回到办公室刚坐下。萧昊端着杯咖啡走了过来，两人眼光一碰，萧昊眨着眼：“不错，比我预想的要好，没哭哭啼啼地回来。”

“那当然。”安露信心十足，换下弥漫许久的情绪低落，“你说我做得到，我能不行吗?”

萧昊笑着鼓了两下掌，安露长舒一口气说：“经过这件事，我明白一个道理，原先觉得很难的，真正去面对时其实一点都不难。我以前很怕再见他时，会旧情复燃，让我再煎熬一番，其实那纯粹是自己吓自己，刚才我发现，不管他说什么，做什么，在我心里已掀不起任何波澜。他就是个和我生活无关的陌生人，根本没什么可怕的。”

“人本来就容易夸大困难的难度，等到真正面对，才发现比想象中简单得多。”萧昊微笑，意味深长地说，“其实还有一个可能你没说。”

“什么?”

“因为你心里已经有了另外一个人，替代了他的位置，所以你才能干净利落地走出来。”萧昊的表情很暧昧，“比如说我。”

安露脸上泛起红晕，骂道：“自以为是，没个正经。”

萧昊哈哈大笑，转身回办公室工作。安露脸上发热，边整理文件边想，混沌迷茫了这么久，走出炼狱后，是该好好倾听内心的声音了。

第二十五章　巧布局

郑瑜的预感，在第三天便应验了。

根据行程安排，日化公司总监级别以上的员工，要向集团领导汇报工作，每人十五分钟时间。布兰顿被安排在第四个出场，他整了整西服，走上讲台，用蹩脚的普通话，结结巴巴地讲着。还好他的PPT做得成功，条理清晰，项目分明，数据扎实，足以反映工作情况。十五分钟很快过去，布兰顿暗自松口气，脸带微笑。按下空格键，最后一张PPT，是谢谢两个字，配合他的鞠躬动作，正式结束汇报。

可台下的反应却不是意料中的礼节性掌声，先是一阵静默，紧接着便是窃窃私语声，议论声随之越来越大，甚至还有不和谐的嬉笑声。布兰顿感到奇怪，稍稍抬起头，只看见第一排正中间的江应坤脸色铁青，郑瑜表情错愕，而周钦勇和帕克却是惶然而难堪，直勾勾盯着自己。

布兰顿心知有问题，顾不得礼仪，转过头去，顿时浑身冰冷僵硬，脸颊却像被烫着了，燥热不已。投影幕上出现的是几张照片，男女赤裸交缠，正进行的运动，在场的成年人都懂，女子的面部模糊，但男人的相貌却很清晰，满头金发，瘦骨嶙峋的身体，忘我享受的表情，甚至还有交合部位的特写，无不露骨而淫秽。

呆怔片刻，布兰顿回过神来，赶紧扑到电脑旁，按住关机键，屏幕上霎时一片漆黑。看着他手忙脚乱的狼狈模样，台下强忍很久的笑声失控溢出，会议紧张严肃的气氛荡然无存。江应坤推开椅子，一言不发地扬长而去。郑瑜紧跟在他后面出门。担任会议主持的黎仕国反应最快，拿起话筒说："先休息十五分钟，会议待会儿继续。"

看着众人交头接耳，幸灾乐祸地不时窃笑，布兰顿至今还难以置信，只感觉仿佛身在噩梦之中，呆若木鸡。周钦勇起身狠狠地看他两眼，视线随即在黎仕国脸上扫过，转身离去。帕克则呆坐在椅子上，面色灰暗，难看至极。黎仕国显得很吃惊，只是在蔡雪儿眼中，却觉得这吃惊的表情虚伪而做作。

一片骚动中，最处变不惊的是徐伯春，作为曾经的一分子，他对这些人的手段了如指掌，这一幕对他来说并不陌生，再龌龊，再卑鄙的手段，他既使用过，也领教过。在兴华日化，发生什么都不奇怪，一场比以前更加残酷的斗争，露出狰狞的一角，接下来的大戏，只会更加激烈而血腥。

黎仕国的手机嗡嗡震动，郑瑜冷冰冰的声音传来："黎总，江总在 1 号会客室，你和周总马上过来。"

1 号会客室不大，约 15 平方米，江应坤坐在正中的沙发上，看着黎仕国和周钦勇先后进来，并没叫他们坐下，紧紧抿着嘴唇，目光冰冷地在他们脸上来回穿梭着，像是要看穿看透。黎仕国和周钦勇只能尴尬地站着，就像被老师惩罚的学生。郑瑜认识江应坤三年，今儿是第一次看到他如此怒形于色，虽然事不关己，可在他强大的气场影响下，竟也被带动起坐立不安的紧张情绪。

会客室内静默的气氛，江应坤火冒三丈的神态，会聚成无形的压力，从四面八方涌向黎仕国和周钦勇，还好两人在职场浸淫多年，见惯风浪，还能沉得住气。足足有六分钟后，江应坤说的第一句话，竟带着笑容，只是谁都清楚，这叫怒极而笑："很好啊，日化公司果然是开集团的风气之先，步步走在人家前面，让我大开眼界。"

黎仕国主动接话："江总，是我们工作上犯了错误，作为负责人，我承担所有责任。"

"很好嘛，有承担责任的勇气。"江应坤眼睛微微眯起，射出的光芒却更加锋利，“你们这日化的一二把手，谁能告诉我，到底发生了什么事？”

“这次各人汇报用的PPT，事先拷贝在专用的笔记本电脑上，有人在电脑上动手脚，修改了布兰顿的PPT。”周钦勇的反应并不慢，事情一发，他就知道有人捣鬼，刚走出会议室便立即命人调查，“具体的情况，很快就能查个水落石出。”

“查清又怎样？”江应坤指指自己，又指指郑瑜，“让所有人都知道，兴华日化爆出艳照门，还在工作汇报会上，在集团总裁和副总面前展示？你们丢得起这个人，我丢不起！”

最后一句话，他的声音已如闷雷般在轰鸣，震得在场三人情不自禁地一抖。黎仕国缓过一口气来，说：“我向集团保证，这件事除了在场人员外，绝不会有其他人知道，将影响控制在最小范围内。周总，你觉得呢？”

周钦勇没料到黎仕国会突然征求自己意见，滞一滞才说：“没问题，此事绝不会外传。”

江应坤不予置评，反问：“这次行程安排，你们谁负责？”

“是我。”黎仕国的声音很沉重，却没有丝毫迟疑。

江应坤的目光盯在黎仕国的老脸上：“就在我眼皮底下，竟然可以发生如此荒谬的事，黎总，从去年到现在，日化可是有太多惊喜了。”

刚才布兰顿出事时，周钦勇的第一反应是遭人算计，踩到陷阱而愤怒至极，甚至还感到对方是冲着自己来，因为布兰顿是自己的人。但冷静下来后厘清思路，又发觉事情未必如此，是将自己往上推一把，而形势也确实是在沿着预估的方向发展。他缄口不语，事不关己地毫不搭腔，并没帮着把责任揽到日化的领导层面，明摆着是要让黎仕国一人承担。果然，黎仕国低沉着声音：“是我没有带好头，导致公司问题频出，请求集团领导批评处理。”

郑瑜看得清楚，暗暗摇头叹气。周钦勇处事太过决绝，丝毫没有回旋转弯的念头，这不是好事，总有一天得摔个大跟头。思考中的江应坤冷不丁地转过头：“黎总是不是向集团申请病假休养？”

“是的，申请的假期是六个月，但集团还没批复。”郑瑜答。

“那好。”江应坤扬起头，字字铿锵，“工作繁重，没有良好的体力精力，难以胜任，准黎总的病假申请，安心养好身体，以后才能为公司做更大贡献。在黎总养病期间，兴华日化的全面工作，由周副总主持。”

黎仕国的脸色瞬间发白，舔舔发干的嘴唇，涩声说：“谢谢江总的关心。”

“继续开会。”江应坤走出会客室。黎仕国这种封疆大吏，才需要他亲自出手，而剩下的事已不用他操心，郑瑜自会处理，不疾不徐地说：“集团用人，讲究德才兼备，特别是对高端管理人员，要求更加严格。布兰顿在试用期内，就出现这种丑闻，不适合再留在公司，你们知道怎么做。”

周钦勇嚅动着嘴唇，想和黎仕国说什么，但话到嘴边又咽回去，匆匆忙忙走出。只剩下黎仕国站在空空的会客室里，像被遗弃在无人问津的角落中。

黎仕国抬起手，揉揉太阳穴。江应坤是高手中的高手，只凭昨晚寥寥几句话，便将自己的计划揣摩得清清楚楚，并配合得天衣无缝。有如此精明强势的后台，周钦勇除了怨命苦，怪不了任何人。

布兰顿没再参加会议，会场秩序恢复正常，参会的全是中高级管理人员，懂得分寸，对刚刚发生的风波，个个若无其事，缄口不提。接下去的会程很顺利，再没有任何不和谐的插曲奏响，下午将是江应坤、郑瑜分别和管理人员单独会谈，这是重头戏。用完午餐后，周钦勇回到办公室，刚想考虑接下来的动作，帕克就来了：“布兰顿刚发信息给我，提出辞职，今天就生效。”

“他主动提出来最好，出这么大的丑，就算他不辞职，公司也不会容忍。”周钦勇轻描淡写地说，“这样大家都好做事。”

“可他明显就是被人陷害。”看周钦勇无所谓的样子，帕克急了，“对方就是想逼他走，这谁都看得出来。”

“那又如何？”周钦勇漫不经心地说，“事情已经发生，而且就在我们的领导面前，在最不应该发生的场合发生，刚才他发了很大的火，你觉得布兰顿还有留下的可能吗？他还有脸面留下吗？”

“那我们至少要搞清楚，到底是谁在害他。”帕克拍拍自己的胸口，“他是我们的人，刚加入没多久，对方是冲着我们来的。”

“我没说不查，不但要查，还要查个水落石出。只是当下最要紧的，是我们要把握好机会，难得的机会。”周钦勇不急不躁。

“机会？”帕克云里雾里，心腹大将被人算计，四周危机四伏，他窝火担忧还来不及，哪有什么机会。

“是的，祸兮福之所倚，福兮祸之所伏，太精辟了。”周钦勇借机卖弄下古文，“你要不懂，还有个成语，塞翁失马，焉知非福。”

帕克琢磨一会儿已想出苗头：“你是说黎总因为布兰顿的事被处理？”

“没错，江总让他休半年病假，在这期间，工作由我全面负责。”周钦勇发自内心地笑了，“到时他能不能回来可是未知数，属于我们的时代已经提前到来，这难道不是机会？”

“这么说，布兰顿的牺牲有价值？”帕克可没周钦勇那么得意，犹有不满地嘀咕。

“当然，价值很大，黎仕国一休假，就连上市工作都换成我在跟进，公司已完全掌握在我们手里，牺牲一个布兰顿算什么？人再招就是了，而四年时间可不是那么容易找回来的。”周钦勇抚手说，“我们该好好感谢设下这陷阱的人，帮了个大忙。”

“我没你乐观。”忧虑并没有从帕克的眉宇间消退，“来公司几个月，我总觉得别扭，有人不停在给我们制造麻烦，而最近这感觉还越来越强。你看今天，就知道对方的手段多么无耻，公司的内部斗争实在太可怕。”

在享受志得意满的惊喜之余，听到帕克丧气的话，周钦勇索然无味，但又不得不承认他说得有道理，可士气可鼓不可泄，朗声说：“但我们很快就没有对手了，只要查出是谁在对付我们，我会马上让他滚蛋。相信我，阴天很快就过去，一些卑鄙小人兴不起多少风浪，我们要迎来的将是艳阳天。”

帕克脸色凝重，勉强笑笑。作为一步步打拼上来的职业经理人，他对职场斗争残酷性的认识，远比靠父荫平步青云的周钦勇要深刻得多。在兴华日化，他能清晰地感到或明或暗的抵触抵抗，明明看到突破点，设计好完善的计划和手段，可只要推动下去，在过程中总会出现难以预料的偏差，让结果大打折扣，而事后追究起来，竟找不到任何责任人。这里的人不是在做事，而是在玩政治，且个个乐此不疲，就连周钦勇也醉心此道，导致整个公司就像一张用好棉花制成的大网，明明发出千钧重力，可打到网上时，力道却被卸开得无影无踪，不留下任何痕迹，一不小心，还会被藏在棉花里锐利的尖针扎得血肉模糊。这种有心无力的挫败感，实在太憋屈，令人发狂。

周钦勇看看帕克，似乎听到他心里响起的退堂鼓，鼓励说："帕克，我知道你遇到很多困难，但工作总会有难题，坚持下去，我们很快就能渡过难关。"

帕克鼻音浓重地"嗯"一声。周钦勇又说："接下来三个月最关键，我们一定要做出漂亮的成绩，让其他人无话可说。你不是说要推出高端品牌吗？进度怎样，能不能在三个月内上市？"

"应该可以，就是代言人还在谈。"帕克打起精神，"高端产品要有符合定位的代言人，这些大明星要求多，谈判难度大。"

"那要加紧。布兰顿离开，在新人没到位之前，他的工作就由你先兼管吧，不能给朱捷，这小子我信不过。"

"只能这样。"帕克说。这是唯一的选择，接下来他还要考虑让谁来接替朱捷，没有黎仕国当后台，不用再投鼠忌器。朱捷这人，是得想办法干掉了。

第二十六章　各怀鬼胎

江应坤一行离开南滨后，整个兴华日化如释重负，一班中高层领导恢复到正常的工作状态中。而黎仕国休病假六个月的消息随即成为新的热点，有些人心知肚明，黎仕国名义上是养病，实则是为布兰顿的事埋单，在集团领导面前留下如此贻笑大方的污点，再加上年龄因素，他的职场生涯已提前接近终点。而大权在握的周钦勇则越发风光，意气风发，两人的境遇犹如落日和朝阳的区别，境遇令人慨叹。

面对领导权更迭的风向，最坐立不安的便是双方的心腹亲信。周钦勇十一点到办公室，等候许久的朱捷便第一个求见，满脸堆笑："周总，不知您有时间没，我有些事要向您汇报。"

周钦勇没拿正眼看他，也没叫他坐下，低头看着手机，冷淡地说："我很忙，你有什么事说吧，简短点，不要浪费大家时间。"

"我知道自己前段时间的工作出现问题，您批评得很对，我确实还不够成熟，需要继续学习提高。"朱捷迫不及待地表忠心，"请您放心，我已经认识到自己的错误，一定坚决改正，以后全力配合领导的工作，将销售做起来，绝不辜负公司和您的期望。"

周钦勇很喜欢朱捷那近乎摇尾乞怜的态度，稍稍抬起头来看一眼："嗯，人总有犯错的时候，知错能改就好，而且你时机把握得刚刚好。"

朱捷装着没听懂周钦勇话里的讽刺，努力给他戴起高帽："是啊，我就知道周总的胸襟是海纳百川，有容乃大，宰相肚里能撑船。"从口袋里拿出一张黑色的卡片，放在桌上，"这是皇莲会所会员卡，我给周总您办了一张，供您空闲时使用。"

皇莲会所是南滨近期很热门的一家会所，据说是香港超级富豪投资，里面的饮食娱乐极为高端，服务小姐个个国色天香，只招待会员，会员卡在市场上被炒得厉害。周钦勇早就想去那儿玩玩，只是没空去办卡，朱捷送的这份礼物，倒挺合他心意。

"好了，去努力工作吧，和帕克配合好，过去的就让它过去，我没空记这些乱七八糟的事。"周钦勇的语气算是缓和下来，有了些许亲和。朱捷连声称是，回到办公室后，拿出手机，找到黎仕国的号码，发出一条信息：进展顺利。

知道，辛苦。黎仕国回了四个字。朱捷的笑容，得意中带着狰狞，和面对周钦勇时的低声下气，曲意奉承判若两人，手指不停，将信息删得干干净净。

第二天是周六，周钦勇带蔡雪儿到冠华打高尔夫。他的状态很好，好几杆是超水平发挥，还打出两记小鸟球，一记远距离推杆也精准入洞。蔡雪儿连连鼓掌叫好，周钦勇心情舒畅至极，人逢喜事精神爽，连打球都如有神助，最近的运道，好得他都不敢相信。

打完球，两人到餐厅吃招牌鲍鱼，餐厅部长和周钦勇相熟，专程过来介绍："周总，有刚空运到的正宗阿拉斯加帝皇蟹，非常新鲜，要不来只试试？"

"好啊，就用冰镇做法，我要原汁原味。"周钦勇兴致勃勃，透过宽大的玻璃天窗仰望天空，深吸一口气，"你有没发现，黎仕国走后，南滨的天空特别蓝，白云特别美。"

"是你心情好，我可没觉得有什么变化。"蔡雪儿白他一眼，"他只是请假半年，又不是直接调走不回来，跟捡到宝似的，值得高兴成这样吗？"

"你懂什么？"周钦勇不以为意，"半年时间，说长不长，说短不短，足够我做很多事。而且出那么大的丑，你以为处分就这么简单？江应坤可不是那么宽宏大量的人，黎仕国的分量已一落千丈，直接待在北京不回来，也不是没可能的事。”

“有这么严重？不就几张照片吗？而且布兰顿又走了。”

“说得轻巧，照片没什么，问题是出现的场合太敏感。”周钦勇耐心地说，“在庄重的工作汇报会上，在集团领导面前出现艳照，这要传出去，不让人笑掉大牙？江应坤素来喜欢装模作样，讲究得很，他最不能容忍的，就是丢面子的事，所以哪会轻易放过黎仕国。”

“到底是什么人在操纵这件事？看似帮了你，让黎仕国吃个哑巴亏，可又赶走布兰顿。”蔡雪儿支起肘子，托着下巴，“这件事我真看不懂，查出来没？”

“接触过公用电脑的，就是咨询部的人，虽然那小子不承认，可我已经让人资开了他。”周钦勇说，“重点在于那些照片，可布兰顿也不愿意说是在什么情况下，在哪儿拍的，就是一句话，被人陷害。靠，被陷害也得弄清前因后果，才能查清状况，可他离开公司后便换了手机，帕克发邮件他也不回，已联系不上，这事便成无头公案，查不下去了。”

“毕竟是丑事，布兰顿是不好意思说明吧。”蔡雪儿像个推理学家，颇有福尔摩斯风范，“说不定是去哪儿嫖娼，然后被小姐拍到，向他勒索不成，干脆一拍两散，而这照片不知怎么回事，就落到公司的人手里，还设个局害他。”

“说得头头是道，要不你去开个侦探社？”周钦勇开玩笑说。

“切，这种拍艳照然后进行勒索的报道，电视台和网络多得是。估计布兰顿是舍不得几个钱，结果出个大丑，连工作都丢了。”蔡雪儿指指额头，作势说，“你呀，知道我聪明就好，以后要是出去鬼混，小心被我抓奸在床，再给你好好传播一番。”

“你帮我传播？”周钦勇猥亵地说，“布兰顿那些照片，其实一点儿也不刺激，要是看了我们拍的，一定得甘拜下风。”

蔡雪儿粉脸通红，啐他一口：“你赶紧把那些删了，我可不想成为第二个布兰顿，要是哪天传出去，我非得去跳楼不可。”

“放心吧，我放在安全的地方，还全加了密码。”周钦勇笑眯眯地说，“有时拿出来看一下，真是刺激，回味无穷啊！”

“不行，一定得删了，现在黑客多的是，不能留下后患，而且我要亲眼看你删。”蔡雪儿不依不饶，周钦勇被缠得没办法，只能答应下来。说话间，一整只硕大肥美，霸气十足的帝皇蟹已端了上来。放在庞大的冰盘中，鲜红的外壳，颀长的蟹腿，极为诱人。冰镇过的蟹肉，因为足够新鲜，肉质分外细嫩甜美，蔡雪儿连续干掉两条蟹腿后，喝口白葡萄酒，满足地说:“好吃，我发现你也挺会吃的，不比萧昊差。”

“你和他还有联系没？”听到萧昊两个字，周钦勇阴恻恻地说，“我看你挺想他的。”

“少来了，别听风就是雨，我和他啥关系都没。”蔡雪儿转开话头，“我觉得你还是小心点好，黎仕国喜欢玩阴招，虽然到北京养病，指不定又在玩什么阴谋诡计。”

“一只没了牙的老虎，他能做什么？”周钦勇说，“北京是什么地方？有老爷子在那儿坐镇，集团的风吹草动他一清二楚，随时能控制到位。我琢磨的是，怎么能让黎仕国不回来，最好就在集团升个级别，弄个闲职养老了事，别再回来碍手碍脚，我是不想熬四年。”

“有可能吗？”蔡雪儿并不相信。她见识过黎仕国去年是怎么在不可能的情况下达成奇迹，对老狐狸的心机手段，印象深刻。而周钦勇口中说的，简直就是任人揉捏的软柿子，和她心目中黎仕国的阴沉狡诈根本搭不上边。

“当然，事在人为，只要这半年间，我证明自己能独当一面，他就没回来的必要。”周钦勇将壳掰开，将雪白的蟹肉剃落在盘上，蘸着酱料放进嘴里，“关键中的关键，就是将业绩做好，成功上市。”

第二十七章　背水一战

钱兆霖在广播传媒界的人脉众多，再加上东美集团和辉煌卫视本来就是战略合作伙伴，广告资源投入不菲，很快就让《商道》节目组过来平川采访。《商道》是辉煌卫视的品牌栏目，主要采访对象全是国际国内一流企业，通过企业家的言传身教，展示商海浮沉的惊涛骇浪，传授商业运作的心得体会，指导管理迷津，加上制作严谨，尽量做到实事求是，不浮夸，不虚伪，不造作，口碑好，权威性高，很受大众欢迎，收视率稳居前三，在商界影响力不俗。

正如萧昊的预计，许铭轩不改低调的风格，不愿在媒体前抛头露面，吩咐萧昊代表公司接受访问，强调要突出公司整体形象，尽量减少个人色彩。萧昊满口应允，他提供给许铭轩的受访稿大纲，突出东美发展的团队力量，聚焦在东美的品牌效应上，对个体的谈论近乎为零，有时实在没法回避，也只是一带而过。许铭轩很满意，节目组来公司拍摄那三天，他刚好去悉尼出差，等到节目播出这天，才在别墅里泡了壶普洱茶，边打开电视机等待，边和儿子许磐下围棋。

许磐身材不高，长期坚持体育锻炼，显得很黑很壮实，和许铭轩的文弱大相迥异。不过父子俩的眉目很像，额头饱满，眼睛不大，但晶亮有神，鼻梁不高但鼻头厚实。只是许磐秀气的嘴型像母亲宋明丽，不像父亲那般偏大，五官组合起来更加帅气。

父亲酷爱围棋，许磐从小耳濡目染，棋力不差，曾拿过全市小学组比赛冠军，十一岁的小小年纪已是正儿八经的业余五段。许铭轩曾起过送他去接受职业围棋训练的念头，但宋明丽坚决反对，她不想独生子一辈子在黑白世界中承受胜负的巨大煎熬。许铭轩拗不过妻子，只能作罢，而上中学后，许磐迷上足球，围棋便放在一边，只是偶尔陪父亲过过棋瘾，出国后每次回家，父子俩肯定要杀上几盘，其乐融融。

除了长相，许磐还继承了父母的勤俭低调，全身上下无一奢侈品牌。戴的手表是卡西欧，穿的运动服是乐途，鞋子是耐克，用的手机不是风靡世界年轻人几乎人手一部的 iPhone，而是结实耐用的诺基亚 E72。在美国时，开的汽车是丰田卡罗拉，他的同学同事，没一个人能看出这是亿万富翁的独生子。在家族里，许磐的孝顺懂事，有口皆碑，而父母对他寄予的厚望，不言而喻。

宋明丽端着一盘切好的水果出来，放在棋盘边，叉一块哈密瓜给儿子，满脸洋溢着母亲特有的幸福笑容："儿子坐了十几小时的长途机，刚刚回来你就拉他下棋，也不让人好好休息，把时差调整过来。"

"长途飞行，一下飞机后就立即到酒店参加商务谈判，我经历过的次数，数也数不清。"许铭轩说，"时间就是金钱，学会和时间赛跑，随时应付突发事件，时刻保持清醒头脑，本来就是企业家必备的素质。"

"妈，我的习惯是一上飞机就睡觉，现在精神好得很，你问爸，我有没有出什么臭棋？"许磐边吃哈密瓜边笑着说，"我刚去花房，你的插花手艺是越来越好了，以后可以开班授课咯。"

"你这孩子，嘴巴抹油。"千穿万穿，马屁不穿，加上是儿子的奉承，宋明丽笑得开心。许磐很久没摸围棋，棋艺生疏不少，刚开始还能凭功底和父亲周旋，进入中盘后，几个局部交战处理不妥，形势急转直下，坚持了一会，只能投子认输。

"时间快到了，先看节目。"许铭轩把棋盘推到一边，一家人吃着水果，聊着闲话。《商道》准时开播，将东美工业城拍得美轮美奂，现代化气息十足，无菌生产环境，全自动化生产线，还有高端的检验检测设备，展现出东美的硬件实力。许磐不住点头："两年没回来，公司是变了番模样，生产设备越来越先进了。"

"这车间是新建的，去年十一月刚刚落成，别说在全国，就算是世界范围，都数得上顶尖水平，市里的领导经常带客人来参观，展现平川的工业水平。"宋明丽看看丈夫，"你爸是大手笔、大气魄。"

"请来的萧昊，做得怎样？"许磐说，"我在网站上看到关于公司的新闻，今年的动荡好像挺大，裁了不少人，引起不少议论，不过很快帖子就被删了。"

"不是裁人，是正常的人员更替，新陈代谢。正因为有些震荡，引起外人误解，才把《商道》请来，以正视听。"许铭轩纠正说，"如果萧昊能力不行，我会安排你当他助理吗？"

节目进入访谈阶段，看到是萧昊在记者对面坐下，许磐有点儿意外："爸，你让他受访？"

"他是集团总裁，代表集团合情合理。"宋明丽替许铭轩回答，"你又不是不知道，你爸最讨厌抛头露面，让萧昊去，对他是一种礼遇。"

"可东美是由爸创立的，介绍推广东美，再怎么说也该是爸出面的。"许磐并不赞成，"要上这节目不容易，既然要宣传推广，就不该把机会让出来。"

"那几天我刚好出门，并不在公司。"许铭轩目光定格在屏幕上，摆摆手，简单地说，"这些是小事，不说了，看节目。"

主持人是从央视跳槽到辉煌卫视，素以提问尖锐，善于抽丝剥茧，切中关键问题而闻名。而面对着摄像头，萧昊毫不慌乱，侃侃而谈。在主持人的追问中，灵活应变，举手投足间充满自信，配上英俊的脸庞，得体的着装，说得上魅力十足。许磐心底下不得不承认，他来接受采访，的确比冷静寡言的父亲更合适。

萧昊的应答是按着和许铭轩确定好的套路来，将东美的发展集中到团队功劳上。在几个关键点上，又巧妙点出老板的作用，不着痕迹地指出许铭轩在东美不可替代的领袖地位。许铭轩听得仔细，暗暗点头，对萧昊的表现很满意，临近尾声时，主持人忽然问："萧总，据说东美即将推出全新的品牌，高姿态打入高端市场，请问是否属实？"

"你们的消息真灵通。"萧昊说，"的确，在中低端市场接近饱和，利润率越来越低的情况下，许老板已做出决策，要带领我们在红海之外，打造高端品牌，开辟蓝海，避开恶性竞争，为东美的进一步发展注入动力。”

许铭轩脸上的肌肉绷紧。宋明丽的脸色变了变。主持人继续问：“在国内日化用品高端领域，一向由外资把控，过去也有民族品牌想进入，最终都无功而返。东美是否有足够的能力和资源？”

“当然，我们不打没把握的仗。”萧昊朗声说，“进行战略转型，是公司发展的大方向，是许老板经过深思熟虑后，所做出的正确选择。我们会投入全部资源，以强大的人力、物力、财力来打这场仗，我相信，世上没有攻不克的堡垒，只要精心策划，周密准备，找准突破口，就算马其诺防线，照样可以拿下。”

“那能简单介绍一下你们的战略方向吗？”

“因为这涉及商业机密，所以不太方便介绍，我只能说，这是将民族品牌价值提升到全新层次的机遇，我们会全力以赴。”萧昊顿一顿，接着说，“不过我可以透露一个信息，我们已请到白萱为全新品牌代言，只有最好的产品，才能请动超级天后，这是完美组合。”

“白萱代言的产品，全是国际一流品牌。”主持人的语气中带着赞叹，“能请动她，看来东美真是准备动大手笔。”

“我们的决心非常坚定，我相信，对全新的产品，一定会让消费者改变对国产品牌的看法，并改变市场格局。”

许磐正看得入神，电视屏幕忽然漆黑一片，转头看去，心头咯噔一下。只见父亲脸色要多难看有多难看，拿着遥控器的右手有些颤抖，眼中有光芒不住地闪烁。宋明丽给丈夫的茶杯里加上水，不住摇头，叹气说：“自以为是，耐不住性子，过分了。”

“他这是在逼我表态，而且只能按他的想法表态。”许铭轩声音冰冷，“借助公众媒体将我架上去，无路可退。”

“他说的转型方案，并不是真的？”许磐的脑子转得很快。

“方案是有的，但因为风险过高，你爸并没同意。”宋明丽苦笑，“可萧昊刚才口口声声说你爸已做出决策，这回是箭在弦上，如果不做，公司将成为行业笑柄，你爸的声誉、地位和个人威信将大打折扣。这个萧昊，事先一点儿招呼都不打，居然用这种手段。”

许磐想了想，说：“他的做法有问题，但我觉得未必没道理，如果真能做好高端市场，打破外资垄断，对集团的发展会有好处，而且品牌价值的含金量更高。”

“道理是没错，可别忘了，有美好的前景，还有曲折的道路。”宋明丽提醒儿子，“一旦失败，埋单的不是萧昊，所以谨慎没错。”

“下棋我最不喜欢用胜负手。”许铭轩插话，“占优势的一方，没必要使用胜负手，控制住局势，慢慢向终点靠拢便足够。被逼到使用胜负手，往往是劣势的一方，必须将局势搞乱，才能在混战中寻找机会，这是赌博，赢了翻盘，输了投子。”

许磐听懂父亲话中的意思：“所以您觉得东美没必要走这一步？”

“以前失败了，顶多我们一家人回去挤小破房。可现在要失败了，几千个员工就得砸饭碗，影响的是几千个家庭，数以万计的人。”许铭轩语重心长，“企业做得越大，责任越大，我们是在负重前行，要尽可能规避风险，而不能像创业时，追求高风险高收益，失败的成本不在一个重量级上。”

许磐若有所悟。许铭轩将遥控器放在桌上，声音虽然疲惫，却充满不减愤怒的气息：“萧昊采取的方法，已越过他的边界，作为职业经理人，应该去执行决策，而不是替老板做决策，更不应该逼老板去做不想做的决策。”

宋明丽清楚丈夫是真动了怒。萧昊这一手也实在太绝，丈夫是哑巴吃黄连，有苦说不出，还不能澄清，那除了和萧昊彻底决裂，还会制造更大的混乱，让业界笑弯了腰。眉头轻抬，轻声说:“他看准了这时候你不会动他，如果转型成功，你更不好动他，而转型失败，就算你不动，他也会辞职。”

“他是看得准，做得狠，左右逢源。”许铭轩揉揉眉头，压下不甘心和窝火的情绪，让理智回归，冷静地判断全局，“再去追究，没有任何意义，消息放出去，一旦竞争对手抢在我们前面行动，情况只会更糟，既然是华山一条路，那就放手去做吧。小磐，这段时间你跟在他身边，不要发表任何意见，既学习，又观察，保持自己的判断，不要被其他因素影响。”

“放心吧，爸。”许磐长出了一口气，“我会好好向他学习。”

第二十八章　了断

两天后上班，许铭轩把萧昊叫到办公室，就当什么事情都没发生过，闭口不谈节目的事，将签好的“沐情”执行方案交给萧昊：“放手去做吧！和以前一样，你在前方冲锋陷阵，我在后方全力支持，努力把项目做成功。”

“有老板您这句话，我一定让沐情成为行业奇迹。”萧昊的回应铿锵有力。

“好。”许铭轩拍拍手，把许磐叫过来，“还有另一项任务，许磐以后就跟着你学习，有什么做错的，该教的教，该骂的骂，多指导，不用客气。”

萧昊和许磐握手，看看他简朴的打扮，心想真是有其父必有其子，都不是懂享受的人，皮笑肉不笑地说：“我能有什么教的，有大公子协助，相信以后工作必定更顺利。”

“萧总您是管理专家，能力有目共睹，能让我学习的太多了。”许磐的姿态放得很低，“还希望您多指教。”

许磐的办公室在萧昊隔壁。萧昊吩咐安露向各部门发通知，告知总裁助理许大公子的到来，并将公司近期的资料拿给许磐看。自己窝在办公室里，看着沐情方案上许铭轩的签字，嘴角洋溢起得意的笑容。连一句斥责都没有，许铭轩的反应，完全在他意料之内，这着棋走得看似如履薄冰，其实背后系着安全带，那就是既然方案不得不做，许铭轩就不会和自己撕破脸。只是这也将萧昊置于悬崖边，能将沐情做起来，万事大吉，否则，他倒下来的速度将如火箭坠落，一泻千里。

只要能打败兴华日化，抢到国内品牌头把交椅，越大的风险，对萧昊来说越是刺激的挑战，有挑战的人生，才是有意义的人生。

就在畅想之时，手机有短信发来，卫菊发的，简简单单四个字：生日快乐。萧昊怔住，看了眼电脑旁的台历，竟有些恍惚。他向来过的是阳历生日，对阴历生日没放在心上，直到去年卫菊暗自用万年历软件查出来，那天拉上萧昊到海边露宿，费尽心思做顿大餐，每道菜都是萧昊最喜欢的，喝过酒，吃完菜，在此起彼伏的海浪声中，卫菊难得地主动挑逗，而且极为投入。在性事上，卫菊属于被动型，还慢热，无论技巧，反应还是配合，比起萧昊前一任女友方玉岚来天差地远。可那天她的表现，却令萧昊惊喜万分，做爱的地点他经历过不少，但在天为幕，地为席，明月腾空，惊涛拍石的大自然美景下，却是第一次，那感觉分外刺激。在他激情难抑的喷射后，卫菊温柔地画龙点睛："生日快乐。"那份突然在全身血管流淌的惊喜，令他终身难忘。不讳言地说，那是他这三十几年来过得最有味道的生日，感念于这份情意，以至于在查清卫菊编造的谎言时，萧昊才一再给她坦白的机会。

原来她还记得。萧昊用力吸口烟，简单地回两个字：谢谢。没过一分钟，卫菊的回复来了：晚上有空吗？我请你吃饭。

自从上次吃过饭后，两人没再相见，职级相差太远，工作上本来就没多少接触的机会，再加上萧昊刻意回避，两人虽在同一个公司，却缘悭一面。卫菊时不时会发信息过来，内容是普通的朋友问候，而萧昊的回应一如既往，平平淡淡，客客气气，从字里行间显示朋友的距离。他相信以卫菊的聪明机灵，不会不知道自己的意思。这一个星期来，没再收到卫菊的消息，萧昊还以为她死心了，没想到她只是在等待打开自己记忆阀门的一刻。

这些天来，卫菊一定在精心准备，要在这份心意和热情上兜头淋下一盆冷水，不是件容易的事，就算素来坚决果断的萧昊，直到把烟吸完，才回复：晚上已约朋友庆祝，谢谢。

这话意味深长，隐喻着已经有人取代卫菊的地位，足足过了十分钟，卫菊才回：好的。

萧昊关了手机屏幕，感到心里异常纠结，他迫切地想驱散这种感觉，一个电话把安露叫进来，开门见山，语气不容置疑："晚上推掉其他安排，一起吃饭。"

安露愣了愣，见他一脸正经，问："有客户来吗？日程安排中没有啊。"

"比接待客户重要得多。"萧昊板着脸，郑重地说，"我生日，这理由足够吗？"

安露讶异地"嗯"一声，看萧昊不像开玩笑，略略犹豫："好吧。"

"回答得这么不干脆。"萧昊不满地说，"你老板生日，请你吃顿饭还那么难？"

"晚上我本来有瑜伽课程。"安露刚说完就觉得怪怪的，干吗要向他解释？

"那好吧，下班你先回家，我再去接你。"萧昊展开笑颜，"我可不想和穿着工作服的你一起用餐。"

萧昊上下班有专职司机接送，除非是工作需要，否则安露不会和萧昊同车，在这点上，心细如发的安露向来把分寸把握得很好。等她走出去后，萧昊的心情才好转，只是拿起手机时，又不由自主地觉得分外发沉。

安露回到家，打开衣橱，看着琳琅满目的衣服，挑选很久，却不知道穿哪件比较好。平常她最喜欢的着装是牛仔裤配运动服，但今晚毕竟是和萧昊晚餐，穿得过于休闲不好，那会显得不够重视。最后她还是挑件黑色长裙，这是大名鼎鼎的香奈儿出品，衣柜内为数不多的奢侈品之一。当时在上海，为参加一个重要的宴会，她到服装店千挑万选，才痛下决心，大出血买下，过后穿上的次数屈指可数。想起以前，安露感到一阵刺痛，在镜子前呆站了好一会儿，几次要将衣服挂回，可动作到半途又停下。该过去了，安露咬咬牙，将衣服换上。大品牌的服装，一上身就看得出其质量和档次，轻纱曼妙，小露玉背，淋漓尽致地衬托出安露美好的身材，尤其难得的是，和安露高雅的气质匹配得天衣无缝。

四十五分钟后，萧昊才开着路虎赶到。看到风采照人的安露，眼神亮晶晶地上下移动，啧啧说："漂亮，真漂亮，我觉得你明天应该穿这身衣服去上班。"

"员工必须穿制服上班，这可是你规定的。"安露说。

"我特批，我相信大家是不介意欣赏的。"萧昊笑嘻嘻地说。

安露抬起手作势要打："别油嘴滑舌了，走吧，我饿了。"把手里的一瓶红酒递上，"时间仓促，没什么送你，找来找去，就这酒还可以，生日快乐。"

"你肯陪我吃饭，已经是最好的礼物。"萧昊接过酒，在手里扬了扬，咂着嘴唇说，"那我们今晚就把它干掉。"

在安露的预想里，以萧昊的风格以及对饮食的挑剔，晚上应该是到市区某家顶级餐馆，所以才穿得如此隆重。没想到他却把车开出城，顺着国道前行，不解地问："要去哪儿吃饭？"

萧昊似笑非笑："我还以为你又是牛仔裤加衬衫，没想到却是晚礼服，早知道我就另外安排地方，不然你这打扮和吃饭的地方很不搭。"

"你又不先说清楚。"安露眉头皱起，"谁知道你会跑到这儿来。"

"没事，这别有一番风味。"走了三十多公里，萧昊拐进一条乡村小道，再走不远，一大片绿油油的菜田便映入眼帘，将车在路边停下，萧昊拍拍方向盘，"到了。"

安露下车，只见四周渺无人烟，偶尔有几声蛙鸣打破宁静，天空中月朗星稀，微风吹拂到脸上，空气清甜如蜜，深深吸几口，就能感到甜丝丝的味道渗透到每寸肌肤。环境无可挑剔，只是哪有什么餐馆？

萧昊看出安露的疑惑，打开车后尾箱，拿出一个硕大的袋子，首先把一条大地毡铺上，打开强光照明灯，变戏法似的拿出酒精炉，还有大锅，两个碗，两个勺子，几个碟子，还有一大堆打包整齐的食物，海鲜有鲍鱼、小象鼻蚌、东星斑、活蹦乱跳的鲜虾、生蚝，肉类有雪花肥牛、羊肉，蔬菜有大白菜、空心菜，除了这些火锅料，还有熟食。萧昊边拿边介绍："巨记的烧鹅、风味轩的大蒜煎饼、蜀门的水煮鱼、泰象的咖喱蟹，最后还有满记的杨枝甘露垫底，怎么样，这餐够丰富吧？"

安露的眼睛都快直了，喃喃说："这么多，我们两人吃得完吗？"

"慢慢吃，慢慢喝，这地方没人赶我们走的。"萧昊开始摆放物品。安露想帮忙，可她穿的这身衣服碍手碍脚，得小心翼翼，动作极不方便。萧昊看在眼里，摆摆手说，"美女，粗重活我来，你就一边歇着等吃，马上就好。"

早知来这儿，根本就不用换什么衣服，照往常来好了，安露一边懊恼，一边看着萧昊麻利地将物品整理好。原来他也准备了红酒和酒杯，用开瓶器将安露送的酒打开，倒入杯中晃动，娴熟地品尝一小口，赞许说："好酒，真不赖。"

安露看着琳琅满目的食物，犹自难以置信："那么短的时间，你怎么能跑那么多地儿，买到这些东西？"

"实话告诉你吧，我会孙猴子的筋斗云，一下就十万八千里。"萧昊戏谑地说。看安露摇头，接着说，"咱先喝一杯酒，我再告诉你。"

"其实很简单，这社会有种工具叫电话，这些店有种服务叫电话送餐，我只要让他们准时将东西送到我家集合就OK了，根本不用亲自跑。"萧昊很得意，"只是平川的交通真不行，有三家延误，才会耽搁那么久。"

"不得不说，你真是个肯花心思的人。"安露由衷地说。在美丽的大自然中野餐，这份意境和情趣，非当局者不足以领略。

"那你会欣赏这些心思吗？"萧昊凝视着安露。

安露不答反问："你追求过多少个女人，只怕你自己也记不清吧？"

"不，恰恰相反，我记得很清楚，加上你，一共4个。"萧昊理直气壮，"你要问我和多少个女人上过床，那我真记不清。但你问我主动追求过多少个女孩，只有4个。还有几段恋情，那是女人追我的。"

安露不禁哑然失笑："好丰富多彩的恋爱史。那你知道我的吗？"

"不知道，不需要知道。"萧昊将虾放入火锅中，看着颜色逐渐变红，深有感触地说，"那是你的过去，我的看法，两个人在一起合适就好，其他的没必要追根究底，知道得太多，有时对双方反而是伤害。"说到这儿，他又想起卫菊，如果不去调查，进而拆穿她的谎言，现在坐在对面的，还会是安露吗？

世事没有如果，所以人只能接受现在。安露像是被萧昊的话触动，轻声说："是啊，了解过去又如何，就是一场梦。"

"梦过就算了。"萧昊将烫熟的虾放进她碗里，"人不应该停留在梦境里。"

安露将热气吹散，用芊芊玉指剥开虾壳，忽然问："我们的约法三章，你忘了？"

"规矩是死的，人是活的，大活人哪儿能被死规矩圈紧。"要论诡辩的能力，萧昊自信满满，早就准备好托词，"宪法够庄严的，那还能修改呢，我们也要与时俱进，对吧？"

“你就信口雌黄吧。”安露说得冷淡。萧昊接口说：“如果你对我的感觉还和约法三章时一样，那我无话可说，如果感觉已经不同，那为什么还要被自己的框框束缚？为什么不能承认现实，享受恋爱呢？压抑自己不累吗？”

安露埋头吃着，不让萧昊看到脸上的表情，直到把碗里的食物吃完后，才抬头抛出一句：“这回你打算玩多久？”

“玩？”萧昊夸张地说，“我有说和你玩吗？我认真得很，好不！”

“你唬三岁小孩呢？”安露冷笑，“别说我看穿你，像你这样的男人，女人对你来说，图的就是个新鲜感，只要这种感觉一失去，马上就会去寻找新的。坦诚点吧，我不是十七八岁的小女孩，要是虚伪了反而影响我对你的评价。”

“我很坦诚，对你更没必要虚伪。”萧昊坐直身体，姿态很严肃，“我不会说对每段感情都认真，那是自欺欺人。但我也不是对每段感情都用游戏的态度对待，我也有真心喜欢过的人，只是因为某些原因而分开，我也会受伤，而不是只让人受伤。我很清楚，我是因为喜欢你而追你，而不是要玩弄你。毕竟在第一次见面时，该发生的事已经发生了，如果只是为图个新鲜感，值得我花费这些心思吗？难道平川只有你一个美女？”

听萧昊说起那晚，安露脸颊泛红，低声骂句坏蛋，看着沸腾的火锅，出神想了会，悠悠说：“你真是个女人的杀手。”

“那还不是折在你手上？你就是男人的特警。”萧昊打趣完，诚恳地说，“结婚，组建家庭，生孩子？这些我都不敢保证，但我能做的是，认真对待这份情感，用心经营每一天。我相信你会很快乐，我也会。”

安露的眼眶中渐渐升起一层泪花，晶莹剔透，定定看着萧昊，用尽全身力气，虽然带着颤音，却字字清晰：“你赢了。”

“是我们赢了。”萧昊心情大好，及时纠正，拉住安露的双手，温柔无限。月光渐渐西沉，星辉尽散，田野间寂静无声，天地间仿佛只剩下他们两人。酒喝完了，再开一瓶，盘子空了一个又一个，炉子的火苗熄灭，强光灯的电量也快耗尽，光线愈加昏暗，萧昊抱着安露，只觉她浑身发烫，心脏怦怦跳动的声音，在旷野中尤为清晰。忍不住俯下身来，将嘴唇送上，两人热烈地接吻，萧昊的手掌慢慢移动，他清晰感觉到安露的回应。和一夜情时完全不同，那晚她是麻木的，只是随着情欲的涨落而波动，不带丝毫感情色彩，而此刻是投入的，因而整个人陶醉其中，当性带上爱的色彩时，更加激情四溢，动人心魄，那是灵与欲的完美合一。

两人在地上滚动着，当萧昊要褪下她的内裤时，安露忽然剧烈颤动起来，用手挡住："别，别在这里，让人看到怎么办。"

"没事，哪儿有人啊！"情欲高涨的萧昊哪管这些，"天地为媒，多美好的记忆。"

"不行，不怕一万，只怕万一。"安露挣脱开萧昊的怀抱，将衣服整理好，坚决地说，"去你家吧，在野外绝对不行。"

一看安露的态度，萧昊就知没戏，对大部分中国女人来说，要在无遮无掩的野外做爱，这心理挑战未免太大了些，只能无奈地收拾好东西，向家里飞奔而去。看看时间，已接近晚上十一点，车辆稀少，道路宽敞，萧昊踩下油门，车子如脱缰的野马，以时速130~140公里的速度呼啸着在飞驰。原要一个小时的路程，二十分钟便到了。进入小区，萧昊在楼前的固定车位停好车，却见一人站在防盗门前来回踱着步。平川昼夜的温差较大，这人穿得单薄，手里拿着个袋子，似乎感觉到夜晚的凉意，不住地缩着脖子。

这个身影萧昊异常熟悉，脸色不由得变了。安露也认出对方，扭头看着萧昊复杂到极点的表情，不咸不淡地问："我们要下车吗？"

"当然，要不在车里过夜？"萧昊叹口气，"给我5分钟。"打开车门，举步向前走去。

卫菊的视力很好，早就看到萧昊的车子，借助路灯的光线，她还看到副驾驶位坐着个女人，虽然看不清五官，但凭直觉她就想到那漂亮的女秘书，全身的血液瞬时降到冰点。萧昊缓缓走到跟前，眼光深深地望着她："这么晚了，你怎么在这儿？"

"来和你说声生日快乐。"卫菊的笑容要多勉强就有多勉强，将手中的袋子递上，"这是送你的礼物。"

萧昊接过，刚说了声谢谢，卫菊转身便要离开。萧昊忽然说："等一下，我想有些话我们还是说清楚比较好。"

"不用说了，我都明白。"再怎么尽力掩盖，卫菊也藏不住凄凉的神情。这是希望破灭的哀痛，是从高峰跌入冰谷的失落。

"谢谢你为我做的一切，但过去的再也回不来了，我们要开始新的生活。"萧昊硬起心肠，语重心长地说。

"是我犯傻，去追求不属于自己的感情。"卫菊的眼泪还是没能忍住，顺着脸颊淌下，"打扰你的生活了，对不起。"

"别这么说。"看着脸上大雨滂沱的卫菊，萧昊内心的最深处一阵阵发痛，上次两人正式分手时，他还没这种感受，可此时不知为什么，竟是如此强烈，"你以后会更幸福。"

"你会不会觉得我纠缠着你让你很烦？其实我只是相信幸福要靠自己去争取，所以我才会来东美，希望能挽回些什么。"卫菊凄然笑笑，自嘲地说，"我是不到黄河心不死，既然已经到黄河，那就该转换方向了。"

"我不值得你做这些。"萧昊忍不住叹气，"我和你说过，我从不回头看。"

卫菊的眼神和萧昊触碰交会，碰撞了好一会，才说："我想问你最后一个问题，可以吗？"

"尽管说。"

"你和我分手，是因为没感情了，还是因为知道我的过去？"卫菊目不转睛地注视着萧昊，这是让她不甘不舍的最大源头。

"都不是。"萧昊索性敞开来，坦诚地说，"你的过去不重要，我在意的是欺骗。而且我提醒过你，可你始终不肯和我说实话。我最讨厌别人骗我，越亲近的人骗我，我越无法接受。能骗一次，就能骗两次，我不喜欢活在要时时刻刻去分辨真假的环境里。还有另一个原因，你并不是黎仕国的什么亲戚，你是在康健帮他按摩时认识的，这让我不得不怀疑，你们是否还有其他的关系。这只老狐狸老奸巨猾，他让你到我身边来，到底是什么目的？这些疑虑我挥之不去，你觉得在这种情况下，还能投入什么感情？"

卫菊本已止住的泪水再度决堤，身体不住发抖，声音带着撕心裂肺的痛楚："你想得太复杂，为什么不肯从简单的角度想，我之所以不敢说实话，只是因为怕失去你？我就是怕说了实话后，你会想这些，可没想到，说跟不说，你都是这么想。我和黎仕国只是简单的客户关系，他是帮助过我，可我和你在一起，并不是他的安排，我更没出卖过你。"

"这我信，可现在说这些太迟了。"萧昊缓缓地说，"这就是缘分吧。"

卫菊后退两步，捂着脸向后飞奔而去，身影很快就消失在萧昊的视线中。安露的声音在背后响起："你不追过去看看，她会不会出事？"

萧昊几次想追上去，可双脚却比灌了铅还沉重，咬着牙说："不用，这一关她总要过去。"

"说得真好听。"安露冷冷地说，"看得出她很爱你，为什么你们男人在伤害女人后，总能表现得这么冷酷无情？"

"那你觉得让她活在不切实际的幻想中，就是有情有义吗？"萧昊突然暴怒，近乎咆哮地怒吼，"你觉得我很好受？"

安露没被吓到，她的目光似乎想穿透萧昊的内心。萧昊的五官近乎扭曲在一起，刚强得像块岩石的男人，原来也有这么失态的时候，他是因为恼羞成怒，还是对这女孩动过真情？一念到此，安露有些茫然，无惊无怒地说："我想你今晚需要一个人好好静静，我先回家。"

萧昊并没挽留，刚才猛涨的欲火此时已退落海底，就算安露不走，他也没丝毫做爱的欲望。伸手按动防盗门的密码时，才发现拿着卫菊送的礼物，打开来是个泥人塑像，面目五官和自己就像模子里印出来的一般。这是卫菊家乡一位老艺人的祖传手艺。卫菊有一个泥人塑像，有次让萧昊看到，惊叹其做工之细腻精致，栩栩如生，卫菊便说等回家探亲，让老艺人为他做个。这事萧昊早就忘到九霄云外，没想到卫菊却记在心里，实践了承诺。

"难道是我错了？"萧昊的心一层层裂开，头痛欲裂。对待感情，他一直以为自己很潇洒、很洒脱，既放得开，也放得下，现在才知道，那只是因为自己如蜻蜓点水，点到即止，要脱身自然简单，当不慎陷入旋涡中时，那份撕裂感竟是如此凶猛激烈。

萧昊忽然对卫菊升起怨念，她怎么就不懂，自己不可能回头？为了让她明白，自己做了多少事，明示暗喻，简简单单做朋友多好，她怎么非要一条路走到黑呢？是因为爱情？可千古以来，这事从不是一个巴掌拍得响的，就算能让自己感动又怎样？那又不是爱！

希望这是最后一次让她痛吧，痛过后才能成长。萧昊暗自喟叹一声，再次硬起心肠来，在爱情的世界里，不管高手低手，只要踩得深，照样人仰马翻，遍体鳞伤。

第二十九章　东美成功

碧峰如翠，空山浮云，云雾飘飘荡荡散开之时，清澈的溪水缕缕流过，一把空灵的嗓音如天籁般响起，在幽静的小村庄内，一个英俊帅气的男子，翻山越岭，经过艰苦跋涉和细心搜寻，一株人参映入眼帘。镜头转动，男子精心将人参磨成粉末，制作成浓稠的洗发液，温柔地为心上人洗发，心上人一头细密的长发乌黑柔顺，如她的美丽般让人惊叹，两人情意绵绵，你侬我侬。美好的日子一转即逝，抗日战争爆发，男子应征入伍，临走前花费巨大的精力，用所有采集而来的人参为心上人制作出很多洗发露，在告别时抚摸着心上人的头发，依依不舍，久久不肯松手，直到最后一缕发丝从指间溜走。数十年后，男子从台湾归来，满脸皱纹，身佩满满当当的军功章，当他重回小山村，当年的心上人正在村口眺望等候，她已年华逝去，白发苍苍，两人相见无言，岁月的蹉跎令人黯然神伤。男子从行囊中取出一瓶洗发水，再为女子洗头，画面切换，他们似乎回到青春年华，那美好幸福的日子里。广告结束，浓墨重彩地闪现而出——爱，沐情！

视频拍得美轮美奂，所动用的台前幕后人员，全是顶级水准。如果没有最后的字幕，观众根本看不出是广告，还以为这是天后白萱最新的歌曲MV。除饰演女主角外，白萱还演唱同名主题曲《沐情》，旋律婉转动听，歌词婉约中不失大气，配合白萱独特的嗓音和毫无瑕疵的演唱技巧，再加上凄美动人的爱情故事，让观众留下新鲜而强烈观感，首次在极具影响力的媒体播出时，便引起极大轰动。

以拍 MTV 的形式来做广告，还请出天后白萱，东美集团这破天荒的举措，在业界引起的震动，堪称是十二级地震。除了央视，东美不惜血本，在各卫视，全国各地方台的投放同时铺开，只要一打开电视，在黄金时间内，就能听到白萱的声音，见到沐情的品牌，虽然是 45 秒的精华版，但效果已足够。对白萱的粉丝来说，对被故事所打动的消费者来说，沐情已在他们脑海里留下不可磨灭的印象。而在各大商超，零售店，沐情品牌的人参洗发水放在最显眼的位置上，堆头做得气势磅礴，一旁的电视反复播放着完整版广告。专家对人参养发效用的验证和认可，白萱亲身讲述其使用后的功效，而沐情高昂的售价，也引起具备购买力消费者的好奇心，真的比外资品牌好吗？

萧昊确实是营销天才，对消费者的心理把握得分毫不差。除了铺天盖地的广告轰炸，他还在各城市和最有名气的美发店合作，举行沐情品质擂台活动，将外资产品撕掉标签，和沐情一起，让消费者当场免费使用体验，亲身判断效果，并全程录像，在各地电视台播放。他知道中国人向来是拿人家的手短，吃人家的嘴软，洗发水的品质差距极小，谁来出钱让他们体验，从潜意识里他们就会说谁的好话，而且在产品研发时，萧昊就一再强调，使用后一定要突出人参的清香味，这更令消费者从嗅觉上认同。果然，这活动出来后，沐情的信任度不断飙升，逐步获得消费者青睐。

萧昊还和省台联手，在全国范围内举办沐情之星的选拔赛。凡是沐情的消费者，凭六个沐情产品的瓶盖便可报名。通过自身才艺展示，经过专业评委的考核，从海选，初选，预选，本赛，十强赛，半决赛直至决赛，一路过关斩将，前三名能成为东美集团的产品代言人，参演即将开拍的《沐情》电影，冠军还能和白萱合作拍摄沐情的第二部广告片。谁都清楚白萱在演艺圈的地位和影响力，能和她合作，就是坐上神舟飞船，随时一飞冲天，就算不为出名，能和心中的偶像合作，那也是千载难逢的圆梦机会。中国从来不缺做明星梦的少男少女，为了参赛，他们成为沐情的消费者，而参赛者高涨的热情，加上电视台和广告公司的专业运作，在比赛过程中不断爆出奇人异事，热点层出不穷，轰动效应猛涨，全民关注。沐情品牌在短时间内便妇孺皆知，产品炙手可热，很多城市卖断货，锋头一时无两，将高端市场的龙头老大美国 YK 打得人仰马翻，毫无还手之力。

沐情的大获成功，让东美集团的美誉度上升，旗下其他品牌的产品在沐情的光环效应下，随之热卖，被冠以“沐情”现象。很多专家学者专门研究跟踪，探索沐情的成功之谜，如何能打破国产无高端的宿命，创造奇迹。而作为沐情战略的策划人和操作者，萧昊的名声大噪，讲课传道的邀请络绎不绝，还被全国性机构授予中国十大营销精英的头衔，其他各种各样的名誉数不胜数，声望如日中天。

根据市场机构发表的调查报告，经过多年的跟随战略，东美产品的市场占有率终于超过老大哥兴华日化，高居第一。而沐情高端定位所带来的高利润和高附加值，远非兴华日化可比，打开通往蓝海的航线，前景广阔。而兴华日化在东美的步步紧逼下，不断后退，已现颓势，如果没有新的强势产品支撑，前景堪忧。

“啪”的一声，周钦勇愤怒地将报告扔在桌上：“什么乱七八糟的研究机构，只知皮毛就敢胡编乱造，哪来的数字，瞎扯淡。”

发完火，周钦勇目光炯炯，转到面前的帕克：“这几个月公司的业绩太糟，上个星期我被总部叫去北京，上市该走的流程走完了，就等着排期，如果公司业绩不好看，影响到股价，帕克，我们都会很麻烦。”

帕克很郁闷，也很不服气：“我承认，我们的销售最近被东美压制住，但是我搞不懂的是，为什么对我们的营销计划，他们总能抢在前面。占领高端产品市场，我也看到了，可我们刚完成调研，进入实际操作阶段，他们就把沐情拿出来了。”

“说这有用吗？你怀疑是奸细的朱捷去培训了，营销业务全抓在你手里，业绩不好，还能有什么借口？”周钦勇很不客气，“我们要反击，要把东美的气势打下去，该投入就投入，一定要打个翻身仗，把第一的位置拿回来。”

帕克打开笔记本电脑上的一个文件，将屏幕转到周钦勇的方向，有理有据地说：“从销售额上，东美是超过我们，那是因为沐情的售价高，如果分析所占的市场份额，我们还是第一，而改革之后，直营的销售直线上升，这是良好的趋势。据我分析，东美投入的资金非常巨大，是用钱在拼命砸市场，沐情发展势头虽然很猛，但还需要一段很长的时期，东美才有可能收回投资。而新品牌缺少积淀，又扩张得这么快，迟早会出问题，比如后续投入跟不上，或者产品质量不好，或者产能饱和跟不上，那时沐情就会像流星，一闪而过。还有它的对手，外资的高端品牌，像美国 YK、日本的文美、法国的姿雅，现在只是一时被打乱阵脚，他们也会反击，沐情不可能一直保持现有势头。我认为没必要和东美硬碰硬，将我们现有的市场做细，提升服务，加强内部管理，更换业绩不好的经销商，等对手问题出现时，我们再寻找机会迎击，就能将他们击败。”

“等？等到什么时候？”周钦勇连连摇头，“如果刹不住东美的势头，让他们站稳脚跟，我们哪还有机会？我们自己的高端品牌不是准备好了吗？推出市场，给他们迎头痛击。”

帕克吓了一跳:“我不认为这是个好主意。沐情抓住机遇,势头发展迅猛，吸引住市场的注意力，这时我们再出新品，只会让人觉得是跟在他们后面学习，很难引起消费者的兴趣。”

周钦勇不耐烦了，冷冷一笑：“帕克，当初推高端产品是你的建议，可准备工作做得七七八八，你又打退堂鼓，这实在令人难以理解。”

帕克耐心地解释：“主要是我们已经失去最好的时机，沐情走在前面，并且处在巅峰期，再去和他们硬碰硬，我们会付出比以前大得多的代价，还很难获胜。周，做市场需要耐心，和人一样，每个产品都有生命周期，东美今年是做得不错，但以后胜负还难说。我们的综合实力更强大，只要能寻找到新的突破口，还有很多机会反超他们。”

“够了。”周钦勇的音量骤然提高，“做市场就要付出代价，我们又不是付不起！帕克，我认为你太谨慎了，你自己也说，我们实力更强大，东美能做到的事，为什么我们做不到？我们在找机会，那市场会不会等我们？你知不知道，以行业第一还是第二上市，对股价的影响有多大？我的要求很明确，也很简单，推出我们的高端品牌，不惜一切代价击败东美。”

帕克沉默下来，他察觉到自从黎仕国休假以来，失去对手的周钦勇好高骛远，自以为是，恨不得一口吃成个胖子，用靓丽的成绩表炫耀能力。他对快消品的市场和销售根本就是外行，但和自己的商量却越来越少，喜欢擅自做出决定，还不容置疑。沐情刚出来时，周钦勇还不屑一顾，认为萧昊是拿国产的鸡蛋去碰外资的石头，没想到国产的鸡蛋硬得很，外资的石头却吹弹可破，便慌了手脚，仓促应战。一看周钦勇因无知而无畏的决然表情，帕克清楚多说无益，只能无力地点点头。

第三十章　权力膨胀

在香港最繁华的中环置地广场内，有一座号称亚洲最佳的文华东方大酒店，居住过的名人政要、显赫人物不胜枚举。

在酒店的宴会大厅内，灯火辉煌、气氛热烈。东美集团的年终经销商总结大会，正举行得如火如荼。餐厅可眺望名闻遐迩的维多利亚港美景，可此时却没有多少人欣赏。会议已举行了两天，下午正式闭幕，接下来便是由东美出资，请所有经销商在香港旅游三天。放下繁重的工作，即将开始吃喝玩乐，经销商彻底放松下来，频频举杯敬酒。东美还请来几位香港明星表演助兴，更把宴会的气氛推向高潮。

而宴会上众星捧月的主角，并不是许铭轩，他虽然坐在主位上，却很低调，除了应付礼节性敬酒外，就像被遮蔽在光芒下的阴影，毫不起眼。只是冷眼看着那个光芒四射的人，举着杯四处敬酒，和经销商勾肩搭背、称兄道弟，脸上喝得红通通的，神采飞扬。

萧昊没有理由不开心、不兴奋。沐情的成功，他是毫无疑问的第一功臣。而将兴华日化赶下龙头老大的位置并取而代之，千辛万苦终将老东家踩在脚下，这种成功报复的感觉让他太爽了。在商讨开会的地点时，萧昊强烈反对以往在平川举办的做法，提出公司的发展已今非昔比，既然做高端品牌，面对高端客户，就要有相应的气魄，要是小家子气，让合作伙伴小觑了，也不利于提高以后合作的信心。随后提出了移师到繁华的东方之珠香港，在最好的城市、最好的酒店开会住宿用餐旅游，用高规格的接待，让来自全国各地的经销商深切地感受东美的实力和诚意。这建议提出来后，许铭轩并未拍板，参加会议的中高层人员，已纷纷表态支持，认为在平川开会，对经销商毫无吸引力，也不符合东美的地位。在一边倒的形势下，许铭轩不得不勉强同意。能让老板不得不按自己的意图行事，这份儿成就感令萧昊更加满足。

宴会上除了明星表演外，还有抽奖环节。奖品有佳能的数码相机、手机、平板电脑、手提电脑。许铭轩发现，上台领奖的经销商，大部分是萧昊开发引进的新客户，原来的老客户，很多已被淘汰替换掉。在开大会时，许铭轩已有所感，此时更为清晰强烈，再看看东美销售团队中的新面孔，有股难以言喻的滋味在许铭轩内心深处涌起。

要抽终极大奖了，欧洲十天游。抽奖人当然是许铭轩，他整理好心情，从容走到台上，按下电脑按钮，大投影幕上飞快滚动着数字号码，在台下众人的翘首以待中，再按下停止键，一个数字映入眼帘，27 号。

看到不是自己的号码，难免有失落叹息，而 6 号桌却有人在欢呼。一位三十多岁，身材偏矮、貌不惊人的男子，手上挥舞着 27 号的胸卡，兴高采烈地走上台，简单地和许铭轩握下手。他酒已喝不少，又中大奖，兴奋不已，听到主持人要他发表几句感言，直接拿过话筒，口齿不清，语无伦次："来自五湖四海的兄弟姐妹，大家好，我是西港市天和公司的林健民。我现在最想感谢的是萧总，没有萧总，我就没有做东美产品的机会，不能做东美的产品，就不能来参加这次会议，不能来参加这次会议，就没有获奖的机会，萧总，萧哥，你这哥哥我是认定了，你就是我的贵人，我一辈子都不会忘了。"

萧昊哈哈大笑，双手合成扩音器状放在嘴边，扯开嗓子，在台下大声回应："少扯些没用的屁话，明年把产品做得好，把销售翻一番，那才叫感谢，大家说是不是？"

众人轰然称是，掌声四起，台上的许铭轩反倒被冷落在旁，虽然还保持着风度，但脸色已渐渐冷下来。幸亏主持人脑子转得快，赶紧让他把奖颁了，接下去还有压轴的歌舞表演。许铭轩回到座位上，他左手边的萧昊带着醉意，遗憾地摇摇头："老板，明年我一定要把白萱请来。作为产品代言人，却说什么从不参加这类活动，太不给面子了。"

许铭轩喝口水，说："我有点事要处理，先回去休息，这儿你主持吧。"说完也不等萧昊回话，急匆匆地就离开了。

萧昊一愣，转头问许磐："老板今晚没喝多吧？"

"他是喝了不少。"许磐不卑不亢地说，"萧总您今晚也喝了不少。"

"今晚高兴，能不喝吗？"萧昊说，"经销商就是公司的钱袋子，你是我的助理，又是老板的儿子，不能落下，得和他们搞好关系，以后生意才做得开。"

"所以我在向您学习，怎样和他们打交道。"许磐的回答颇堪玩味，"获益良多。"

将一切尽收眼里的安露，双眸中的忧虑不断加深，这个萧昊，是不是得意忘形过了头？

许铭轩回到房间里，先洗了把脸，再摆开棋盘，拿出最新一期的《围棋天地》，打起棋谱。这两年中国棋界刮起强烈的青春旋风，一批十八岁不到的少年如雨后春笋般冒出，凭着初生牛犊不怕虎的冲劲以及和年龄不相匹配的老辣沉稳，将原先稳稳执掌棋坛大旗的中生代杀得人仰马翻，夺冠如探囊取物，急不可待地抢班夺权，棋坛秩序大乱，再无睥睨群雄的霸主，已进入风云变幻的战国时代。

打着这些少年的棋谱，许铭轩发现，对他们的棋路，自己很难理解。一招一式，随意而发，从不循规蹈矩，为胜负不择手段，再难看、再低级的招法都使得出来，以往棋士呕心沥血，力求棋道之美，在胜负面前磊落淡漠的大家风范，荡然无存。当代棋手们看到的只是高昂的比赛奖金和金光闪闪的荣誉，高贵典雅的围棋，在商业浪潮的冲刷下，沾满了铜臭味。

许铭轩心里本来就不舒服，打着这种棋谱，更是烦闷，摆到中途就忍不住把棋子扫乱。许磐敲门进来，许铭轩问："宴会结束了？"

"刚结束，去唱歌了。我不喜欢，就过来看看您。"

许铭轩望他一眼，许磐给父亲泡了杯茶，看着棋盘上乱糟糟的棋子，便知父亲心情不佳，突然说：“他是过分了。”

许铭轩自然清楚他是指谁，示意儿子坐下：“年轻人，有点成绩就容易翘尾巴。”

“他的能力没得说，但他把握事情的分寸感不好。”许磐说，“没有集团的投入和支持，沐情不可能成功。为了沐情我们付出很大代价，可现在荣誉和成绩却集中在他一人身上，而他明显也很享受这一切。”

许铭轩没表态：“继续说。”

“还有种很不好的情况，公司内有很多人将他捧到救世主的位置上，以为没有他就没有公司的今天，都快忘记东美是姓许了。”许磐很不满。

许铭轩不置可否，问：“跟他学了这么久，你觉得作为高层领导，最重要的能力是什么？”

“决断力。萧昊的决断力很强，思路广阔、敢想敢干、勇于冒险。作为领导，要是没有决断力，就没法带领团队前进。”

“你说的对，但不全面。”许铭轩悠悠说，“决断力强的人，当职业经理人可以。要作为老板，最重要的能力是用人之术。将事情交给专业的人去做，同时驾驭好这些专业的人，那才能成功。”

许磐琢磨着父亲的话。许铭轩像是自言自语：“在管理上，萧昊最大的强项是市场营销能力。必须承认，像沐情这么巨大的项目，如果不是萧昊，换成其他人来操作，很难成功。可他就是有决心，有信心去做，虽然是采取手段逼我同意，但最终还是成功了。从结果来看，不用他，集团突破不了天花板。走上新台阶，关键在于，怎么用好他。”

“怎么用好他？”许磐已跟上父亲的思路，“只要是人，就会有优缺点，用人是发挥其长处，避开其短处。只是能力越强的人，他的短处往往越突出，怎么用好这些人，对老板确实是一大考验。”

“没错，要想当老板，就要学会用老板的思维去看事。”许铭轩加重语气，“沐情的成功，其实就是集团的成功，他为公司赚到钱，就算把外界的荣誉全领了，那也没什么，都是些虚荣而已。真正令我担心的是他的野心，他的权力欲已越来越膨胀，认为一切是自己应得的，再发展下去，他忘了权力是谁给他的，这是非常危险的信号。”

“他的性格就是桀骜不驯、眼高于顶。跟他这段时间，我虽然学到一些东西，但能明显感觉到，他是防着我的，一些核心的问题，并没让我接触。”许磐忽然露出笑意，“爸，最近很流行用古典名著来套入职场，比如《西游记》，萧昊就很像孙悟空。”

“没错，他就是孙猴子，如果不给他套上紧箍咒，早晚要反了。”许铭轩眼中精光点点，“必须给他一个制约，敲敲警钟。公司内部怎么捧他不重要，他们捧的只是权力，谁掌握了权力，他们就会去拍谁的马屁。萧昊的成绩那么耀眼，要没人捧就怪了。”

“别的不说，对萧昊花钱的大手大脚，我有点受不了。”许磐皱着眉头，心疼地说，“不是自己的钱，他花起来是不心痛。在这儿住，一间房一天就是 3000 元，还有往返的机票，这几天的餐饮，消费这么高，他还要让经销商再玩三天，公司再有钱，也不能这么花。”

“他是好大喜功，要面子。”许铭轩叹口气，“再说了，又不用他埋单。只是沐情确实取得很大的成功，又有很多新的经销商，今年成绩那么好，将他们招待得好一点，提高对公司的信心和忠诚度是对的。我不好为省钱而强行否决，该花的钱还是得花，虽然明知花得过头，但为大局考虑，只能让步。”

“爸，我发现当老板越来越难了。”许磐有感而发，“以前我还觉得既然公司是自己的，想做什么就做什么，哪用管那么多？现在才知道，就算是老板，很多事想做也不能做，只能压在心里，有时还没人可以诉说。”

“公司规模小时，老板可以为所欲为，但这种公司一定做不大。一旦公司大了，就算是老板，也要学会妥协，因为更重要的是达成公司目标能顺利完成。”许铭轩的手指在沙发的扶手上轻轻地敲打着，沉声说，“对萧昊，我们还要用，就只能容忍他的缺点，这是抓大放小。可如果到没法用的那天，那就要快刀斩乱麻，坚决处理掉，能力越大的人，破坏力就越大。”

许磐沉思着，点头称是。许铭轩说：“既然他们去唱歌，你就去找他们，要和经销商混熟，吃喝玩乐是见效最快的方式，以后少不了和他们打交道，在这些场合，有时收获往往比正式场合还要多。你必须喜欢这些交际应酬。

当老板，做生意，客户的喜好就是我们的喜好，只要对生意有益的事，我们再讨厌也要去做，明白吗？”

许磐苦笑：“我越来越觉得老板不是人做的事。”

“但总要有人做。”许铭轩拍拍儿子的肩膀，温和地鼓励，“我以前就是个教师，哪想过能当老板，还将公司发展到今天的地位？人是锻炼出来的，只要你肯做，一定能行。”

许磐打开门刚要离开，一个又高又胖，四十岁出头的女人迎面而来，一身酒气在走廊里弥漫，嗓门既尖且高：“呀，许老板，我正要找你，东美生意好了，可很多事情不能这么干吧！”

许铭轩认识她，她是西港的代理商，姓姜，个性泼辣，敢说敢作，人如其名，就是块辣姜。销售业绩算是中等，但合作多年，算是和东美一起成长，在前年的大会上，在讨论时她毫不客气地将东美的管理和市场服务批得体无完肤，给许铭轩很大震动，便留下印象。“你好啊，姜总，有话进来说吧！”

“这是我儿子许磐，在公司当总裁助理。”许磐给姜总倒上茶，在父亲的介绍中，从名片夹里拿出名片，礼貌地递过去。姜总接过看看，在许磐脸上扫两眼，没好气地说：“许老板，你们东美的管理人员怎么安排，我不管，我只管自己有口饭吃，有点钱赚，小日子能过得下去，你拿我过河拆桥，这就得给个说法。”

她嘴里噼里啪啦说着。许铭轩不急不躁，温和地说：“坐吧，姜总，喝口茶。我们是老伙伴，合作那么久，大家知根知底。到底出了什么事，你和我说，要是东美有什么做得不到位的地方，我一定处理。”

“就因为对东美有感情，这两年不断有其他厂商找上门来，劝我做别的总代理，我都没听进去，早知道你们玩这套，我就不该拒绝得太快。”姜总不依不饶地再发泄两句，拿起茶杯，猛地喝一大口茶润润喉，才说，“我做东美的产品，至少是尽心尽力吧？东美从小到大，我也贡献了一些业绩吧？前两年东美发展的势头受阻，销售放缓，我还是咬着牙坚持吧？以前开会，你说得多好听，什么经销商就是最宝贵的资源，要同心同德，相互理解，双赢获利。那好，凭什么今年有了好的产品，西港的经销权就不给我们，而是给了成立不到两年的天和？他有什么实力代理这产品？最可气的是，还把今年的特等奖给他，许老板，你敢说这里面没什么猫腻，对我是公平的？”

许铭轩算是弄清楚来龙去脉。许磐先笑着接话：“姜总，你最后提出的问题我先解释，抽奖的程序绝对是随机的，没有事先安排的情况。我们对所有经销商一视同仁，最后抽到天和，只能说是鸿运当头，碰巧而已。”

“别以为我不懂电脑，以前都是用抽奖箱，为什么今年要换电脑抽？程序是你们设计的，要安排给谁太简单了。”对许磐的说法，姜总嗤之以鼻。

“用抽奖箱当然也可以，但太俗套，今年东美是要举办和以往完全不同的大会，要有新风气、新感觉、新文化，所以才到香港来，而采用电脑抽奖，纯粹是增加新意，从没考虑过要作为内定使用。”许磐耐心地解释。

“这事你们不承认，我没办法，那就说第一个问题，为什么沐情不交给我们老经销商，而非要找新的？”姜总咄咄逼人地追问。

许铭轩是东美的最高决策者，在应付经销商的实际问题时，往往处于被动的位置。如果他给出任何说法和承诺，就会被作为最终指示，没有回旋余地，所谓君无戏言便是这理儿。在领导的下面，需要人帮着协调缓冲，就算说错做错，至少上面还有个可以纠正挽回的后盾。所以和姜总的谈话，许铭轩只是捧着茶杯聆听，交谈的任务全交给许磐：“姜总，沐情和东美以往推出的品牌完全不一样，主打的渠道和消费者是高端人群，不是所有的老客户都有合适的渠道可以推动沐情，我们优先考虑的是老客户，但经过详细的调查，如果老客户不合适，那只能有选择地将代理权交给更合适的新客户去代理。”

“你就忽悠我吧！”姜总气哼哼地说，“好，说了那么多大道理，那我就问一句，天和一个新公司，有什么渠道可以和我比？你就给我个说法，是哪里比不上天和？”

这个问题很不好回答。许磐不慌不忙地说：“姜总，东美在全国有两百多个经销商，我不可能记得住每个经销商的具体情况。您看这样可以不，回公司后，我第一时间查清楚状况，然后再回复您。”

“随便，作为厂商，你们要选谁做产品是你们的事，谁叫我们经销商是寄人篱下，只能任人宰割呢！”出完恶气，姜总起身要走，又回过头冷笑，“不过我倒可以告诉你，天和的林健民，以前是萧昊的手下，去年出了事，被兴华日化开除。他的经营权，不用说就是萧昊给他的，至于底下有什么交易，你们最好去查清楚。”

许磐的表情变了变。许铭轩插口：“姜总，你放心，如果是我们在操作上出现失误或差错，一定会尽快纠正，不会让老伙伴吃亏的。”

“能做到最好。”姜总硬邦邦地抛下一句便走了。许铭轩脸色沉下来：“抽奖到底是不是内定的？”

“我没去关注过这环节，是信息资讯部在弄。不过姜总没说错，要在程序里设定好获奖人，易如反掌。”

“去查，查个水落石出。”许铭轩说得很用力，甚至能感到他有些咬牙切齿，“包括西港的事，弄清楚萧昊和林健民的关系。”

“好的，爸，你休息吧！我先出去。”许磐退出房间。当沐情取得成功，萧昊声誉日盛时，许磐就知道早晚会有一场巨大的风波出现，只是当风波来得如此之迅猛时，却超乎他的意料之外。萧昊啊萧昊，枉你聪明过人，可怎么就不想想，你不是姓许呢？

第三十一章　离间

沐情在大陆的成功并不能让雄心勃勃的萧昊满意，按照预订计划，下一步是进军国外，打造真正的国际品牌，让东美从国内市场脱颖而出，跻身世界一流日化企业之林。他精心挑选的第一站是新加坡，这个亚洲富裕的小国，是世界金融、服务和航运中心，经济活跃，消费力惊人，位居世界消费时尚前沿，且华裔人士居多。原本萧昊的想法是直接进军日本，如果能在这亚洲最发达国家的市场占据一线之地，那东美的品牌影响力将飞跃提升。可经市场调研后，日本本土的日化行业非常发达，竞争异常激烈，要想打开缺口，投入的资金将是天文数字。而中日关系因历史遗留问题剪不断理还乱，起伏不定，民众间互有排斥情绪，风险巨大。经过仔细地研究后，他决定还是先从新加坡这弹丸之地入手，依托其枢纽作用，打造成东美进军世界的桥头堡。

昨晚和新加坡的经销商谈得很顺利，在华人众多的社会，白萱的影响力发挥作用强大，由她代言的产品，本身就是卖点。第二天萧昊安排随行人员自由活动，自己和安露则单独行动，从圣淘沙、鱼尾狮公园到购物天堂乌节路，买只豪雅表，又在华伦天奴买套西装，安露则在GUCCI买手提包，在苹果专卖店买最新的iPone5。晚饭时分，两人来到当地最有名的IGGY’S餐厅，品尝中西合璧的独特西餐。

刚吃了两道菜，萧昊接到一个电话，打开随身携带的平板电脑，不时盯着屏幕。安露问："有急事？"

"一封很重要的邮件。"萧昊随口说，听到"叮"的一声提示音，眼光立即亮起来，"来了。"

打开邮件，萧昊一行一行地看着，嘴角露出笑意，将电脑转给安露："你看看。"

"兴华日化也要推出高端产品？"安露惊异地问，"你怎么会有他们的计划书？"

"典型的东施效颦。"萧昊不以为然，埋头继续享用美食，"知己知彼，百战不殆，我去年还是兴华的营销副总，要拿他们一份资料有多难？"

"兴华如果介入高端市场，你觉得对沐情不会有影响？"

"我只怕他们不介入。沐情已经喝完第一口汤，兴华再进来，只能捡些残渣，不会有多余的空间给他们去发展，要想立足，他们得付出比我们大得多的代价才行。"萧昊得意地说，"做市场最重要的是把握时机，抢占先机，人们只会记得第一，比如第一个吃螃蟹的才是勇士，而第二个跟着吃的只是凡人。"

"那就不管他们？"安露觉得这不是萧昊的性格，相处这么久，萧昊从不是那么好说话，放任对手去自由发挥的人。

果然，萧昊说："当然不是。我要他们的计划书，就是要制定应对方法，根据他们的计划，一步步地狙击。"顿一顿，语气比杯中的冰水还冷，"商场如战场，对敌人仁慈，就是对自己残忍。既然我们掌握了先机，就要痛打落水狗，不给他们还手的余地，我要让他们白忙活一场，却连残渣都吃不到，看他们还怎么风光地上市。"

兴华日化是萧昊的职场滑铁卢，是他心中的伤疤。作为竞争对手，不管萧昊用什么手段，安露都不会说什么，她要提醒的是另一件事："最近公司有个风声，说香港之行总共花了将近两百万，董事长很不满意。"

"两百万怎么了？这次会议接待的规格，不就令经销商个个指摘不出什么？想让马儿跑，又不让马儿吃草，天下哪有这种事？"萧昊说，"当初决定会议的举办地点时，你也在场，是老板点头拍板的，他还能埋怨什么？"

安露没他那么乐观："正因为我在场，才觉得流言不会是空穴来风。那天老板的态度，一开始就很模糊，只是你强力推动建议，钱总他们几个高层又附和，他很勉强才同意的。而且你注意到没，在平川开会，是许磐提出来的，他不可能没和老板商量过。"

萧昊喝口汤，说："你观察得很仔细。我知道他们父子俩的算盘，不就想省吗？恨不得一分钱掰成两分来花。虽说那是他们口袋里的钱，可按东美的现状，再想花小钱办大事，那是不切实际的幻想，我在会上解释得很清楚，既然想靠沐情走高端，那就要转变以往的作风，做和高端身份相匹配的事。时势变了，该花的钱不花，还当什么老板？"

"我知道你是为公司好，可别人不这么看，为了推出沐情，公司已花了很多钱。现在市场份额是有了，但离成本收回来还远着呢，再让你这样大手大脚地撒钱，早晚会把东美的底子掏空。"虽然对面那张英俊的脸庞上已开始浮上乌云，安露还是把实情抛出，她不想为照顾萧昊的情绪而隐瞒，那不是帮他，而是害他。最重要的是，这段时间以来，奉承的好话萧昊已听得太多太多，多得快冲昏他的头脑。

"哪个无知说的谬论！做什么产品不用先投资，再收益？就算要生小孩，也得先播种不是？有了市场份额，还怕以后没钱赚？"萧昊嗤之以鼻，"如果沐情没成功，那指责我乱花公司的钱还有点道理，可沐情是大获成功，还能生出这些是非来，应了一句古话，欲加之罪，何患无辞。"

"你说的我理解，可别人不一定会理解，你也知道三人成虎，众口铄金。"

"我在东美得罪的人太多，做梦都想赶我下台的人，我都懒得去数，无中生有，造谣生非的，不奇怪。你也不用理他们，活在别人议论中的日子，我早习惯了。"萧昊话音落下，手机来了短信，看看内容，脸色表情起了复杂的变化。他拿起手机走出餐厅，拨通电话："你准备到哪儿去？"

"我想先回趟家，然后带爸爸妈妈去北京玩，长这么大，还没去过伟大祖国首都看天安门呢！"卫菊声音清脆，充满活力。

萧昊"哦"一声："其实你不必离开东美，留在这儿，我能给你一些帮助，不管怎么说，我们都是朋友。"

"我就是觉得不能待在你这棵大树下乘凉，自己的道路，总得自己去走出来。”卫菊开玩笑说，“是不是怕我以后比你更成功啊？哈哈！”

“那最好，请我一顿庆功酒。”萧昊顿一顿，声音有点嘶哑，“我欠你一句话，对不起。”

卫菊那边停顿十几秒，笑着说：“怎么说这个？看得出安露是个好女人，长得漂亮，素质又好，你以后对她好点。只要你们幸福，我肯定更幸福。”

“谢谢，你一定会幸福。”萧昊的感动中又带着些许伤怀，脱口而出，“以后有什么事，记得找我，虽然回不到以前，但你就是我的妹妹，亲的。”

“太好了，那先谢谢大哥，不说了，我要上机喽。”卫菊把手机放进裤兜里，她的声音没有任何异常。坐在身边的旅客却注意到，这漂亮的小姑娘不知什么时候已是满脸泪珠，但却强忍着没有哭出声来。

萧昊看不到，但心情却如注了铅般沉重，回到座位上时，埋头吃饭。安露却苦口婆心地说：“说到这儿了，我就把话说完。你说的对，其他人怎么看不重要，但老板怎么看却是关键。可能是我多心，但我总觉得最近你风头太盛，他对你的态度也变了很多。很多事情不是他支持你去做，而是你提出来后，他不得不同意你去做。”

“沐情成功了，最大的得益者是东美，是他。”萧昊良好的心情快被消磨殆尽，耐着性子说，“他的能力和处事风格，已不足以带东美上升到更大的空间，所以他才要请我过来，而我要做的，就是让东美更加成功。我们的想法和做法不可能相同，如果我要按他的去做，那沐情就出不来，东美还在原地转着圈。不破不立，我当然要坚持自己的想法和做法，他就算内心不同意，但只要结果证明我是对的，那他能怎样？”

“我是怕你功高震主，让老板觉得你的位置已经在他上面。”安露说，“我觉得他最忌讳的就是这点，还有许磐，他是东美未来的老板，可你对他的态度，就像对个普通助理。”

萧昊心底的导火索被点着，心口烧得慌，冷笑着说：“说得真好，功高震主！许磐那乳臭未干的小毛孩，你想我对他多客气？我就是这性格，要夹着尾巴奉承他们爷俩，那我宁可回家待着去！连这点用人的眼光和气量都没有，他们有什么资格当老板！我看你是吃饱了撑的瞎操心！服务员，埋单！”

回酒店的路上，两人冷着脸，谁也没说话，一番苦心提醒却弄得不欢而散，安露是又委屈、又生气、又难过。这男人就是把利剑，冲锋杀敌无坚不摧，但一不小心就会伤到自己，按他的性格和做法，在东美取得的成就越大，离开的时间就越快！

一年一度的全国工商联大会，正在北京揭幕。作为平川工商联副主席，许铭轩以往对会议的发言和讲话，能避则避，但作为民企的东美，刚刚击败有国企背景的兴华日化，坐上国内日化行业头把交椅，这在商界来说是引人注目的大事。对民营企业来说，市场上最可怕的对手不是拥有先进管理和技术的外企，而是具有垄断性地位和资源优势的国有企业。作为国家控制的企业，它们拥有的各方面优势是民企策马难追的，双方的起点和后台支持根本不在一个重量级，就像相扑场上的横纲对上普通对手，任对方竭尽心智腾挪变化，他只要轻轻一挥就能让对方人仰马翻。追赶多年的东美终于掀翻兴华日化，这对民企来说，既扬眉吐气，又具有深远的启发意义。经组织者多方恳请，盛情难却下，许铭轩做了《民营企业如何发挥自身优势》的主题演讲，而在私下场合，有不少老板纷纷和他交流经验，希望能到东美参观取经，使得许铭轩俨然成为会议的焦点人物。

会议的闭幕晚宴，在钓鱼台国宾馆举行。许铭轩刚和两位领导喝过酒，还没坐下，一个身材矮小，满脸皱纹，两鬓斑白的老人走过来，举着酒杯朗声笑着说："许老板，几年未见，您是越来越年轻了。"

许铭轩第一眼觉得眼熟，可这三天的会议，他没和对方有过任何交流，也记不起在哪儿见过，礼节性地先碰杯喝酒，含笑说："不好意思，我这记性不太好，请问您是……"

"您是贵人多忘事，说起来我们还是生意上的竞争对手。"老人笑着说，"四年前参加国家日化协会的研讨会时，我们见过一次，当时还交换过名片，我是黎仕国，兴华日化的。"

许铭轩心中讶异，马上伸出手和黎仕国握在一起，嘴上连连道歉："是黎总，瞧我这记性，实在不好意思。"

"您客气了，是我厚着脸皮冒昧过来的。"黎仕国恭维说，"您在会上的演讲非常精彩，鞭辟入里，我是深有启发，获益良多，难怪东美的发展那么顺利，有您在领路，当然越走越宽，提速越来越快。”

许铭轩说不敢当，倒酒和黎仕国干杯。黎仕国若无其事地说：“还请许老板代我向萧昊问候，我们虽然以前是上下级，也是老朋友，他是难得的人才，兴华日化庙太小，留不下他，幸好有东美这片广阔天空让他展翅翱翔。”

许铭轩说：“黎总有心，我一定带到。”

“萧昊的能力没得说，就是个性太强，自己定的目标很高。”黎仕国不无遗憾地喟叹，“公司很看好他的，也在尽力培养，可惜他缺乏耐心，不愿意等我退休，急着想当一把手，以致离开，让我失去左膀右臂，倒是把机会给了许老板。世事奇妙，莫过于此。”

“说起来我还得感谢黎总。”许铭轩哈哈笑说，“圈子就这么大，人才流动很正常，流水不腐，户枢不蠹。”

“是的，人才来来往往，公司才能保持活力。”黎仕国不紧不慢地说，“当时萧昊离开，我还以为他要去开公司当老板，他个性十足，有领导能力，喜欢发号施令，天生是当一把手的料，不愿久居人下，没想到却是到许老板麾下冲锋陷阵，看来在驾驭人才方面，我还要向您多多学习。”

许铭轩品出黎仕国的主旨，是拿萧昊说事儿来了，明里暗里直指萧昊野心勃勃、独断专横，便若无其事地回应：“用人嘛，我觉得就三句话，扬长避短，用人不疑，疑人不用，萧昊是块好钢，自然要用在刀刃上，您说呢？”

“说得太好了。”黎仕国轻轻拍两下掌，忽然压低声音，“不过有件事，我想还是得提醒下许老板，虽说同行如敌国，但相互沟通交流，才能绕开弯道，更好地前进。”

“您请讲。”

“萧昊有个习惯，喜欢用自己人。”黎仕国一字一句地说，“今年兴华日化的销售下降，很大一部分原因是萧昊将他下面的销售经理和经销商带到您那边，以致此消彼长。人往高处走是常事，可走到哪儿都拉帮结派，任人唯亲，损害企业利益的做法我就不太赞成。我希望他能认识到这点，别故技重演，否则对企业来说不是好事，还好兴华日化有国家支持，稍微的动荡还损失不大，换了别的企业，折腾一番难免伤筋动骨。”

如果说黎仕国刚才说的那些，在许铭轩心中只是泛起几个涟漪，那这些话就是投下巨石，掀起滔天大浪，一下就戳到最忌讳的软肋。只是许铭轩修养精深，眉头只是稍微拧一拧，不动声色地说："感谢黎总的金玉良言，有时间我可得多向您请教。"

"这哪敢当，我是一家之言，彼此交流，许老板别觉得我啰唆就好。"黎仕国将许铭轩细微的表情变化纳入眼里，伸手再度一握，"不打扰许老板了，找机会我们再联系。"

虽然许铭轩尽力将反应全压在心里，但黎仕国清楚，一根刺已牢牢种进他心里。他太了解萧昊，更明白企业老板最忌讳的方面，只要慢慢让这根刺变大，终有一天，萧昊必将黯然收场，这是他能预见到的结果。

宴会结束，黎仕国回到家里。他住在兴华集团建造的小区里，妻子和两个孩子几年前已移民加拿大。前段时间动手术取出肾结石时，妻子回来照顾一个多月，因为孙子在那边没人照看，等黎仕国恢复得差不多了就赶紧回去。而黎仕国一个月前到温哥华看望家人，享受一家人团圆的天伦之乐，前几天才回到北京，这段日子可算是优哉游哉，难得地领略人生。

他曾动过干脆申请提前退休的念头，但很快就被自己否定。他是权力动物，喜欢享受运筹帷幄，翻手为云覆手为雨的感觉。肩上卸下担子虽然轻松，但只是一时惬意，很快就感到空落，正如战场是名将的归宿，对黎仕国而言，职场才是他的天地，一时的战略性撤退可以，但放弃江湖是不可能的。更重要的是，平和稳重只是他展现给观众的一面，在内心深处，还有熊熊燃烧、绝不逊色于年轻人的好胜心，支撑着他打败一个又一个对手，周钦勇也不能让他举手投降。而且，经过精心缜密的布局，已经收获了显著成果，所以他要在即将王者归来时，先给萧昊使个绊马索——萧昊的作用只在于打击周钦勇，精华将尽，如果要和自己对垒，那只能让他下台。

他在等一个电话，一个能改变日化行业格局的电话。还好，没让他等多久，手机便响了："黎总，情况我们已掌握到手，周钦勇确实是和海通合作，海通所占兴华日化的原始股，有四分之一是周钦勇的。"

"资料翔实吗？我要的是确凿证据。"黎仕国谨慎地问。

"放心吧，我们办事的风格，你还不清楚？"对方沉稳地说，"海通的老总姓夏，前段时间在澳门玩，叫个小姐作陪，刚好是我安排的人。在他手机装上窃听器，电脑里也装了木马程序，他们所有的联系资料和操作手法，全在掌握之中，还有一些会面的视频，铁证如山。”

对方说的就像电影情节般不可思议，但黎仕国却习以为常。他太清楚对方的能量。作为全国最好的私人侦探公司，他们全都受过专业训练，下面的人不少是从部队退役，很多手法已超越电影编剧的想象，所使用的高科技手段，令人叹为观止。科技使社会进步，但也让人类的隐私越来越难保全。除了调查外，只要客户花得起钱，他们还能做很多别人做不到的事，且职业精神极佳，为客户百分百保密。黎仕国以前要调查一件事情，经一位朋友介绍后才接触到这家公司，顿时如发现新大陆般，一下便想到只要利用得当，这将是打击对手的核武器。每个人都有见不得人的隐私，谁能掌握这些隐私，谁便能给对方绑上炸弹，不战而胜。他年龄虽然大了，但人老心不老，且反应敏捷，非常懂得与时俱进，利用非常规的技术手段来为自己服务，他是走在年轻人前面，老谋深算加上心狠手辣，当然一路过关斩将，无往不利。比如去年食堂中毒，到现在还没人知道，那些有毒的蘑菇，其实是黎仕国派人去收购后，专门以超低价卖给承包食堂的徐伯春的侄子，一举让总裁宝座本已唾手可得的徐伯春摔落悬崖，不得翻身。

“你将资料准备好，我马上把钱给你打过去。”黎仕国说。

“好的。”对方笑笑，“咱们合作就是爽快，我就友情赠送一个视频。周钦勇带了个女的也去了澳门，在房间打了几炮，那女的是你们公司的媒体总监，这资料说不定你以后用得到。”

黎仕国脸色一冷，默然无语，过了许久，才长长地叹一口气。他回想起和蔡雪儿颠龙倒凤的日子，和年轻、漂亮、性感的女人做爱，令他似乎重回年轻时的光阴。权力令人沉醉其中，女色让人充满活力。男人啊，一辈子都逃不脱的，就是权色两个字。

许铭轩搭夜班机从北京回平川，到家里时已是凌晨一点。许磐和宋明丽还没睡，在客厅聊着天。宋明丽亲手为许铭轩放洗澡水，又让用人煮夜宵。吃完面条，许磐将一份准备好的报告递给父亲：“这是去年销售考核的成绩，还有萧昊建议撤换的区域经理，基本是公司的老销售，我计算过，从去年到现在，原来的销售队伍已换了40%，而换上来的人，大部分在萧昊以前的几家公司做过。”

许铭轩的眼角跳了跳：“人资那边就没提意见？”

“人资部经理张磊前天刚提出辞职。我和他聊过，他说和我们合作的咨询公司被萧昊控制在手上，就是萧昊用来走过场的工具，人资部的意见，根本就不被萧昊认可。相反，他几次否决咨询公司推荐过来的人，被萧昊怀恨在心，不断给小鞋儿穿，干不下去，只能辞职。”许磐满怀忧虑地说，“爸，你的改革原意是要给公司换血，结果却被萧昊趁机用来进他的人，势力越来越膨胀，再这样下去，我担心他会尾大不掉。”

“上次让你查的事，结果如何？”许铭轩面无表情地问。

“林健民以前是兴华日化的大区经理，是萧昊带过去的下属。前年被经销商举报，他利用职权，私下成立天和公司代理兴华产品，骗取市场费用，经兴华的监察部门查实，在退还全部市场费用后，被取消代理权，并辞退。为这事儿萧昊也受牵连，不过最后查不到他们勾结的证据，只是被通报批评。据说这事儿对当时要竞选总裁的萧昊声誉打击很大，而萧昊则说是竞争对手故意陷害。”许磐侃侃而谈，“失去兴华的代理权，林健民的公司发展得很不顺利，一度到倒闭边缘，是萧昊去年将沐情的代理权交给他，才将他拉回来，所以他在晚宴上才那么激动，萧昊的确是他的大恩人。”

“你怎么看？”许铭轩故意考儿子。

“按正常来说，如果他们不是上下勾结，那就是为一己私利而害了萧昊，萧昊就算不恨他，也不会再帮他。可结果并不是如此，所以我觉得这中间肯定有问题，当时林健民很可能是被推出来顶事的，而萧昊欠下人情，才会将沐情交给他去做。”许磐的回答条理分明，“资讯部那边，卓经理没说实话，我是通过下面的技术员才了解到，萧昊让他们将中奖名单事先设计安排好，谁拿什么奖全是萧昊说了算。”

用人端了三碗人参鸡汤上来，许铭轩边喝着边以征询的眼光望向默不作声的宋明丽。宋明丽用勺子搅动着鸡汤，徐徐说：“萧昊膨胀得过了头，该敲打几下，否则，等他布好局后就更难办了，可能会陷入不可收拾的局面。”

"你们知道我晚上见到谁了？"许铭轩放下碗，缓慢开口，"黎仕国，兴华日化的总裁，萧昊以前的顶头上司。他说，兴华日化之所以去年在市场上表现不佳，很大一部分原因是销售队伍动荡较大，萧昊一走，就把属于他的人带走，造成公司损失，客户流失。我知道他没安什么好心，但这事儿倒提醒了我，萧昊是服剂量很重的猛药，用的时候看似能取得效果，但过后会留下严重的副作用。"

对许铭轩的结论，母子两人非常赞同。宋明丽说："沐情取得那么大的成功，如果一下子把萧昊换掉，会让人觉得我们过河拆桥。但是，对他的权力必须限制，至少不能让他随心所欲地安插人员。"

"人资经理是关键。"许铭轩对儿子说，"你和张磊再谈，尽量留下他。"

"谈过了，但从组织结构上，他必须得向萧昊汇报工作，就算他忍得了一时，也早晚会被逼走，还不如主动离开。"许磐顿一顿，"我倒有个建议，设立一个人资总监，直接向董事长负责，绕开萧昊，这样张磊应该会留下。"

"嗯，这倒是个办法。"许铭轩沉吟着，"有人选吗？"

"我认为这人必须强势，至少不惧怕萧昊。"许磐小心翼翼地说，"小姨应该合适。"

平静的谈话气氛骤起波澜，许铭轩心头一震，眼光从镇定自若的宋明丽脸上扫过，停留在许磐脸上："你小姨懂人资吗？你觉得外行能领导内行？"

"小姨不懂，但张磊懂，他是专家。而小姨的作用，是在他和萧昊之间建起一道防火墙。"许磐沿着腹稿，苦口婆心地说，"人资要和公司所有部门打交道，不可能完全独立，要是换成其他人当总监，就算有良好的专业能力，只怕也挡不住他的明枪暗箭，很难待得下去，而以小姨的身份，萧昊会有所忌惮。"

许铭轩的眉头微微上扬，目光紧锁着许磐，似乎像一台X光机，将儿子的内心活动扫射得一清二楚。许磐则坦然面对，他有着和年龄不相匹配的沉稳，但嘴角扬起的弧度却带着坚毅，毫不动摇。两分钟后，许铭轩忽地笑笑："好，就按你的意见办。"

紧张的空气散开，一家人的亲情温馨又回来，仿佛刚才的对话，是一场艰难的谈判。宋明丽神色不动，许磐刚刚松口气，许铭轩沉着声音，语重心长道:“我不是赞成你小姨担任这岗位，但我同意你这决定，是要你明白，作为老板，一定要会做决定，并为自己所做的决定负责。你进公司这段时间，学习观察了很多，但从未做过自己的决定，这次不管是对是错，我都支持你。对了证明你的判断力，错了就吸取教训，这只是个开始，以后你要做的决定会越来越多。”

“我明白，谢谢爸。”许磐一点就透，脸颊有点泛红。许铭轩没再看他，摆摆手说：“忙了一天，都累了，回房休息吧！”

等许铭轩上楼后，许磐扭头望向母亲。宋明丽苦笑：“希望以后小姨会给你长脸。”

许磐默然，淡淡说：“爸接下来要做的重点会是制约萧昊，小姨只要无过便是功。”

宋明丽同意，对儿子能说出这句话，又有点意外，欣慰地笑着说：“你真长大了，以后在集团，要更多地帮助你爸，他已劳累了一辈子，该让他有时间闲下来，好好享受生活。”

“我会的。”许磐眨眨眼睛，“只要平稳地解决萧昊，爸的担子至少能减轻一半。”

“萧昊不是那么好对付的，势头正猛，凡事要顺势而为，不能勉强。”宋明丽轻叹，“他是个人才，可惜了。”

“不能为我用的人才，破坏力会更大。”许磐说，“我佩服他，但是，不能容忍他。”

“你爸会处理的。公司是他的心血结晶，不会允许任何人去破坏。”宋明丽温和地说，“休息吧，明天还上班呢！”

第三十二章　出山

两个月后，兴华日化的“飞扬”品牌上市。在帕克的筹划下，这个新品牌避开沐情的滋润营养，主打运动清爽理念，邀请中国体育界的国宝级明星，首个男子大满贯赛冠军，世界排名高居前五的网球运动员蔡书培为代言人。展现蔡书培在赛场上的飒爽英姿，以及在比赛结束后使用飞扬洗发水，很快就疲劳尽消、神采奕奕，打出“沁人清爽，神采飞扬”的口号，气势汹汹地进军高端市场。

萧昊的应对很绝。在“飞扬”上市前夜，东美突然推出“个人清洁，一套解决”特惠套装，沐情价格不降，但搭送东美“超爽”品牌的沐浴露、洗面奶、护肤霜，性价比凸显。而且在全国范围内推出大抽奖，只要集齐“个人清洁，一套解决”这八个字的瓶盖，就能换取白萱亲笔签名 CD 一张，还有五重大奖，从白萱演唱会的门票到大众汽车一部，每月抽奖，从不落空，用丰厚的奖品将消费者的眼球牢牢吸引。除这些之外，还邀请一批消费者到东美工业城参观，亲眼目睹如何用一株株人参提取原液，加入到沐情产品中的制作过程。又通过网络水军和媒体写手，在各大网站和媒体报刊上，以铺天盖地的软硬文暗指飞扬产品只是加入廉价的薄荷原料以达到清爽效果，根本不值高昂售价，有糊弄消费者的嫌疑，比不上沐情的高档选材、货真价实。

就在东美正面狙击的时候，正如帕克所料，以美国 YK、日本文美为首的老牌进口高端产品，在一番休整后，也重新重金出击，加入战团，纷纷请出国际大腕代言，以猛烈火力反攻。毕竟一个东美已经抢下不少市场份额，够让他们头痛了，要是加上个兴华日化，市场格局必将天翻地覆。对已站稳脚跟的沐情，一时无计可施，他们的目标不约而同集中到兴华日化初出茅庐的“飞扬”身上，趁其立足未稳，全力打击，务必排挤出高端市场。“飞扬”顿时成为众矢之的，在同行此起彼伏的联合打压中，品牌效应未能建立，市场大受影响，销售难见起色，在低端徘徊。

在强敌环伺的局面下，帕克就算有孙悟空的七十二变，也变不出一朵花来，别说击败沐情，能不出局已是不错，只能咬着牙勉强支撑。这局面令周钦勇大为光火，只恨所托非人，这履历光鲜的帕克根本不是萧昊的对手。最要命的是，“飞扬”的失败，也令评级机构进一步看淡兴华日化的前景，而上市的时间却已到眼前。

就在兴华日化上市的前一天，一个名为中国日化消费品研究会的机构在各大网站和报刊上推出长篇文章，详细分析当前国内日化市场形势，并对几大巨头逐一点评，将东美捧到极高的位置，称赞其有活力，战略目标明确，市场运作力极强，未来不可限量。老大哥兴华日化则是运作僵化，市场反应迟钝，发展方向模糊，新品无一成功，如日暮西山，令人担忧。此文一出，又如投下重磅炸弹，在投资者中掀起强烈反应。

周钦勇是在机场接到秘书的紧急电话，看到这篇文章，气得直跺脚骂娘。明天就是兴化日化上市的大日子，公司的中高层领导是倾巢而出，而江应坤、郑瑜等集团大佬在下午飞抵上海，准备明天到上交所主持仪式。还没等他冷静下来，研究好对策，江应坤一行人已从机场的贵宾通道鱼贯而出。江应坤的表情一如既往地严肃，冷淡地和周钦勇握握手，什么话也没说。而郑瑜和气白皙的脸上沉如秋水，跟在后面的还有周钦勇知道一定会出现，但最不想看到的人——黎仕国。

黎仕国只是因病休假了大半年，可他还是兴华日化名义上的总裁，上市的工作前期又是由他主导，现身理所当然。他微笑着和周钦勇握手，热情地赞扬：“周总，这段时间辛苦你了，总算要上市了。”

“应该的，我是尽力而为。”周钦勇不咸不淡地回一句。一行人来到居住的金茂大酒店，江应坤下车后，第一句话便指示：“订个小会议室，十分钟后开会。”

周钦勇心里咯噔一下，预感不妙，让手下赶紧和酒店联络，安排好会议室。江应坤和郑瑜准时出现，还有集团的首席财务官郭北望，黎仕国当仁不让地参加了。众人坐下后，江应坤将手上的报纸啪地扔在桌上，指着首页右下方的大篇幅报道：“这件事，谁能给我一个解释？”

周钦勇的眼光转到后面的蔡雪儿脸上，他估计到江应坤不会放过此事，在车上就发短信让蔡雪儿紧急处理。蔡雪儿清清嗓子，说：“我们调查过，是有个叫中国日化消费品研究会的机构，隶属于日化品协会，主要研究市场动态，成立还没一年，以前是发表过一些文章，但没什么影响力，公信力很低。今天发的文章，很多方面不符合事实，公司已向其交涉，要求郑重道歉，并安排公关部的人员着手撰写反驳的文章，明天就会在各大报刊和网站上发表，消除其恶劣影响，以正视听。”

“你是说这篇文章是胡编乱造的？”江应坤眼中亮如星芒。

“可以这么说，很多资料并不属实。”蔡雪儿被他的眼光盯得心里发毛，壮着胆子说。

“那好，我就问几个问题。”江应坤慢吞吞地说，但语气却有千钧之重，“第一，兴华日化的销售额，是不是被东美超过了？第二，斥巨资推出的新品牌，是不是失败了？第三，去年的业绩，是不是比前年下降？第四，接下来要采取什么对策扭转局面？”

蔡雪儿的汗一下冒出来了，这些问题她哪儿回答得了，求救的眼光向周钦勇和帕克望去。周钦勇装着看不到，没有接话。帕克只能硬着头皮上阵：“江总，去年东美推出的新品牌，取得比较大的成功，在销售额上是超过我们了，但市场份额我们还是以微弱优势领先。飞扬品牌上市的时间不长，虽然碰到些许阻碍，但要说失败还为时过早，只是没能取得预期中的成绩。去年的成绩是下降了，但主要是受渠道变革的影响，改革后，我们的利润并没受影响，还有所增加；今年将继续推广新品牌，同时对现有品牌进行全新升级改版，更换代言人……”

江应坤不耐烦地伸出手，打断帕克的话："听你这么说，这篇文章并没有多少不实之处，所指出的问题都是事实存在的，并没有虚构事实，哗众取宠。那对方凭什么要向我们道歉？我倒是想起一句话，苍蝇不叮无缝的蛋！"

这句话几乎把整个会议室震动起来，谁都清楚这是在责骂兴华日化本身做得不好，才给别人乘虚而入的机会。周钦勇脸色变了变，尽量装得镇定，但在空调开得很大的会议室内，整个后背都是湿的，而帕克低着头，脸色要多难看有多难看。江应坤懒得看他们两人，缓缓说："前年集团之所以要让房地产和日化上市，正是因为看好你们的发展前景，全力支持你们走向资本市场，迎接更大的机遇。去年底房地产率先上市，表现你们也看得到，集资六十多个亿，股价升一倍多，为集团、为投资者交上一份满意的答卷。可你们呢？明天就要开盘，却留下那么多的把柄让人指摘，这就是去年的工作成绩？难道你们不觉得脸红吗？"

说了那么多，江应坤连口茶都顾不上喝，转头问郭北望："按你的估计，明天的股价走势会怎样？"

"这篇文章在各大报纸和网络门户都有，明显是冲着日化上市来的，对投资者的心理影响会比较大，但具体到什么程度，不好评估。"郭北望说，"我们本身的业绩表并不算很理想，再加上文章的冲击，最坏的结果是跌破发行价。如果时间充裕的话，还能联系一些基金机构托市，但现在来不及了。我想要做好最坏的准备，公关部门要开始运作，随时应付财经媒体的追问，尽量重塑投资者的信心。"

跌破发行价这结论一出，周钦勇的心就凉到冰点，虽然垂着头，但他能感觉到周围心情各异的眼光在自己身上打转。江应坤脸上虽然乌云密布，浑身似乎有团火焰在燃烧，却没有发作，转头看着稳稳当当坐在旁边一言不发的黎仕国："黎总，休息这么久，你的身体该康复了吧？"

"谢谢江总关心，没什么问题了。"黎仕国说。

"既然已经养好病，那你就该挑起担子了。"江应坤字字清晰地宣布，"从现在开始，黎总的休假结束，继续担任日化总裁职务，散会。"

等江应坤、郑瑜、郭北望风风火火地离开后，黎仕国站起来，声音沉重地说："同事们，重任在肩，接下来我们要一起奋斗，争取尽快把局面扭转过来。"

周钦勇脸上火辣辣地发热，比让人扇一巴掌还难堪，可他却找不到发泄的理由。他还从未试过在下属面前，让领导这么数落过，虽然没有劈头盖脸地痛骂，但这种绵里藏针的斥责，更令人难熬。偏偏还找不到任何理由反击，工作没做好，还能咋样？

黎仕国回来，前面有个人顶着，周钦勇心里虽然不爽，也暗自松口气，心想静待时机，看看黎仕国能玩出什么花样来。如果能妙手回春，那股价上升，自己手里的股份增值，三年后再接手也值得。如果不能，他一样得挨集团的问责，随时再下台，算来算去，暂退一步，反而进退自如。他的算盘打得响，却不知道黎仕国的算盘比他更精深，这只是他噩梦的开始。

第三十三章　惊变

为了产品出口，萧昊最近一直在做准备工作。平川是内陆城市，本身没有港口，离得最近的是 400 公里外的林河市。东美名声显赫，林河海关对其也重视。晚上，萧昊和林河海关的领导吃完饭，又到夜总会喝酒，应酬到一点多才回酒店。累得够呛，躺在宽大舒适的床上眯着眼，还没进入梦乡，手机的铃声急促响起，一看是安露的号码，萧昊有气无力地说："不用查岗了，我是累得无心无力，出不了轨的，放一百二十个心吧！"

"谁查你岗。"安露说，"你快上网看看，出大事了。"

"什么事？"萧昊一个激灵。

"白萱在美国被查到吸毒，被捕了。"安露焦急地说，"新闻出来了，国内的网站开始转载，估计明天将会是全社会第一热点。"

"什么，白萱吸毒？"萧昊失声说，什么睡意都没了，整个人蹦起来，后背尽是冷汗，"消息属实吗，会不会是恶意抹黑炒作？"

"属实，我查过，几大西方电视台已报道，警方也证实了。"安露的声音，将最后一丝希望也打破。萧昊倒抽一口冷气，说："知道了，你继续盯着事情的进展情况，有变化及时联系。"

萧昊强迫自己冷静下来，拨打钱兆霖的电话，响了两次没接，萧昊接着打，沉睡中的钱兆霖终于被吵醒，看到是萧昊打来的又不好发脾气，声音含糊地说："萧总。"

"白萱出事了。具体的情况，你打安露电话，她会告诉你，想好应急公关的方案。我现在从林河市赶回去，明早我们讨论。"萧昊言简意赅，语气不容置疑。

匆忙收拾好行李，萧昊到宾馆大堂退了房，在酒店门口拦了辆的士，要求连夜赶去平川。司机看出他有急事，故意开出高价，萧昊没心情和他讲价，直接钻进后座："走吧。"

萧昊用手机上网，果然，关于白萱的新闻占领了各大网站的头条，只是深夜中浏览的人还不多，但网虫们已开始转载评论，有些已涉及白萱代言的产品。萧昊感到一股寒意，代言人的能量越大，一旦出问题，带来的破坏力就越大。他要仔细想想，接下来该怎么筑起防波堤，抵挡住因丑闻带来的滔天巨浪。

事情发展的速度，还是超出了萧昊的想象。自出道以来，形象完美无瑕，被视为女神般高高在上，还曾担任禁毒宣传大使的白萱，私底下居然会是个瘾君子，这新闻实在太具有爆炸性了，震动了所有人的神经。狗仔队更像打了兴奋剂般，发动全部力量，挖掘白萱沉淀在最深处的阴暗面。吸毒事件就像第一张倒下的多米诺骨牌，将天后的光环炸出个大窟窿，如崩溃的海堤，负面消息接踵而来。第一个爆出的是私生女，说白萱私生活混乱，出道前和一位酒吧老板拍拖，未婚先孕，生了个女儿。结婚后婚姻只维持不到一年便解体，女儿跟着父亲生活。而在白萱出名后，为遮掩此事，每年都给予大笔生活费。女儿九岁之后，白萱出钱将他们一家送到新西兰生活，知道这件事的人不多，以前曾有人爆过料，但当时白萱风头太劲，出了名地认真挑剔，只要媒体报道有不实之处，就发律师信要求澄清道歉，甚至告上法庭，从不放过，所以没有十足把握，普通媒体根本不敢惹她。而娱乐圈又是个八面起风，十面奔浪之地，消息来源五花八门，为博取眼球炒作或打击竞争对手而炮制的虚假新闻多的是，媒体难以去证实，又不敢随便报道，只当是别有用心之人的哗众取宠之作。可白萱被捕后，这件陈年旧事便被掀出，又有媒体拍到在新西兰的白萱女儿照片，母女相貌竟有七八分相似；紧接着，又有位因走私案外逃到南美洲的老板爆料，说在白萱刚刚走红时，他曾以每月八十万的价格包养白萱，还拿出白萱当年拍的比基尼照来证实；又有白萱在美国的密友表示，白萱并不是刚刚开始吸毒，娱乐圈压力巨大，为了解压，她已沉溺毒海多年，之所以退隐，就是因为吸毒导致身体出现问题，不得不接受秘密治疗。而毒品对身体损害很大，令她早早出现身体枯瘦、皮肤暗黄、头发脱落的现象，每隔一段时间都要斥巨资进行医学整容处理，美容、打针、植发，这也是她之所以行踪飘忽不定的原因。至于耍大牌，压制新人之类的丑闻，那是数不胜数，全社会似乎掀起一股挖掘白萱阴影的热潮，每天都有新料爆出，且言之凿凿。

白萱的形象一落千丈，由她代言的产品便倒足血霉。尤其是东美，根据传言，白萱那头漂亮的头发是植出来的，根本不是真的，自然和使用沐情产品毫无关系。在竞争对手的挑拨下，关于东美做虚假广告的痛骂声，对产品效果的质疑声此起彼伏，沐情的产品形象大受打击。最要命的是，沐情的产品宣传，是紧紧围绕着白萱展开的，白萱出事后，东美对她是避犹不及。必须在最快的时间进行全面切割，可新的形象和宣传语并不是一时就能做出的，市场活动大受影响，原先布置好的宣传计划陷入停滞和混乱中。而被沐情压制已久的其他高端品牌，哪会放过这千载难逢的机会，纷纷拿出痛打落水狗的姿态，群起攻之，集中全部力量，全面发动反击，抢回失地。就连原本毫无起色的飞扬品牌，趁着东美阵脚大乱时，打出“真品质，不虚假”的旗号，硬生生从东美嘴里抢下不少份额。

而萧昊很快做出应对，先是将沐情广告全部撤下，换上东美老品牌的广告。紧接着用最快的速度，对沐情品牌的形象和宣传进行调整，以“完美品质，千锤百炼”为题，暗示产品经得起任何考验，同时大打悲情牌，表示东美也是受到白萱的蒙蔽和愚弄，本身也是受害者，并不存在欺骗消费者的情况。又在媒体和网络上进行立体式公关，将所有因白萱事件而牵连到东美的消息，尽力控制在最低限度。

虽然萧昊全力以赴，但白萱事件的影响实在太大，再加上竞争对手毫不留情的攻击，沐情的销售还是大受影响，一路飘扬向上的势头拐个大弯，急转直下。而在东美集团内部，对萧昊的质疑声开始出现，刚开始还是在底下议论传播，可随着销售数据的不理想，市场份额下滑，批评的声浪是越来越大，几近公开，对他进行问责的呼声日趋高涨，将萧昊推到风口浪尖。

平静没多久的东美工业城，又陷潜流暗涌，旋涡波动之中。可最高决策人许铭轩，却保持着沉默，似乎不清楚发生的一切。在高层中也是一切如常，许磐对萧昊礼敬有加，萧昊像是没受到任何影响，依旧行使着总裁的权力，每天一个会议接一个会议，一个决策接一个决策，有条不紊地处理着白萱事件遗留下的问题。只有最接近他的人，像安露才知道，最近一段时间里，萧昊的精神状态明显不太好，有别于以往的意气风发，更多时间是心事重重、沉默寡言，两鬓竟有了根根白发，就连原本激情四溢的性事上，也毫无状态，在他的内心深处，承受着常人难以理解的巨大压力。

这天晚上又是开会开到十二点多，萧昊回到办公室，对安露说："你回去休息吧，我今晚留在这儿。"

萧昊的办公室内有个套间，本来是供他中午休息使用，不过近来他往往工作到深夜，然后在这里留宿，第二天直接上班。安露看着他瘦削的脸庞和布满血丝的眼眶，心疼地说："又要开通宵？"

"不会，再弄一会儿就休息。"萧昊意味深长地说，"最近是山雨欲来，多少人等着落井下石，事情一天不解决，我一天睡不了安稳觉。"

安露知道萧昊指的是什么，忽然说："你先去忙，我给你冲杯咖啡。"

随着她磨豆、洗壶、加水、点火、过滤、炮制、摇壶、倒出，复杂的动作竟是轻车熟路、一气呵成，不一会儿一杯咖啡便香气四溢。萧昊拍拍手，说："我就知道你是煮咖啡的高手，终于忍不住露一手。"

安露眼中泛起涟漪，淡淡说："我爸很喜欢喝咖啡，我专门学习过，当年就是因为会冲咖啡，才被邢俊泽选去当秘书。他是咖啡狂，每天至少要喝六大杯，还只喝我做的。离开他之后，我就告诉自己，再也不碰咖啡。"

"那你今晚又破戒？"萧昊明知故问。

"你要不喜欢，那我保证只破一次戒。"安露没好气地说。

"我先尝尝。"萧昊抿一口，认真地回味着，一脸享受，"调配、火候、味道掌握得刚刚好，完美！以后我每天也要六大杯，这是命令！"

安露"切"一声，嘴角忍不住露出笑容。萧昊品着咖啡，悠悠地说："最近要我下台的呼声是不是越来越高？"

“是的，应该是有人在背后组织操纵。”安露停一下，试探着问，“我觉得这压力实在太大，你有没有想过放弃？”

萧昊微微扬起下巴：“看来你也知道是谁在背后制造这股声势。”

“这企业是他的，如果没有他的默许甚至支持，局面不可能这样。”安露眼中充满忧虑，“在遇到重大变故时，企业最重要的是团结和稳定，齐心协力渡过难关，但公司的氛围却不是这样，非常诡异，看得出有人想趁着出事，将你排斥出局。而从事情发生到现在，他从没说过支持你的话，只要有点判断力，他的目的呼之欲出。”

“飞鸟尽，良弓藏，狡兔死，走狗烹。如你说的，当我的成功越耀眼，我的存在就越令他不安。”萧昊眉头轻抬，一股霸气凛然而生，“我知道，我是过于强势，但这是我的风格，我改不了，也不想改。”

“我看你不适合当职业经理人。”安露笑笑，“你应该去当老板。”

萧昊环顾着豪华宽敞的办公室：“这不是我的，既然主人不喜欢，留在这儿没有任何意义。他的所作所为，我心知肚明。但沐情是我一手打造的，白萱是我选定的，出了这么大事，如果我一走了之，那这将成为职业生涯中最大的污点。所以我必须将事情尽快解决掉，等告一段落，我想他会出手的，那就是摊牌的时候，事情一了，我就自己开公司，尝尝当老板的滋味。”

“原来你已看透，也准备好了。”安露略带埋怨说，“害我还为你白担心。”

“你的担心没错啊，我也很担心。”萧昊闲聊般说，“不知道你喜欢当老板娘吗？”

安露的心一阵狂跳：“不告诉你，我现在只想回去休息。”

萧昊哈哈大笑：“去吧，回去好好想想，我等你的好消息。”

除萧昊之外，钱兆霖也是忙得两脚不沾地。市场宣传、广告、媒体公关，件件在他的管辖范围，每天休息的时间还不到五六个小时。这天，他刚和广告公司商讨最新的沐情宣传方案，便接到电话，许铭轩请他到办公室。

自从萧昊负责全面工作以来，钱兆霖向许铭轩汇报工作的机会少了许多，见面也很少。见钱兆霖进来，许铭轩用手指着他挂在脸上的大眼袋，关怀地说：“老钱啊，工作重要，可身体也得注意啊！”

“谢谢老板关心。”钱兆霖说，“最近的事多，不处理完，我是想睡也睡不着。”

“你为东美尽心尽力，我清楚。”许铭轩拿出一株包装精美的人参，“拿着，滋补下身体。”

钱兆霖有点受宠若惊，客气几句还是收下了。许铭轩又让秘书泡两杯参茶，等钱兆霖喝两口后，才说：“今天叫你来，是有件事想听听你的意见。关于近期发生的事，集团有些声音，你应该听过了，说说看法。”

“白萱的事，只能说是个意外，没人知道真实的她会是这个模样。只是确实对集团造成比较大的损失，要求问责也不是没道理。”钱兆霖保持着模棱两可的风格。在没弄清许铭轩的意图之前，他是不会做将马屁拍到马腿上的傻事。

共事那么久，许铭轩清楚钱兆霖的风格，突然来一句：“老钱啊，你对萧昊怎么看？”

钱兆霖回答得很小心：“他的能力很强，精通市场，就是做事有点急，得罪的人也多。”

“你们应该配合得很不错吧？”许铭轩在漫不经意间，突然来一句。

钱兆霖只感心跳加速，强笑着说：“他毕竟是总裁，工作上的事，我得和他商量请示。”

许铭轩微笑，不紧不慢地说：“老钱，你对工作的责任心和态度，无可挑剔。我们合作这么久，我最欣赏你的分寸感，知道在什么时候做什么样的事，我希望你能继续保持下去，在公事上，不要让私人感情所左右。”

“谢谢老板夸奖，我会继续努力。”钱兆霖基本已猜到谈话的主旨，开始冒汗。只听许铭轩说：“还有件事和你求证下，前段时间有人和我说，与白萱合作时，给上海广告公司的费用有点问题？”

钱兆霖差点就要从沙发上蹦起来，这事儿萧昊私下和他说过，要给唐向鹏一笔回扣，他们所签的广告费中，是有水分的。而跟着萧昊在北京吃喝玩乐，受到唐向鹏热情招待，钱兆霖不好表示反对。过后邢俊泽送给他一张银行卡作为谢礼，钱兆霖虽稍有迟疑，但还是收下了。当时正是沐情做得风生水起，萧昊如日中天的时候，钱兆霖一是觉得不能得罪萧昊；二是以为唐向鹏是萧昊的关系，有事他会顶着；三是觉得操作上神不知鬼不觉；四是收点回扣，本就是行业潜规则。可他千算万算，却不知许铭轩早就在防着萧昊，对大额的款项，他表面上没过问，让萧昊支一笔，其实宋明波盯得很紧，特别是在大额开支上。对于将白萱如此重要的广告，交给一家成立不久、名气不大的公司运作，许铭轩敏锐地捕捉到里面有问题，便派人去调查，没把唐向鹏查出来，却查出邢俊泽是安露以前的老板，还曾是情人关系，许铭轩便想到是由安露牵的线。而要中饱私囊，就少不了钱兆霖的配合，所以他便来招敲山震虎，看似胸有成竹，却是虚张声势，只看钱兆霖的反应，许铭轩便知自己胜券在握。

“老板，我……”钱兆霖冷汗淋漓。话还没说，许铭轩眼中掠过笑意，从容不迫地打断：“老钱，别紧张，对你的为人，我信得过，从来没有怀疑过。社会上的一些规则，我懂。常在河边走，哪有不湿鞋？只要不故意把脚伸下去就好。你放心，这事我不想追究，更不会去追究，而且，我没看错的话，这事也不会是你主导的，是不？”

许铭轩的态度，令钱兆霖紧绷的神经稍微松弛。他看清楚老板的目标并不是自己，而许铭轩的宽容，是想听到想听的话。如果自己不识相，不但工作没了，万一追究起来，职业声誉得赔个精光，指不定还有牢狱之灾。他垂下头来，脸红耳赤，惭愧万分：“老板，是我一时糊涂，被人鼓动而犯下错误，我向您深刻检讨。”

“说这些做什么，人孰无错，你是人才难得，不是那点钱能衡量的。”许铭轩说得很贴心，解决萧昊不难，难的是怎么在最低程度上减少人员动荡，特别是高层管理团队，牵一发而动全身。钱兆霖和萧昊的配合最好，许铭轩看在眼里，记在心里，握着这把柄，就不用担心钱兆霖有异动，放人一马，还能让他感恩涕零、死心塌地。这是多少钱都难以达到的效果，“我只想知道时间、地点和人物。”

第三十四章　周钦勇倒台

就在萧昊焦头烂额之时，周钦勇的日子更不好过。兴华日化的股价从上市后，一路走低，毫无反弹之力。半个月后，兴华集团总裁办公室接到举报，海通公司是兴华日化的原始股东之一，当初投资五千万，拥有日化3%的股份。而副总裁周钦勇则通过引进海通公司，拿到这3%中的25%股份，其中5%还为海通所赠送，价值250万。举报的材料很详尽，时间地点一清二楚，交易的数额一字不差，还附有相片和录音，言之凿凿。事态严重，郑瑜第一时间向江应坤汇报，江应坤震怒不已，责令郑瑜亲自负责调查。一个调查组正式入驻兴华日化，周钦勇被暂时停职，兴华日化又回到黎仕国全权掌控的时代。

北京的夏天，猛烈的阳光从天空射下，热浪从地面腾腾而上，空气中不带一丝凉风，整个古都就如蒸笼般闷热难耐，处在这种炙烤的环境下，人们的心情也多几分暴躁焦虑。但江应坤的心情挺好，上个星期从香港请来一位专门为大富豪看相算命的大师，帮江应坤推算之后，断定他的仕途处于人生的另一个上升期，至少还有三年的高峰。果然，前两天请部委领导吃饭，最新消息是周博董事长任期到后很可能就退休，由他任集团董事长兼总裁，实现真正的大权一把抓，这事无疑令人振奋。当初从副省长高位调到企业，江应坤还有些疑虑，但这几年的亲身体验，他更喜欢待在国企。

现在政府的高官是越来越难当，问责制越来越严厉，且网络发达，网民问政热情高涨。官员就像活在无所遮掩的玻璃房里，稍有不慎，就被口诛笔伐，进而下马者比比皆是，压力空前巨大，且反腐利剑高悬，不可能再像从前那样肆无忌惮地呼风唤雨。而待在国企则不同，级别等同于官员，却没有官员那么高的曝光率，约束限制极少，只要控制得当，俨然如独立王国般予取予夺，实际权力更大，还不用受那些人大代表、政协委员的挑刺刁难，比当官舒服多了。原本组织部门是让他到兴华锻炼，任期过后回到政坛另有任用，但江应坤已改变主意，决定留在兴华，而经过多番活动，他的理想终于接近实现。

晚上江应坤本来有个饭局，但接到一个电话后，便把原先的饭局推掉，下班后让司机送到一处四合院前。这种四四方方的院子是老北京的标志性建筑，在整个城市的现代化改建进程中已日益稀少，让位于豪华气派的摩天大楼。物以稀为贵，当人们发现老祖先遗留下来古色古香的各种文化遗产快被破坏殆尽时，保护的呼声高涨，所剩不多的四合院也被列入保护范围，而江应坤眼前的，应属于名气最大的一座。

这儿的主人是真正的皇族血统，姓爱新觉罗，满人，若按大清朝的祖制，至少是贝勒或王爷。主人自少游历，走南闯北，见多识广，加上家学渊源，还有祖上遗留的文献记录等丰富遗产，对我国古代的饮食文化有深刻认识，开办了这间私家菜馆，每天只有三桌，所有菜品全是以前皇帝老儿御用，食材之珍贵稀罕更不用提。价格纵然高昂，但毕竟真材实料，最大的问题在于席次太少，生意太好，今天下单预订，往往要等一年半载才能轮到，普通人吃不起，达官贵人又没有这耐心和闲情。以致江应坤来北京几年，只品尝过一次，但已留下深刻印象，对中国饮食文化的博大精深和主人的妙手烹制，叹为观止。

包房内的布置，不显奢华，但内敛尊贵，所用器皿，全是皇家御品，真正的无比尊崇。周博已先到，和江应坤握过手："我刚还想江总不知能不能在百忙之中抽出空，还好你赏脸，不然下次再想请你过来，只怕得半年后喽！"

"董事长的邀请，就算天塌下来，我也一定到的。"江应坤说。两人入座后，寒暄几句，周博感慨说："我们搭档一届，四年时间马上就要过去，回想起来就像在昨天。这儿没外人，说几句真心话，合作上小摩擦难免，但目标一致，就是能让兴华发展得更好，为公不为私，总体来说，我觉得至少能打八十分。"

"是的，董事长德高望重，劳苦功高，对我的帮助之大，我感念于心。"江应坤率先举杯，这是三十年的正宗茅台，"千言万语，尽在杯中，我敬您。"

周博含笑把酒喝了，悠悠说："我年纪大了，退下一线很正常，总要为年轻人让路。新一届的董事会选举，管理部门征询过我的意见，我认为既然退下来，就干脆退彻底，给新的领导班子充分的空间和平台，我建议由你来当董事长兼总裁。"

周博说的是实话，两天前部委领导便告诉江应坤，兴华董事长兼总裁由他接任，是周博主动提出的。江应坤清楚，为再当一届董事长，周博活动力度很大，和自己明里暗里较劲多时，他在集团崇高的威望和地位，使得要一下扳倒他很不容易。而突然改变态度，将宝座让出，他的目的呼之欲出，江应坤洞若观火，这本就在预计之中。

"感谢董事长的肯定，您的虚怀若谷和崇高品格，让我钦佩，只能尽力不负所托。"江应坤说得很诚恳，一点也没有演戏的痕迹。

"上级管理部门研究过空降新的人选过来担任董事长，但我不赞成，兴华的业务横跨很多领域，资产庞大、人员众多，不熟悉情况的人，很难指引正确的战略方向，反而会给管理层造成困扰。要保持良好的发展势头，将权力集中才是效率最高的方式。"周博说。既然卖人情，那就卖得越大越好，大到对方无法拒绝。

侍者端着餐盘上来，上面是二十六道小菜，每道小菜只有一小碟，每小碟的分量只够一口，既荟萃中国东南西北名吃，又让客人浅尝辄止。看着琳琅满目、精美得无与伦比的菜式，令人难以下筷，仿佛有破坏艺术品的罪恶感。江应坤夹块醉鱼放进嘴里，边品尝边盘算着应对，对方先砸下那么大一块馅儿饼，也该自己投桃报李了："董事长，最近集团出了不少事，尤其是日化那边，总是不令人省心。我觉得那是是非之地，从徐伯春、萧昊开始，每个副总都多多少少出问题，要用唯心的话来说，那儿是风水不好。钦勇在那儿锻炼一年，工作做了不少，我在想，是不是该给他另一个平台发挥？”

终于转到正题来了。周博若无其事地说：“在江总看来，哪个平台会比较合适？”

“网络是未来发展的大趋势，集团刚刚收购了德克网络公司，现在的规模虽然不大，但随着以后加大投入，要争取将网络发展成新的增长点。刚好缺少个一把手，我想将钦勇调过去，担任总裁。”江应坤胸有成竹。

周博有些意外，他给足江应坤的面子，目的很简单，经过多番努力，他清楚自己再担任董事长一职是没有太大把握的。江应坤并非善类，能动用的资源绝不在自己之下，偏偏周钦勇还不争气，捅出个天大的娄子，这事如果彻查下去，别说保不住位子，还会身败名裂，锒铛入狱。把柄捏在别人手里，是点到即止还是不依不饶，主动权在江应坤手里，经过多方权衡，周博才决定将江应坤梦寐以求的董事长位子让出来，换取对方放儿子一马。但要调出兴华日化，却不是他所愿意接受的，只要过了这一关，三年后黎仕国退休，总裁的位置周钦勇还有很大希望，毕竟日化已上市，在集团所占的地位和资源非其他分公司可比。但江应坤也摸透他的想法，抛出另一个诱饵，不但不追究，还将周钦勇帽子上的副字去掉，到网络公司当老总，官升一级。

“董事长，钦勇在日化出的动静有点大，留下来不是不可以，但下面的人难免有看法，对他以后的工作开展没什么好处，还不如换个地方施展拳脚。”看到周博沉吟不语，江应坤淡淡地说，“他还年轻，又有魄力，到网络这新兴的公司，还是能干出成绩的。只要做得好，等事情的影响平息了，以后再去哪个公司当一把手，不就名正言顺了？”

对江应坤来说，底线在于周钦勇不能留在兴华日化。他和黎仕国联手，苦心布置这么久，就是不想让周钦勇以后当日化的老总。只要能将他调到无关紧要的分支机构去，就算给个老总当也无所谓。所以他是既给糖果，不再追究还升职，又给大棒，表明他在日化的影响不好，必须调开，也算是对周博有限度的妥协。至于所谓的调查，只是震慑手段，周钦勇是否违规中饱私囊，对江应坤来说并不重要，他看似雷声轰轰，让郑瑜挂职调查，其实分寸早拿捏好，乌云密布可以，但瓢泼大雨是不会下的。若是一五一十地彻查下去，对集团的震动将会非常大，一旦逼得周博绝地反击，他在兴华集团积蓄多年的能量可不是闹着玩的，烂船还有三斤钉，要是被砸到，不死也剩半条命。只要能让周博让位，再调走周钦勇，就已经是江应坤大胜之局。职场的政治逻辑，鱼死网破是最差的结局，不战而屈人之兵的相互妥协，并在妥协中收获最大的胜果，才是高手所为。

周博咀嚼着江应坤的话，他何尝不知对方的真实想法？要命的是把柄捏在人家手里，主动权一旦失去，招招只能被动应付，又能如何？难道真去拼个两败俱伤？他也不会做这种傻事，保持和江应坤面子上的相互尊重，体面地退下来，以后再运用在集团积累的影响力，权力不至于一下消失殆尽，关键时刻还能有回旋余地。拿着酒杯，周博笑着说："人事方面的安排，就由江总处理吧，毕竟他是我儿子，我也不适宜说太多，一切符合集团利益就好。"

"谢谢董事长理解。"目的达成，江应坤志得意满，指指自己带来的一个长木匣，"今天赴宴仓促，没准备好手信，知道董事长是书画行家，我便带了幅画，虽不是啥名家手笔，但在我这外行人看来，画得还不错，一份心意，希望您别嫌弃。"

"哪里，江总真是客气。"虽然输了一招，丢了西瓜只捡到芝麻，但还不至于空手而归，周博真实的内心反应是不会在脸上显现出半分，笑意盈盈地说，"那我就敬谢不敏。来，我们再喝一杯，菜都快凉了。"

还是在环山路上的法式餐厅，还是在三号包厢，连点的菜都和一年半前一模一样，吃饭的主角也没变，只是两人的角色变了、心态变了、主题自然也变了。

许铭轩带来珍藏的1984年的拉菲红酒，对着萧昊举杯："这一年多来辛苦了，这杯我敬你，感谢你所做的贡献。"

"老板客气了，我是职业经理人，拿着报酬，就要做该做的事，这是职业本分。"萧昊说，"还得感谢您给我提供的平台。"

两人喝一口酒，放下杯子后，许铭轩情真意切地说："你来东美的时间不长，但无论是内部管理、人员整合、流程优化都做得有声有色，提高了运作效率，而在销售上，通过沐情的成功，使公司突破发展瓶颈，居功至伟。”

当许铭轩约在这儿吃饭时，萧昊便预感到饭局的主旨。在一星期前，有会计师事务所来公司做年度财务审计，这本属正常，但反常的是，对方将其他账务放在一边，精力全集中在沐情项目所发生的费用上，每一条都不放过，特别是给上海的那笔广告合作费用，更是深挖不放，虽然火没烧起来，但锋芒所指，已呼之欲出。而钱兆霖最近对他的态度敬而远之，说话时又畏缩吞吐、心神不定，萧昊估计到他已经背离出阵营，不知爆了多少料出来。许铭轩是敲山震虎，关系已到摊牌的一刻。他之所以忍而不发，是不想双方彻底决裂，先列出阵仗，再好言相谈，刚柔相济，进退自如。

在中国人这种劝退的谈话中，肯定其成绩，大家面子上都好过，中国人最讲究面子，面子上舒服，事情就好办；面子没了，小事也会成为大事。事已至此，萧昊决定采取主动，同时为自己争取最大的权益：“不敢当，这一切主要还是因为有老板的支持，否则我就算有三头六臂，也做不出事来。在白萱的事情上，我没有挑选好代言人，导致沐情的品牌和销售受到巨大影响，我责无旁贷。公司有很多问责我的声音，这很合理，只是我不想留下个烂摊子就拍拍屁股走人，所以坚持下来，经过这段时间紧急处理，事情基本已告一段落，我也该承担起应负的责任。在此，我想请老板将我开除，对内对外给出交代。”

“开除？”许铭轩怔了怔。萧昊聪明绝顶，经过前面的敲打铺垫，他知道萧昊心中有数，应该会主动提出辞职。毕竟以萧昊的性格，不是那种肯忍气吞声，继而纠缠不休的人，却没想到他会拿出主动开除的说法，“开除没必要吧！我刚说了，你做出的成绩不容抹杀，虽然出现些失误，但整体来说，功大于过。如果你想离开，我建议还是以你主动提出辞职为好，余下合同期的工资，公司会全额支付。”

“老板，如果我提出辞职，那《竞业禁止条例》就会生效，在三年内，我不能再从事日化行业。”萧昊微笑着摇头，直接挑明，“如果这样，我的职业生涯将中断，在变化快速的行业里，三年太长了。我想还是公司将我开除，而你放心，我想得很清楚，打了这么多年工，是时候做做自己的事业，我不会再去任何一家日化企业工作，更不会成为东美的竞争对手，我打算自己开家公司，做个小老板，继续在这行混碗饭吃。”

许铭轩暗暗松口气，他的确不想重演兴华日化的悲剧，放走一个将来打败自己的对手。双臂放在桌上，说：“你适合去创业，积累这么多年，时机也到了，可以的话，我想入股，对你公司的前景，我非常看好。”

“谢谢老板。”萧昊笑着举杯，“到时我要融资的话，可第一个找你。”

将杯中酒干了，许铭轩用纸巾擦擦嘴，建议说：“我看这样，你不需要完全辞职，公司改聘你为顾问，为公司的整体战略发展和营销规划提供意见和建议。我们再签个补充协议，同意你去开公司，不受《竞业禁止条例》的限制。”

这倒是不错的方案，为绑住自己不加盟竞争对手，许铭轩是不可能放弃《竞业禁止条例》的，也就是说不可能主动采取开除手段。萧昊说的是心里话，他本就没有继续打工的打算，创业势在必行，既然许铭轩打开这扇门，那挂个顾问当当也不错，两全其美：“好，感谢老板的支持和理解。”

两人相视而笑，让萧昊当顾问，他就不能再挖公司的人员，对队伍军心的稳定大有好处，这一神来之笔，足以体现许铭轩的成功，绝非幸运。对生意场上真正的高手来说，一方大获全胜，一方血本无归，这是一棒子生意，没有可持续性，只能获取短期利益。而各取所需，双方的利益都能得到维护，才是双赢的结局，才能维持稳定，收取最大化的长期利益。做生意是着眼于长期还是短期，考验着商人的眼光，也决定着生意的成败。

尾声　未完的局

初晨的阳光温柔洒进屋内，萧昊打个哈欠，舒服地伸个懒腰，安露伏在他的胸前，安静如婴儿，嘴角带着甜美而幸福的笑容，屋外传来阵阵海浪声，沿着窗户望去，海水清澈得不带一丝杂质，天空湛蓝，姿态各异的白云飘挪而过。在这寂静的小岛上，只有这一个独立的木屋，仿佛与世隔绝的人间天堂。

萧昊轻吻着安露的额头。安露醒了，仰起头看着萧昊，嘴里嘟囔着说："好不容易休假，这么早起来做什么。"

"哇靠，我们现在可是全失业了，不勤奋点早起，哪有虫吃啊！"萧昊表情夸张。

"那也等回国吧，在马尔代夫可是只有鱼吃。"

"要不我再吃了你？"萧昊满脸的不怀好意。

"你这坏蛋色狼，昨晚还没折腾够啊！"安露赶紧钻进被窝，蒙住脑袋，抗议说，"别闹，我要睡觉。"

萧昊哈哈大笑："你睡吧，我去游个晨泳，待会儿再来收拾你。"

萧昊在海水中畅游了一个半小时，感觉全身的每个毛孔都松弛开了，自由畅快地呼吸着，心灵在这碧蓝的天地里如羽毛般轻飘飘的，没有半点负重感。回到木屋冲个澡，安露已起床，从酒店叫了早餐来，吃着牛角包和火腿煎蛋，萧昊边打开电脑边叹气："马尔代夫啥都好，就是吃的不行，现在我别的不怀念，就想着白粥稀饭，还有豆浆油条。"

"你就念着吧，回去后我请你吃个够。"安露说。萧昊登录上网，一条新闻映入眼帘，脸色骤然变了变："哇靠，离开国内几天，居然出这么大新闻！"

"怎么了？"安露好奇地凑过来。萧昊点开视频，是一段新闻报道：国内日化用品的领导厂商，上市公司兴华日化，今天宣布收购有一百二十年历史的法国姿兰品牌，双方未透露交易金额。这是国内厂家第一次收购国外一线日化品牌，交易完成后，兴华日化在国内日化高端领域的份额将大增，整体销售将超过东美集团。根据专业人士分析，姿兰品牌较好地弥补了兴华日化在高端领域的不足，充分完善其产品线，极大地增强其实力，对其进军国内市场大有帮助，将改变国内现有市场格局，未来和主要对手东美集团，在市场上将有更激烈的竞争……"

看着黎仕国意气风发地和姿兰品牌的拥有者——法国登维集团总裁签字握手，萧昊目光闪动："这老小子，真有他的，拿下姿兰后，只要整合得好，1 加 1 大于 2，东美这回有得烦喽！"

他的话音刚落，手机忽然响起。因为是国际漫游，没有显示号码，萧昊皱皱眉头，按下接听键，那个声音是既熟悉又陌生，亲切中带着距离："萧总啊，周钦勇走了，帕克也提出离职了，有没有兴趣回来，继续未完的事业？"

（全书终）